Die Gesellschaft von Leichen ist dem Pathologen Ambrosius Baltrow eindeutig lieber als die von Menschen. Der knapp Fünfzigjährige interessiert sich längst nicht mehr für das Leben und seine Akteure, er lebt zurückgezogen und fühlt sich in der Gegenwart der Toten am sichersten. Erst als die junge Ärztin Sarah Lawerth immer öfter in seine abgeschiedene Welt im Keller eines großen Krankenhauses dringt, regen sich wieder Gefühle bei dem ansonsten ausschließlich auf seine Arbeit fixierten Mann. Doch noch bevor sich die beiden wirklich näher kommen, tritt eine Katastrophe ein, die Baltrow zwingt, sich dem Leben in seiner ganzen Bandbreite zu stellen – und dem, was möglicherweise danach kommt.

Anton Zimmermann ist es eindrucksvoll gelungen, philosophische Betrachtungen über das Dies- und Jenseits mit einer spannenden Liebesgeschichte zu verknüpfen, die weit über den Tod hinausgeht.

Anton Zimmermann, Sohn einer Hamburgerin und eines Österreichers, ließ sich nach einem Medizinstudium in Wien und einer dreijährigen Ausbildung für innere Medizin in der Gemeinde Mannersdorf im Burgenland als Landarzt nieder, wo er seit 16 Jahren praktiziert. Seine Leidenschaft gilt neben der Literatur der Fotografie, vor allem der mittelburgenländischen Landschaft. »Von Fliegen und Skalpellen« ist nach dem Erzählband »Späte Stunde« und dem Roman »Blenheims Fieber« (Allitera, 2000) Zimmermanns dritte Buchveröffentlichung.

Anton Zimmermann

Von Fliegen und Skalpellen

Roman

Weitere Informationen über den Verlag und sein Programm unter:
www.allitera.de

Bibliographische Information der Deutschen Bibliothek

Die Deutsche Bibliothek verzeichnet diese Publikation in der Deutschen Nationalbibliographie; detaillierte bibliographische Daten sind im Internet über <http://dnb.ddb.de> abrufbar.

Oktober 2004
Allitera Verlag
Ein Books on Demand-Verlag der Buch&media GmbH, München
© 2004 Buch&media GmbH (Allitera Verlag)
Umschlaggestaltung: Kay Fretwurst
Herstellung: Books on Demand GmbH, Norderstedt
Printed in Germany · ISBN 3-86520-061-3

Inhalt

Prolog.		7
5 Uhr:	Der Seziersaal im Keller	9
7 Uhr:	Baltrows Wanderungen durch die Stationen	50
9 Uhr:	Schibowskis geweckte Erinnerungen	76
11 Uhr:	Zurück ins Leben	95
12 Uhr:	Zustand der Erschöpfung	110
13 Uhr:	Das schwache Herz	124
14 Uhr:	Die Kunst des Fliegentötens	138
16 Uhr:	Das Gespräch mit der Schwester	155
18 Uhr:	Ungeheuerliche Entdeckung	162
19 Uhr:	Die erste Begegnung	176
20 Uhr:	Erste Hilfe	189
23 Uhr:	Die Reise beginnt	201
7 Uhr:	Von Fliegen und Skalpellen	226

Prolog

Ein Skalpell besteht aus einem Griff und einer Schneide und ist eine Spezialform des Messers, eines Schneidewerkzeuges. Die Funktion besteht in der genauen Trennung von Gewebsmaterial, von Menschenmaterial. Indem es trennt, schafft es zwei, auch mehrere Teile. Was als Ganzes nicht erkannt wird, kann durch Kenntnis seiner Einzelteile oft besser gesehen werden. Die Einzelteile erlauben andere Rückschlüsse auf die Gesamtheit, denn Querschnitte bedeuten auch Sichtbarmachung von Gehaltvollem. Jeder Form von Analyse ist diese Technik zuträglich. Der Vorteil des neu geschaffenen Einzelteiles ist, dass es Schnittflächen, also zusätzliche Betrachtungsflächen hat. Durch deren völlige Glätte kommt es zu keinerlei Verschiebungen des inneren Gehaltes. Seine inwendigen Strukturen bleiben erhalten und erlauben – eventuell durch die vergrößernde Optik einer Lupe oder gar eines Mikroskops – die Betrachtung kleinster Einzelheiten, die sich vorher dem Blick des Auges entzogen hatten. Aus einem Anblick wird ein Quer- und Überblick. Neu geschaffene Flächen erhöhen das Wissen über die Komplexität eines Materials, es ist eine Dimension gewonnen. Wenn die Schnittkanten scharf sind, erfolgt der Wechsel von einer Schnittfläche auf die andere abrupt, und er kann dadurch eindrucksvoll werden.

Das Skalpell ist die höchste Ausprägung eines Werkzeuges für den diesseitssuchenden Menschen. Dessen Interesse nach dem Wesen vieler Dinge befriedigend, vermag es ihm allerdings nicht den wissenden Blick zu verschaffen über den kurzen Aufenthalt in jenem Raum und jener Zeit, wo die Gesetze seiner Wirkung gelten.

Das könnte vorbehalten sein der niedrigen Gattung der Fliegen, die die höhere Gattung der Menschen schon immer umkreiste und so deren Bewegungs- und Wirkraum überblickte. Und die jene zusätzliche Kenntnis sich schaffte, die durch des Menschen vermeintliche geistige Begabung nie zu erlangen war.

So soll gewusst werden:

Äonen hindurch lebten die Fliegen mit den Menschen zusammen. Ständige Begleiter waren sie, nicht nur in den kalten Jahreszeiten die warme Stube suchend, sondern in der Natur auch dem Wanderer Interesse zeigend durch – wenn auch lästige – Annäherung und Beäugung. Über weite Strecken Nahrung witternd und nicht nur dem Aas zugetan, dem freilich besondere Zuwendung immer schon galt, weil niemandes Interesse es mehr war. Der Mensch war ihnen immer Feind, weil ihre Reputation unspektakulär, ihr Ruf der der Minderwertigkeit war. So waren sie ihm wohl die Begleiter durch lange Zeiten, aber nie geschätzt und nie bedankt. Wahrgenommen nur als Gesandte von Krankheit und gute Bekannte der Hölle und ihrer Vasallen. Gejagt mit den Plattschlägern, zerquetscht mit dem Schuh und zerklatscht mit flacher Hand, obwohl Stubengenosse und Küchenmitglied seit Urzeiten schon. Das, was Menschen errungen und entdeckt, geboren und erzeugt, hatten die Fliegen indes auf deren Rücken hockend mitgetragen. Die Kontinuität ihrer Partnerschaft zu Menschen in allen deren Lebens- und Sterbelagen müsste die Wertschätzung eines Freundes erbringen, doch ewiglich blieben sie eine lästige Beigabe eines fremden Schöpfers Plan.

Wir verweilen vor einem riesigen Gebäudekomplex aus roten Klinkerziegeln, der mächtig und selbstzufrieden am Rande der Stadt in sich ruht. Er bezeichnet sich als »Krankenhaus der Schwestern des göttlichen Heilands« und ist das Zentralkrankenhaus einer großen Stadt irgendwo. Es dämmert bereits und aus den Kellerfenstern dringt schon Licht in den beginnenden, fahlen Tag. Wir treten näher und wollen den Blick hinein- und hinuntertun. Dort unten sehen wir nun Professor Ambrosius Baltrow, Professor der Pathologie und Gerichtsmedizin, der sich an der Sektion eines geschlechtsunspezifischen Torsos gütlich tut. Er ist noch alleine, denn sein Seziersaaldiener Herr Alfons Brünner kommt kaum vor sieben Uhr an seinen Arbeitsplatz. Bevor wir Professor Baltrow nun in die Geschichte entlassen, müssen wir sein bisheriges Leben betrachten, wollen kurz erzählen von seiner Person und Passion und ihren seltsamen Eigenschaften.

5 Uhr: **Der Seziersaal im Keller**

Professor Dr. Ambrosius Baltrow war knapp fünfzig, von mittlerer Statur und wirkte untersetzt. Sein Haupt bedeckte schon schütteres Haar, vor dessen Ansatz sich eine hohe Stirne wölbte. Wegen seiner Alterssichtigkeit trug er für die häufigen Naharbeiten eine randlose Brille. Es war eine »bewegliche« Brille, denn sie glitt in Momenten der Achtlosigkeit in derart unmittelbare Nähe zum Nasenende, dass sie immer wieder abzukippen drohte und nur durch ein andauerndes Zurechtrücken mit dem rechten Daumen oder Handrücken zurück in ihre angestammte Position fand.

Die Wanderungen seiner Brille waren Baltrow längst nicht mehr bewusst. Während der Sektionen, wenn sie durch die Vornüberneigung des Kopfes auf den Leichnam zu fallen drohte und ihm die Hygiene ein Herummanipulieren im Gesicht verbot, warf er manchmal nur kurz seinen Kopf hoch, sodass die Brille durch diese Schleuderbewegung ziemlich genau in der Nasenmitte zu liegen kam. Es entsprach diese Kopfbewegung einer automatisierten, längst verinnerlichten Eigenheit seiner Körperbewegungen.

Baltrows Arbeitsgewand bestand aus einem mattgrünen Kittel, der nach hinten zu binden war und ihn vom Halse bis über die Knie verhüllte. Er schützte ihn komplett vor allen möglichen biologischen Säften, vor bakteriell sich in Zersetzung befindlichen Sekreten der Leichname, aber auch vor chemisch aggressiven Desinfizienzien. Der Nachteil dieses Kleidungsstückes allerdings bestand darin, dass sein Träger umständlich die Kittelenden anheben musste, um unter ihnen in seinen Hosentaschen zu wühlen, wenn er eines Taschentuches bedurfte oder nur einen der zerknitterten Zettel hervorholte, auf die er jeweils kurze Skizzen, Gedankenstriche notiert hatte. Es war Baltrows Angewohnheit, solche Papierschnitzel mit sich herumzutragen, darauf stichwortartig seine Einfälle zu notieren, als sofort einsehbare, kontrollierbare und abänderbare Daten zu einem Fall. Sie irgendwohin auf einen Tisch zu legen, gesammelt und übersichtlich geordnet, war nicht seine Sache, außerdem betrachtete er die Notizen als intim, als zu ihm gehörig und daher vor den Blicken anderer schützenswert.

Trug er nicht seinen Arbeitskittel, so schien sein Äußeres ungepflegt. Ihn umgab die Aura einer gewissen Verwahrlosung, einer Vernachlässigung von Kleidung und Pflege, aber da er sich dermaßen selbstverständlich damit präsentierte, hatte es andererseits beinahe wieder den Anschein von Snobismus und modischer Attitüde. Nur Brünner, sein ergebener Seziersaaldiener, wusste, dass da keinerlei modisches Kalkül dahinter stand, lediglich das komplette Desinteresse an Äußerlichkeiten. Mehr als zwei Sakkos schien Baltrow nicht zu besitzen. Er trug abwechselnd eines aus dicht gewebtem Rosshaar, das durch weit ausladende Sakkotaschen seitlich unvorteilhaft herabhing, und ein anderes aus grauem Flanell, das von offensichtlich selten gebügelten Knitterstellen überzogen war. Dazu als immer gleichen Kontrast entweder eine braune Cordhose, die längst kein Gleichmaß an Musterlinien mehr besaß, oder eine beige Hose aus Zwirnstoff, die überall einen Bug hatte, nur nicht – wie üblich – an der Vorderseite.

Da Baltrow sich auch nicht täglich rasierte, war seine Gesichtshaut des Morgens meist mit Bartstoppeln übersät, mit grauen schon, sodass sein Antlitz keinerlei farbliches Ebenmaß besaß, sondern eher schmutzig wirkte. Seine Augen waren rot unterlaufen und die Haare manchmal gegen die Richtung des Kammes nach vorne geschlagen, als wäre er von einem Windstoß überrascht worden.

So sehen Männer nach durchzechten Nächten aus, nach Wanderungen durch die Spelunken der Stadt, durch rauchige Hinterzimmer und an vor Alkohol triefenden Schanktischen vorbei. Aber Brünner wusste auch hier, dass sein Vorgesetzter nur wieder bis zum Morgengrauen über einer kniffligen Frage, über Büchern und Folianten gesessen hatte, ohne auf die Uhr zu blicken.

Die Wege, die Baltrow im Seziersaal ging, waren immer dieselben. Von der Instrumentenvitrine zum Seziertisch, von dort zum Mikroskopierplatz, zum Mikrotom, zum Wachs- und Gefriertisch und schließlich zur Waschmuschel, an der er dann allzu lange die Hände reinigte, während er seinen Gedanken nachhing. Seine Schritte hörte man kaum, denn er trug immer Schuhe mit dicken, weichen Sohlen. Nur Leder oder Metall Beschlagene, die jeden Schritt widerhallen ließen, hätten die ihm notwendige Ruhe gestört. Nicht die Ruhe der Leichname, sondern die Stille, in der seine Gedanken gediehen.

In dem neonbeleuchteten, kalten Kellergewölbe standen die Seziertische breit und unerschütterlich da. Gleichsam als Blickfang für die seltenen Besucher bestanden sie aus rotweiß gesprenkeltem Marmor und waren so alt wie die Mauern der Klinik. Leider nagte die Zeit sprichwörtlich an ihnen, denn ihre Oberflächen, vor allem die sich zur Mitte hin senkenden und in einem dunklen Trichter mündenden Auflageflächen, waren uneben und rau geworden. So geschah es immer häufiger, dass nach der Sektion die vielen Gewebsschnitzel, Muskelfasern und Hautbrocken, die mit Wasser durch die mittige Öffnung weggespült wurden, sich in dem matten Gesteinsrelief verfingen, hängen blieben, und Brünner sie dann mit einem Wasserschlauch wegspülen musste. Was an Wasser durchtränktem Menschengewebe sich dennoch hartnäckig in den bröckeligen Vertiefungen festsetzte, scheuerte er mit einem Drahtknäuel, wie man ihn bei Abwäschen in der Küche verwendet, endgültig weg. Diese zusätzliche mechanische Überbeanspruchung tat dem Stein nicht gut. Ein Tisch mit einer polierten Stahloberfläche, etwa Nirosta oder graues Aluminiummetall, wäre besser gewesen, aber wer nimmt angesichts anderer ausufernder Klinikkosten auf die Wünsche der Pathologen im Keller schon Rücksicht? Für Brünner war diese Tätigkeit auch die unangenehmste, da er nicht zu heftig scheuern durfte, weil ansonsten die Marmoroberfläche noch mehr Schaden genommen hätte und er Angst hatte, für eventuelle Kosten zur Verantwortung gezogen zu werden.

Über jedem der drei Tische hing ein fokussierbarer Lichtstrahler, eine kreisförmig angeordnete Batterie von Reflektorlampen, die mit einem nach unten stehenden Handgriff immer in die günstigste Position justiert werden konnte. Aber auch diese Konstruktion war so alt wie der Klinikbau, die Drehgelenke waren vor Rost längst erstarrt. Da zudem die Spiegelreflektoren blind und einige der durchgebrannten Glühlampen darin längst nicht mehr im Fachhandel zu erstehen waren, verzichtete Baltrow auf diese Beleuchtungsmöglichkeit. Denn die Neonröhren leuchteten hell genug, und für den Fall, dass sich seinem geschulten Auge ein mikroskopisch kleiner Organdefekt entziehen sollte, leuchtete Brünner mit einer gewöhnlichen Taschenlampe behände in die jeweilige Körperhöhle oder auf das vom Professor entgegen gestreckte Exzisat. Und das war allemal heller, als ein von weit oben her diffus streuender Leuchtkörper an Licht herzugeben vermochte.

Die Seziertische waren auf der einen Seite von stahlglänzenden Kühltresoren flankiert, die zu acht die ganze Wand einnahmen und mittels einer Klappschnalle geöffnet werden konnten. Dort wurden die Leichname über längere Zeiträume aufbewahrt und bei Bedarf auf gediegenen, beinahe lautlos auf Kugellagern gleitenden Auflagen hervorgezogen. Aber niemals in den letzten Jahren hatten sich – wie jetzt – acht Leichname zugleich in den gekühlten Boxen befunden. Denn dazu war Baltrow zu eifrig, zu pflichtbesessen, als dass er einen Engpass zugelassen hätte. Die Menetekel vergangener Jahrhunderte, die Epidemien, deren Opfer die Gänge und Flure als Leichname füllten, hatte es schon Jahrzehnte nicht gegeben, und Ereignisse wie schwere Verkehrsunfälle, Feuersbrünste und Überschwemmungen, die ihre tödlichen Spuren manchmal mit wahllos liegenden Leichnamen ziehen, hatte er in seiner Funktion als Chefpathologe nie erlebt.

Den Kühlaggregaten gegenüber zog sich über die ganze Seite ein lang gestreckter Aluminiumtisch hin, der als Ablage diente. Als Stellfläche für die in chromglänzenden Metallschalen zu wiegenden Lebern, Gehirne und Herzen. Denn zur Angabe der Außenmaße, die mit einem ungefähr über die jeweiligen Organgrenzen gehaltenen Maßband festgestellt wurden, bedurfte es auch der exakten Gewichtsangabe. Eine Torsionswaage mit großer Stellfläche und einem weithin sichtbaren Zeigerwerk, nicht unähnlich den alten Waagen der Greißler und der Metzger in der Stadt, wurde dann von Brünner bedient, und wenn er dabei die Schalen darauf stellte, kurz mit seiner Hand darüber verweilte und zugleich einen prüfenden Blick auf die Skala darüber warf, dann beschwor er damit die Situation eines Verkaufs in irgendeinem Geschäftslokal draußen in der Stadt herauf. Die Deka- oder gar Kilogramm und die Zentimeter trug er dann fein säuberlich in das Obduktionsprotokoll, das neben den Messwerkzeugen lag.

Baltrow nannte ein wohl bestücktes Instrumentarium sein Eigen. Die Werkzeuge lagen fein säuberlich in einem gläsernen Instrumentenschrank, nachdem sie nach jeder Benützung mit Wasser gereinigt und nachher in Formalin gelegt worden waren. Sie waren dort nach der Größe geordnet und nicht nach ihrem Gebrauchszweck, was ja auch eine Möglichkeit der Ordnung hätte sein können. Aber Baltrow bestand auf einer gewissen optischen Reihung, sowie es ihm auch wichtig war, dass sie sich alle auf einem blütenweißen Leinen ausbreiteten, obwohl dadurch die Reinigung der Glasflächen dem Adlatus viel mehr Mühe machte.

Im ersten oberen Fach lagen die Skalpelle. Von scheinbaren Miniaturausgaben von links nach rechts sich aufwärts in Reih und Glied präsentierend, von winzigen, für die Sektion der Säuglinge bestimmten bis zu den Übergrößen für die Bearbeitung der Lederhaut grobschlächtiger Menschen. Verschiedenste Modelle, zweiteilige mit Handgriffen und auswechselbaren Klingen, die spitz, gerundet, sichel- oder lanzettförmig sein konnten, und chirurgische Pinzetten, die an den sich verjüngenden Enden gezahnt waren, sodass sie beim Schließen das Gewebe sicher umfassten. Da das Gros der Werkzeuge aus einer Zeit stammte, die weit über hundert Jahre zurücklag, ererbt, übernommen worden war als unzerstörbare, niemals verrottende Metallkörper, besaßen die meisten dieser Werkzeuge die der damaligen Zeit entsprechenden Verzierungen. Auch die Werkzeuge der Wissenschaften unterliegen der Mode. Jedes einzelne Stück war handgemacht, manche noch geschmiedet, gehämmert und in unzähligen Einzelstunden zu einem unverwechselbaren Einzelstück geworden. So viel intensive Arbeit, bewerkstelligt mit Liebe und Hingabe, belohnt sich oft mit detaillierter äußerer Vollendung, dem Hinweis auf ihre unveräußerliche Besonderheit.

Baltrow schätzte die Instrumente aber nicht wegen ihres Aussehens, sondern eher wegen der ausgezeichneten, über die Jahrzehnte nicht nachlassenden Qualität ihrer Beschaffenheit. Sie lagen gut in der Hand, die Größe und die Länge schienen wie geschaffen für die Proportionen seines Unterarmes, und er konnte sie ohne nennenswerten Kraftaufwand seiner Handmuskulatur bewegen. Sie gehorchten jedem Druck, jedem Winkelzug seiner Finger, und sie waren in ihrer Schlankheit leicht mit der ganzen Hand zu umschließen, wenn er einmal mit dem mit einem bloßen Handschuh bewehrten Finger sich den Weg durch das Gewebe bahnen musste und sie dabei nicht aus der Hand zu legen brauchte. Zudem waren die kompletten Klingen dermaßen dünn gehalten, dass sie sich trotz jahrelangen Nachschleifens die ihnen zugedachte Schnittschärfe bewahrt hatten. Nein, auf solche Qualität wollte Baltrow nicht verzichten, obwohl ein neues Set von Obduktionsmessern wahrlich nicht das Krankenhausbudget gesprengt hätte.

Ein Skalpell lag noch dort. Abgesetzt von den übrigen, war ihm dessen seltener Gebrauch anzusehen. Aber nicht seine besondere Position in der Batterie der anderen dort aufgereihten Skalpelle machte es auffällig, sondern seine unübersehbare Schlichtheit. Waren die anderen mit allem möglichen Zierrat versehen, mit Ziselierungen, Riffelungen und Kerbungen, und bestanden sie teilweise sogar aus Bimetall, aus unterlegtem Messing und ummanteltem, poliertem Stahl, so fehlte diesem gänzlich jegliche detaillierte Kunst. Der Griff verjüngte sich zur Klinge hin und ging – sich farblich in keiner Weise absetzend – über in reinen, blanken Stahl. Schon beim Anblick war die kalte Schärfe zu empfinden, und es drängte sich die Vorstellung auf, wie es exakt und lautlos Gewebe trennte.

Baltrow verwendete dieses Skalpell nie. Soweit sich Brünner zurückerinnern konnte, hatte es niemals eine Haut berührt. Es sah noch aus wie neu, denn die fürsorgliche Pflege, die Einfettung und Politur ließ er diesem Skalpell genauso angedeihen wie den anderen. Die Häufigkeit des Gebrauches hatte da auf die konsequente Betreuung durch Brünner keinen Einfluss.

Baltrow konnte mit diesem Schneidegerät nichts anfangen. Aus seinem Fundus wollte er es jedoch auch nicht verbannen. Als Brünner einmal gefragt hatte, warum er es nie in die Hand nähme oder ob er es entsorgen sollte, da war Baltrow barsch geworden und hatte auf die Unverbrauchtheit, auf den fehlenden Rost verwiesen und kurzweg gemeint, es als Messer für alle Fälle zu betrachten.

Für alle Fälle oder den letzten Fall, hatte Brünner gedacht und wusste nicht, warum.

So hatte sich das Skalpell im Laufe der Jahre an seinem Platz unverrückbar etabliert, lag nun da wie eine Art Maskottchen, welchen aber oft eine viel schwerwiegendere Bedeutung zukommt als den tatsächlich nützlichen Dingen des Alltags.

Es soll nicht weiter darüber berichtet werden, denn überall dort, wo manuell gearbeitet wird, gibt es solche Gegenstände mit geheimnisumwitterter Aura, dem Gewicht einer unausgesprochenen Symbolik.

Von der Glasvitrine fast verborgen, führte eine schmale Tür in einen kleinen fensterlosen Raum. Es war ein Kabinett anatomischer Kuriositäten. Von seinem Vorgänger übernommen, hatte Professor Baltrow es im Laufe der Jahre ergänzt und zu einer beachtlichen Sammlung erweitert. Bis unter die Decke stapelten sich dort kleine und große Glaszylinder, viereckige, an Aquarien gemahnende Glasbehältnisse, die von Formalin und Spiritus umspülte Leichenteile enthielten. Hermetisch abgeschlossen, darin schwimmend und schwebend und auf ewig haltbar gemacht, boten sie ein bedrückendes Panoptikum so mancher Irrtümer der Lebensplanung. Monströse Missbildungen, geboren durch Missverständnisse im Konzept und nun – als verworfene Gedanken, als aufgegebene Pläne der Natur – vorzeitig entledigt durch einen Abort oder früh beendet durch eine tödliche Krankheit, schwebten dort als stumme und fahl gewordene Augenblicke der Aussortierung. Geschwollene Lebern, rotbraun und vernarbt vom alltäglichen Fusel, kollabierte Lungen, verstopft und schwarz vom Ruß rauchiger Luft, und unzählige Gehirne, geschrumpft und nie von einem Gedanken bewohnt. Allesamt hässlich geboren oder mühsam mitgeschleppt durch ein beschwerliches Leben, jedoch immer auf das Verhängnis hinweisend, dass der große weise Plan auch seine Fehler hatte.

Bedrückend waren die Ungeborenen, die bereits sterbend auf die Reise in diese Welt gesandt worden waren und zu deren Wehrlosigkeit sich nun das Fanal der Fehlentwicklung gesellt hatte. Sie muteten die seltenen Besucher als besonders traurig an. Denn wie sie da in den Glaszylindern berührungslos schwebten, die kleinen Hände vor dem Mund, die Augen groß, der froschartig deformierte Schädel den übrigen Körper unproportioniert überragend, in allem schon ausgebildet und zugleich längst abgestorben, gemahnten sie an die erbärmliche Hilflosigkeit einer göttlichen Vorsehung.

Als misslungene Konzepte der Organgestaltung ordneten sie sich auf schmalbordigen Regalen nach der Chronologie ihrer Separation und wiesen die seltenen Betrachter auf das Zerrbild ihrer selbst: Auch so könnte das Leben geschehen, unvollkommener als das jetzige und – weil hilfloser – viel niedriger als das eines Tieres.

Die abortierten Feten, die jämmerlichen Bündel von Fleisch und Fasern, nie belebt und schon gar nicht beseelt gewesen, hatten auch zu Studienzwecken gedient, waren aber immer auch ein Triumph jener Wissenschaft gewesen, die die Ansprüche der Natur auf die Einmaligkeit ihrer Konzepte gerne diskreditieren wollte. Häme verbarg sich darin, Schadenfreude beim Fingerzeig auf solche Irrwege.

Daher waren sie ursprünglich den Ordenschwestern des Krankenhauses ein Dorn im Auge gewesen, und als im Zuge verschiedenster baulicher Adaptationen an den klinischen Abteilungen nur eben dieser Raum der Pathologie der Spitzhacke zum Opfer fallen sollte, wehrte sich Baltrow dagegen. Er verwies auf einen gewissen pädagogischen Wert solcher Präparate. Es stecke keinerlei Sammlerleidenschaft dahinter, begründete er seinen Protest, vielmehr seien die Präparate auch umgekehrt ein Verweis auf das Gutgedeihen unser selbst. Sie hielten uns zu mehr Selbstzufriedenheit an, gemahnten zu mehr Freude an unserem eigenen gelungenen Entwurf. Außerdem läge es auch im historischem Interesse, die Missgeburten früherer Zeiten zu bewahren. Und überdies stammten viele Unikate aus einer Zeit, da die Zurschaustellung fehlentwickelter Organe, missgebildeter Funktionssysteme spektakulär war zur Demonstration einer jungen, aufbrechenden Wissenschaft, die sich frei von Sentimentalitäten wähnte.

In der nüchternen Prosektur mit den immerfort nass glänzenden Keramikfliesen gab es allerdings einen heimeligen Winkel. Es war der Platz, an dem der alte, furnierrissige Schreibtisch stand, auf dessen abgewetzter Fläche eine messingglatte Tischlampe mit einem grünen Glasschirm einen Hauch von Gemütlichkeit verstrahlte. Sie tauchte diese Ecke in ein gelbliches Licht, in die Wärme einer Glühlampe, die den ganzen Tag brannte und die in farblichem Kontrast zum übrigen, neonkalten Raum stand. Jeden Besucher zog dieses ungewollte, rein zufällige Lichtarrangement sofort in den Bann, als Fluchtpunkt vor dem übrigen, Widerwillen erregenden Seziersaal.

Baltrow saß denn auch mehrmals am Tag dort, lässig hineingelehnt in einen alten hölzernen Drehstuhl, hatte die Knie übereinander gelegt und stopfte sich dann eine Pfeife. Der Tabak war immer der gleiche und die Pfeife immer dasselbe Modell, denn er besaß überhaupt kein zweites Exemplar, wie es bei leidenschaftlichen Pfeifenrauchern gerne Brauch ist. Er pflog das Rauchen als notwendiges, konzentrationsförderndes Ritual zur Gedankenbahnung und nicht als Marotte, die irgendjemandem etwas vorführen sollte. So saß er oft nach einer Sektion an dem alten Tisch, stützte mit dem linken Unterarm den Ellenbogen des anderen Armes, in dem er die Pfeife hielt, und blies den Rauch mit genüsslich zugespitzten Lippen hinaus, langsam und gemächlich, ohne die Augen von irgendeinem imaginären Punkt auf dem Boden zu nehmen. Er dachte nach und tat dies in einer scheinbaren Entrücktheit, die ihn so unnahbar machte, dass Brünner ihn zu stören sich nie getraut hätte. Wahrscheinlich hätte er es gar nicht vermocht, ihn abzulenken durch eine Frage oder ein Wort, denn Baltrow war dann mit seinen Sinnen abwesend. Er saß bewegungslos dort, erstarrt, völlig unzugänglich und entrückt, als wäre er in eine andere Welt entschlüpft.

Frühmorgens war sein erster Gang oft der zu den Krankengeschichten, die auf diesem Schreibtisch zur Durchsicht warteten. In Zeiten von Grippeepidemien bedeutete dies an so manchen Montagen einen kleinen Stoß. Dicke Konvolute von Fieberkurven, Labor- und Röntgenbefunden, Arztbriefen nach Entlassungen und immer wieder neu angelegten Aufnahmebögen, erhobenen Anamnesen ergaben einen *Decursus morbi*, der sich in unzähligen Krankenhausaufenthalten widerspiegelte. Die letzten Lebensjahre vieler Patienten wurden dadurch penibel aufgezeichnet, weil die Zeit der Krankenhausaufenthalte oft identisch war mit der Restzeit ihres Lebens. Wenn dereinst über solches Leben nichts mehr erinnerlich sein würde, eine spezielle Biografie war dann eben doch noch da: die Geschichte der Krankheiten, auch die des unwürdigen Endes in irgendwelchen Krankenzimmern einer großen Klinik. So war es auch hier Papier, das die Menschen auf ihren letzten Wegen begleitete. Gesammelt und gehortet in Mappen aus braunem Karton, warteten sie auf Baltrows Einsichtnahme, vor allem dann, wenn die langjährigen Diagnosen und ihre nachfolgenden Therapien zu hinterfragen waren.

Auch Bücher lagen auf dem Schreibtisch, Nachschlagwerke und zu guter Letzt das Protokoll, in das Brünner fein säuberlich die Daten der Leichname eintrug. Freilich gab es im Nebenraum einen leistungsfähigen Computer, vernetzt mit dem Zentralrechner des Hospitals, der ihm Zugang zu allen relevanten Daten verschaffte, schnell und augenblicklich. Und doch benützte ihn Baltrow kaum, eher sein Assistent Dr. Hambrusch, wenn er eigene oder die von seinem Chef auf ein kleines Diktiergerät gesprochenen Obduktionsprotokolle dann weiter in das mächtige Textverarbeitungssystem der Zentrale oben integrierte.

Die Maschine würde ihm nur unter gewissen Umständen nützen, meinte Baltrow. Die geordnetere Fülle an Daten und relevanten Fakten schien ihm in seinem Kopf besser aufgehoben. Sie seien dort ebenso abrufbar, präsent und vor allem schneller untereinander zu vernetzen durch Intuition, Erfahrung und vorausahnendes Gefühl als in irgendeinem elektronischen Rechner.

Mit Herrn Alfons Brünner, dem Seziersaaldiener, pflog er übrigens einen Umgang aus gegenseitiger Achtung und korrekter Distanz. Selbst etwa im gleichen Alter seines Chefs, war Brünner nicht von jenem Menschenschlag, der sich wegen einer scheinbar minderen Tätigkeit gerne dem Vorgesetzten anbiedert. Im Gegenteil, das besonders Schätzenswerte an ihm war seine unerschütterliche Treue zu sich selbst. Er hatte seine Bereiche abgesteckt und innerhalb dieser war er der Ausführende. Schon einige Vorgesetzte hatte er kommen und gehen gesehen, die alle ihre eigene Art der Leitung des Pathologie-Institutes bevorzugt und allesamt ein anderes Verhältnis zu den Untergebenen gepflegt hatten. Das, was sich über ihm an Auswechslungen, Veränderungen zutrug, kümmerte ihn nicht. Seine Tätigkeit war gewissermaßen institutionalisiert, immer gleich bleibend, und sollte man sie wissenschaftlich betrachten, dann war sie eine erstarrte: ohne Innovation, ohne neue Erkenntnisse, aber versehen mit der Kontinuität des Bewährten. Denn Leichen waren immer gleich auf die Seziertische zu hieven, immer nach gleichem Schema zu reinigen, vorzubereiten, und nach der Sektion waren deren geöffnete

Hohlräume auch immer ähnlich zusammenzunähen. Das klassische Setzen einer chirurgischen Naht, freilich viel gröber, freilich deren Einstichdistanzen viel weiter entfernt und freilich die Nadeln dick und das Nahtmaterial aus billigem, faserigem Hanf bestehend, beherrschte er perfekt. Aber nie und nimmer hätte er sich dadurch aufwerten, sich den Nimbus einer medizinischen Tätigkeit verleihen wollen, wie es mitunter bei unzufriedenen, mit den vergebenen Möglichkeiten der eigenen Lebensgestaltung hadernden Hilfskräften vorkommt. Der Prosekturdiener Alfons Brünner besaß Stolz und Profil. Er war mit seinem Beruf zufrieden und übte ihn innerhalb seiner Möglichkeiten auch perfekt aus. Seine beinahe 35 Jahre währende Tätigkeit hatte ihm eine gewisse Abgeklärtheit beschert. Niemals allerdings hätte er sich dazu verleiten lassen, seine Erfahrungen, sein besseres Wissen hinsichtlich des An- und Abtransportes der Leichen, ihre Behandlung vor und nach einer Sektion, die bestimmten Handgriffe, ohne die ja die Handhabung mitunter pietätlos, wenn nicht lächerlich und ungeschickt wirken könnte, als Belehrung an seine Vorgesetzten weiterzugeben. Er gab nur Tipps, wenn er gefragt wurde und das kam selten vor. Denn die studierten Professoren und Oberärzte hätten es unter ihrer Würde betrachtet, sich irgendwelche Anleitungen von ihm zu holen, auch dann, wenn ihre Hilflosigkeit schon aus den Augen leuchtete.

Dr. Hambrusch zum Beispiel, Assistenzarzt der Pathologie und derzeit auf Urlaub weilend, hätte sich viel vergeben müssen, ihn irgendwas zu fragen. Brünner mochte ihn nicht besonders. Er mochte ihn nicht nur wegen seiner schroffen, abweisenden Art nicht, er mochte ihn vor allem nicht, weil – und da war er sich mit Professor Baltrow einig – jener öfters durchblicken ließ, seinen Beruf nicht besonders zu schätzen. Es war allgemein bekannt, dass er gerne eine klinische Laufbahn eingeschlagen hätte und nur aus Ermangelung eines passenden Ausbildungsplatzes Pathologe geworden war. Einen Beruf auszuüben als widerwillig angenommene Alternative, etwas zu tun, ohne es wirklich zu würdigen, schien Brünner Verrat an der Sache zu sein. Und die mürrische Geringschätzung ihm, dem Sezierdiener gegenüber, war letztlich nur die Projektion von Dr. Hambruschs permanenten Frustrationen.

Sein Vorgesetzter Baltrow war da anders. Er wusste Brünners Sinn für Praxis durchaus zu schätzen, es war ihm nicht zu minder, ihn einmal um diesen und jenen Rat zu fragen, freilich, um meist dann doch seine eigene Entscheidung zu treffen. Aber immerhin hatte er jenen dadurch eingebunden in so manche Arbeit, ihn fühlen lassen, ein Teil dieser zu sein. Solches nahm Brünner ungemein für seinen Chef ein. Da gab es jemanden, der ihn partnerschaftlich behandelte und ihm auch über die berufliche Zusammenarbeit hinaus Aufmerksamkeit schenkte. Brünner war daher Baltrow gegenüber nicht so verschlossen wie gegenüber dessen Vorgängern. Während so mancher Sektion, die ja oft routinehaft ablief, wo ja nur Bagatellen zu erwarten waren, wo ja mitunter nur dem gesetzlichen Auftrag entsprechend durch eine Sektion die sowieso schon bekannte Diagnose hochoffiziell gemacht wurde, sprach Brünner über sich und seine Familie. Er hatte zwei Söhne, beide schon erwachsen und verheiratet, und er hatte eine Frau, viel älter als er, mit der er als ausgleichendes Hobby einen kleinen Garten pflegte. Er bräuchte diese Buntheit im Licht des Tages, den Schein der Sonne als Kontrast zu der Arbeit im Keller. Außerdem: Nirgendwo fände man so viel Lebendigkeit wie im jahreszeitlichen Wechsel der Pflanzen.

Baltrow war ihm ein guter Zuhörer. Und das Gefühl, jemandes Interesse zu bekommen, bewirkt eine Art Umkehrung. In die schon vorhandene Achtung und verhohlene Bewunderung für seinen Chef mengte sich nun bei Brünner seinerseits eine allgemeine Neugierde an dessen Person.

Indes Baltrows Auskünfte waren dürftig. Die Konversationen, in ihrem Informationsgehalt einseitig geführt, beschränkten sich seitens Baltrow eher auf Geschehnisse im Seziersaal und auf Umstände, die mit ihrer beider Tätigkeit zu tun hatten. Er besaß jenes verborgene Können, in Gesprächen ungleich mehr Informationen zu erhalten als zu geben.

So bestand Brünners Wissen über Baltrow und dessen Lebensumstände nur aus Ahnungen und Annahmen. Es hätte ihn schon interessiert, ob er ein Privatleben führte, ob er geschieden war, ob seine Eltern noch lebten oder ob er ein Hobby hatte. Eine Zerstreuung, eine Tätigkeit zur Entspannung, vielleicht eine sportliche Betätigung wie Radfahren oder Wandern und spazieren gehen. Die ihn ein wenig aus der Umklammerung seines beruflichen Ehrgeizes, seiner wissenschaftlichen Ausschließlichkeit befreit hätte. Wie eben jedermann die zeitweise Distanz benötigt zur »Sichtung seines Bisherigen, aber auch zur Neubeurteilung des Zukünftigen«, wie eine gern geäußerte Lebensmaxime von Brünner lautete.

Aber wäre er nach dem Woher und dem Warum seines Chefs gefragt worden, so hätte er nur das mitteilen können, was er selbst aus Gesprächen und Andeutungen anderer Angestellten der Klinik erfahren hatte: dass sein Chef früher ein wohlbestallter niedergelassener Arzt gewesen sei, mit eigener, gut gehender Praxis an der Stadtgrenze, und dass er trotz eines guten Rufes und regen Patientenzulaufes von einem Tag auf den anderen einfach seine Tätigkeit aufgegeben habe, um sich der Pathologie zu widmen.

Es wäre nichts Verwerfliches gewesen, einfach nach Privatem zu fragen, da es ja Allerweltsauskünfte gewesen wären, und es hatte sich auch schon die eine oder andere launige Stunde ergeben, in der sich eine Frage nach dem Früher ohne weiteres geziemt hätte. Aber da gab es diese Gerüchte. Und Gerüchte haben, was ihre Haltbarkeit anbelangt, so eine statische Selbstbeharrung, versehen mit allen Möglichkeiten der Fantasie, und sie belassen viel Spielraum dabei, sich einen eigenen individuellen Reim darauf machen zu können. Etwa, dass da etwas gewesen wäre, das Baltrow in ein dunkles Tuch eingehüllt und weggepackt hatte. Ein Schatten auf seiner Seele, der seinen Gedanken dorthin Annäherung und seiner Erinnerung Eintritt verwehrte. Der parallel zu seinem glänzenden Wirken lebte, als ein Teil seiner selbst zwar, aber von ihm ignoriert und nicht mehr als zugehörig erachtet wurde. Es könnte also eine Parallelität seines Lebenslaufes geben, einen Gegenpol seiner Persönlichkeit, welcher aus einem Dunkelbereich heraus den anderen Teil bewirkte und erst möglich machte. Der ganze Enthusiasmus, mit dem Professor Baltrow seine Tätigkeit betrieb, die Hingabe zu seiner Arbeit, die für den Adlatus schier Aufopferung bedeutete, musste ihre Wurzeln in einem schweren Schicksalsschlag haben.

Eine andere Erklärung gab es für Brünner nicht, und da ihm dies gewiss schien, vermied er aus Anstand auch nur die geringste Frage nach irgendetwas Privatem. Für ihn blieb sein Chef einer ohne besondere, gleichwohl möglicherweise geheimnisvolle Biografie, nur mit Eigenschaften ausgestattet, die während der Arbeit zu bemerken waren und die nicht die geringsten Rückschlüsse auf irgendein relevantes Vorleben außerhalb der Klinik zuließen. Die tatsächlichen Umstände – die der Wahrheit – könnten viel gewöhnlicher sein und würden da vieles verderben. So gab sich Brünner mit dem, was er wusste, zufrieden. Sollte sich tatsächlich etwas Lebensveränderndes, Schwerwiegendes zugetragen haben, dann war Baltrows Entscheidung, seine Berufung als Pathologe zu sehen, auf jeden Fall goldrichtig gewesen. Denn die Reputation dieser Kellerinstitution war seit Beginn seiner Tätigkeit stetig gestiegen, und Brünner konnte, wenn auch nur als Prosekturdiener, mit Stolz auf seine Zugehörigkeit verweisen.

Das bedeutete allerdings nicht, dass er dem Professor gegenüber kritiklos war. Nicht einverstanden war Brünner mit der Lebensweise seines Vorgesetzten. Wenn dieser montags mit blasser Gesichtsfarbe wieder im Seziersaal erschien, die Falten um den Mund tiefer, die Augen geröteter noch als am Freitag, als er ihn das letzte Mal gesehen hatte, dann meinte er besorgt, dass man seine Gesundheit auch so aufs Spiel setzen könne. Frische Luft und Sonnenlicht bräuchte jeder Mensch, es handle sich um lebenswichtige Grundstoffe, die sich nicht einmal die Ärmsten verwehrten. Aber wenn sein Vorgesetzter – wie es zuweilen vorkam – das Wochenende gar nicht zu Hause (wo immer das auch sein mochte) verbracht, sondern sich ausschließlich in den Kellerräumen der Klinik aufgehalten, im alten Metallbett der Umkleidekammer ohne Laken und Decke geschlafen und Speis und Trank sich aus der Kantine des Foyers geholt hatte, dann konnte er schon eine wahnwitzige Berufsbesessenheit feststellen.

Er schüttelte dann nur seinen Kopf und murmelte etwas von »Schindluder mit der Gesundheit treiben« oder Ähnliches.

Baltrow ignorierte solche Vorhaltungen. Er meinte nur einmal spöttisch, als ihm die gut gemeinten Ratschläge zu lästig geworden waren, dass die frische Luft aus Ruß, aus Schwefelwasserstoffen, aus abertausend kanzerogenen Stoffen bestünde und dass man vom Sonnenlicht ein Melanom der Haut bekäme.

Es wären mindestens zwei so genannte Planstellen an der Pathologie noch zu besetzen gewesen, aber nichts kam der Verwaltung des Krankenhauses mehr gelegen, als infolge des übermäßigen Arbeitseifers des Professors darin zögern zu können. Und überdies: wozu noch jemanden entlohnen mit allen Lohnnebenkosten, Urlaubsgeld und Gefahrenzulagen, wenn die unbedingte Notwendigkeit nicht gegeben war? Das, was in der therapeutischen Medizin unabdingbar war, die sofortige Verfügbarkeit von Hilfe, die augenblickliche Anwesenheit von Arzt und

Schwester und der damit verbundene Personalaufwand, galt hier eben nicht mehr. Leichen konnten auf ihre Bearbeitung warten, die Schlussakte des Lebens konnte auf irgendeinem Regal verstauben, und niemand würde deswegen zu Schaden kommen. Die Todesursache schnell zu wissen machte niemanden wieder lebendig, und außerdem war es immer gut, jede Fama, jedes Gerücht über einen durch eventuelle Behandlungsfehler Verstorbenen durch Zeitgewinn etwas auszudünnen.

In die Räumlichkeiten der Prosektur war desgleichen kaum jemals investiert, die ungünstige Funktionalität der Räume zueinander war überhaupt nie geändert worden. Die Kellerfenster waren lukenhaft unmittelbar unter der gewölbten Decke angeordnet, und lediglich im Hochsommer, wenn die Sonne zur Mittagszeit über den Stadtgiebeln am höchsten stand, wanderte ein dünner Lichtstrahl durch die Mitte des Seziersaales von einem Tisch zum anderen. In ihm tummelten sich vieltausendfach die winzigsten Partikelchen von Baltrows Pfeifenrauch, tanzten durch den Saal, leicht und ohne irgendwo sich niederzulassen, um schließlich jenseits des Lichtstrahles wieder unsichtbar zu werden. An einem der Kellerfenster war ein Ventilator angebracht, der aber niemals seine Dienste verrichtete, da seine Rotorblätter sich im umhüllenden Drahtgitter verfangen hatten. Die Umluft, die wegen der unangenehmen Dünstungen bewegt werden musste, besorgte ein zwischen den Neonröhren nach unten weisender Saugstutzen aus Aluminiumblech, dessen Ausstoß sich mit denen der Nebenräume zu einem voluminösen Strang rauschender, zischender Luft vereinigte. Die Elektroventilatoren befanden sich in den angrenzenden Räumen der Notstromaggregate und wurden bei Bedarf von Brünner bedient.

Zeitweise gab die Klimaanlage ihre Funktion auf. Kein Haustechniker hatte bislang den Fehler zu beheben vermocht, sodass Baltrow die unregelmäßigen Einschaltrhythmen schließlich dem Eigenleben der Maschine überließ. Unvermutet jaulten die Ventilatoren hoch, wenn im Winter die alten Heizungsradiatoren nur mühsam den Keller erwärmten, und jäh verstummten sie, wenn draußen – wie nun im Hochsommer – eine glühende Hitze den Backsteinbau der Klinik umfing und die schweißige Anspannung der Arbeit die Luft verdichtete. Obwohl in den Kellergeschossen gelegen, sammelte sich daher an so manchen Abenden die schwüle, drückende Luft in den alten Gewölben. Um die immerzu eingeschaltete Messinglampe des Schreibtisches zogen dann matte Nachtinsekten ihre willenlosen Kreise, summten auf und stießen laut vernehmlich an den grünen Glasschirm, um irgendwann an der Glühlampe zu verbrennen.

Brünner, der sich schon einige Male mit vor Ingrimm zusammengepressten Lippen an der Technik der Belüftung versucht hatte – freilich erfolglos –, riss dann die Oberlichter und die Türe zur Kellertreppe auf, um einen nennenswerten Luftdurchzug zu erreichen. Aber der Effekt war völlig unerheblich. Denn beide bekamen nur die Küchendämpfe der Kantine im Erdgeschoss zu riechen, unangenehm, aufdringlich und gesättigt mit billigem Fett. Die Luft in der Prosektur war dann buchstäblich zum Schneiden, und Brünner machte in solchen Fällen mit einem der Skalpelle tatsächlich eine symbolische Bewegung durch die Luft, die anzeigen sollte, dass die Arbeitsbelastung wieder einmal unerträglich sei. Ein großer Tischventilator, den Brünner von zu Hause mitgebracht hatte, wurde dann neben die Messinglampe gestellt, aber trotz seiner fauchenden Fächerbewegungen wurde die Luft von ihm kaum gekühlt.

Baltrow vermied zu solchen Zeiten das Pfeifenrauchen. Zuweilen schien ihm die hohe Luftfeuchtigkeit zuzusetzen, denn Brünner hatte schon einige Male beobachtet, wie jener aus seiner Brusttasche eine rote Kapsel hervorkramte und hastig in den Mund schob, um sie dann schnell zu zerbeißen. Manchmal hatte er dabei Schweißperlen auf der Stirn und stützte sich an der Kante des Seziertisches ab, die ohnehin graue Farbe seines Gesichtes durch den Neonlichtschein in einen noch fahleren Hautton verändert. So verharrte er kurz, bis die Wirkung der Medikation eingetreten war, und arbeitete dann weiter, keinen Kommentar, nicht eine Erklärung abgebend. Brünner kannte diese Zustände, er deutete sie auch richtig – immerhin arbeitete er in einer Klinik und bekam ein gewisses medizinisches Grundwissen vermittelt –, allein dadurch, dass er ja Kontakt mit anderen Angestellten pflog. Es waren für ihn die Zustände seines Chefs, die Kurzatmigkeit, die Beklemmung der Brust und die abwartende, ängstliche Bewegungslosigkeit, ja fehlende Mimik nur Ausdruck seiner Herzanfälle, und die Medikation musste Nitroglycerin sein, das schnell durch die Blutgefäße des Zungengrundes zum Herz flutete, um dessen Durchblutung zu fördern. Er wagte aber nie danach zu fragen oder seinen Vorgesetzten aufzufordern, nahe Hilfe und Abklärung einzuholen.

Baltrow selbst wusste um seine Zustände, wusste um die Folgen seiner Beleibtheit, seines Bewegungsmangels, seines zu kurzen Schlafes, ahnte die schlechten Werte seines Blutdruckes, die Dicke seines Blutes und die abträglichen Wirkungen des Tabaks. Der schwülen Luft lieferte er sich noch zusätzlich aus, nahm sie aber hin mit einem lässigen Gleichmut gegenüber den Folgen für seine Gesundheit.

Neben dem alten Aufzug, hineingeritzt in das weiche Holz der umrahmenden Blende, war ein Spruch zu lesen. Irgendwann einmal mochte ein launiger Student, ein Witzbold oder ein Zyniker – was oft dasselbe ist – dorthinein seine Gefühle verewigt haben, und er hatte nicht so Unrecht, wenn zu lesen war:

»Prolog der Fliegen: Wir umkreisen als achtlose Fliegen den altehrwürdigen Bau, weil wir Nahrung suchen. Uns gelüstet nach Fleisch, in das wir unsere Maden setzen können. Die Gerüche nach Faulen und Verwesen sind uns die belebenden Düfte, denn dort, wo das edle Geschlecht der Menschen hinübersieht in den Moder der Erde, belebt uns die Erwartung. Wir liegen auf der Lauer, geduldig und unbemerkt, weil klein und nichtswürdig. Wir begleiten sie deren Leben lang, gejagt und verachtet, zerquetscht und zerschlagen. Wenn jene selbst vom Ende gezeichnet sind, schlägt uns aber die Stunde. Wir nähern uns frech, wenn deren Kraft schwindet, und wir ergreifen siegreich Besitz, wenn der letzte Atem verhaucht.«

Mehrmals schon hatte Brünner versucht, die Kerbungen mit Schmirgelpapier zu entfernen. Aber nur eine zusätzliche Farblackierung hätte die Spuren nachhaltig zu verdecken vermocht. Baltrow meinte daher, dass der Spruch so übel nicht sei und immerhin – aus einem gewissen Blickwinkel – der Wahrheit entspräche. Und mit den Jahren gehörten diese Zeilen daher auch zum Inventar, wie der Schreibtisch, die Messinglampe oder einer der schweren Granittische.

Tatsächlich wuchsen die zahlreichen Insekten mitunter zur Plage an, vor allem nach einem feuchten Frühling und einem nachfolgenden trockenen Sommer. Die Fliegengitter, die den munteren Ein- und Ausflug der Insekten verhindern sollten, waren längst löchrig geworden und nicht zuletzt zugunsten einer ungestörteren Luftzirkulation entfernt worden.

Ein Sondervertrag mit der überlasteten Gerichtsmedizin der Hauptstadt bescherte Professor Baltrow manchmal – seiner Ansicht nach als »zweifelhaft-vergnügliche« Abwechslung – die Sektion von Leichen, die der Staatsanwalt nicht freigegeben hatte. Manchmal waren es Auffindungen längst vermisster Menschen – oder Teile von ihnen –, bei welchen er die Ursache und den Todeszeitpunkt einigermaßen bestimmen sollte. So ergab es sich, dass dem Verwesungsprozess anheim gefallene, längst vermisste, vielfältig zerstückelte Torsi auf dem Sektionstisch lagen. Meist war es der letzte, hinterste im Obduktionssaal, da dieser die raueste Oberfläche hatte (ansonsten ja die mitunter kleinen Teile bei ihrer Bearbeitung keinen Halt gefunden hätten und lästig unter dem Messer hin- und hergerutscht wären) und sich außerdem direkt unter der Absauganlage befand. Die Gerüche, die solche Menschenreste aussandten, waren nicht minder vielfältig als ihre Erscheinungsformen. Waren sie schon längere Zeit im Freien gelegen und war es zudem in der warmen Jahreszeit, dann hatte sich ihrer ein beschaulicher Mikrokosmos bemächtigt. Myriaden von Mikroorganismen verwandelten sie in braungraue, amorphe Klumpen, welchen die Herkunft nicht gleich anzusehen war, weil unsere Lebenserfahrung selten Vergleichbares kennt. Ein Heer hurtiger Bakterien fraß und zersetzte, wandelte um und verdaute. Je nach Gattung (und da konnten sie schon Namen wie »Stinkspieße« haben) wurden dabei faulig-süßliche Gerüche frei, aber auch fade erdige, wenn ein Torso irgendwo unter dem Laub verborgen seiner Auffindung geharrt hatte. Auch Tierfraß war manchmal zu sehen, und wenn Ameisen systematisch die Gewebsreste bis zum Knochen als Delikatesse verinnerlicht hatten, dann konnte Baltrow von einer glücklichen Fügung sprechen: Es war dann mit einiger Sicherheit der Todeszeitpunkt bestimmbar, da jene hochorganisierte Insektengattung nur zu einem bestimmten Leichenalter ihren Schmaus begann.

Brünner wurde bei solchen Gelegenheiten immer aufs Neue übel. Nie hatte er sich daran gewöhnen können, und der gar nicht mitleidvolle, eher verwunderte Blick von Baltrow schien dann zu fragen, was er denn gegen die Tatsache habe, dass die Pathologie nun dermaßen belebt sei, gar einen Insektenzoo beherberge, dem man zwar nicht unbedingt mit Interesse begegnen, den man aber auf jeden Fall als Abwechslung betrachten sollte im Einerlei der sterilen Leichen von sonst. Brünner hatte sich sogar einmal übergeben müssen, als eine fette Made partout durch ein Loch seines Gummihandschuhs gekrochen war und er ihn voller Ahnung abgestreift hatte wegen einer juckenden, kitzelnden Vorwölbung über dem Handrücken.

Solche Vorkommnisse belebten Baltrow und nährten seinen Sarkasmus. Was er sich denn so anstelle? Diese kleinen Tierchen seien viel früher auf dieser Welt gewesen, und sie würden es auch noch sein, wenn sich die Menschheit ausgerottet habe. Sie vollbrächten nichts anderes als den göttlichen Auftrag von der neuerlichen »zur Erde Werdung«. So gesehen seien sie die Einzigen, die ein göttliches Konzept einigermaßen einhielten. Im Unterschied zu anderen Lebewesen, die deviierten und vom rechten Pfade längst abgekommen seien.

Brünner hatte aber für solchen Spaß kein Verständnis. Er war bleich im Gesicht und seine Lippen waren schmal – geschlossen aus Ekel und aus Wut über die zu erduldende Ekelerregung. Aber gerichtsmedizinische Fälle waren die Ausnahme, und wenngleich Baltrow hierbei seine Begabungen als auflockernde Abwechslung gebrauchte, kühn, messerscharf und mit Akribie, so blieb sein angestammtes Betätigungsfeld dennoch die klassische Obduktion.

Worin nun könnte die Spannung bestehen, wenn ein Leichnam hingebungsvoll und akribisch entfasert wird?

Wenn jene natürliche Abscheu, die wir beim Anblick von Blut, Fleisch und deren Verwesungsprodukten empfinden, abstrahiert und der Blick nur auf die biophysikalischen Eigenschaften fokussiert wird, dorthin also, wo nur mehr die Gesetze der Physik und Chemie gelten und nicht mehr die Wehleidigkeit irgendwelcher Verlustempfindungen, dann, ja dann also ist durchaus der investigative Aspekt schätzen zu lernen, der einer schichtweisen Entblätterung eines Leichnams anhaftet. Haut, Unterhautfettgewebe, Muskelfaszien und parenchymatöse sowie hohl organische Strukturen, wie die diversen ektodermalen und mesodermalen Ausprägungen der Lebensentfaltung auch heißen mögen – sie alle sind nach einem gewissen Schema zu sezieren, weil sie sich ja nach einem unabänderbaren, ewig gleichen Schema präsentieren.

An manchen Tagen befiel Baltrow somit eine unbändige Lust, sich von den blassen, versteiften Häuten mit einem sauberen Schnitt nach innen in die Tiefe durchzuarbeiten. Es war für ihn eine Reise in die Biografie des Verstorbenen, dessen Ende ihm ja nur aus den spärlichen behördlichen Daten bekannt war. Schnell hingekritzelt vom eiligen Totenbeschauer als vermutete, aber meist fehlgestellte Diagnose, hingeschmiert aus Desinteresse und Achtlosigkeit. Ein Name, ein Sterbedatum und vielleicht noch ein Umstand, unter dem der Tod gekommen war und der vage benannt wurde.

Der Nabel der Leichname befand sich vor Beginn der Autopsie immer direkt in Baltrows Blickfeld. Die vornübergebeugte Körperhaltung, in der er die ersten Messerschnitte zu setzen pflegte, bewirkte, dass er jeweils auf ihn hinunterblicken musste. Was die Mitte des Körpers bezeichnete, war jener Ursprungsort, von dem der Organismus – sich ernährend, wachsend und weitend – über die Geburt zum Leben gefunden hatte. Bei einigen Leichen war er vorgewölbt, wenn die Darmbakterien – durch die Überwärme angetrieben – ihre Tätigkeit noch eine Weile fortführten, bei anderen war er verstrichen durch das Fett der Leibesfülle, und bei wieder anderen war er eingefallen und knotig, wulstig oder stummelig, weil sich manche niemals abgenabelt hatten von dem Missverständnis ihrer Geburt. Nun, am Lebensende, war er nur mehr eine bedeutungslose Vertiefung, ein dunkles Loch, durch das das Leben dahingekrochen und für immer verschwunden war.

In dem Maße nun aber, in dem er zügig Schicht um Schicht zum Innersten der Leichname vordrang, offenbarte sich ihm auch das Leben jener Bedauerlichen. Er sah deren körperliche Exzesse, physische Traumen, alle gewaltsam erfahrenen Schicksalsschläge, die sich als bleibende Gewebsdefekte in den sterblichen Resten fixiert hatten. Eine zugewachsene Narbe hier, eine vom Bindegewebe umhüllte Läsion dort, behalten von einem Sturz, von einem Schlag mit einem stumpfen Gegenstand, geblieben von einer achtlosen Verletzung mit einem Messer.

Und die äußeren Narben umhüllten nur die Vielfalt der inneren Defekte, wenn in den Adern der Cholesterinkalk anhaftete durch fette Nahrung, Adern, deren Geschmeidigkeit erstarrte, die sich verengten durch Nikotin, verkrampften durch Stress, kollabierten durch täglichen Frust. Sie wiesen unmissverständlich zurück in die Vergangenheit und gewährten Baltrow einen Blick auf die lebenslange Mühsal.

War das Fettgewebe außerordentlich dick von hineingefressenem Kummer, die Bäuche schwer vom billigen Essen und die Knochen gebogen von der großen Bürde der Verantwortung? War die Wirbelsäule krumm vom Heben schwerer Lasten, die Lungen schwarz von schlechter Arbeit in rußiger Luft, war das Herz weit von literweise gesoffenem Bier, das Gehirn weich von gewöhnlichen Gedanken? Hatten die Frauen ein weites Becken vom oftmaligen Gebären, waren ihre Brüste schlaff vom vielen Stillen, hatten sie ein faltiges Gesicht vor lauter Gram über ihre Männer?

Den scharfen Stahl des Skalpells kümmerte es nicht. Er glitt lautlos durch die Gewebsschichten, durch den Kokon von angelagerten, anhaftenden Ausweglosigkeiten, die das Leben des Verstorbenen ausgemacht hatten. Die als dicke Haut, als lederne Umhüllung, als Schutzpatina vor aller möglichen Unbill in einem unerträglich langen oder betrogenen kurzen Leben gewachsen waren und nun einen letzten, lächerlichen Widerstand dem Stahl entgegensetzen wollten, nach dem Absterben aber des Hautwassers, der Geschmeidigkeit und jeder Weichheit beraubt blieb.

Baltrows penible Seziertechnik, die ruhige sichere Hand und ihre exakten Fingerbewegungen hätten jedem Chirurgen zur Ehre, jedem Patienten zum Wohle gereicht. Immer noch gab es besondere Momente der Erwartung. Wenn er durch das Brustbein zum Herzen vordrang, dann war es ihm, als wäre er in das heimliche Zentrum des Verstorbenen gekommen. Und es waren ihm Augenblicke höchster Spannung, als ob es etwas zu entdecken geben würde. Das Herz war das einzige Organ, das Zeit seines Lebens immer in Bewegung war, sich zusammenzog, sich erweiterte, Blut ansaugte und wieder auspresste; das nicht eine Sekunde in Ruhe verharrte und neben der Körperwärme der einzige Beweis für das Leben war. Nun, in seiner Regungslosigkeit, war es auch der Beweis, dass es kein Leben mehr im Körper gab. Es lag nur still in seiner Höhlung, vom Herzbeutel umfangen, von den Lungen flankiert, erstarrt, mattrot, aber auch manchmal von weißlichen Narben übersät, wenn es in seinen wilden Schlägen sich überforderte und Infarkten anheim gefallen war.

Hatte Baltrow die dicke Knochenkalotte des Schädels aufgesägt, enttäuschte ihn das Gehirn immer aufs Neue. Hinsichtlich seiner Farbe und Konsistenz zu einem amorphen Klumpen zusammenfallend, wenn er es aus der Schädelgrube gehoben hatte, schien es ihm allzu flüchtig. Er konnte sich nicht vorstellen, dass sich darin Gedanken befunden haben könnten oder gar irgendeine Form von Geistigkeit, die es als Gerüst zusammengehalten hatten. Es war grau und weißlich, und die Furchen waren flach oder manchmal ganz verstrichen.

Die letzten Jahre hatte sich ein beträchtlicher Fundus mechanischer Ersatzteile in seinem Institut angehäuft. Denn nicht mehr ausschließlich aus Fleisch und Blut waren die Obduktionskandidaten, sondern mitunter fand sich in ihnen das eine oder andere Teil aus anorganischer Struktur. Prothesen aus Kunststoff, Behelfe aus Kevlar und Keramik, modernste Metalllegierungen taten das ihrige zur Stütze, zur Überbrückung, zur Verlängerung, zur Absicherung, zur Unterminierung. Kunststoffflecken dichteten die lecken Blutgefäße ab, kleinste Röhren stützten von innen die Herzkranzarterien, winzigste Gitter filterten aus dem Blutstrom Verklumpungen, die irgendwo die Sauerstoffversorgung blockieren könnten. Drähte, fein geschwungen und biegsam, gespeist von kleinsten Batterien unter der Haut, versorgten die Herzkammern mit elektrischen Impulsen, wenn die ureigensten Zentren aus dem Takt zu laufen drohten, sprangen kraftvoll ein, wenn die natürlichen Stimuli des Lebens versiegten. Hüftgelenke, härter als Stahl, widerstandfähiger als jedes Metall, ließen befürchten, dass seine Messer stumpf wurden. Was sich durch tote Materie besser verstärken ließ, was durch unendlich haltbare Materialien sich stützen, absichern, verlängern und schließlich veredeln ließ, wählte die Möglichkeit solchen Ersatzes. Physisch ist das Leben gut abzusichern, dachte Baltrow, die Organe konnten auf eine erkleckliche Auswahl an geformten, gebogenen, aber auf jeden Fall reibungslos funktionierenden Ersatzteilen zurückgreifen.

Was aber bewahrte vor Ängsten, was stützte den schwachen Willen, wer verstärkte die Courage der Menschen? Wo waren die Behelfe, die den täglichen Gram besser ertragen ließen, den immer wiederkehrenden Frust verhindern konnten, wo die scharfe Optik, die den Blick für Recht und Unrecht schärfte? Wo endlich der Apparat, der Gut und Böse eindeutig zu unterscheiden half?

Die Herzschrittmacher jagten Brünner Schauder über den Rücken. Denn manchmal waren an der Stelle, wo die Elektroden in der Innenwand des Herzens staken, noch umschriebene Kontraktionen der Muskulatur zu sehen, wenn jener unbeirrt seine elektrischen Impulse sandte.

Baltrow mochte diese inwendig mechanische Welt daher ganz und gar nicht. Er meinte dadurch die Kontinuität des Todes gestört und dessen Eindeutigkeit verwischt.

Seine Fertigkeit war allmählich zu einer Meisterschaft gediehen, die schließlich eine unnachahmliche Kunst darstellte, von vielen beneidet, von manchen auch als Scharlatanerie abgetan. Denn nichts vergrämt mehr als die offensichtliche Überlegenheit eines Kollegen, und nichts fordert mehr Eifersucht heraus als das Eingeständnis des eigenen Mittelmaßes. So hatte Baltrow bei den Richtern einen ausgezeichneten Ruf, ja, er war ein gesuchter Sachverständiger, umworben, begehrt und manchmal zusätzlich um Rat gefragt, indes waren ihm aber ebenso viele Berufskollegen weniger gut gesonnen. Vor allem unter den Klinikern gab es eine nicht unbeträchtliche Zahl von Eiferern, denen er mit abschließenden Diagnosen oftmals an der wissenschaftlichen Reputation geflickt hatte, und die die Bloßstellung, die Korrektur ihrer ursprünglich mit lauter Vehemenz hinausposaunten klinischen Diagnosen nie verwanden. Aber solchen Kritikern begegnete er mit einem Gleichmut, denn die Argumente waren auf seiner Seite und gaben ihm in jeder Diskussion eine unangreifbare Sicherheit, die seine Gegner mitunter dann noch zusätzlich als Anmaßung empfanden.

Und dennoch gab es da eine Heimlichkeit, die auch Herrn Brünner verborgen blieb. Obwohl ihm Freizeit »Verschwendung« war (wie er die Zeitspannen des Müßiganges despektierlich nannte), verbrachte er – und das geschah in 14-tägigem Rhythmus – die spärlichen Momente vor seiner Lehrverpflichtung in der Hauptstadt gerne an belebten Plätzen. »Ethische Aspekte der Autopsie« hieß im Übrigen seine Vorlesungsstunde an der medizinischen Fakultät, und sie war so spät nachmittags anberaumt, dass nur unverbesserliche Studenten ihr beiwohnten, indes aber in den Genuss brillanter Ausführungen kamen.

An jenen Tagen bezog er dort an gewissen, gut überschaubaren Punkten Position und beobachtete Menschen. Manchmal auch saß er in Cafés, gerne in solchen, die ihre kleinen Tischchen und metallenen Stühle bei schönem Wetter an die Gehsteige und Promenaden stellten, und beobachtete vorüberziehende Passanten. Er ließ seine Blicke dabei umherschweifen, wie wenn er die vielfältigsten Bewegungen, die Lebensbewegungen, die Lebendigkeiten männlicher, weiblicher, alter und junger Menschen in sich hineinsaugen wollte. Ihre Hast oder ihre Muße, ihre Gereiztheit oder ihr Phlegma faszinierten ihn als Vielfalt menschlicher Erscheinungsformen. Oft erkor er sich aus dem Menschenfluss bestimmte Personen, ließ ausschließlich auf diesen seine Blicke ruhen. Es waren Momente der Abstraktion, wenn er sich fantasievollen Assoziationen hingab. Was er tat, war eigentlich nichts Besonderes, da es viele Zeitgenossen taten.

Bei Baltrow aber war es ein Vorgang der ästhetischen Erneuerung. Er gewann bei solchen Gelegenheiten Abstand zu seiner Tätigkeit in den Kellerräumen der Klinik, ja es schien eine Notwendigkeit für ihn zu sein, der andauernden Beschäftigung mit erstarrtem Leben die Betrachtung des Gegenteils dessen gegenüberzustellen. Er bedurfte solcher Momente, um durch die Gegensätzlichkeiten menschlichen Gebarens seine Fähigkeit der posthumen Interpretation zu schärfen. Menschenfiguren, Menschenkonturen, Menschengehabe zu studieren, lebende Formen zu verinnerlichen, um sie dann mit der erstarrten Form des kalten Kadavers in Bezug zu bringen und anschließend wieder auf mögliche Eigenschaften als noch Lebende schließen zu können.

Aber es war nicht alles: Wenngleich er auch für solche Vitalitäten einen ganz besonderen Blick hatte – nicht den des ziellosen Müßiggängers, nicht den des flanierenden Träumers –, so hängte er dennoch daran gerne Fantasien des Kennenlernens und Träumereien von konkreten Möglichkeiten.

Fasziniert sah er Frauen zu, nahm ihre Anmut und ihre Grazie wahr und knüpfte daran seine Vorstellungen. Das Leben schlechthin gedachte er in schönen Gesichtszügen am ehesten zu finden, ja eines Menschen Lebendigkeit schien sich nur noch durch die Ästhetik des Körpers zu steigern. Die makellose weiße Haut junger Frauen, die dunklen und die blauen Augen mit ihrem Funkeln, die Geschmeidigkeit und die Grazie ihrer Bewegungen, das volle Rot ihrer Lippen und das lauernde Pulsieren ihres Blutes und die ewig gleich bleibenden Signale ihrer Bereitschaft, Lebenskraft zu schöpfen und sie weiterzugeben. Es waren zwei Zustände, die einander verwandt waren, wenn nicht gar bedingten, und die dem Begriff Leben erst in ihrem Zusammenwirken das wahre Gewicht verliehen.

Baltrow, der vor undenklichen Zeiten das letzte Mal eine Frau in Liebe umarmt hatte, verspürte nun, da sich die Lebensjahre angesammelt hatten und seine männlichen Kräfte im selben Maße auszudünnen begannen, die Sehnsucht nach Weiblichkeit in einer ganz anderen Form. Vielleicht bedurfte es der Gegensätzlichkeiten prinzipiell, um einen Wert schätzen zu können. Der Reichtum brauchte den Verlust, das körperliche Wohlergehen den Schmerz, und die Liebesfähigkeit, das Begehren des Weibes, jene Symbolhaftigkeit der Lebendigkeit und Lebensvermehrung, bedurfte – um in ihrer Intensität vollkommen erfahren zu werden – des fortwährenden Anblicks des Todes. Bedurfte des täglichen Ausweidens übel riechender Kadaver und der Separation in viele banale Organe und Funktionssysteme der Biologie. Wer sein Herz und seine Sinne immerfort solchen Tätigkeiten aussetzte, bedurfte der Labsal. Oh ja, die Sehnsüchte waren da, aber anders als früher und mit stärkerer Intensität, die wohl erst durch sein Wissen und seine Erfahrung bedingt wurde. Als junger Student hatte er begehrt durch eindeutige Körperlichkeit, als reiferer Mann war es ein allumfassendes Verlangen seiner Sinne, das sich noch steigerte durch Entbehrung und Vermeidung.

Aus der Ferne versuchte er sich vorzustellen, was die Frauen sprächen, wollte er gerne ihre Gedanken kennen lernen, und es gab Momente, da er sich unendlich danach sehnte, sie zu berühren und in ihre Weiblichkeit einzutauchen.

Was würden sie von sich hergeben, ihm, dem Erwartenden? Was würde mit ihm geschehen? Würde ihn Wohligkeit umfangen, wenn er in ihrer Nähe säße, würde er Zärtlichkeit empfinden, wenn sie ihn berührten, oder würde er gar neue, andere Empfindungen kennen lernen, die ihn wegtrugen, hinaufhoben dorthin, wo sein stolzer Intellekt und seine nüchterne Logik sich als lächerliche, unwichtige Eigenschaften ins Nichts verflüchtigten?

Nein, er war sich gewiss: Nichts von alledem würde geschehen. Mit der ersten physischen Annäherung an das Weibliche würde es zu einer Schimäre seiner Sehnsüchte werden. Die schönen Hüllen verflüchtigten sich, es begänne die jähe Ernüchterung, die Zurücksetzung in die Gewöhnlichkeiten und Banalitäten menschlicher Beziehungen.

Der erstmals gerochene Duft – die Assoziationen seines olfaktorischen Gedächtnisses zu vielen anderen gewöhnlichen Düften. Der erste vernommene Tonfall in der Stimme einer Unbekannten – gehaucht, vibrierend und dunkel – schon eine Eingrenzung seiner Erwartungen und nur als Misston gehört. Und ihr erstes gesprochenes Wort – nur eine Preisgabe ihrer Gedanken hin zu den vielen anderen Gemeinplätzen der Sprache.

Und die erste Berührung?

Nichts mehr als der letzte Schritt zu allen Beengungen dieser Welt. Der niedrigste Ausdruck von Inbesitznahme eines fremden Körpers – seines Körpers.

Da wollte er sich lieber weiterhin mit seinen Fantasien zufrieden geben.

Denn das höchstmögliche aller Glücksgefühle wurde ihm ja schon andauernd beschert, indem er weiterhin jegliche Annäherung, jede Anrede vermied. Die Träumereien waren ja der wahre Genuss, da in ihnen alle Wege der sinnlichen Imagination offen blieben. In der Konkretisierung jedoch lag schon der Keim des Scheiterns, weil er sein Fantasiereich würde verlassen müssen.

So stimmte ihn der Anblick der Frauen zugleich traurig, da er ihnen nicht mehr zutraute, sein Herz zu rühren. In die Betrübtheit mengte sich dann Wut über den vermeintlich unabänderlichen Umstand, sodass es ihn an so manchen Abenden mit heißen Lenden, aber kaltem Herzen in die Bordelle der Hauptstadt zog. Während des wöchentlichen Aufenthaltes in der Hauptstadt, da er der Lehrverpflichtung an der dortigen Universität nachkam, nahm er auf dem Nachhauseweg die Gelegenheit zur körperlichen »Entladung« wahr. Er kannte mit der Zeit die dunklen Gassen mit den engen Türen, durch die er unerkannt verschwinden konnte, um stumm und schwer atmend seinen Unterleib auszuliefern.

Es sei ein unabänderliches Gebot der Natur, redete er sich ein, wenn er sich den sprachlosen Wollüstigkeiten hingegeben hatte und mit beinahe erlöstem Gewissen, ohne jeden bitteren Beigeschmack, am nächsten Tage das Skalpell führte. Er lebte in zwei Parallelwelten, in einer der hehren Wissenschaft hier und in einer der niedrigsten biologischen Funktionen dort, die er ohne geringste Dellen an seinem Panzer, aus selbstzufriedener Hinnahme überstand. Es hatte sich schließlich ein sexueller Pragmatismus eingestellt, der sich wissenschaftlich streng durch diverse Begründungen aus der Biologie nährte. Hormonell gesteuerte Befindlichkeiten forderten eben ihren Tribut, und »bioaktive Erfordernisse« aus dem Fortpflanzungssystem waren nicht durch falsche Enthaltsamkeiten, durch Askese zu umgehen oder gar zu sublimieren. Diese Versuche wollte er den Klerikern überlassen, ob indes jene – ohne Hand an sich zu legen – ihre nach himmelwärts zeigenden und mit geschwollenen Adern um Erlösung flehenden Triebe allein durch Gebete, religiöse Autosuggestion nach irgendwohin ableiten konnten, wollte er bezweifeln.

In der Hierarchie der Reputationen befand sich Baltrow mit seiner unspektakulären Pathologie wohl zuunterst. In der internen, fiktiven und von niemandem bewusst erstellten Hierarchie des gesamten Hospitals, jener des Charismas also wohl, genoss er jedoch eine besondere Stellung. Er nahm zwar selten an Besprechungen der Ärzteschaft teil, da er als Nichtkliniker über Symptome, Krankheitsausprägungen und deren Therapie kaum etwas sagen konnte, die Zeit seiner praktischen Tätigkeit als Allgemeinarzt auch schon zu lange zurücklag. Auch bei den oftmaligen Sitzungen der Abteilungsvorstände hielt er sich dezent im Hintergrund, denn Geldzuweisungen, Widmungen von Geräten, Budgetierungen waren nicht seine Sache. So hatte er den Status eines Außenseiters, den – und dies nun war seine Besonderheit – man sich allerdings gerne in Reserve hielt, als neutrale Instanz für schwer zu beantwortende Fragen, als Berater in kniffligen Situationen, zu dem man pilgerte, um Entscheidungen zu finden, die nicht unbedingt mit Kollegen zu besprechen waren.

Freilich gibt es – auch in Krankenhäusern und gerade dort umso mehr – dann noch die Hierarchien unter Gleichgestellten. Es ist eine Reihenfolge wie in Hühnerställen, eine, die sich scheinbar naturgegeben wie von selbst einstellt, entsprechend übertriebener Selbstbehauptung oder veranlagter Schwäche, es ist hier das grobe Vordrängen des einen, es ist da das schüchterne Hintanstellen des anderen. Es ist das primitive Selbstbewusstsein der Putzfrau, dem sich die ängstliche Stummheit der Küchengehilfin unterordnet. Baltrow kannte dies alles und er beobachtete – nicht aus der Erhöhung irgendeines Abteilungsvorstandes, sondern aus der lukenhaften Tiefe seiner Kellerräumlichkeiten. In die hinein viel Kummer und vielfältige Sorgen drangen und jener Ballast durchsickerte, der aus den unzähligen Reibereien, Kränkungen und ungelösten Spannungen unter den Kollegen über ihm entstand. Es kann durchaus behauptet werden, dass – der Schwere der seelischen Unausgeglichenheit der Kollegen über ihm entsprechend – sich im Keller ein Bodensatz klärungsbedürftiger Affären ansammelte, den einer Analyse oder gar Lösung zuzuführen, er sich aber beharrlich weigerte. Er nahm ihn höchstens zum Anlass, Einsicht zu nehmen in die Mechanismen der Betrieblichkeit, in die Verflechtungen zwischenmenschlicher Funktionierbarkeiten, die ihm manchmal biblische Ausmaße anzunehmen schienen.

Wie gut tat ihm da der Anblick der stummen Leichname, deren bewegtes Leben sich nun auf vollkommene Starre und erdgleiche Kälte reduziert hatte.

»Das Äquilibrium Ihrer Wertigkeiten stimmt nicht, meine Herren Kollegen. Wenn Sie tatsächlich als Mediziner Achtung vor dem Tod hätten, ihn also schätzen gelernt hätten, ihm einen gewissen Rang einräumten, würden sich Ihre Probleme doch von selbst lösen.«

Freilich war solche Ernsthaftigkeit für den einen Hohn, für den anderen eine Belustigung, die der Grillenhaftigkeit eines Kellerpathologen entsprungen war und die für den Pragmatismus der täglichen Reibereien nicht die geringste Aussagekraft hatte. Aber so mancher Kollege fühlte sich dennoch an die Basis seines Berufsethos erinnert, gemahnt an die Ursprünglichkeiten seiner Motive zur Berufswahl, die ihm so fremd nicht sein konnten bei der täglichen Arbeit mit Schmerz und Tod. Da Baltrow Charme und Witz besaß, suchten ihn allzu gerne

Kollegen auf, um abseits einer schnöden Diagnose oder einer lapidaren Feststellung die Interpretationen dazu zu hören. Vorgetragen mit einem Augenzwinkern manchmal, mit einem süffisanten Lächeln um die Mundwinkel und dabei auf die sichere Wirkung vor allem auf die weiblichen Zuhörer lauernd.

»Na, was macht der dritte Stock?« oder »Was gibt's am zweiten Stock heute?«, war oft seine Anrede. Die vielen Kollegen pflegte er räumlich zuzuordnen, als könnte er sie nur unterscheiden, wenn er ihre etagengemäße Herkunft benannte. Selbst war er kaum jemals in deren Arbeitsbereiche vorgedrungen, und in dem Maße, in dem er es auch unterließ, verlor er schließlich auch jedes Interesse daran. Dennoch kannte er die Vorgänge in den langen Fluren und weitläufigen Untersuchungszimmern, den Schwesternlogen, Depots und Krankenzimmern einigermaßen, ohne diese jemals inspiziert zu haben. Sein Wissen darüber bezog er aus den vielfältigsten Informationen seiner Besucher, und das, was sich medizinisch dort oben zutrug, war ja in den Krankengeschichten auf das Genaueste dokumentiert. Und solche bekam er zuhauf zu lesen, zu studieren. Seiner Kombiniergabe war es im Weiteren dann ein Leichtes, sich auf dies oder jenes einen Reim zu machen.

Dem rauen Volke der Chirurgen war er nicht besonders zugetan. Obwohl die Kontakte vielfältig waren, bestand ein gewachsenes Misstrauen, in erster Linie der Chirurgen ihm gegenüber. Denn immerhin beurteilte Baltrow oft die Operationsqualität. Er befand über sie, analysierte die Histologie der Präparate, und sollte der Operand aus welchem Grund auch immer zu Tode gekommen sein, verglich und überprüfte er die Ordinationsprotokolle auf Indikationen und eventuelle Ungereimtheiten, ja Fahrlässigkeiten. Die Beziehung zu den Chirurgen war damit eine höchst angespannte, die ihm immer das letzte Wort, ihnen aber nur Gefühle der Bevormundung bescherten.

Den Oberarzt der Chirurgie, Dr. Dobrowolny, schätzte Baltrow als glänzenden Operateur, der sicher und äußerst behände Gallensteine barg und Tumore aus dem Dickdarm entfernte. Als er noch in Ausbildung stand, hatte Dobrowolny häufig an Obduktionen teilgenommen. Er gedachte, dabei seine Anatomiekenntnisse aufzufrischen, und es kam dieses Wissen seinen chirurgischen Talenten sicherlich entgegen. Ehrgeiz, mit dem Ziel, irgendwann einmal den Chef seiner Abteilung, Professor Warsteiner, zu beerben, mochte da auch eine Rolle gespielt haben. Groß gewachsen, schlank, mit immer braunem Teint, weißen Zähnen und mit dunklem Haar, wusste Dr. Dobrowolny für sich zu gewinnen. Er nahm also nicht nur durch sein fachliches Können, sondern auch durch seine Gesamterscheinung für sich ein. Ein Vorteil auf jeden Fall im Vergleich zu den anderen Kollegen der Abteilung. Seine menschlichen Qualitäten indes waren, wie Baltrow für sich meinte, nur rudimentär vorhanden, und sollte er welche besitzen, dann waren sie vorgetäuscht und wurden nur verwendet als Mittel zum Zweck. Zum Beispiel gezielt eingesetzt, um junge Krankenschwestern zu betören, für sich einzunehmen und sie zu erobern. Natürlich war Baltrows Wissen darüber nur sekundär, aus zweiter Hand gewissermaßen, durch Hinhören oben in der Kantine erlangt, zwischendurch vom Adlatus Brünner ihm zu launiger Stunde mitgeteilt. Brünner seinerseits pflegte Kontakte zu den Operationsdienern, welche wiederum mit den Hilfsschwestern, dem Pflegedienst der zweiten Linie, assoziiert waren. Aber selbst wenn nur ein Bruchteil jener Gerüchte, die man über Dr. Dobrowolny munkelte, stimmte, so waren dennoch die Grundzüge seines Charakters eindeutig: ein Hang zu menschenverachtender Ichbezogenheit und jegliches Fehlen von Empathie für irgendjemanden. Ein Makel, der nach Baltrows Ansicht die ethische Qualifikation für den ärztlichen Beruf grundsätzlich in Frage stellte.

Mit den Internisten pflog er einen anderen Umgang. Er schätzte die innere Medizin als jenes Teilgebiet der Medizin, das sich am meisten der Wissenschaftlichkeit bediente. Mit der Vielfalt ihrer Spezialgebiete wuchsen jedoch auch die Unklarheiten. Baltrow erkannte darin auch ihr Verhängnis: Mit der peniblen Erforschung vielfältigster Krankheitsbilder, mit den ans Tageslicht gezerrten Daten und Fakten wuchs gleichzeitig die Zahl an offenen Fragen. Noch schwerwiegender: Ein gesichertes Faktum gebar zwei Unklarheiten mehr. Mit der Menge an Wissen zugleich vergrößerte sich also die Menge an Unwissenheit. Ein Paradoxon, das sie mit vielen anderen Fachgebieten teilte. Aber andererseits, ihr Name deutete es schon an: Die innere Medizin meinte nur vordergründig die Lehre von den Krankheiten »innerer Organe«, denn »intern, inwendig« beheimateten sich auch die menschlichen Seelen. Hingegen: Wo genau »inwendig« die Grenze zwischen den Organen und der Seele verlief, ob es überhaupt eine Grenze gab, konnte niemals gesagt werden. Wahrscheinlich war es eine Unabgrenzbarkeit, ein diffuses Hinüber- und Herübergleiten der Lebensgewichtung. So hatte für Baltrow die innere Medizin auch ihre Schwierigkeiten – bei all seinem wissenschaftlichen Respekt vor der Aufdeckung und Erforschung von wissenschaftlich definierbaren Krankheitsbildern –, Krankheiten eindeutig zu benennen. Vor allem nicht in jenem Bereich, wo die Seelen aufbrechen, um den Weg ins Jenseits zu gehen – also im Alter und vor dem Tode nach langem Siechtum. Das erklärte schließlich nun auch die Tatsache, dass an den Abteilungen für Innere Medizin Verstorbene allzu oft und in vermehrtem Maße der Prosektur übergeben wurden.

Dr. Botho Ferwarth, Dozent und angesehener Vorstand der Medizinischen Abteilung, war ein Besucher, den Baltrow schätzte. Er war ein Meister des medizinischen Vortrages, der es verstand, seine Ausführungen populärwissenschaftlich zu präsentieren. Seine Fortbildungsabende waren immer äußerst gut besucht, auch war die Auswahl der Gastvortragenden, die ab und wann auch von weit her, aus der Hauptstadt beispielsweise, anreisten, immer gut getroffen. Somit waren jene Abende immer ein Ereignis, nicht zuletzt auch deshalb, weil nachher meist ein vorzügliches Abendessen serviert wurde und dermaßen auch ein gesellschaftlicher Aspekt solcher Veranstaltungen nicht zu kurz kam. War Dozent Ferwarth also nicht der Hauptvortragende, so war er aber zumindest jener, der durch kluge Fragen und durch Ergänzungen der Ausführungen des fremden Vortragenden dennoch seine fachliche Kompetenz wieder ins Spiel brachte. Sein Wissen war ihm bewusst, seine Kollegen anerkannten es und seine Eitelkeit wurde daher als berechtigt akzeptiert. Was ihn allerdings immerfort an der Seele nagte, war der

Umstand, dass er noch nicht den Professorentitel erlangt hatte wie einige Kollegen an der Klinik.

»Dozenten besitzen das Wissen im Aufbruch, Professoren das saturierte Wissen«, versuchte er peinlicherweise einmal im Gespräch mit dem Professor Baltrow seinen Titel aufzuwerten. Trotz manch menschlicher Schwäche war Ferwarth für diesen ein kongenialer Diskussionspartner. Die Gespräche waren immer vorerst ein Abtasten, denn nichts war für Kliniker, ja für Ärzte überhaupt unangenehmer und für das Selbstverständnis erschütternder, als sich irgendeine Blöße im Wissen und in der Belesenheit geben zu müssen. Was Baltrow dennoch für seinen Kollegen einnahm, war dessen entgegengebrachte Wertschätzung, die sich äußerte, indem er manchmal anrief, um Obduktionsergebnisse zu hinterfragen, auch persönlich vorbeikam oder aber einen seiner Ärzte sandte, manchmal den stellvertretenden Chef, den dienstältesten Oberarzt der 1. Medizin, Dr. Johannes Hinterberger. Er gehörte zu jenen Ärzten, die mit prall gefülltem Dienstkittel durch die Krankenzimmer wehten. Er trug sein Wissen unübersehbar mit sich herum, demonstrierte solcherart Kompetenz für die Patienten und gab sich selbst jene vermeintliche Sicherheit, auf die er im Notfall dann aus Zeitmangel doch nicht zurückgreifen konnte. Die Taschen voll gestopft mit allen möglichen »Kitteltaschenbüchern«, eins fürs andere unentbehrlich gehalten, mit Dosierungsbroschüren und Indizes für diverse Körpergrößen, schien Hinterberger die Wissenschaftlichkeit direkt an die Krankenbetten heranzutragen. Sein Dienstmantel ließ sich daher nicht zuknöpfen, hing schwer zu beiden Seiten herab, gab aber seiner Erscheinung gleichzeitig etwas Lässiges. EKG-Lineal, Stethoskop, Reflexhammer und Untersuchungsspatel, also das ganze Rüstzeug physikalischer Untersuchungswerkzeuge umhing, wölbte und dehnte den weißen Mantel – und lenkte ab von seinem traurigen Gesicht mit den hängenden Tränensäcken und rötlichen Äderchen an den Wangen. Er war vor allem bei den älteren Patientinnen beliebt, was auch mit seiner zuvorkommenden Freundlichkeit zusammenhing. Ein Leitspruch war oft von ihm zu hören: »Wenn die Nettigkeit stimmt, dann kann es die falsche Injektion gar nicht geben.« So ging die Mär umher, dass so manche seiner Fehlleistung in der Behandlung äußerst gut kaschiert wurde, indem sie fürsorglich, einfühlsam und mit einem freundlichen Lächeln von ihm durchgeführt worden war.

Dr. Sarah Lawerth, die Internistin in Ausbildung, war ein gern gesehener Gast in den Räumen der Prosektur. Baltrow entsann sich noch, als er sie das erste Mal sah. Ihr Arztkittel war zu lange geraten, und sie wirkte etwas verloren darin – die Wäschemagazine der Hospitäler leisten sich nun einmal nicht den Luxus vielfältiger Konfektionsgrößen –, und dennoch verbarg er nur unvollkommen ihre schlanke Gestalt. Sie war knapp dreißig, hatte ihre Haare mit einem gewöhnlichen Gummiband zu einem dicken Pferdeschwanz gebunden und trug eine Brille, zart gefasst und elegant geformt. Sie stand ihren feinen Gesichtszügen dermaßen gut, dass man sie als notwendige Ergänzung herbeigefordert hätte, wäre sie ihr abhanden gekommen. Ihr Mund war schmal, noch schmäler und beinahe blutleer, wenn sie die Lippen beim Nachdenken zusammenpresste und sie dann langsam der Umklammerung ihrer Zähne freigab, sodass sie sich spontan mit Blut füllten. Nicht die Geste der kurzen Ratlosigkeit hatte Baltrows Aufmerksamkeit geweckt, sondern das spontan zurückflutende Rot, das die Lippenhaut beinahe aufleuchten ließ und mit der weißen Gesichtshaut kontrastierte. Der plötzlich wechselnde Zustand ihrer Hautbeschaffenheiten war für ihn ein fast vergessenes Schauspiel pulsierenden Lebens, ein verwirrender Gegensatz zu den starr und unbeweglich daliegenden Leichnamen, deren fahle Lippen ohne Begrenzung in die Blässe der Haut wechselten. Als sie ihn das erste Mal ansprach, um einen Obduktionsbefund oder Ähnliches bat, sah er ihr auch nicht in die Augen, sondern starrte unablässig auf das Spiel der Lippen mit Blut und Blässe.

Anfangs hatte sie ein gewisser wissenschaftlicher Ehrgeiz hinunter in die Prosektur geführt, da sie sich dort eine Abrundung ihres Wissens erhoffte und im Gespräch mit Baltrow die Krankengeschichten der Verstorbenen ihrer Abteilung noch einmal aufrollen konnte. Solche Fallbesprechungen trugen, wie sie meinte, ungemein zur Vertiefung des medizinischen Verständnisses bei. Denn von einigen wenigen, immer gleich gearteten Symptomen menschlicher Befindlichkeit verästelten sich abertausend Differenzialdiagnosen weg, wuchsen an ins Ungeheure, verloren sich diffus in jenem Horizont, der aus hohem Alter und ärztlicher Vergeblichkeit bestand – oder lediglich aus Unerfahrenheit, wenn nicht gar Unwissenheit.

Dr. Lawerth war unerfahren. Sie hatte erst die Hälfte der Ausbildung zur Fachärztin hinter sich, und die vielfachen Schuldgefühle, die sich wie zwanghaft an den einen oder anderen vergeblichen Fall anhängten, bereiteten ihr erhebliche Probleme.

»In der inneren Medizin«, dozierte Baltrow dann gerne – und er vermied dabei die übliche Anrede wie »Ihr Internisten« oder »Für euch Kliniker«, wie es gerne geschieht aus abwertender Distanzierung zu einer Berufsgruppe –, »in der inneren Medizin gibt es mehr Unwägbarkeiten als in allen anderen Fächern. Zur natürlichen Erschöpfung der menschlichen Physis gesellt sich dort vor allem im Alter der fehlende Lebenswille, die Involution aller vorwärts strebenden Lebensgeister. Kein Molekül lässt sich dort noch leicht bewegen, wenn es von den destruktiven, beharrenden Kräften der Freudlosigkeit an seinem Platz gehalten wird. Kein Lebenssaft lässt sich dort noch zum Fließen bringen, wenn sich die Kanäle mit Kummer und Angst blockieren. Liebe Kollegin Lawerth, so gesehen haben Sie Großartiges geleistet, und Belohnung dafür dürfen Sie nicht durch einen etwaigen Heilerfolg erwarten, sondern nur dadurch, dass Sie einen Menschen so lang, so intensiv wie möglich begleitet haben. Waren Sie ihm nur anwesend und haben ihm irgendeinen Schmerz dann auch noch gelindert, glauben Sie mir, Sie haben dann sehr viel getan, vielleicht alles.«

Mit diesen Worten vermochte er dann Dr. Lawerths Bekümmernis zu mildern, und aus den Momenten der Trostsuchung, für die sie immer häufiger die Prosekturräume aufsuchte, entspann sich allmählich das eine oder andere Gespräch, das über die speziellen Krankheiten hinausging.

Sie begann sich für seine Arbeit zu interessieren, sah immer öfters – so gut es ihre Dienstzeiten zuließen – bei Sektionen zu, vor allem dann, wenn die Verstorbenen in ihrer Abteilung gelegen hatten.

Ob er, Baltrow, seine Tätigkeit gern ausübe, was ihn denn an seiner Tätigkeit so fasziniere, wollte sie eines Tages wissen.

Baltrow war um Beschreibungen der Attraktivität seiner Profession nicht verlegen.

»Nirgendwo ist die Beziehung zu einem Menschen, der – ich gebe es zu – freilich nicht mehr atmet, dessen Herz nicht mehr schlägt, der sich also in keiner Weise mehr lebendig zeigt, so eindeutig und unzweifelhaft wie hier in der Pathologie. Diese Beziehung ist unerschütterlich, unabänderbar und eindeutig definiert. Ich bin, was eben diese Beziehungen anbelangt, für so manchen ein beneidenswerter Mann, denke ich. Ich habe keine Feinde, absolut keine, natürlich auch keine Freunde, und jede einmal zu Beginn geknüpfte Beziehung ist frei von irgendeiner Dynamik. Können Sie das behaupten?«

Sarah Lawerth lächelte.

»Sie haben im wahrsten Sinne des Wortes nur unterkühlte Verhältnisse, das kann man doch nicht vergleichen mit dem, was wir vorhin besprachen.«

»Doch, ich möchte unsere Tätigkeiten schon gegenüberstellen. Ich weiß von diesen bemitleidenswerten Menschen gar nichts außer dem, was in der Krankengeschichte oder in der polizeilichen Fremdanamnese steht. Darauf begründet sich, daran knüpft sich weiter meine Vorstellung über sie, und alles Weitere ist dann meiner Imagination überlassen. Ist dies nicht eben fantastisch? Keine Irrtümer mehr, keine Enttäuschungen oder Korrekturen in meinen Verhältnissen zu ihnen. Die ideale Beziehung, weil sie keinen Gefühlsmomenten mehr unterworfen ist.«

»Aber gerade Letzteres macht ja den Reiz aus in der Beziehung zu einem Menschen. Und überhaupt, wir reden doch nur Unsinn hier. Zu Toten hat man nur die Beziehung des schmeichelhaften Rückblicks, mehr nicht. Die Beurteilung ist eine endgültige, und hat es zu ihren Lebzeiten eine Beziehung zu ihnen gegeben, dann schließt sie sich abrupt ab durch eine plötzliche totale Einseitigkeit. Zu Toten sind wir gnädig, wir verzeihen ihnen, und sollten es Mörder und Schwerverbrecher gewesen sein, so haben sie dennoch ein gewisses Mitgefühl einfach nur durch ihre vollkommene Wehrlosigkeit. Wer das Leben verloren hat, hat alles verloren, und die Beurteilung fällt plötzlich milder aus.«

»Natürlich habe ich nicht erwartet, dass Sie mir zustimmen, aber bedenken Sie zumindest den vernünftigen Ansatz meiner Erklärungen: Faktum ist, dass meine wissenschaftlich gefärbte Beziehung eine gewisse Klarheit hat, die von keinerlei Gefühlsduselei gemindert, von keinerlei Anti- oder Empathie beeinflusst wird. Solches schätze ich sehr, und ich bitte Sie, nur einmal diesen Aspekt auch für sich in Erwägung zu ziehen.«

Dr. Lawerth schien etwas verwirrt.

»Sie sprechen, als ob Sie mit Lebenden Enttäuschungen hinter sich hätten.«

»Schon möglich, dass Sie Recht haben. Hier jedenfalls sind die Enttäuschungen lediglich technisch-wissenschaftlicher Natur. Ob ich das Präparat richtig angefärbt oder mit dem Mikrotom auch entsprechend dünn geschnitten habe oder ob ich mit meinen vermuteten Indizien den Zugang zu einem pathophysiologischen Konzept gefunden habe. Und glauben Sie mir, mit diesen negativen Gefühlen kann man umgehen, damit ist zurechtzukommen.«

»Aber Sie sind doch unverbesserlich!«, antwortete sie. »Das haben Sie doch die ganze Zeit nicht so richtig ehrlich gemeint!«

»Wer weiß?«, grinste Baltrow, und wie er da mit der zu weit an der Nasenspitze sitzenden Brille in den Tiefen der Bauchhöhle nach Defekten der Gedärme suchte, glaubte sie für einen Moment einen spitzbübischen Gesichtsausdruck zu bemerken.

Sie blickte ihn eindringlich an.

»Ich möchte Sie etwas Privates fragen. Darf ich?«

»Nur zu, Sie dürfen.«

»Es wird gesprochen, Sie hätten vor Ihrer Ausbildung zum Pathologen schon als Arzt in einer Praxis gearbeitet.«

Baltrow hielt inne und blickte nun Dr. Lawerth ernst an. Sie biss sich auf die Lippen, sodass diese wieder blutleer wurden und wollte eine Entschuldigung stammeln.

»Nein, bitte nicht, es bereitet mir überhaupt keine Schwierigkeiten, darüber zu reden. Ich will Ihnen ein bisschen etwas erzählen. Irgendwie gehört es auch zur Ausbildung dazu. Es stimmt, ich habe aus vielfältigen Ursachen die Praxis verlassen. Da war einmal das wissenschaftliche Interesse, aber da war auch noch etwas anderes, was für andere völlig ohne Belang ist. Ich erzähle Ihnen ein anderes Mal darüber. Ich habe alle Facetten des Absterbens miterlebt, sodass ich dadurch meine eigenen Ängste vor dem Tod nährte. Ich habe erlebt, durch welch lange Zeiträume die Patienten vor ihm zitterten, welch ungelenke Versuche sie unternahmen, seinen Zeitpunkt hinauszuschieben. Wie lächerlich dies alles schien, da die Vergeblichkeit ja gewiss war. Und mich selbst überkam dann oft ein Grauen, wie es mit mir selbst sich zutragen könnte. Die fortwährende Konfrontation mit dem Tod ist erbarmungslos, und man kann diesen Fragen nicht entrinnen, da sie sich immer aufs Neue stellen. Ich hatte nicht die Möglichkeit, wie der halb wissende, höchstens ahnende Mensch das Sterben zu ignorieren, ihn als abrupte Beendigung meiner selbst irgendwann in der Zukunft zu betrachten. Als etwas weit Entferntes und daher auch Unwirkliches. Nun aber habe ich mich arrangiert. Ich bin der quälenden Phase des Absterbens gänzlich ausgewichen und mit dem Tod überhaupt nicht mehr konfrontiert, indem ich ihn umgangen habe. Ich beschäftige mich nur mehr mit dem, was er übrig gelassen hat. Die Leichen haben überhaupt nichts Beklemmendes mehr an sich, da ihr Zustand ja ein endgültiger, ein eindeutiger ist. Ich würde meinen, nur die unmittelbare Gegenüberstellung von Leben und Tod ist das Grauenvolle, nicht aber der leblose Leichnam, welchen der Tod ja schon ereilt hat und welchem der Tod sozusagen schon wieder längst enteilt ist. Diese Tatsache wiegt mich in einer gewissen Sicherheit. Und wenn ich die gleichgültige, friedliche Ruhe der Leichen hier betrachte, so hat sie auch etwas Begehrenswertes an sich. Was bleibt über, wenn nichts mehr pulsiert und fließt, und vor allem: Was kann ich wissen über die Geschichte dieses Verschiedenen, wenn er selbst mir keine Informationen mehr geben kann? Sie sehen mich so entgeistert an! Natürlich ist das nicht gut zu schmecken, was ich so daherrede, aber bedenken Sie doch diese Aspekte. Ich betrachte die Rückseite des Lebens, aufmerksam und im wahrsten Sinne des Wortes eindringlich.«

»Hatten Sie vor den Lebenden Angst? Verzeihen Sie, wenn ich so offen frage. Aber Sie fordern mich mit Ihren Erklärungen ja geradezu heraus. Hatten Sie Probleme mit Gefühlen, hatten Sie Angst, mit Ihren Gefühlen zu versagen?«

Baltrow schmunzelte.

»Sie glauben doch nicht im Ernst, dass ich vor Ihnen mein Gewand ablege! Sie werden von mir keine Erklärungen bekommen. Ich bitte Sie dennoch, nur den Standpunkt meiner Ausführungen zu beachten und keine Beziehungen zu meiner früheren Tätigkeit herzustellen. Das Interesse, das ich der Menschen verstorbener Hülle entgegenbringe, ist oft mehr, als sie an Zuwendung ihr ganzes Leben erfahren haben.«

»Es sind keine Menschen mehr und auch keine Personen, es sind nur mehr Leichname und Kadaver.«

»Trotzdem, sie sind posthum für eine gewisse Zeit bedeutend und interessant.«

Dr. Lawerth sah ihn aufmerksam an.

»Ich gebe zu, diesen Aspekt ihres Zustandes habe ich nicht beachtet. Trotzdem ist die vornehmste Aufgabe eines Arztes, sich mit den Lebenden zu beschäftigen.«

»Nein, ich habe meine Beobachtungen gemacht und meine Feststellungen durch einen Schlussstrich beendet. Ich habe die wenigen Abschnitte menschlicher Entwicklungen, die Zeitspannen und den Lauf von Krankheiten studiert und bearbeite nun nur mehr die letzte Phase ihrer irdischen Anwesenheit. Übrigens eine Lebensphase, die im Angesicht der Auslöschung zu einer interessanten Wahrhaftigkeit führt. Ich glaube mitunter zu beobachten, nur jetzt und in diesen Momenten seien diese erbarmungswürdigen Kreaturen zu einer Offenheit fähig, der sie sich ihr ganzes Leben nicht gestellt hatten. Immerhin ein interessanter, durchaus beachtenswerter Aspekt des menschlichen Absterbens, meinen Sie nicht?«

»Und trotzdem sind Sie vor der Verantwortung eines Sterbebegleiters geflohen.«

»Sterbebegleiter? Dieser Ausdruck hat so etwas Unpersönliches und zugleich Offizielles, Distanziertes. So wie ›Sachwalter der letzten Tage‹. Nein, nein. Ich möchte dies anders benennen. Ich würde die Bezeichnung ›Endzeitpartner‹ oder besser ›Freund der letzten Stunden‹ eher bevorzugen. Mit der Gratwanderung zwischen erbarmungsloser Wahrheit und Verschweigen, wobei schonende Behandlung für mich doch mehr Priorität hatte als dieser an ein philosophisches Dogma gemahnende Drang nach Offenlegung der Wahrheit, welche schmerzt und manchmal dem Sterbenden noch die letzte Hoffnung nimmt. Zur Schmerzbekämpfung, zur

Vermittlung von irgendeinem letzten positiven Lebensgefühl gehört nun eben mal auch die Hoffnung. Ich hätte hier einem Prinzip genüge getan und dort einem Lebewesen Schmerz zugefügt? Nein, so habe ich es meist nicht gehalten. Meist waren die wahren medizinischen Umstände sowieso schon geahnt und führten dann durch ihr Aussprechen doch zu einer gewissen Erleichterung. Wie jedes Herausführen aus einer Ungewissheit mit Erleichterung verbunden ist.«

»Aber Sie hätten sich – als Sie den Arztberuf ergriffen haben – doch im Klaren sein müssen, dass auch diese Probleme an Sie herantreten würden.«

»Sicherlich, habe ich auch. Jedoch hätte ich geahnt, wie sehr wir durch unsere Erziehung verlernt haben, mit Fragen des Sterbens, mit dem Tod umzugehen, und wie sehr ich mich mit meiner kümmerlichen individuellen Ausbildung zu einem solchen Sachverständigen darin schwer tun würde, dann wäre ich vielleicht doch nur Intensivmediziner geworden. Womöglich an einer Station von Aussichtslosen, Dauerintubierten, vielleicht Apallikern, die nur mit künstlichen Verbindungen, mit Sauerstoff-, Ernährungs- und Infusionsschläuchen noch am Herzschlag gehalten werden. Da hätte ich es, versteckt hinter chromglänzenden Monitoren und einem Dickicht von Apparaturen, leicht gehabt, mich mit dem Tod auseinander zu setzen. Es wären Urteile aus der maschinenverwehrten Distanz unserer technischen Begabungen heraus gewesen. Ich wäre durch den Verweis auf die technische Machbarkeit einer gewissen Verantwortung enthoben, auf jeden Fall sehr entlastet und nicht gezwungen gewesen, mich zu einem eindeutigen Entschluss durchringen zu müssen. Nie hätte ich dort jemanden in die Augen sehen müssen, nie mit jemandem sprechen, niemals jemanden berühren müssen, um den Puls, sein Leben noch zu erfühlen, um seinen Schweiß zu prüfen und um seine Atmung zu hören. Es wäre eine Beobachtung wie aus einem Schaltraum heraus gewesen, abgesichert durch strahlen- und lichtgefilterte Scheiben und dicke abschirmende Wände. Und ich täte dies im Bewusstsein, Großartiges zu leisten im Angesicht des Todes und wäre doch nur ein jämmerlicher Versager, der den unmittelbaren Kontakt zu einem Menschen scheut und ihn dadurch allein lässt. Ja, diesen Medizinalberuf hätte ich auch wählen können.«

»Und dennoch würden Sie den Menschen dort helfen!«

»Welchen nicht mehr zu helfen ist, den Aussichtslosen. Meine liebe Freundin, die Würde. Die Würde ist es, die ich bisher nicht erwähnt habe und die dennoch der letzte Begleiter sein sollte! Die alten Menschen, die einfachen Bauern, die bis auf den glaubenserhaltenden Katechismus kaum etwas gelesen und sich nur mit den religiösen Fragen beschäftigt haben, die ich oft begleitete, die hatten eine natürliche tiefe Abscheu vor den Einlieferungen in Krankenhäuser. Ich habe sie oft enttäuscht.«

»Aber Sie haben es nur getan, weil Sie ihnen noch eine Chance zum Weiterleben geben wollten, doch aus keinem anderen Grund!«

»Doch, es gab noch einen anderen Grund, aber man spricht ihn nicht so schnell aus. Die Mühsal, den Kranken eben zu begleiten und sich die Unsicherheit, die Angst, das Entsetzen des Sterbenden anzutun. Die Einweisungen in Krankenhäuser sind ein Abschieben der Verantwortung, ihm in den letzten Stunden als Mensch, als Freund beizustehen. Ich bin oft den einfacheren Weg gegangen.«

»Herr Professor! Nun aber stellen Sie zu hohe Forderungen an sich und Ihren Beruf. Es würde doch technisch gar nicht möglich sein, einen Menschen im Angesicht des Ansturms übriger Patienten so lange und intensiv zu begleiten. Es ist nicht durchführbar.«

»Sie haben natürlich Recht. Aber für das Defizit, das durch die Diskrepanz zwischen meinem Idealismus und meinen praktischen Durchführungsmöglichkeiten entsteht, bin allerdings auch nur ich verantwortlich. Niemanden kümmert es, was ich an Frustration dabei empfinde. Daher war die Aufgabe meines Berufes und die Zuwendung zu einem anderen Teil der Medizin für mich die logischste und die beste Möglichkeit. Ich habe das nur mit mir alleine ausgemacht. Oh, es fiel mir nicht leicht zu gehen, sie haben mich vermisst, die Patienten, sicherlich eine Zeit lang, aber es kam dann der Nächste, der die Sache genauso gut machte und der vielleicht nicht diese Gewissensfragen empfand. So, nun kennen Sie meine Motive und glauben Sie mir, ich bin durchaus zufrieden, ja sogar glücklich mit dieser Lösung.«

Wenn Dr. Lawerth nach solchen Gesprächen nachdenklich die Prosektur verließ, hatten Baltrows Worte ihre Wirkung getan. Sie war in ihrer Stationstätigkeit ernster als sonst, wich Kollegen aus und beteiligte sich mit kaum einem Kommentar an Fallbesprechungen, wie sie ja bei Internisten vor jeder Morgenvisite üblich sind. Sie suchte die Prosektur immer öfter auch dann auf, wenn keine Sektionen geplant waren und sie Baltrow allein wusste. Beide saßen dann an dem alten Schreibtisch, beide in das gelbliche Licht getaucht und vertieft in Bücher. Es war dann still in der Prosektur, nur die steten Tropfen eines undichten Wasserhahnes und das entfernte Summen der vielfachen elektrischen Geräte in den Stockwerken über ihnen waren zu vernehmen, die elektrischen Hintergrundgeräusche eines sensiblen technischen Komplexes, wie es ein Krankenhaus ist. Dr. Lawerth hatte oft keine Scheu, die Stille zu unterbrechen, sie mit grundsätzlichen Fragen zu durchschneiden, und Baltrow ergab sich gerne in breiten Antworten.

»Wann tritt Ihrer Meinung nach tatsächlich der Tod ein? Ist es der zu Ende gegangene Herzschlag oder das Versiegen der elektrischen Hirnaktivität?«, schien ihr eine überaus wichtige Frage zu sein.

»Es ist müßig, über den Zeitpunkt des Todes zu streiten. Es ist die alte Frage auch neuerdings durch ein Elektroenzephalogramm nicht zu beantworten, so wie sie früher durch den fehlenden Auskultationsbefund nicht zu lösen war. Was nun bewirkt das Sterben? Der Stillstand des Herzens oder das Versiegen der elektrischen Aktivitäten im Gehirn? Was denn nun wirklich?«

»Nun, offiziell natürlich die nicht mehr vorhandenen Gehirnelektrizitäten. Das wissen wir doch längst.«

»Und wenn das Herz nun weiterschlägt, weil es ja weitgehend autonom ist, der Patient aber hirntot ist, weil sein Gehirn zum Beispiel bei einem Verkehrsunfall zerquetscht worden ist, was dann? Der Gehirntod tritt ja allgemein nur dann ein, wenn man den empfindlichen Gehirnzellen den Sauerstoff entzieht, also wenn das Herz zu schlagen aufhört. Nein, nein, das Gehirn ist vom Herzen abhängig, während Letzteres völlig unabhängig ist. Der Mensch stirbt, wenn das Herz nicht mehr weiterschlägt, punktum.

Das heißt aber nicht, dass dies nun der Zeitpunkt des Todes gewesen ist. Keinesfalls. Ich hege nun keinerlei zynische Hintergedanken. Der Tod muss nicht unbedingt plötzlich erfolgen. Es gibt da auch die protrahierte, verzögerte Art des Absterbens. Ich meine sogar, dass manche Menschen mitunter als bereits Tote sterben, weil sie schon vorher im Leben verschieden sind. Sie wissen, was ich meine? Nicht? Nun, ich meine den sittlichen Tod. Den Verlust jeglicher Scham. Die Aufgabe irgendwelcher Ideale weit vor dem Verblassen der Haut, erstickte Gefühle, abgewürgte Vorsätze, erträhnkter Altruismus, erschlagene Menschlichkeit, erstochener Idealismus. Der physische Tod findet dann zumeist nur mehr in entseelten Hüllen statt, er trottet dem eigentlichen Absterben nach. Das, was ich sagte, gilt natürlich nicht für Sie oder mich, oder?«

Dr. Lawerth sah ihn verwundert an und schüttelte den Kopf.

»Sie sind heute in Laune, aber ich höre Ihnen gerne zu, nur weiter.«

»Ich erinnere mich übrigens noch genau an so manche Sterbende damals. Das Absterben ist keine lautlose Angelegenheit, ganz und gar nicht. Man meint, dass das Verlassen der Seele – sofern es so etwas überhaupt gibt, also nennen wir es lieber das Entweichen des letzten Lebensfunkens aus dem Körper – geräuschlos geschähe. Mitnichten. Ich war oft dabei bei jenen intimen Momenten in einem Menschenleben, intimer als die Ankunft aus dem Mutterleib heraus. Die Hilflosigkeit des Neuankömmlings bei der Geburt ist beim Sterbenden wieder vorhanden. In anderer Form, weil sie sich mit Angst verbündet. Mit elementarer Angst, die sich auf eine lebenslange Erfahrung bezieht. Viele Sterbende spüren den Zeitpunkt schon vorher kommen, obwohl jeder die Erfahrung ja nur einmal macht und zwar als letzte im Leben und sie ihm unbekannt sein müsste. Aber offensichtlich ist das Muster der Lebensbeendigung tief in uns, mitgeboren, wenn auch ein Leben lang unter Verschluss gehalten. Ich habe die Unruhe damals bei meinen Patienten bemerkt, schon Tage vorher, bevor noch irgendein Organ sein Versagen ankündigte. Ich habe sie nachts schreien gehört, wenn sie versuchten, vor diesem Sterbeprogramm in ihnen davonzulaufen. Ich habe ihre flehentlichen, gehetzten, verzerrten Gesichter gesehen, wenn nicht der Schmerz, sondern die Gewissheit der eigenen Auslöschung sie überkam und der letzte Weg so eindeutig vorgezeichnet war wie nie etwas in ihrem Leben sonst. Aber unmittelbar vor dem Ende kommt es dann mitunter zu dieser vollkommenen Ergebung, der Loslösung, einer gewissen Entkrampfung. Klammerten sich die meisten kurz zuvor noch ängstlich an das Leben, suchend wie das Kind, das vor irgendwas Angst hat, galt das also für die Tage, Stunden davor, so war es in den letzten Momenten völlig anders. Um die Sekunden des Todes herum beobachtete ich manchmal, dass sie sich völlig befreiten. Sie waren nun allein und wollten es auch bleiben, weil sie anscheinend plötzlich einer Freiheit ansichtig wurden, wie sie sie im Leben niemals empfinden konnten. Und indem sie diese erfuhren, verließen sie die Welt endlich auch, sie überwanden sie. Manche betteten ihre Hände beidseits des Körpers, schlossen die Augen und warteten stumm. Als sie dann endgültig fortgingen, war für den sensiblen Beobachtenden manchmal eine kaum wahrnehmbare Erschütterung zu spüren, ein kurzes Auslenken des Körpers, wie wenn eine Kraft, vielleicht die Lebenskraft, ihn verließ und ihn noch kurz mitzog. Die Stille, die den Leichnam kurz darauf umfing, war absolut und die Einsamkeit dabei ewig. Aber da könnte noch etwas sein. Wir reden von Sekunden, von Augenblicken und meinen unsere lächerlichen Zeitmaße. Unsere Vorstellungen sind doch so unzulänglich, dass wir die unendliche Summe von Augenblicken als Ewigkeit bezeichnen. Wenn wir die Begriffe davon austauschten, also die Augenblicke des Absterbens als das Zeitmaß der Ewigkeit schlechthin bezeichneten, als Fokussierpunkt unserer ureigenen Idee von uns selbst, als Auftrag, der sich erfüllt hat und zu Ende gebracht wurde, oder endlich als Prüfung, die wir nun mit Erfolg bestanden hatten, wäre vieles leichter zu verstehen und auch zu ertragen. Christliche Ideen, meinen Sie wahrscheinlich. Schon möglich. Was allerdings die Überlegungen deshalb nicht weniger attraktiv macht.«

Baltrow sah Dr. Lawerth prüfend an.

»Was ich Ihnen eben sagte, ist doch für Sie nicht Neues! Sie sind doch hierin keine Anfängerin, Sie haben doch täglich Kontakt mit Sterbenden. Oder gehören Sie etwa zu jenen, die in den Sterbezimmern die Abtretenden mit irgendeiner barmherzigen Schwester alleine lassen, wie ich es selbst schon öfters erlebt habe? Denn wo keine Therapie mehr greift, sieht man den Arzt oft nicht mehr. Es wäre solche Einstellung auch nicht unrechtens, wäre erklärbar, denn der Arzt ist ja nur zum Therapieren da. Die begleitende Therapie ohne jegliche Option auf Erfolg hat er nie kennen gelernt.«

»Sie unterstellen mir etwas. Wenn der Dienst es zulässt, fühle ich es als meine Pflicht, in jenen letzten Momenten anwesend zu sein.«

»Verzeihen Sie, ich traue Ihnen das ehrlich zu. Ich bin in meinem Urteil den Kollegen gegenüber zu hart. Ich wollte eigentlich auf etwas anderes hinaus. Ich wollte auf eine oft gemachte Beobachtung kommen. Haben Sie schon genauer hingesehen? Wenn sie zum ›Ziehen‹ anheben.«

»Was meinen Sie damit?«

»Jenen nur scheinbar äußerlich-körperlichen Zustand, bei dem die physische Spannung, mit der das Leben umkrallt wird, schwindet und in welchem den Körper der Tonus der Muskulatur verlässt. Sie saugen mit offenen Mündern die Luft gierig ein oder stoßen ihren Rest hinaus. Sie liegen mit geschlossenen Augen da, mit sich hebendem und senkendem Oberkörper und gehören nicht mehr dem Leben und noch nicht dem Tode. Sie reagieren nicht mehr auf unsere Signale, denn es ist der erste Schatten der ewigen Leblosigkeit auf sie gefallen. Ich habe die starke Vermutung, dass es keine abrupte Zäsur zwischen der Existenz und dem Nichts gibt. Es ist möglicherweise noch etwas dazwischen. Eine Art Zwischenreich, zu dem nur noch der Geist Zutritt hat.«

»Ein Zwischenreich? Sie beziehen sich da auf Aussagen, Berichte von Reanimierten, die sich schon darin befunden haben müssen. Sie erzählten von wunderschönen Lichtern, von unendlicher Leichtigkeit, von freiem Schweben und so weiter. Es waren Erzählungen von Schönheit und Erhabenheit und meist von der nicht mehr gewollten Rückkehr ins kalte Leben.«

Baltrow zögerte ein wenig.

»Ich gebe es zu: Wenn mich nach einem langen Pathologenleben nun etwas Besonderes interessiert an der Pathologie, nein, vielmehr an unserer Existenz, dann ist es genau diese Frage. Die Frage nach der tatsächlichen Art unseres Abtretens. Ich kann mir nicht vorstellen, dass es so abrupt verläuft wie ein Motor, der plötzlich stehen bleibt, wie der Herzmotor, der nach dem letzten Schlag plötzlich still ist. So von einem Augenblick zum anderen hin.«

Dr. Lawerth war aufgeregt.

»Aber so ist es doch bei jedem Lebewesen, wir können es überall in der Natur beobachten. Und außerdem: Es gibt ja doch das langsame Hinübergleiten, wenn ich an Siechtum denke, an die vielen apallischen Pflegefälle. Die sind doch oft schon mehr tot als lebendig.«

»Nein, solche Fälle meine ich nicht. Es sind Grenzfälle, die noch alle Merkmale des Lebens haben. Ich meine die grundsätzliche Art des Sterbens, ob es ein Augenblick ist oder möglicherweise doch ein kontinuierlicher, allmählicher Vorgang. Er ist ja leider nur von einer, von unserer Seite aus zu beurteilen. Und nur die absolute Äußerlichkeit des Vorganges ist uns zugänglich. Aber gäbe es nicht doch noch eine andere Art?

Denken Sie doch daran, wie wir in dieses Leben gelangen: zwar ursprünglich nur aus zwei unbeseelten Zellbausteinen zusammengefügt, dann aber doch langsam für dieses Leben aufgebaut. Neun Monate lang wachsend, im Mutterleib schon mit Sinnen ausgestattet, kontinuierlich herangeführt, genährt über einen dicken Strang durch Blut, aber auch mit vielen Informationen über das kommende Leben. Wir schleichen uns sozusagen an, neugierig, schon viel wissend, nur noch nicht mit dem Bewusstsein unserer Erwachsenen-Vorstellung ausgestattet. Eine exzellente Vorbereitung, eine Lehrzeit, eine Schule, um die herannahenden Aufgaben bewältigen zu können. Die Abruptheit der Geburt ist nur eine äußerliche, nur die Sichtbarmachung eines längst beschlossenen und feststehenden Zustandes.

Was sich nun vom ursprünglichen Entwurf – wer nun auch immer dafür verantwortlich sein mag – so behutsam entwickelt hat, kann doch nicht am anderen Ende der Lebenszeitskala augenblicklich verschwinden. Das glaube ich nicht, das kann mir niemand erzählen. So eine lebensbeharrende Brut, die sich schön langsam auch der Konzepte des Universums bemächtigt, wird doch nicht dermaßen sang- und klanglos die eigene Konzeption verleugnen! Es muss daher auch beim Tod diese Kontinuität des Verschwindens geben, das allmähliche Verblassen der Idee der eigenen Existenz. Ein Zwischenreich als Vorbereitung und Entscheidungsort für die Weiterverwendung solch schöpferischer Ideen, wie wir sie ja alle sind.«

Dr. Lawerth war nachdenklich geworden.

»Nun, Sie kennen vielleicht den Begriff des Fegefeuers, wenn Sie christlich erzogen worden sind.«

»Papperlapapp! Bitte nicht die kinderbildlichen Vorstellungen zwingen! Die uns als großäugigen Grundschülern mit erhobenem Zeigefinger keine schöne Aussichten, sondern noch mehr Ängste bescherten. Solch verheißene Bilder sind mit die Ursache dafür, dass wir es im Leben ja so schwer haben. Denn wenn uns diese Martyrien erwarten, dann klammert man sich umso mehr an dieses Leben, und man muss wirklich Angst haben, es zu verlieren. Ich will gar nicht über den endgültigen Verweilort unserer Seelen spekulieren. Nur über den kurz- oder langfristigen Ort, von welchem wir dann aufgeteilt werden zu den Orten Fegefeuer, Hölle oder Himmel. Diese Orte sind dann wahrscheinlich endgültige Zustände unser aller selbst, ich denke, dass wir uns das nur insofern aussuchen können, als wir im Leben eine ethische Position beziehen. Als Atheisten hier, als Gläubige dort, als Agnostiker zwischendurch.«

Dr. Lawerth schüttelte den Kopf.

»Wir werden es nicht wissen, wir müssen es wohl selbst erfahren und werden es dann aber niemandem mitteilen können.«

Baltrow lehnte sich zurück und fasste die Ärztin mit gerunzelter Stirn ins Auge. Niemand anderem hätte er diese Mitteilung gemacht, doch vor ihr hatte er keine Scheu.

»Ich möchte Ihnen etwas verraten, halten Sie mich nicht für verrückt. Wenn ich in diesen Räumlichkeiten mit den Autoptikern alleine bin, vermeine ich manchmal deren Seelen zu spüren. Wenn ich dem Leichnam ins starre, fahle Antlitz sehe, habe ich das zwanghafte Gefühl, dass von ihm noch etwas da ist. Unmittelbar neben mir, über die Schulter blickend, meine Schnitthand beobachtend, ist ein Teil von ihm noch da. Es mag nur eine Sinnestäuschung sein, jene tiefe automatische Assoziation durch den Anblick von Gestalten und Gesichtern, die uns tagtäglich daran erinnert, wohin und wem wir gehören. Denn in unserer menschlichen Geschichte ist es die absolute Ausnahme, mit Verstorbenen sozusagen noch tagelang Umgang zu pflegen, wie ich es tue. Ja, mit ihnen Zwiesprache zu halten, wenn auch auf eine brutale und einseitige Art. Aber oftmals werde ich dieses Gefühl nicht los, es mit irgendeiner Form von Restleben zu tun zu haben. Oder dem zögerlichen Beginn des Todesanfangs. So, nun kennen Sie wieder ein Geheimnis von mir.«

»Um ehrlich zu sein: Es freut mich, dass es bei Ihnen so etwas wie Gefühle gibt, die man nicht unbedingt herzeigen, eher verbergen will. Sie sind damit etwas menschlicher geworden, nicht mehr so unnahbar.«

Baltrow schien ihr Kompliment nicht zu hören. Er fuhr fort: »Aus welchem Grund sollte wohl eine Menschenseele den Korpus nur wegen dessen beendeter biophysikalischer Funktionen verlassen? Warum kann sie nicht eine Beharrung empfinden, eine Selbstentscheidung treffen für dahin, wohin sie gehen will. Philosophie und Religion fordern immer diese sich gegenseitig abgrenzende Zweiheit zwischen Körper und Seele. Der Körper, hier als von den Naturgesetzen abhängiges Konstrukt, und ihm gegenüber die von Zeit und Verfall unabhängige Seele, die möglicherweise anderen, höheren Prinzipien gehorcht. Möglicherweise dem Willen Gottes.

Nun wirklich, warum sollte sich solch ein ungegenständliches, transzendentales Gebilde wie die Seele nicht noch eine Weile im Dunstkreis dessen, das sie einmal beseelte, bewohnte, dirigierte und ausfüllte, aufhalten? Muten wir ihr doch etwas Sentimentalität zu, ein klein wenig Sehnsucht nach der verlorenen Behausung. Was sagen Sie zu meinen Überlegungen, Frau Kollegin?«

Sarah Lawerth zögerte. Solche Gedanken waren ihr fremd. Denn über den Tod hinaus zu denken, hatte sie bei der Behandlung ihrer Patienten nie gelernt. Eher, wie er hinauszuzögern oder erträglich zu machen war.

»Ist es vielleicht möglich, dass Ihre Einsichten und Überlegungen nur entstehen können, weil Sie sich andauernd hier im Keller vergraben?«

»Sie muten mir also Hirngespinste zu. Wahrscheinlich halten Sie mich doch für verrückt. So, wie ich den meisten Angestellten hier im Haus als Sonderling gelte. Ich mag mich zwar ›vergraben‹ im Keller, wie Sie das gerade sagten, aber das Nachvollziehen der Biografien der Leichen hier lässt meiner Fantasie unendlich viel Spielraum. Ich brauche keine häufigen Kontakte zu dem Lärm da oben. Stattdessen erlebe ich die vielfältige Welt durch die Daten, Anamnesen der Patienten. Die sind allerdings lapidar, münden immer in eine Krankheit oder in ein Verbrechen, das an ihnen verübt worden ist, und nähren neben meinen Zweifeln, ob da oben alles mit rechten Dingen zugeht, auch immer die Gewissheit, dass es trotzdem unendlich viel Schönheit gibt. Nein, nein, der Drang, so genannte Schönheit da oben zu genießen, kann ein verhängnisvoller sein. Er führt immer zur Unzufriedenheit, führt zu Unersättlichkeit und Frustration. Meine Länder, die ich bereise, sind ohne beengenden Horizont, der Ortswechsel geschieht augenblicklich, und die Impressionen, die ich mir hole, sind von mir persönlich ausgesucht, gepflegt und jederzeit abrufbar.«

»Verzeihen Sie, es war überhaupt nicht so gemeint. Aber Ihren Gedanken ist nicht so schnell zu folgen.«

Baltrow schwieg lächelnd und nickte nur mit dem Kopf. Er wirkte etwas verstimmt. Gerne hätte er noch andere Dinge gesagt. Hätte darauf hingewiesen, dass er sich den Seelen der Verstorbenen manchmal nicht nur ganz nah fühlte, sondern es ihn drängte, einen Kontakt zu ihnen herzustellen. Aber Dr. Lerwarth hätte ihn wahrscheinlich vollends nicht ganz ernst genommen, für schrullig oder gar verrückt gehalten und ihm Halluzinationen unterstellt. Niemand auf dieser Welt nahm Erscheinungen anderer, fremder Realitäten wahr, sondern tat sie als Trugbilder überreizter, ja kranker Gehirne ab. Wer feine Sensibilitäten besaß, war dem Wahn nahe, indes er aber unbegreifliche, in unser armseliges Leben hereinweisende Wirklichkeiten erkannte.

Gerne hätte er ihr gesagt, warum er mit seinen Wahrnehmungen schon so manchen Fall gelöst hatte, ohne die handfesten Beweise einer Leichenbeschau, sondern lediglich durch seine Affinität zur Biografie der Verstorbenen. Denn so unwiderruflich tot sie auch sein mochten, erzählten sie ihm aus ihrem Leben und wiesen darauf hin. Und er folgte dem Nachhall ihrer Worte und sah ihre Schatten, die sie noch zu Lebzeiten geworfen hatten und die nun ins Schattenreich hineinreichten. Er hätte gerne gesprochen über solche Momente, da er Eingebungen hatte. Keine inneren Stimmen, Gefühle und Vermutungen, sondern hörbare Einflüsterungen, sichtbar gemachte Gewissheiten. Worte über die sinnenschwere Sphäre, die manchmal hier entstand – als dichte Synergie zwischen den Resten einer ihm fremden Seele und ihm. Aber er schwieg lieber, verbiss sich das, was auf seiner Zunge lag aus Ängstlichkeit, seine Reputation zu verspielen, und in der Annahme, auf Unverständnis zu stoßen.

Nicht verlegen war er allerdings, allgemeine Überlegungen über das Sterben auszusprechen.

»Wissen Sie, was uns wirklich ängstigt beim Sterben? Es ist die Unumkehrbarkeit des Vorganges. Sie bestürzt uns und verdirbt jeden erhabenen Moment. Und sie spiegelt unsere eigenen Ängste wider, Ängstlichkeit vor der ungewissen Schwärze, die da kommen mag.«

»Schwärze?«

»Ja, Schwärze. Wissen Sie, warum der Tod eine schwarze Farbe hat? Das Nichts ist schwarz. Dort, wo unsere Vorstellungen enden, gibt es keine Farben mehr. Sehen Sie hinaus ins Weltall, nichts als Schwärze dort, wo keine Sterne sind. Ein luftleerer, unendlicher Raum, eine Ortung des Nichts. Dort muss das Jenseits sein. Und möglicherweise sind dort all unsere Seelen in unendlicher Freiheit und Auswegslosigkeit zugleich.«

Er hielt inne und blickte Dr. Lawerth über die tief an der Nasenspitze sitzende Brille hinweg an.

»Wie kommen Sie übrigens mit den Kollegen an Ihrer Station zurecht?«

Nie hatte sich Baltrow um irgendeine persönliche Befindlichkeit von Dr. Lawerth gekümmert. Sie war daher einigermaßen überrascht, auch, weil der Themenwechsel so abrupt schien.

»Nun, da ich die einzige Assistentin, die einzige Frau an der Station bin, ausgenommen natürlich die Praktikantinnen, werde ich hofiert, wenn Sie das meinen. Die Kollegen sind nett, zumindest solange ich Ihnen nicht irgendwelche Therapieänderungen vorschlage. Da scheinen sie empfindlich zu sein.«

»Was erwarten Sie denn von diesen smarten Jünglingen? Sind andauernd in ihre Bücher vertieft und vergessen darüber die eigentlichen Lebensfragen. Ich kenne ja selbst diesen gewohnheitsmäßigen Zustand oder vielmehr diese nicht mehr loszuschüttelnde Gewohnheit, seinen Geist systematisieren zu müssen. Ja, es ist Gewohnheit, aus der Studentenzeit in den Beruf mitgenommen, die Gewohnheit, immer wieder die Gedanken in ein Korsett zu drücken. So verlernen die da oben ihre Intuition, indem sie sich mit dickleibigen Folianten umgeben, so genannten Lehrbüchern, Nosologien, hochglänzend und edel gedruckt mit fett leuchtenden Kapitelüberschriften, säuberlich abgesetzten Haupt- und sich hundertfach verästelnden Nebenabschnitten. Nur so bewahren sie ihre Sicherheiten, so dressieren sie ihr wissenschaftliches Gedächtnis bis zur Professur. Tatsächlich sind sie aber Gefangene eines leblosen Wort- und Begriffsdickichtes, das ihnen Klarheit vortäuscht, ihnen aber nur Nebelschleier beschert. Ihre Sicht ist eine vermeintlich exklusive, ihr Urteil trägt das Gewicht ihrer Lehrbücher und die gehen in die Abertausende. Sie können sich vorstellen, dass da nicht mehr allzu viel Flexibilität übrig bleibt. Ich weiß noch selbst, dass ich – taufrisch mit Tabellen und Indizes voll gepumpt aus den Lehrsälen hinaustaumelnd – mich täglich nach den glatt glänzenden Seiten von solchen Wälzern sehnte, sie vermisste. Und als meine Gedanken endlich begannen sich loszulösen, um locker zu schweben, so erfasste mich eine krampfhafte Sucht, sie neu mit gerichteter Energie beladen zu müssen. In Wahrheit tat ich ihnen aber damit jene Gewalt an, die jede Wissenschaft innehat: Ich erdrosselte sie mit Gesetzmäßigkeiten, mit Dogmen und immer wieder mit Logik. Ja doch ...«

Baltrow hielt inne und blickte versonnen auf den Boden. »... so war ich auch – und bin es hin und wieder, wenn ich mich der Pathologie bediene. Ansonsten lasse ich ihnen ihren freien Lauf. Mich hat mein gnädiges Schicksal andere Möglichkeiten wissen lassen. Wahrscheinlich werden die da oben ruhiger sterben, das könnte ein Vorteil sein, aber auf keinen Fall sterben sie glücklicher. Sie erzählen ihnen das aber nicht weiter, bitte.«

Er zwinkerte Frau Dr. Lawerth zu. Es war eine völlig unbekannte Geste an ihm.

Dermaßen die Sinnfragen des Lebens, des Sterbens und vor allem ihres Berufes erörternd wurde Dr. Sarah Lawerth endgültig ein regelmäßiger Besucher der Prosektur. Brünner nahm mit seinem unverwöhnten Geruchssinn wahr, wie sich in das ansonsten nach Tabakrauch, Karbol und Chlor dünstende Kellergewölbe zunehmend das dezente Parfum einer Frau mengte. Aber auch die althergebrachte Sphäre, der allgemeine Tonfall der Gespräche, die gewohnten Rituale des Tagesablaufes schienen sich verändert zu haben. Gegenüber Dr. Hambrusch war Baltrow nunmehr noch wortkarger, und Dr. Lawerth vermied es, während dessen Anwesenheit Sektionen beizuwohnen. Nur wenn jener im Nebenraum hinter dem Mikroskop saß, war sie anwesend. Doch weder Brünner noch Dr. Hambrusch entzogen sich die Veränderungen, und beide machten sich ihren persönlichen Reim darauf, dass Baltrows und Lawerths Verhalten schleichend jener allgemeinen rationalen Denkweise verlustig ging, die Lehrende und Lernende üblicherweise auszeichnen.

In Baltrows wissenschaftliche Replikationen mengten sich zunehmend persönliche Feststellungen wie »Sie haben heute Ringe um die Augen« oder »War der Nachtdienst heute beschwerlich?«, Fragen also, die ein persönliches Interesse bekundeten und anzeigten, dass seine Aufmerksamkeiten von der gewohnten Wissenschaftlichkeit abdrifteten.

Sie selbst war blendend bei Laune. Vor allem machte ihr die Tatsache Freude, von ihrem Chef, Dozent Ferwarth, vor einiger Zeit in ein wissenschaftliches Untersuchungsprogramm mit eingebunden worden zu sein. Für eine in Ausbildung stehende Ärztin schien ihr das ein großer Vertrauensbeweis zu sein, eine Bestätigung und Anerkennung zugleich.

Baltrow war interessiert. Worum es denn ginge dabei, wollte er wissen.

Sie erzählte von den Voruntersuchungen bezüglich eines neuen, äußerst stark wirkenden Diuretikums, dessen Metaboliten sie in regelmäßigen Abständen aus dem Serum gewisser Patienten auf eventuelle Toxizitäten zu untersuchen habe. Die Patienten, dies verstünde sich von selbst, hätten alle natürlich schriftlich zugestimmt. Es ginge momentan an ihrer Abteilung zu wie an einer Universitätsklinik. Sie käme sich vor wie damals im Labor des Chemiepraktikums, wie eine Studentin.

Sie war aufgeregt und munter bei Stimme, und Baltrow freute sich mit ihr. Enthusiasmus steckte an, und er selbst ertappte sich abends dabei, dass er in einem Physiologiebuch das Schleifensystem der Niere studierte, um sich ja nicht Blößen zu geben. Nicht nur deswegen. Nein, es war auch die aufrichtige Anteilnahme an ihren Interessen, sein zunehmender Hang, Kompetenz zu teilen, abzugeben und selbst auch zu bewundern und nicht mehr nur bewundert zu werden.

Zwischen Mann und Frau gibt es unzählige Ebenen der Kontaktknüpfung. In der Verkleidung des Zufalls sind es ähnlich empfundene Szenen des Lebens, übereinstimmende Beurteilungen, gleiche Eigenheiten. Es sind gemeinsam erlebte Banalitäten des Alltags, ähnlich erlittene und dadurch verbindende Läufe des Schicksals, und oft sind es geteilte Bekenntnisse, Vorlieben für irgendetwas. Bei Baltrow und Lawerth mochten es die Diskussionen über den Lebenssinn gewesen sein. Gemeinsam Fragen nach der Ursache von Krankheiten und dem Zweck von leidvollem Sterben zu diskutieren, ist ein seltener Einstieg in das Chaos der Liebe.

Bei all der unnahbaren Integrität, bei dem dicken Panzer aus lässiger Lebensroutine und unerschütterlicher Lebensweisheit, die dem brillanten Pathologen zu Eigen gewesen war, musste Baltrow sich doch allgemein gültigen Regeln der Zwischenmenschlichkeit fügen. Und wie ihm die harsche Bereitschaft zur Entsagung abhanden kam, so verflüchtigte sich bei ihr das Schutzschild aus sicherem Altersunterschied, fehlender männlicher Attraktivität und empfundener Autorität des Lehrers.

Der Adlatus Brünner, der das Abgleiten seines Vorgesetzten in die Gefilde vager, inexakter Lebensbereiche erahnte, hätte – so man ihn fragte – aus der Pragmatik seiner weit einfacheren Lebenssicht nur gemeint: »Es kam, wie es kommen musste.«

So wurden zwei Menschen, die gänzlich unbefangen und ohne jeglichen Harm, sondern ursprünglich nur aus den Beweggründen beruflichen Engagements eine sachliche Beziehung zu knüpfen gedachten, von der Bewusstwerdung ihrer Gefühle wie von einem Keulenschlag getroffen, unvorbereitet und gefangen in einem Gefühl vollkommener Hilflosigkeit. Denn freilich, wer ist sich schon trotz Hinterfragung seiner Motive über die machtvollen Ströme des Unterbewussten im Klaren, die begleitend und tiefgründig sich von gemeinsamen Situationen nähren und schließlich ein selbstständiges, unbeeinflussbares Spiel mit uns treiben?

In die Klarheit beider Sprache mengte sich allmählich Unsicherheit. Ein Störfeuer der Plan- und Konzeptlosigkeit. »Die Logik absorbiert sich an der Irrationalität der Gefühle«, hatte Baltrow früher spöttisch über die Liebe gesagt.

Seine Ausführungen kamen nun manchmal ins Stocken, er legte beim Sprechen Pausen ein und wirkte gedankenverloren, was bei einem sprachbegabten Menschen, der ansatzlos minutenlang dozieren konnte, auffällig war. Dem bewährten Analytiker war es ein Leichtes, die Ursachen seiner »kognitiven Unebenheiten«, wie er ganz allgemein den gestörten Denkfluss eines Menschen bezeichnete, zu erkennen. Ihm war eines Tages klar, dass er Dr. Sarah Lawerth allzu gerne bei sich in der Prosektur sah, dass sich seines als unerschütterlich gesund gewähnten Gedanken- und Wissensgerüstes schleichend infektiös »die Keime der gefühlsmäßigen Desintegration« bemächtigten. (Auch so hatte er öfters die Zuneigung zwischen den Menschen benannt.) Die Termini aus der Infektionslehre waren aber lediglich ein schwacher Zynismus, mit dem er die allmähliche Erschütterung seines bisherigen Selbstverständnisses nur unvollkommen beschrieb.

Die vagen Sehnsüchte seiner Trottoirbeobachtungen an unzähligen einsamen Wochentagen schienen nun doch fassbar zu werden. Der zarte Duft, das Flair dezenter Weiblichkeit, all die verborgenen Signale einer Frau, die einen Mann umgarnen und ihn allmählich aus seiner Erstarrung führen mit einer Urgewalt, dem sich kein Wille oder Gelübde entgegenstellen kann, überkam ihn nun in der kalten Kellerwelt seiner Tätigkeit. Die gewohnte Umgebung, die vertraute Selbstverständlichkeit, die ihm das nüchterne Seziersaalgewölbe bisher vermittelt hatte, atmete nun das Fluidum des Besonderen. Nur durch ihre Anwesenheit, durch den leisen Tonfall ihrer Stimme war die stickige Atmosphäre erfüllt von Frische und Aufbruch, und in die kühle Feuchte mengte sich ein Hauch von Wärme und Geborgenheit. Und mitten darin zappelte er, verwirrt und wehrlos.

Zeitweise war es ein Gemenge widersprüchlichster Gefühle, von Ablehnung und Begehrlichkeit zugleich. Sie bescherten ihm Unruhe, machten ihn bei der Arbeit unkonzentriert und stellten sein bisheriges Wirken in Frage, hatte er doch längst neue, andere Perspektiven für sein Leben aufgegeben. Hatte es bis vor einigen Jahre noch Zweifel an der Richtigkeit seines Weges gegeben, so war ihm aber sein jetziger Zustand durchaus gefällig. Die Erwartungen, die er noch hegte, waren die nach noch mehr verfeinerter Seziertechnik und nach der Vollendung eines Standardwerkes über die pathologische Anatomie aus forensischer Sicht, das – so eitel war er in der Tat – von ihm neu geschrieben werden sollte. Ein Ziel schwebte vor ihm, er trug es schon so lange mit sich herum, dass es sich in sein Wollen einzementiert hatte und nun dennoch zu bröckeln begann, indem an seine Stelle etwas völlig Unwissenschaftliches, Unkonkretes trat. Genau das war die schreckliche und süße Erkenntnis zugleich: Es gab da etwas Unwägbares, etwas, was sich jeden Tag neu darstellte, andauernd wandelte und auch die eigene Einstellung dazu mitveränderte. Von Stunde zu Stunde, mithin in kürzester Zeit, sodass nichts in ihm zum Stillstand, zum Verweilen kam. Da war etwas, was er nicht zu fassen bekam, daher auch nicht messen, wägen und zuteilen konnte. Etwas, das sich nicht systematisieren ließ und sich daher außerhalb jeder Wissenschaftlichkeit stellte. Professor Dr. Ambrosius Baltrow fühlte sich bedroht, seine Persönlichkeit, die in Alter, Position und allgemeiner Reputation unwiderruflich erstarrt schien, lief Gefahr, die Bahnen der Planbarkeit zu verlassen. Nichts ist für solch einen in seiner Lebensbahn fixierten Menschen gefährlicher, als wenn er von jenem Geleis, das einsam und immer richtungsgleich durch die Landschaften führt, an irgendwelche Knotenpunkte kommt und dort sich in vielen anderen quer verlaufenden und sogar gegenläufigen Geleisen verläuft.

Aber die Zweifel währten nicht lange. Er nahm eines Tages sein inneres Chaos an mit Augenzwinkern und der Einsicht, dass es ihm recht geschehen war. Ab diesem Zeitpunkt ging ihm die Arbeit flott von der Hand. Ein bisher kaum gekannter Enthusiasmus belebte ihn, und freudig, sehnsüchtig erwartete er Dr. Lawerths Erscheinen. Er ertappte sich dabei, dass er morgens zielstrebig auf die Krankengeschichten zusteuerte, die immer auf dem alten Schreibtisch lagen und die am Vortag verstorbenen Patienten begleiteten. Er sehnte Patienten von der Internen Abteilung herbei, denn so wusste er um Sarahs Kommen, und er war enttäuscht, wenn es ausnahmsweise Verstorbene anderer Abteilungen waren. Er summte kaum vernehmlich Melodien vor sich hin, von denen er nicht wusste, wie sie ihm in den Sinn gekommen waren, ihm, einem äußerst unmusikalischen Menschen.

Er bemerkte nicht, dass sich in den letzten Wochen die Obduktionen für die Interne Abteilung gehäuft hatten und die Statistiken vor allen anderen Abteilungen anführten. Es machte ihn nicht stutzig, dass er bei einigen Leichen nicht die typischen Todesursachen alter Menschen, etwa einen frischen Herzinfarkt, eine zuvor erfolgte Lungenembolie oder eine Lungenentzündung durch einen Hospitalismuskeim fand. Zwar hatte es immer wieder unerklärliche Todesfälle, nicht mit den üblichen Mitteln der Leichenöffnung feststellbare pathophysiologische Unklarheiten des Versterbens gegeben, aber da ein exaktes Weiterforschen nur das Budget belastete und niemandes Erklärungsbedürfnis entgegenkam, wurde mitunter darauf verzichtet. Alte Menschen starben eben, weil alle Organsysteme im Gleichklang ihre Funktion aufgaben. Der natürliche Tod bedurfte keiner wissenschaftlichen Erläuterung. Und da an der Inneren Abteilung immer auch Pflegepatienten lagen, »austherapierte« Fälle, die lediglich aufbewahrt wurden, konnte ein Hinscheiden als etwas höchst Natürliches angesehen werden.

Hätte aber Baltrow bemerkt, wie still Dr. Lawerth bei den ergebnislosen Untersuchungen dastand, hätte er ihre fehlenden Kommentare hinterfragt, ihre nachdenkliche Miene bemerkt, ja hätte Baltrow den ihm üblichen Sinn für Unregelmäßigkeiten gehabt, seine sprichwörtliche Nase, hätte er weiters die mitgelieferten Krankengeschichten mit Aufmerksamkeit studiert wie bisher immer und hätte er die eine oder andere Gewebsprobe entnommen, Serum und Körperflüssigkeiten untersucht, so hätte er den Schritt in eine völlig andere Richtung getan. Baltrow verpasste somit den entscheidenden Moment in seinem Leben, die Fügung, die nur einmal kommt, die Gelegenheit, die sich nur einmal bietet.

Am Höhepunkt seiner beruflich-wissenschaftlichen Laufbahn versagte er wie ein Anfänger, und das allein zeigte nur, wie sehr seine Person erschüttert war durch die weit vor allen Wissenschaften schon auf der Welt weilende Urgewalt der Zuneigung.

Aber nichts hat Bestand, wenn Sehnsüchte dorthin zerren und Erwartungen hierher drängen. Was des Abends verständlich schien, verklärte sich des Nachts, um morgens anders beurteilt zu werden. Wenn nichts den Erwartungen mehr entsprach, war zugleich auch alles möglich?

Denn Dr. Sarah Lawerths Besuche wurden seltener. In die jähe Ahnung ihrer neuen, anderen Situation schien sich auch bei ihr Befangenheit zu mischen. Für Baltrow war es die Bestätigung ihrer gleichermaßen aufgetretenen Irritation, für ihn wollte sie Situationen der Unsicherheit vermeiden. Sie musste ja bemerkt haben, dass sie ihm nicht gleichgültig war, und sie wollte ihm wohl keine Hoffnungen machen.

Niemals wäre er auf die Idee gekommen, dass er ihr möglicherweise ebenfalls nicht gleichgültig sein könnte und dass sie lediglich aus Bestürzung, aus dem Gefühl, mit sich einmal ins Reine zu kommen, fernblieb. Dass sie eine Nachdenkpause einzulegen gedachte, eine Phase der inneren Schau und der äußeren Bemessung, wie lebensentscheidende Umstände eben ein vorsichtiges Abwägen benötigen. Aber er hatte sich über seine Attraktivität niemals Illusionen gemacht, und das Gefühl, für Beziehungen nicht geschaffen zu sein, war ein fester Teil seiner Vorstellung über sich. Nicht im Entferntesten hätte er an eine Annäherung gedacht, er hätte Dr. Lawerth nur gerne weiter getroffen, ihre Gesellschaft genossen, sie nur anmutig dasitzen gesehen ohne irgendeinen Anspruch und ohne Begehren.

Desgleichen wäre er nie auf den Gedanken gekommen, dass es für Dr. Lawerths Bekümmerung, für ihre Nachdenklichkeit und Bedrücktheit möglicherweise auch noch völlig andere Ursachen geben hätte können als persönliche Unbefindlichkeiten oder seine ungebührliche Zuneigung. Schwerwiegende Belastungen auf der Station, nagende Probleme ohne Lösungsmöglichkeit, Gefühle der Auswegslosigkeit etwa, die jemandem anzuvertrauen sie nicht den Mut aufbrachte.

So sah er sie nur ein einziges Mal noch. Sie begleitete eine alte Frau auf deren letzten Weg zur Obduktion. Stumm stand sie während der Sektion neben dem Tisch, eher geistesabwesend als abweisend aus Ablehnung. Gerne hätte Baltrow sie angesprochen, sie erstmals direkt nach dem Grund ihrer nun schon tagelang währenden Abwesenheit gefragt und dadurch das Eingeständnis seiner privaten Interessen darlegend. Aber Brünner war anwesend, musste anwesend sein, da die Obduktion histologischer Zusatzuntersuchungen bedurfte und ihm mehr Material für Gewebsproben bescherte als üblich. Jener wäre gerne irgendwo hinten im Labor gewesen, er fühlte die verletzliche Phase in beider Beziehung und wollte der Letzte sein, der irgendetwas verdarb. Er hatte vage bemerkt, dass Dr. Lawerth mehr mit sich herumtrug als irgendeine Unausgewogenheit der Gefühle. Sie sah blass aus, hatte dunklere Ringe unter den Augen als nach einer Dienstnacht üblich. Solche Fahlheit und Sprachlosigkeit kannte er als Zeichen von unlösbarem Kummer und verzwickten Gewissenskonflikten. Gerne hätte er sich erkundigt, denn sie machte den Eindruck, als wartete sie auf eine Aufmunterung zur Aussprache. Aber er hätte sich dadurch eine nicht zustehende Rolle angemaßt, und so ließ er es bleiben. Baltrow dagegen war in seiner sich selbst abwertenden Ignoranz und Blindheit so gefangen, dass er zu einer Beurteilung der Situation nicht in der Lage war. Er sah sie daher kaum an, wirkte kühl und abweisend, als wäre sie ihm fremd.

Und sie selbst wurde durch seine Abweisung noch stiller. Beider sprachliche Unbefangenheit verebbte an diesem Tag zu stockenden, knappen Worten, hervorgebracht mit gesenktem Blick und gesagt ohne jede Wärme.

Als die Obduktion beendet war und Baltrow auf die noch ausstehenden Gewebsproben verwies, die eine Diagnose vorläufig nicht zuließen, tat er dies langsam und leise, ohne von der Leiche aufzublicken.

Brünner verschwand schnell unter einem Vorwand in den Nebenraum. Durch den Glaseinsatz blickte er auf beide zurück. Er verstand nicht das wenige, was sie sprachen, aber er sah den flehentlichen Blick, den Dr. Lawerth ihrem Chef zuwarf. Aber jener, sich nicht von seiner vornüber gebückten Haltung aufrichtend, verabschiedete sich offensichtlich kurz von ihr, denn sie wandte sich abrupt um und verließ den Seziersaal ohne sich umzudrehen.

Sie kam nicht mehr. Tage vergingen, schließlich eine Woche, da Baltrow – ohne seine Geschäftigkeit zu unterbrechen – ihrer gedachte und sie erwartete, zugleich ahnend, dass sie für immer fern bleiben würde. Eine Beklommenheit umfasste ihn, wenn er den Schreibtisch ansah, ihre anmutige Gestalt heraufbeschwor und daran dachte, wie sie da immer gesessen hatte mit überkreuzten Beinen und aufrechtem Oberkörper. Wie sie ihre Lippen beim Lesen zusammengekniffen hatte, um sie dann wieder der Umklammerung durch die Zähne freizugeben, sodass sie sich rot mit Blut füllten. Ein kindlicher Stolz verbat ihm, einfach anzurufen, sich zu erkundigen nach der Arbeit oder nur ohne Umschweife zu fragen, warum sie nicht käme. Schon gar nicht wäre ihm in den Sinn gekommen, sie zu besuchen, sich endlich von ihrer Arbeit persönlich ein Bild zu machen.

Seine Räumlichkeiten im Keller waren leer geworden, und er wusste in diesen Momenten nicht, wie er diese Leere in Zukunft würde ertragen können.

7 Uhr: Baltrows Wanderungen durch die Stationen

An den Oberlichtern des Kellergeschosses, knapp unterhalb der ersten Fensterreihen des Hospitales, sammelten sich an diesem Montagmorgen außergewöhnlich viele Fliegen. Sie saßen dort auf den noch nicht heißen Abrinnblechen, flogen weg, summten da und hier, um sich immer wieder aufs Neue niederzulassen. Es hatte den Anschein, als würden sie warten. Aber wer traut Fliegen denn schon ein bestimmtes Konzept in ihrem Verhalten zu, das über den Drang nach Aasaufnahme hinausgeht, wer unterstellt ihnen denn schon Absichten jenseits von Fleischwühlen und Madenlegen? Wir wollen ihre Perspektive einnehmen, vorübergehend unscheinbar werden wie sie, die immerfort den Raum des Geschehens umkreisen, die handelnden Personen begleiten und unbemerkt bleiben durch die günstige Eigenschaft der Unbedeutendheit und Kleinheit. Wir wollen zeitbegrenzt uns jener Gattung Insekten hinzugesellen, die das Recht ihrer Allgegenwart aus ihrer vom Schöpfer zugewiesenen Aufgabe beziehen.

Baltrow unterbrach seine Arbeit. Er blickte auf die Kombinationseinheit von Thermometer und Hygrometer, die neben den Kühltresoren hing. Nicht die Temperatur, die nun schon mehr als 25 Grad betrug, sondern die schweißtreibend hohe Luftfeuchtigkeit von über siebzig Prozent machte ihm zu schaffen. Er legte das Skalpell zur Seite, streifte seine Handschuhe ab und setzte sich auf den Hocker neben dem Seziertisch. Schon so früh morgens lag ihm die Luft schwer auf der Brust. Zum Pfeifenrauchen hatte er nicht die geringste Lust. Selten zuvor hatte er seine Arbeit mittendrin unterbrochen, aber heute fehlte ihm jede Konzentration. Möglicherweise war es die schlecht zugebrachte Nacht, vielleicht auch der Luftmangel, der ihm den Hals zuschnürte.

Zudem war Baltrow ratlos, so unwissend und verwirrt wie so oft am Beginn seiner langen Karriere. Damals als Student und als junger Arzt, als sich das übermäßige Wissen an Fakten durch mangelnde Praxis ausdünnte und er den Patienten als unsicherer, zögerlicher Arzt gegenübertrat.

Überdies war bei dem Leichnam vor ihm abermals keine relevante Todesursache zu finden gewesen. Genauso wenig wie bei den anderen Leichnamen die Tage zuvor. Sicher, die Blutgefäße waren überall ein wenig verkalkt, wie es eben bei einer knapp achtzigjährigen Frau üblich ist – »altersentsprechend«. Desgleichen waren die Lungen etwas flüssigkeitsgestaut, wie es zwangsläufig bei einem plötzlichen Herzstillstand zu finden ist. So nämlich lautete wieder einmal lapidar die von der Internen Abteilung mitgelieferte klinische Diagnose des Ablebens: terminales Lungenödem bei chronischer cardialer Dekompensation und chronischer Niereninsuffizienz. Was nichts anderes bedeutete als die finale Anschoppung der Lungen mit Wasser bei einer andauernd erschöpften Pumpkraft des Herzens.

Baltrow öffnete den olivgrünen Mantel, fuhr mit beiden Händen unter ihn, um mit beiden Händen seiner klebrigen Haut Luft zuzufächern. Die prompte Verdunstung kühlte ein wenig und minderte die Last auf seiner Brust. Zur Beendigung der Sektion fehlte ihm jeder Antrieb, und so zog er sich seinen Kittel vom Leib und warf ihn auf den Stelltisch neben der Glasvitrine. Dann ließ er sich mit einem Seufzer am Schreibtisch nieder, vergrub sein Gesicht in beiden Händen und wischte damit doch nur den Schweiß weg. Er würde nun eine längere Pause machen, vielleicht noch einmal die Krankengeschichten durchlesen.

Sarah Lawerth kam ihm wieder in den Sinn. Und er ärgerte sich neuerlich über sich, über seine neuerdings zwanghafte Unkonzentriertheit, die ihm just dann widerfuhr, wenn die Arbeit eben die ganze Hingabe erforderte. Aber vielleicht war der Ratlosigkeit gegenüber den vagen Todesursachen gerade dadurch beizukommen, dass er seinen Gedanken endlich einen freieren Lauf gewährte. Ihnen die Dressurstiefel abnahm und sie locker in die Vergangenheit entließ. Ihnen nachfolgte, um vorübergehend der Enge dieses Hauses zu entkommen und um es dann aus der Ferne in seiner Ganzheit zu sehen. Eine neuerliche Annäherung und ein neuerlicher Wiedereintritt würden ihm die Tatsachen schon zurechtrücken.

Er blickte auf die Uhr. Es war nun sieben Uhr, und er hatte Stunden vertrödelt, war aus dem Rhythmus gekommen, und es machte ihn ärgerlich.

Vage fühlte Baltrow, dass es eine allgemeinere Erschütterung war, die sein so selbstgenügsames, eigenständig sich vorantreibendes bisheriges Lebenskonzept erfasst hatte. Da war die Ahnung, dass sich etwas beendete, zugleich aber etwas Neues begann. Da war die Registrierung einer bisher noch nie gekannten körperlichen Kraftlosigkeit, und da waren vor allem befremdliche Gefühle von Freudlosigkeit und Verlust, von Unsicherheit und unbestimmter Bedrohung.

Jäh wurden seine Mutmaßungen unbedeutend. Er hatte Brünners Eintreten gar nicht gehört. Und als jener ihm gegenüberstand, bleich im Gesicht und grußlos entgegen seinen sonstigen Gewohnheiten, da nahm er diesen Umstand als ein zu den vielen anderen Außergewöhnlichkeiten dieses Montags passendes Indiz hin. Brünner sah ihm nur wortlos ins Gesicht, als brächte er es nicht über sich, einen ungeheuren Sachverhalt mitzuteilen.

Was denn sei, fragte Baltrow.

Brünner zögerte. Ob er es nicht schon wüsste? Frau Dr. Sarah Lawerth, die junge Ärztin, die so oft hier in der Prosektur weilte, sei gestern gestorben, hier im Hause und während des Dienstes.

Das also war es. Kein Blitz hätte ihn mehr erstarren lassen können. Ungeheuerliche Mitteilungen wurden nie gleich wahrgenommen. Mit Verzögerung, vorerst langsam, dann aber plötzlich bekam der Schrecken Konturen und gab den monotonen Worten Bedeutung. Auch Baltrows Blässe setzte einige Sekunden später ein.

Er sprach kein Wort, und die Stille zwischen ihm und Herrn Brünner dauerte ewig lang. Ein längst vergessenes und kaum gekanntes Gefühl erfasste ihn, aber es war mehr als Anteilnahme, es war Beteiligung. Denn nun war er auf einmal selbst in jenes Geschehen hineinversetzt, das er ja die vielen Jahre hindurch nur aus der Distanz und höchstens als Übermittler betrachtet und analysiert hatte. Vollkommen nüchtern und überhaupt nicht involviert in die vielfältigen Schicksale, die sich um den Fall des Absterbens rankten. Nun wirkte er in einer Hauptrolle. Lange schon war er diesem Aspekt des Todes nicht mehr begegnet. Vor Jahren hatte sich Ähnliches begeben, aber das hatte er aus seiner Erinnerung verbannt – und nun war es wieder da.

Er registrierte, dass der physiologisch so unspektakuläre Vorgang des Erlöschens der Körperfunktionen die weniger wichtige Komponente eines Menschenverlustes war. Was tatsächlich so plötzlich verschwand, war die unveräußerliche, einmalige Idee eines bestimmten Lebens. Das eindeutige Wirken, der Nachhall und das Echo, das Abbild und der Abschein, die Spuren und Schritte, die immer einzigartig waren, so bedeutend oder so klein sein Verursacher auch gewesen sein mochte. Und was tatsächlich wie eine kräuselnde Welle um den Tod seine nachfolgende Kreise zog als vielverästelte Beziehung zu Vater und Mutter, zu Ehegatten und Kind, zu Freunden und Bekannten, als Trauer, Entbehren und Vermissen war ja weit mehr als das vordergründige, aber in Wahrheit vernachlässigbare Verscheiden eines Leichnams in das Erdreich.

Wie denn, um Gottes willen, wie denn? Sie schien doch gesund gewesen zu sein. Das sei es ja.

Brünner fuchtelte mit seinen Händen in der Luft umher, das sei es ja. Sie sei im Dienstzimmer tot aufgefunden worden, nachdem sie über den Funk und über das Telefon nicht erreichbar gewesen war. Die Nachtschwester habe sie dann gefunden, in ihrem Dienstzimmer auf dem Bette liegend und völlig angekleidet, ohne Spuren irgendeiner Gewaltanwendung. Es sei gestern Abend passiert.

Während seiner letzten Worte läutete das Telefon. Und im Voraus wusste Baltrow, was kommen würde. Der Krankenhausdirektor war es, der mit ernster Stimme um eine Unterredung bat.

Mit steinerner Miene und wankend hatte Baltrow den Aufzug benützt, obwohl die Direktion nur eine Etage höher, im Erdgeschoss, lag. Die Treppe zu Fuß zu gehen, hätte ihm den Atem geraubt. Als er dann trotzdem schwer atmend in der Direktion saß, war nicht nur ihm die Erschütterung anzusehen.

Professor Urban war der dienstälteste Chefarzt der Klinik. Als Vorstand der Kinderabteilung würde er kaum noch ein Jahr tätig sein, längst hatte er die Leitung deren Agenden de facto an seinen Oberarzt abgegeben. Ihm fiel die undankbare Aufgabe zu, den Direktorposten nebenbei bekleiden zu müssen. Undankbar deshalb, weil völlig unmedizinische Tätigkeiten damit verbunden waren, etwa Büroarbeit zuhauf, Budgetierungen für die einzelnen Abteilungen, Maßnahmen zur allgemeinen Ausgabeneindämmung, Schlichtung von Streit unter den Kollegen und immer wieder Mitentscheidungen bei Postenvergaben innerhalb der Klinik. Aufgaben also, die ein Konzernmanager besser beherrschte, die aber dennoch getan werden mussten. Andere Kliniken beschäftigten Spezialisten aus der Wirtschaft, aber aus Einsparungsmaßnahmen wurde vor einigen Jahren eben er, der dienstälteste Chefarzt der Klinik, damit betraut.

Er saß in seinem holzgetäfelten Direktionszimmer im Erdgeschoss, nebenan war das Sekretariat. Das dezente Geklapper einer elektrischen Schreibmaschine war aus dem Vorraum zu hören. Urban wirkte heute besonders klein und in sich zusammengefallen.

»Ich wollte, unabhängig von diesem uns alle betreffenden traurigen Anlass, Sie schon die vergangenen Tage sprechen. Wegen der gehäuften Anzahl ungeklärter Todesfälle, vor allem an der Internen Abteilung. Und nun auch noch dies. Schrecklich ist das! Uns bleibt dieses Jahr wohl nichts erspart! Finden Sie nicht? Sie war übrigens eine gute, eine beliebte Ärztin. Sie kannten sie doch?«

»Ja, ich kannte sie. Sie war mir eine liebe Besucherin, eine interessierte Kollegin.« Baltrow wollte noch eine Ergänzung hinzufügen, beließ es aber bei einem halb geöffneten Mund. »Woran ist sie gestorben?«, fragte er dann.

»Wir wissen es nicht, wir haben keine Ahnung. Schwester Sieglinde, die Dienst tuende Schwester, hat sie gestern Abend gegen 21 Uhr auf dem Bett liegend gefunden, nachdem sie sie vergeblich für einen Notfall zu erreichen versuchte. Sie war bekleidet, ihre Haut war blass, und ihre Haltung deutete auf keinerlei Gewaltanwendung hin. Es gibt absolut keinen Hinweis auf die Todesumstände. Sie war ja nicht krank, zumindest wissen wir nichts davon. Ein Sekundenherztod in diesem Alter, also bei einer blühenden jungen Frau, oder ein blutendes Aneurysma einer Gehirnarterie ist doch eher auszuschließen. Eine geplatzte Ausweitung der Hauptschlagader, möglicherweise angeboren? Eine Pulmonalembolie über eine tiefe Venenthrombose? Alles Spekulation.«

Baltrow hakte ein.

»Letzteres sicherlich nicht, denn dann hätte sie diese obere Einflussstauung, dieses typische livide, gestaute Aussehen im Gesicht haben müssen. Nach meinen Informationen – und wie Sie selbst vorhin sagten – war sie aber blass und hatte einen friedlichen Gesichtsausdruck ohne irgendeinen Hinweis auf einen Todeskampf. Nein, das glaube ich nicht. Was aber dann?«

»Nun, Herr Kollege, Sie sind doch der Pathologe. Woran sterben denn junge Menschen so aus dem Augenblick heraus, rein statistisch gesehen? Was ist denn die Ursache für den plötzlich erlöschenden Herzschlag bei jungen Menschen?«

Baltrow, der geistesabwesend war, hätte ihm hunderte Ursachen aufzählen können. Seltsame Fälle und seltene Konstellationen sich tödlich summierender Umstände, getarnte Unfälle, verschleierte Verbrechen, Anomalien, schon seit Geburt mit herumgetragen und zum entsprechenden Zeitpunkt ihre schlechte Prognose erfüllend, Leben allgemein nur kurz anberaumt und sich alles gestattend, um dann umso schneller zu enden. Wer, wenn nicht er, ahnte denn besser die verzwickten Winkelzüge von Bestimmung und Erfüllung?

Indes erwähnte er anderes.

»Ein Sekundenherztod durch Kammerflimmern ist sicherlich die häufigste Todesursache. Eine auf einen Infekt aufgepfropfte Herzmuskelentzündung kann so etwas schon auslösen. Bei jungen Sportlern ist so etwas gar nicht so selten. Häufig ist auch ein geplatztes Aneurysma im Kopf die Ursache, wie Sie vorhin schon erwähnten. Eine Sofortblutung – und man sackt weg und ist dahin. Plötzlich und ansatzlos, ohne irgendein Symptom geäußert zu haben. Statistisch aber an erster Stelle ist neben Unfällen ein Suizid, was ich persönlich aber ausschließen möchte.«

»Da gebe ich Ihnen Recht. Ein Suizid bei dieser frohen, lebensbejahenden Frau kommt sicherlich kaum in Frage. Ich kannte sie nicht so gut, aber den hätte sie nicht in einem Nachtdienst, so überhastet, kopflos gemacht. Nein, daran will ich auch nicht glauben. Was also dann? Wenn sie nicht krank war, nicht lebensüberdrüssig, muss man an Fremdverschulden denken, so unangenehm dies auch ist und so sehr ich mich dagegen wehre. Aber als Hypothese: Hatte sie Feinde an ihrer Abteilung? Ich weiß, ich weiß. Ihre Miene verrät mir alles. In diesem Haus kann so etwas Ungeheuerliches nicht passieren. Aber lassen Sie mich den Gedanken weiterspinnen: Eine heimliche Liebelei, drohende, kränkende Zurückweisung? Sicherlich möglich. Nun, kurz gesagt: Ich habe gestern Abend noch, nachdem ich von der Dienst habenden Schwester verständigt worden war, den Fall bei der Polizei angezeigt. Es ist alles peinlich, es ist alles unangenehm. Der Leichnam ist nicht freigegeben und soll obduziert werden. Ich möchte im Übrigen, dass Sie das machen. Die Gerichtsmedizin ist überlastet und hat schon abgewunken. Sie meint, dass Sie wieder einspringen würden, Sie helfen ihr doch sowieso andauernd aus. Zumal auch Dr. Lawerth eine Klinikangestellte war.«

Baltrow fühlte das Blut aus seinem Gesicht weichen.

»Um Gottes willen, muss das sein? Muss ich das machen? Wo bleibt denn hier das Feingefühl? Eine so sensible Situation, eine Ärztin, die hier in diesem Haus zu Tode gekommen ist, sollte doch eher auf neutralem Boden obduziert werden.«

»Ich verstehe Sie vollkommen, aber es muss wohl sein. Es ist Urlaubszeit, wer kommt denn außer Ihnen noch in Frage? Ich habe gerade zuvor den mündlichen Auftrag der Staatsanwaltschaft bekommen, die haben übrigens schon alles gewusst. Offensichtlich sind die schon von irgendwelchen Verwandten informiert worden. Sehen Sie bitte auch den Vorteil, der sich uns für die Diagnose bietet. Wir haben alle eventuellen Fragen, die sich während einer Obduktion stellen, auch sofort parat, sofern sie sich auf die räumlichen Umstände in diesem Haus beziehen.«

»Kann das nicht Kollege Hambrusch machen? Er kommt Mitte der Woche vom Urlaub zurück. Ich kannte Frau Dr. Lawerth sehr gut, es ist, als müsste ich jemand nahe Stehenden obduzieren.«

»Aber Dr. Hambrusch ist doch zu unerfahren. Wir brauchen hier die Umsicht und das Wissen eines Spezialisten, und nicht nur ich schätze Sie. Also bitte! Übrigens, wir werden wegen der anderen Fälle sowieso auch die Staatsanwaltschaft verständigen müssen. Stellen Sie sich vor, wir mussten den Leichnam der Kollegin in die Kühlhalle des Stadtfriedhofs überstellen. In Ihrem Keller da unten war kein einziger Kühltresor frei, und über Nacht konnte sie bei diesen schwülen Temperaturen nicht im Zimmer bleiben.«

»Ich weiß, wir quellen im Keller über. Wir werden darüber noch sprechen müssen.«

Baltrows Widerwille war groß. Erstmals in seiner langen Berufskarriere empfand er Abscheu vor einer Obduktion. Aber den allgemeinen Zwängen und

Argumenten konnte er sich nicht entziehen. Zudem kannte er das sture Beharrungsvermögen seines Krankenhausdirektors, und trotz aller Schockierung musste er sich eingestehen, dass ein nicht unbeträchtliches Interesse an den Umständen des Ablebens von Frau Dr. Sarah Lawerth in ihm keimte. Es war außerdem die letzte Gelegenheit, sie wiederzusehen.

Auf dem Rückweg benützte er die Treppen, um in seine Räumlichkeiten zu gelangen.

Professor Ambrosius Baltrow war an diesem frühen Vormittag matt und kraftlos wie selten zuvor. Er empfand solch lähmende Müdigkeit wie damals noch in der Landpraxis, da er Nächte hindurch wegen Bagatellen schnell die Patienten visitierte und im Morgengrauen bei lebensbedrohlichen Zuständen sich langsam ins Gewand zwängte. Eine Müdigkeit, die sich aus vielen zu kurzen Nächten und aus unendlich langen Tagen zu einem Zustand der allgemeinen Trägheit summierte. Dass er sie endlich wahrnahm, es ihn andauernd zum Bettgestell im Vorraum zog, lag lediglich an seinem Verlust. In seinen Wankelmut, heute wieder nach Hause zu gehen oder sich bis zum Dienstschluss am Abend irgendwie durchzuschlagen – nebenher natürlich seine Neugierde bezüglich irgendwelcher zusätzlicher Informationen über den Tod von Frau Dr. Lawerth befriedigend – kam Brünners Bitte, doch zum nächsten Telefon zu gehen. Der Anruf käme von außerhalb. Eine Frau übrigens, die ihren Namen nicht nennen wolle.

Selten, dass ihn jemand privat verlangte. Wenn Anrufe kamen, dann waren es meist Bitten um Vorträge oder Anfragen bezüglich irgendwelcher Obduktionsergebnisse. Von Zeitungen mitunter auch, aber meist von Richtern oder Angehörigen.

Die Wandtelefone waren alt. Als Kontaktstellen waren sie vor vielen Jahren installiert worden, auf Gängen, auf Wänden und in Mauerecken sollten sie die immer währende Erreichbarkeit gewährleisten.

Die weibliche Stimme war dünn und schien von weit weg herzukommen. Sie kam Baltrow bekannt vor, und zugleich war sie ihm fremd, wie eben von der Telefonmembran verstümmelte Worte bald jenem oder keinem gehören. Zudem war der Hörer von einem Rauschen erfüllt, einem atmosphärischen Fauchen und Knacken wie aus den Anfangszeiten der Telefonie.

Ihr Name täte nichts zur Sache, war einer der Sätze, die er verstand. Wichtig sei nur, was sie zu sagen habe: »Frau Lawerth ist gestern nicht auf natürliche Weise zu Tode gekommen.«

Bevor Baltrow noch irgendetwas fragen konnte, war das Telefon schon wieder stumm geworden. Er hielt es von seinem Ohr weg und schüttelte es, obwohl mit dieser verzweifelten, lächerlichen Geste noch nie eine Elektronik zu besinnen gewesen war. Er spürte das Blut in seinem Herzen pochen, die Hitze trieb es ihm ins Gesicht, als er Brünner fragte, wer das nun gewesen sei. Aber dieser wusste es, wie er ja schon gesagt hatte, nicht und konnte sich auch nicht vorstellen, wer am anderen Ende der Leitung gesprochen hatte. Möglicherweise eine Verwandte, vielleicht eine Freundin.

»Nein!«, sagte Baltrow und sein Blick war dabei abwesend.

Brünner kannte diese Zustände seines Vorgesetzten als Momente, da in seinem Kopf die Gedanken intensiv in eine völlig andere Richtung zogen. Die Erschütterung, die zugleich in ihm war, vermochte er jedoch nicht zu bemerken. Baltrow war wieder hellwach. Verflogen war die Müdigkeit und eingetauscht gegen eine dumpfe Ahnung erstmals, dass doch einiges an Sarah Lawerths Tod mysteriös sein konnte. Verflogen war auch jene geistige Lähmung und entstanden stattdessen der ungemeine Drang, Gewissheit darüber zu bekommen.

Was wusste er denn schon wirklich über sie? Und was war gestern Abend da oben passiert? In dem Haus mit den schweren, hoch aufragenden Mauern, den glänzenden Fluren und den lichtdurchfluteten Arbeitsräumen, den labyrinthhaften Verbindungsgängen, Querkorridoren und winkeligen Treppen? Passiert in dem wabenhaft dichten Hohlraumsystem der Säle und Kabinette, das sich Krankenhaus nannte – und das er nicht kannte? In seiner Vorstellung hatte er sich Räumlichkeiten konstruiert, genährt aus den Informationen seiner Besucher und seines Adlatus. Fantasieareale mit Ecken und Kanten, wo die klinische Medizin geschah und möglicherweise sich Ungeheuerliches zugetragen hatte.

Am Beginn seiner Tätigkeit hatte er die Stockwerke zwar besucht, damals eingeführt vom zwischenzeitlich verstorbenen Klinikchef, der erklärte, unterwies und demonstrierte. Aber kaum jemals mehr war er nachher an diese Orte zurückgekehrt, da sie ja nur indirekt mit seiner Tätigkeit zu tun hatten. Nun aber weckten sie sein Interesse, aus dem vagen Nebel seiner Phantasievorstellungen bekam der Bau über ihm Konturen und Linien. Was war da geschehen am gestrigen Abend, noch beim rötlichen Licht der untergehenden Abendsonne, und was hatte sich die Tage, Wochen zuvor dort oben zugetragen, dass es zur Bedrohung anwuchs, in dramatische Stunden mündete und in einem lebensbeendenden Augenblick kulminierte? Vor allem: An welchem Ort hatte sich ein mögliches Drama dort inszeniert, wie waren die Umstände, die es begünstigten, herbeiführten, welche Dimension der Angst bereitete es, welche Sphäre der Gewalt musste entstanden sein, damit es geschehen konnte?

Und sein Interesse weitete sich über die Objekthaftigkeit dieses Krankenhauses hinaus zu den Menschen, die darin arbeiteten. Denn die Umrisse dieses Hauses, seine Profile und Schatten wurden gemacht von den Ärzten, den Schwestern und den unzähligen Gehilfen darin.

Mit einem Male war Baltrow wieder in sein altes Kleid geschlüpft. Der Verdacht aus dem Bauch heraus, die *Fama abdominalis* hatte ihn erfasst, und oft war dann der Hagel an Beweisen nicht mehr fern. Dr. Lawerth war kaum eines natürlichen Todes gestorben. Und nur allzu gern widmete er sich der Überlegung, dass ihr Fernbleiben die letzten Tage etwas mit einer vorausgeahnten Tötung zu tun hatte, dass sich vorher schon eine Irregularität ihres bisherigen Tagesablaufes durch eine Sphäre der Bedrohung und Verunsicherung ergeben haben könnte. Man hatte sie ihm mit Gewalt weggenommen.

Aus der Lethargie seiner Trauer riss er sich mit einem Male los und beschloss den Keller zu verlassen. Jahrelang hatte er die Stationen über ihm gemieden, aus Desinteresse und aus Vermeidung allzu großer Nähe zu anderen Kollegen. Anbiederung, Vereinnahmung durch gekünstelte Freundlichkeit, geheuchelte Anteilnahme im seichten Plauderton und unter Vortäuschung von Interesse waren ihm immer zuwider gewesen. Sie schienen seine einzige, unveräußerliche Authentizität zu untergraben, die er besaß, die Zügellosigkeit seiner Gedanken, unbeschwert von Konvention und Zugehörigkeit. Die scheinbare Vereinsamung im Keller war in Wahrheit die praktizierte Exklusivität seiner Ansprüche.

Diesmal mied er den Lift, und er tat es nicht nur wegen seiner Phobie, sondern weil er damit auch den üblichen Weg aller beschritten hätte. Er dachte, dieses alte Haus besser zu »begreifen«, wenn er es Stockwerk für Stockwerk »beschritt«. Er benützte die alten Steintreppen, um in die Obergeschosse zu gelangen.

Die Kehle schnürte es ihm zu, als er die ersten Stufen allzu schnell überwand, und erst, als er seine Schritte verlangsamte, inmitten des Treppenhauses vom Keller in das Erdgeschoss innehielt, befreite er sich vom Druck auf seiner Brust, der ihm wie das Gewicht des ganzen Hauses über ihm erschienen war. Heftig keuchend sog er die verbrauchte Luft hinein, stieß sie laut vernehmlich wieder hinaus und stützte sich dabei am Handlauf des Treppengeländers ab. Selten hatte er diese Kellertreppen benutzt, nur, wenn der Lift blockiert war vom eifrig umherschwirrenden Personal, also des Morgens und meist des Spätnachmittags. Aus den Hosentaschen kramte er eine seiner roten Kaukapseln hervor, schob sie hastig in den Mund, um sie noch hastiger zu zerbeißen. Den Inhalt verteilte er unter seiner Zunge, und die Kapselhülle spuckte er achtlos aus. Sie kullerte irgendwohin zwischen den verhärteten Schmutz der Treppenwinkel. Wohltuend löste sich der brennende Druck auf seiner Brust, und leicht schritt er die letzten Stufen ins Erdgeschoss.

In der Vorhalle vor der Kantine blieb er stehen. Jetzt am Vormittag war sie voll besetzt mit jenen Angestellten, Vertragsbediensteten der Sekretariate, Pflegern, Krankenträgern und Putzpersonal, all jenen also, die ihre Arbeitsschicht schon hinter sich hatten und sich eine Pause gönnten. Viele fremde, einige vertraute Gesichter waren darunter.

Eigentlich, so dachte er, sei er in der Zeit, die er hier in diesem Haus bis jetzt verbracht hatte – und dies waren nun schon weit mehr als zwanzig Jahre –, ein Fremder geblieben. Aber er bedauerte es nicht.

Er stellte sich an die Glastheke, ein Behältnis, das in seinem beleuchteten Inneren mit Wurst- und Käsesemmeln, Topfenschnitten und einigem Naschmaterial bestückt war. Nur schwarzen Tee bestellte er, denn nach Essen stand ihm nicht der Sinn, obwohl er heute noch keinen Bissen getan hatte. Die kleine rundliche Kantinenbesitzerin kannte ihn.

»So früh schon, Herr Professor?«

Er lächelte zurück, sagte aber nichts, und so war er vor weiterer Ansprache gefeit. Ohne ihn zu zuckern, ohne ihm Milch oder Zitrone zuzusetzen, kippte er den Tee hinunter, der noch viel zu heiß war und ihm in die Zunge und den Kehlkopf hineinbrannte. Heftig die Luft hinein- und hinaushechelnd, hustend und prustend achtete er nicht auf die mitleidsvolle Geste der Kantinenbesitzerin. Wortlos legte er einen Geldschein auf die Glasfläche vor ihm, viel zu viel für eine Schale Tee, und verließ, nicht auf den nachgerufenen Hinweis achtend, die Kantine. Das nächste Treppenpaar in das erste Geschoss bewältigte er gemächlicher. Der Tee hatte seinen Magen gewärmt, auch das Blut zu seinem Herzen, und ohne Luftmangel erreichte er den Operationstrakt und die ihm angeschlossene Abteilung für Anästhesie und Intensivmedizin.

Es erschien Baltrow eigenartig, dass er erst ein einziges Mal an dieser Abteilung war, wo er doch mit ihr am meisten zu tun hatte. Zumindest was die Schnellgefrierschnitte betraf, die tagtäglich bei ihm im Keller zur schnellen, augenblicklichen Bestimmung eintrafen. Die darüber entschieden, ob weiteroperiert, radikaler vorgegangen, total ausgeräumt, umschnitten, überbrückt und rekonstruiert werden sollte. Die bestimmten, ob ab diesem Zeitpunkt der exakten, weil histologisch eindeutigen Diagnose, eine Chemotherapie und eine Bestrahlung durchgeführt werden mussten. Die schließlich gar nicht so sehr die Diagnose »gutartig« oder »bösartig«, sondern vielmehr das fatale, kaum mehr veränderbare Bewusstsein bestimmten, weiterhin gesund oder unumkehrbar krank zu sein. Die endlich abrupt ein völlig anderes Lebensgefühl suggerierten, einen Zustand vollkommen anderer Lebensperspektiven herbeiführten, dem sich jegliches alltägliche Tun unterwarf.

Alle Operationssäle waren nun am Vormittag besetzt. Fünf waren es an der Zahl, und überall war über den pneumatischen Türen die Leuchtschrift »Betreten verboten« zu lesen. Vermummtes Personal, die Haare hinter blauen Tüchern hochgebunden, geknotet und bedeckt, Nase und Mund hinter einer Maske aus weichem Papier verborgen, hetzte an ihm vorüber, bereitete Infusionen, entpackte Operationsmaterial, entlud den Autoklaven chromglänzende Behältnisse, in welchen sich sterile Instrumente befanden. Zwischendrin die Gehilfen, die die Betten aus den Stationen heranschoben, dirigierten und in einen Wartewinkel abstellten. Desgleichen das genauso vermummte Putzpersonal, das sich der Verantwortung dermaßen bewusst schien, dass es ohne Pause mit zu Boden gesenktem Haupt den Fußboden wischte. Grußlos, höchstens kurz nickend huschten sie vorbei, und trotz der unsichtbaren Gesichtern war die angespannte Geschäftigkeit zu spüren.

Baltrow schritt den polierten Gang aus Kunststoff weiter. Er kam an den Aufwachzimmern vorbei und stand schließlich vor der Intensivstation. Durch den Glaseinsatz der Türen blickte er hinein. Schläuche baumelten, bunte Kabel schwangen, Drähte spannten sich von regungslos liegenden, mit weißem Leinen bedeckten Körpern ohne Gesichter zu gestapelten Monitoren, zu Türmen aus elektronischen Kästen, deren Leuchtdioden alle Farben hatten und auf deren Bildschirmen gelbe und weiße Linien unruhig zitterten. Pneumatische Beatmungseinheiten zischten, Infusionspumpen summten, Überwachungsrelais vibrierten, ein vielstimmiges Potpourri der elektrischen Maschinenwelt sah er. Aus dem verwirrenden, weil bei erster Betrachtung nicht mehr exakt zuzuordnenden Konvolut der Messgeräte, der Messsonden und Kalibriergeräte, der Ernährungsleitungen und Ausscheidungsröhren ragten einsam zwei Zehen.

Seltsam, dachte Baltrow. Mit dem Kopf voran tritt der Mensch ins Leben, und mit den Füßen als Letztes scheidet er aus ihm. Das Letzte, was von ihm in seiner vollkommenen Hilflosigkeit zu sehen ist, sind seine Zehen. Irgendwie ein lächerlicher und unwürdiger Anblick.

Von hinten traf ihn eine sonore, tiefe Stimme: »Sie einmal hier oben zu treffen! Welch seltene Ehre!«

Der Abteilungschef Professor Gregor Laske stand da, breit und groß gewachsen und mit überbordender, betonter Freundlichkeit.

»Ich hoffe, nicht alle, die Sie hier liegen sehen, landen bei Ihnen unten im Keller.«

Schlagfertigkeit auf Kosten des guten Geschmacks, dachte Baltrow. Vorsichtiges Herantasten an das Spezialgebiet eines Kollegen mit einstimmenden Aspekten. Mein Gott, er kannte solche Sprüche zu gut. Aber er war Dr. Laske nicht gram. Er kannte ihn als einen hart mit den häufigen Aussichtslosigkeiten eines Intensivmediziners hadernden Macher, der mitunter laut daherpolterte und seine zarte Verletzlichkeit damit umhüllte.

»Was machen Sie wirklich hier? Lassen Sie, ich weiß schon. Es hängt irgendwie mit der gestern verstorbenen Kollegin zusammen. Aber hier hat sie nicht gelegen. Wenn wir sie gleich bekommen hätten, wäre vielleicht alles anders gelaufen. Schrecklich, so etwas in diesem Haus. Ich bin zwar in Eile, muss zur Morgenbesprechung, aber ein Kaffee oder ein Tee sind schon noch drinnen. Haben Sie Zeit?«

Baltrow zögerte.

»Ich bin eigentlich nur auf der ›Durchreise‹. Auf dem Weg zur Internen Abteilung, ein Stockwerk höher. Sie haben Recht. Ich möchte mich ein wenig umhören. Die Atmosphäre an der Abteilung erschnuppern. Tee, allzu heißen, habe ich schon getrunken. Aber wenn es ein schneller Espresso ist, dann soll es mir recht sein.«

Als Baltrow Laskes Dienstzimmer betrat, durch das vorgelagerte Sekretariat der Anästhesie hindurch, fiel ihm auf, dass er eigentlich der einzige Abteilungsleiter ohne zugeteiltes Zimmer war. Eines, das nur ihm und seinen Arbeiten und gelegentlichen Stunden des privaten Müßiganges gewidmet war. Nie hatte er ein eigenes Zimmer gefordert, schon gar nicht vermisst. Aber als er nun diesen großen Raum betrat, belegt mit Spannteppichen, eingefasst von schwerem Kirschmobiliar und umrahmt von modernen Gemälden, Erstdrucken und Originalen, da wurde ihm kurz der jämmerliche Kontrast seines mit Brünner geteilten Aufenthaltsraumes im Keller unten bewusst. Dem trüben Abstellraum unten entsprach hier ein lichtdurchflutetes Zimmer, dessen Fenster großzügig den Blick auf die Grünfläche vor der Klinik freigaben. Dem Spind unten entsprach hier ein bis an die Zimmerdecke reichender doppelflügiger Kasten, der nicht Kleidung, sondern mehrere Fächer mit edlen Spirituosen enthielt. Dem kargen, wackeligen Tisch dort entsprach hier ein massiver Schreibtisch mit schwerer Platte, dem niemals das Gewicht irgendwelcher Bücher etwas anhaben würde können. Heute, nur für heute hätte Baltrow gerne einen Raum für sich gehabt, in den er sich zurückziehen und ruhen hätte können.

»Sie sind nun schon so lange in diesem Haus, länger als ich, und dennoch haben wir uns nie bei mir auf ein Gespräch, vielleicht bei einem Kaffee, getroffen. Ich war zwar öfters unten bei Ihnen, aber das letzte Mal liegt nun auch schon einige Zeit zurück. Wie lange sind Sie denn schon in diesem Haus?«

»So an die zwanzig Jahre. Nur Kollege Urban ist länger hier als ich.«

Laske hatte Platz genommen, ihm einen Stuhl gewiesen und über die Gegensprechanlage bei seiner Sekretärin zwei Espressi bestellt.

»Dann werden Sie wahrscheinlich sein Nachfolger als Krankenhausdirektor.«

Baltrow lächelte. »Herr Kollege, ganz sicher werde ich das nicht. Sehen Sie, ich habe keinerlei Ahnung von Ökonomie, habe kein Talent, Menschen zu dirigieren, und ich habe vor allem keine Lust auf solche Posten, genauso wie der Bedarf des Krankenhauserhalters an verschrobenen Menschen und möglicherweise auch eigenbrötlerischen Besserwissern, wie ich einer bin, äußerst gering sein dürfte. Ich möchte aber, da ich nun schon hier sitze, ganz etwas anderes fragen. Dass wir uns hier heute treffen ist schon außergewöhnlich genug, da haben Sie Recht, ich würde aber lügen, wenn ich Sie im Glauben ließe, ich sei nur deshalb hier, um Ihnen endlich einen Höflichkeitsbesuch abzustatten. Nein, ich sitze hier aus anderen Beweggründen. Frau Dr. Lawerth war eine junge engagierte Ärztin, niemand wird es besser beurteilen können als ich. Denn sie hat gleichsam unten im Keller Privatvorlesungen bekommen von mir, genau so wie ich von ihr wieder gelernt habe, nein, daran erinnert wurde, wie man mit seinem ärztlichen Beruf umgehen sollte. Sie hat mich Routinier der theoretischen Medizin darauf aufmerksam gemacht, dass das Verkümmern unseres ethischen Bewusstseins das tägliche Einerlei ist. Gewöhnung, täglicher Pragmatismus, Abgebrühtheit, von der es zur Resignation nicht mehr weit ist. Klarerweise gilt dies umso mehr für einen Kliniker, aber Arzt bin ich immer noch. Wir hatten also informative, gegenseitig befruchtende Gespräche geführt, während der Obduktionen und auch während der histologischen Aufbereitungen. Ich möchte nun nachträglich allzu gerne ihr Umfeld kennen lernen.«

»Ach ja, ich kenne das Gefühl, wenn der Idealismus der Jungen uns beschämt. Mir geht es andauernd so. Wenn es sich zum Beispiel darum handelt, die Maschinen abzuschalten bei den Hirntoten, bei den Aussichtslosen sozusagen die Kabel zu kappen, dann haben die älteren Kollegen weniger Probleme damit als die jüngeren. Die zögern eher, schieben hinaus, versuchen Zeit zu gewinnen, weil ihnen noch nicht alle Therapien ausgeschöpft scheinen. Dass sie dabei die Tatsache übersehen, dass durch ausschöpfende, lebenserhaltende Therapien mitunter auch Leid verlängert wird, ist eher ihrer Unerfahrenheit zuzuschreiben. Was Sie als Idealismus ansehen, ist meist nur Unsicherheit und Angst, die aus ihr entsteht. Das nur nebenbei.«

»Trotzdem betrübt es immer wieder, an die eigenen Zeiten von früher erinnert zu werden. Ich gebe Ihnen schon Recht, dass es ein Teil des Alterungsprozesses ist, nicht mehr so lange mit Idealen herumzufackeln. Allerdings will ich es ablehnen, mich damit abzufinden, dass Idealismus als Vorrecht der Jugend anzusehen ist. Wenn die ursprüngliche Idee des Helfens durch Jahre, durch überkommene Routine abgenützt und angegraut wird, sollten wir unseren Beruf an den Nagel hängen. Wir suchen so viel nach Wahrheit, nach Richtigkeit, dann sollte uns solch ein konsequenter Schritt auch nicht schwer fallen. Kurzum, ich will also recherchieren, welche Umstände möglicherweise zu Lawerths Tod geführt haben, das bin ich meiner Erinnerung an sie schuldig. War sie krank, ist etwas Akutes geschehen, das beschäftigt mich derzeit. Aber solches müsste ich wohl ihren Chef fragen, Kollegen Ferwarth.«

»Was erwarten Sie sich denn davon? Wie ich gehört habe, ist sie gestern während des Dienstes plötzlich verschieden. Mein Gott, wir wissen ja nicht einmal, ob sie nicht schon krank war, Symptome hatte, die mitzuteilen, abzuklären sie vielleicht noch zögerte. Sie wissen ja, Ärzte sind bei sich selbst äußerst schlechte Diagnostiker, sie verschleppen sehr oft ihre Krankheiten. Ich bin doch genauso, wir registrieren die Symptome häufig nicht, verdrängen sie möglicherweise auch, weil wir gelernt haben, eher in andere als in uns selbst hineinzuhorchen.«

»Ja, da gebe ich Ihnen Recht. Kannten Sie sie? Wahrscheinlich hatten Sie selten Kontakt, Sie sind ja auf der Anästhesie Ihr eigener Internist. Ihr Espresso hat mir übrigens sehr gut getan.«

»Doch, ich kannte sie. Sie blieb mir deshalb im Gedächtnis, weil nach der letzten Weihnachtsfeier hier bei uns an der Abteilung noch gesellig zusammengesessen wurde. Von allen Etagen und Stationen waren sie damals hier, obwohl wir doch überhaupt keinen Platz haben. Es hatte sich so ergeben, und ich ließ es damals geschehen. Obwohl auch leider viel Alkohol im Spiel war, aber zu Weihnachten ist man nachsichtig. Nun, auch die Chirurgen waren hier, und ich entsinne mich, wie der schon angeheiterte Oberarzt Dobrowolny ihr Avancen gemacht, sie bedrängt hat. Sie hat ihn aber dermaßen abgewehrt, dass es einen lauten Schall gab.«

»Einen lauten Schall?«

»Ja, sie hat ihm eine schallende Ohrfeige gegeben. Ansatzlos und vor allen anderen Kollegen. Und ist dann gegangen. Sie blass in die eine Richtung und der Oberarzt mit rotem Kopf in die andere. Energisch war sie also, daher habe ich das nicht vergessen.«

Baltrow war hellhörig geworden. Er empfand dies als ungeheuerlich.

»Aber so etwas sollte doch intern von einem der Chefs geregelt werden. Wo bleibt da die Autorität eines Abteilungsvorstandes? Da muss es doch eine Aussprache zwischen beiden gegeben haben.«

»Das müssen Sie die Kollegen Ferwarth oder Warsteiner fragen. Die werden das schon veranlasst haben. Aber hoffentlich gibt es deswegen nicht Verdachtsmomente gegen Kollegen Dobrowolny. Das ist meines Erachtens ein Vorfall, wie er überall dort vorkommt, wo Menschen zu eng miteinander arbeiten. Das sollte man nicht überbewerten. Ein Überreaktion, sonst nichts und nachträglich als Motiv für einen eventuellen Mord sicherlich nicht ausreichend. Viel schlimmer sehe ich da die Verdachtsmomente bezüglich unseres guten Rufes. So etwas kann ein Skandal werden, der die Reputation der Klinik ziemlich ins Arge zieht. Da mischen sich dann all jene ein, die nichts damit zu tun haben. Von der Presse ganz zu schweigen, die wird Stimmung gegen so genannte ›Zustände in diesem Haus‹ machen und zu guter Letzt die Patienten verunsichern. Und dies ist schließlich jedem Heilungserfolg kontraproduktiv.«

»Nun, solche Vorwürfe gab es immer schon. Hinter vorgehaltener Hand wird überall dort getuschelt, wo die tatsächliche Arbeit in einem Betrieb schwer von der Öffentlichkeit nachzuvollziehen ist. Bei der eigenen Gesundheit ist man sehr sensibel. Da wird jeder schlecht angepasste Gipsverband, jeder langwierige Heilungsverlauf der schlechten Qualität der Medizin in diesem Haus angelastet. Die großartigen Erfolge werden nie gewürdigt, sie sind so selbstverständlich und gar schon einklagbar wie die makellose Beschaffenheit eines Produktes. Ich habe es oft während der Gespräche mit Angehörigen so empfunden, die mir gegenüber – dem Nichtkliniker – etwas offener waren, dass von vornherein eine Behandlung in einer anderen Klinik besser gewesen wäre. Was ich sage, wird bestätigt von dem Umstand, dass in diesem Hause sehr viele Patienten aus anderen Gegenden, aus fremden Städten uns aufsuchen, weil sie hier eine bessere Behandlung vermuten. Es hat mit diesem Spruch von dem Propheten zu tun, der im eigenen Land weniger gilt.«

Laske nickte.

»Da gebe ich Ihnen Recht. Wir an der Intensivstation haben da mitunter erhebliche Probleme. Es wird in aussichtslosen Fällen von den Angehörigen nachdrücklich das Leben der Bedauernswerten zurückgefordert. Aber das ist oft eine Überreaktion aus Trauer und Blindheit gegenüber dem Schicksal. Da wollen sie manchmal eine Verlegung an eine andere Klinik, weil man gehört hat, dass es ein neues Behandlungsverfahren gäbe und so weiter. An jedes Gerücht klammern sie sich, vage Vorstellungen werden zur Gewissheit nur aus Verzweiflung und letzter Hoffnung. Ich stimme mit Ihnen überein: Einen exzellenten Ruf werden wir in dieser Stadt sowieso nie haben. Was uns aber nicht hindern sollte, die Arbeiten nach wie vor nach bestem Gewissen zu absolvieren.«

»Das, Herr Kollege Laske, sollte sowieso außerhalb jeglicher Vereinnahmung durch öffentliche Meinung oder politische Beeinflussung stehen. Irgendwann einmal haben wir einen Eid geleistet. Ich danke für den Kaffee und das Gespräch. Für den Fall Lawerth muss ich sicherlich woanders recherchieren.«

Baltrow war sich nicht schlüssig. Sollte er noch ein Stockwerk weitergehen, hinauf zu den Internisten? Durch sein Erscheinen nach so vielen Jahren der Absenz und wohl auch der Ignoranz würde er Anlass zu Mutmaßungen geben: der Pathologe, der nach dem Dahinscheiden einer jungen Ärztin plötzlich sich für die innere Medizin interessiert. Nur kurz machte ihn diese Überlegung zögerlich, aber die anhaltende Empörung über das Geschehene hatte seine Füße längst über die Treppen hinauf auf den dritten Stock zu den Internisten gelenkt. Er hatte auch Gewissensbisse. Hätte er sich die letzten Tage anders verhalten, so hätte er möglicherweise Dr. Lawerths Schicksal abändern, verhindern können. Zugleich kam ihm dieses Ratespiel mit dem korrigierenden Konjunktiv, mit den alternativen Möglichkeiten schon erfolgter Ereignisse lächerlich vor. Sie waren nur ein Indiz für seinen Kummer.

So stand er, vorläufig unbeobachtet, schließlich am Gang des dritten Stockes, lehnte dort etwas schief mit leicht überkreuztem Standbein an der Mauer und beobachtete. Sein geschulter Blick, geschärft durch jahrelange Übung, fein differenzierend und erbarmungslos genau, erfasste das Treiben vor ihm.

Schwesternschülerinnen huschten an ihm vorbei, grüßten ihn ehrfürchtig, mochten ihn wohl von den Vorlesungen in der Schwesternschule kennen. Lange Zeit hatte er solchen Stationsbetrieb nicht mehr beobachtet, das letzte Mal damals, als er nur kurz vom Krankenhausdirektor umhergeführt wurde, um alles vorgeführt zu bekommen.

Die Geschäftigkeit war üblich an einem Montagvormittag. Das Frühstück war schon längst verteilt, weit vor sieben Uhr morgens, die Betten mussten frisch überzogen werden. Wer von den Patienten nicht unbedingt bettlägerig war – und das waren an einer Internen Abteilung nur die wenigsten –, lungerte ziellos im Gang umher, während durch die geöffneten Türen der Krankenzimmer die Reinigungswägen hinein- und hinausgeschoben wurden. Auf ihnen türmte sich das weiße Leinen in Stapeln, wurde vom Hilfspersonal gekonnt und flink auf die Betten geworfen, mit weit ausholenden Händen geglättet, immer von beiden Seiten zu zweien und jeweils stumm und mit ausdrucksloser Miene, da die Handgriffe ja längst automatisiert waren. Zwischen den Hilfsschwestern eilten die diplomierten Krankenschwestern umher, sammelten Fieberthermometer ein, maßen den Blutdruck, trugen Infusionen und teilten Tabletten diversen Behältnissen zu, in denen mithilfe von Unterteilungen an die Einnahmezeiten erinnert wurde. Morgens, mittags, abends und manchmal des Nachts waren die relevanten Zeitmaße der Pharmakologie und bedeuteten die »Stoßzeiten« der Arbeit.

Baltrow blieb vor einem geöffneten Zimmer stehen. Ihm flutete Tageslicht entgegen, das die ganze Breite des Zimmers maß. Er war es nicht gewöhnt um diese Zeit und kniff die Augen zusammen. Die Schwestern waren nur verwundert, wagten ihn aber nicht zu fragen. Es würde schon seine Bewandtnis haben, dass ein Pathologe hier an einem Montag Vormittag erschien. Vielleicht hatte er einen Angehörigen oder einen Freund an der Abteilung liegen. Er bemerkte ihre fragenden Blicke, sie waren ihm aber gleichgültig.

Lawerths Tod hatte an der Abteilung keinerlei Spuren hinterlassen. Die Arbeit ging weiter wie immer, die Mienen waren geschäftig wie sonst auch, und der Rhythmus des Vormittages war wie bisher. Es würde woanders genauso geschehen, überall dort, wo viele Menschen auf gedrängtem Platz arbeiteten.

Nach den Gesetzen der Physik wird in so einem Milieu durch das allgemeine Pulsieren ein frei werdender Platz sofort ausgefüllt. Im allgemeinen, dichten

Fluss der Dinge wird nichts vermisst, da glätten sich die Wellen nach jeder Bodenunebenheit sofort. In einem Behältnis mit Sand wird jedes herauskullernde Korn durch ein anderes sofort ersetzt, und wo so viele Menschen drängen, gibt es kein Vakuum.

Baltrow stand knapp vor der offenen Tür, stand so, dass er die Arbeiten nicht behinderte und sah in das Krankenzimmer hinein. Alles wurde mit Ernst und ohne Hektik betrieben, nirgendwo war Achtlosigkeit oder Desinteresse zu sehen, und für einen aufrichtigen Willen zu genauer und verantwortungsvoller Arbeit sorgte eine von der glasumgebenen Kanzel dirigierende Stationsschwester, die Zuständigkeiten verteilte und Obliegenheiten umsichtig verwaltete. Ein emsiges Treiben konzidierte er, ein perfekt abgestimmtes Team von Helfern und Zuträgern, Verteilern und Einsammlern, Überbringern und Empfängern fügte sich in ein fein ausgewogenes Orchester, aus dem kein Misston zu erklingen schien.

Und dennoch: Baltrow sah, wie Schwesternschülerinnen ein Bündel Fieberthermometer in einem Glasbehältnis in die Zimmer brachten und sie dort verteilten. Den alten, kaum bewegungsfähigen Patienten steckten sie die schlanken Glaszylinder ebenso wortlos in die Achsenhöhlen, wie sie diese den jüngeren auffordernd in die Hand drückten, um ihnen den Vorgang des Messens zu überlassen. Sie achteten nicht darauf, ob die Achseln der schwindsüchtigen, mageren Pfleglinge gehöhlt waren und somit keinen Hautkontakt zum Metalldetektor der Quecksilberthermometer hatten, und sie bemerkten auch nicht, dass beim einen oder anderen der Glaskolben verkehrt oder zu weit zwischen den Achseln stak, sodass er auf der anderen Seite hervorstand.

Es war zum Wundern und zum Kopfschütteln, denn so würde nie und nimmer die richtige Temperatur gemessen werden können. Ohne Überwachung, ohne unterweisende Begleitung würde jedes Endergebnis fragwürdig bleiben. Aber in Baltrows Zweifel mischte sich zugleich Gewissheit: Es lief hier ein Ritual ab, eine althergebrachte Zeremonie der Bemessung. Messbar musste alles sein, denn Graduierungen, fixe und variable Größen, hatten ja die Medizin erst gemacht zu dem, was sie war: ein Teilgebiet aller anderen Wissenschaften, die ebenfalls nur maßen, verglichen, evaluierten und titrierten. Eine Abform der Physik und der Chemie, und das Herumtragen der gläsernen Quecksilberstäbe durch die Krankenzimmer und die Eintragung einer roten Zahl am Fuße der Fieberkurve waren nur Symbole der vielen anderen Prozeduren, die im Hintergrund verborgen abliefen. Die vielfachen, immer aufs Neue durchgeführten Bestimmungen der Blutzusammensetzungen, der Menge der roten Blutkörperchen, des Mangels an Blutfarbstoff, der Reichlichkeit der Blutfette und der spärlich gesäten Globuline, der überschwellenden Lymphozyten, der brodelnden Säuren, der ausgedünnten Laugen, die peniblen Verhältnisse der Kompartimente zueinander, die Fraktionen der Eiweiße, die nie jemand zu Angesicht bekam und die nur in Bezeichnungen wie Mikro, Femto oder Nano in die Vorstellungen der Ärzte drangen: Sie alle dienten nur dazu, die Stummheit der Therapeuten zu bewahren, wenn die Krankheit zur Sprache gebracht werden sollte. Sie wurden benützt zur Verschleierung eigener Unsicherheit und eigener Inkompetenz. Denn hinter den fremdsprachigen Worten ließ es sich trefflich verstecken, wenn das Wesen einer Erkrankung einen Namen suchte.

Eine ähnliche Prozedur lief ab, wenn dieselben Schwesternschülerinnen zum Blutdruckmessen ausschwärmten. Denn um diesen einen, von vielen anderen Parametern der Körperfunktionen nicht gerade unwichtigsten, zu erfassen, bedurfte es nicht eines ausgebildeten Arztes. Obgleich diesem damit die einmalige Chance genommen wurde, mit dem Patienten kurz in Berührungskontakt zu kommen. So drückte sich die Geringschätzung darin aus, dass solch ansonsten als hoch heilig erachtetes Ritual den Elevinnen der Pflegemedizin überlassen wurde. Mit verbissener gleichwie beflissener Miene standen sie an der Bettkante und pumpten mit ihren schwächlichen Händen die Manschetten auf – manchmal so weit, bis die Patienten Wehlaute ausstießen. Die Membran des Stethoskops, des Ur-Symboles der erlauschenden Medizin schlechthin, hatten sie dabei in die Beugen der Arme gepresst, desgleichen die Oliven der Hörgabeln in ihre Ohren. Ungelenk und allzu schnell ließen sie dann die Luft aus dem überblähten Gummibehältnis und versäumten dabei das wichtige erste Geräusch der Systole oder registrierten es erst weit unterhalb des tatsächlichen Eintritts. Das feine Zurückpulsieren oder Sistieren der Manometernadel, an welchem zusätzlich die Druckverhältnisse zu ersehen waren, registrierten sie nicht, denn niemand hatte sie darauf hingewiesen. So fügten sich zu falschen Temperaturen unrichtige Blutdruckverhältnisse auf den Fieberkurven hinzu, was freilich bei einem aufmerksamen ärztlichen Untersucher, der noch den Hautkontakt zu den Patienten pflegte und noch deren Puls mit den Fingerspitzen palpierte, keine Rolle spielen würde. Denn beides war dadurch auch zu ertasten.

Baltrow hörte aus einem anderen der vor ihm liegenden Krankenzimmer Stimmengewirr. Laute, bestimmende und unterweisende Worte und nachfolgend mitunter leise, verhaltene Antworten. Einseitig geführte Unterhaltungen also, und daher wusste er, dass dort eine Visite stattfand. Er näherte sich leise, wurde dabei nur von einer Schwesternschülerin, die mit einer Krankengeschichte oder einem Befund vorbeihuschte, mit fragenden Augen angesehen.

Durch die halb offene Tür sah er in das Krankenzimmer hinein, aber nur so weit, dass er die um das Krankenbett stehende Ärzteschar überblicken konnte. Der hoch heilige Vorgang der täglichen Visite fand statt, der Höhepunkt des Stationsalltages, der mögliche Wendepunkt der Therapie und der Entscheidungsmoment für Entlassungen oder Weiterverbleib, kurzum der Fokus aller Patientenerwartungen und -wünsche. Aber vor allem der einzige und nur Minuten währende direkte Kontakt der Patienten mit den Entscheidungsträgern ihrer Gesundheit.

Skurril erschien **Baltrow** die Situation, die er aus der sicheren Distanz vom Flur aus überblickte. Eine Ansammlung von Weißkitteln umstand ein Bett, in dem klein und hilflos, zu kaum einer Äußerung fähig, ein alter Mann lag, der in seiner Verlegenheit lediglich den vom Galgen über ihm herabbaumelnden Haltegriff mit seinen dünnen Händen umfasste. Da er ja im Bette lag, hineingepresst durch die Schwäche des Alters und die Kraftlosigkeit seines Kreislaufes, kam diesem Griff nur die Symbolhaftigkeit der Hilfesuche und der Anhaltebedürftigkeit zu. Die Situation hatte etwas von Gerichtsbarkeit an sich, von einem Tribunal und durch die Einseitigkeit der Entscheidungen auch von Entmündigung.

So, wie die Ärzte sich dort benahmen – vor allem sah Baltrow Dozent Ferwarth das Wort führen –, schien der alte Mann nicht untersucht, nicht berührt, sondern nur von Worten und unverständlichen Anordnungen umhüllt zu werden, niedergedrückt durch das Gewicht von Autorität und Unnahbarkeit. Das Weiß der Mäntel war eine farblose Mauer. Hätten die Ärzte bunte Gewänder getragen, Pullover, gemusterte Hemden, die Frauen Kostüme, die Männer Sakkos, nur nicht diese Uniform der Unklarheit und Nichtssagerei, so wäre das Gefühl der Hilflosigkeit nicht so schlimm gewesen.

Solch bedrohliche Ansammlung von Menschen kann nie und nimmer zu selbstbestimmenden Entscheidungen führen, dachte Baltrow, und wenn individuelle Beschwerden, Bedürfnisse und Symptome von Krankheiten existierten, dann verflüchtigen sie sich spätestens zu diesem Zeitpunkt durch die beherrschende Autorität fremd denkender Ärzte. Sie werden weggeredet oder herbeigesprochen durch das schwere, starre System einer puls- und atmungsfernen Wissenschaft.

Als sich die vielköpfige Schar der Ärzte träge weiterbewegte, zum nächsten Bett und dann von diesem dem Zimmerausgang zu, war Baltrow bedacht, einer Konfrontation mit den Internisten am Gang auszuweichen.

Er ging rasch zu dem Zimmer des Kollegen Ferwarth, klopfte hastig und trat ein, obwohl er wusste, dass jener sich ja auf Visitentour befand. Er wollte den Unwissenden spielen, und zugleich fühlte er eine dunkle Lust zu heimlichem Verhalten, zu List und Provokation.

Dass Dozent Ferwarth sein Zimmer nicht verschließt, bedeutet auch, dass er keinerlei Geheimnisse hat, dachte Baltrow.

Oder bedeutete, gerne Gelegenheit zu geben, seine Art der medizinischen Forschung zu präsentieren. Seine Wissenschaftlichkeit zu Schau zu stellen, wenn die unzähligen Bücher und medizinischen Journale dafür ein Gradmesser waren, wenn die aufgeschlagenen Folianten, die den Schreibtisch und die Ab- und Beistelltische belegten, fortwährende Interessiertheit suggerieren und dem jähen Besucher anschaulich Zuständigkeit demonstrieren sollten. Baltrow trat näher an eines der Bücher heran.

Nein, diese Wissenschaftlichkeit war Maske und Schein und diente doch nicht dazu, die Hilflosigkeit schamhaft zu verbergen oder reiner Dienst an ihr zu sein. Da war etwas ganz anderes dahinter – grenzenlos naiv war er, Baltrow, Kellerpathologe und Weltfremdling: Nicht mehr dem Patienten wurde gedient, sondern der eigenen Geldbörse. Denn so wie die Papierseiten, auf denen unzählige Zahlenkolonnen sich zu Statistiken und Kurven verdichteten, überall den Stempel von »Hansen und Lothasa« trugen, dem weltweit bekannten Logo von pharmazeutischer Innovation und Marktaggressivität, war an kein Selbststudium oder verzweifeltes Blättern nach seltenen Krankheitsbildern zu denken. Die moderne Alchemie bediente sich nicht mehr obskurer Braustuben und mysteriöser Essenzen, sondern kryptischer, aalglatter Konvolute von Papier. Bis zur Unkenntlichkeit bedruckt mit Verlaufskurven und Balkendiagrammen, dermaßen unspektakulär, lautlos und still, dass das Destillat nur in den seltensten Fällen fassbar wurde. Die Planbarkeit, die Berechenbarkeit musste dermaßen perfekt geschehen, dass die abertausenden virtuellen Produkte erst am Schluss konkret wurden und ihre beworbene Wirkung entfalteten.

Auf einem Stuhl neben dem Schreibtisch stapelten sich Krankengeschichten. Dass sich der Chef einer großen Klinik die Mühe einer Nachkontrolle antat, rang Baltrow eine gewisse Hochachtung ab. Er schob die einzelnen Akten auseinander und las die Namen. Einige kamen ihm bekannt vor, also musste es sich auch um Verstorbene handeln, die an seiner Abteilung obduziert worden waren.

Solche Arztbriefe bedeuteten das schriftliche Resümee des stationären Aufenthaltes, die Sichtung und Zusammenfassung erhobener diagnostischer Befunde, ein Exzerpt der verbrachten Tage, das in die Erstellung einer Diagnose und in einer therapeutischen Weiterempfehlung mündete, auch wenn sich die Krankheit nur als Summe vielfältigster Teilsymptome präsentiert hatte. Eine Diagnose musste immer her – auch um den Preis ihrer Richtigkeit. Als Behandlungsnachricht für den Vertrauensarzt zu Hause oder den entsprechenden Facharzt wurden sie meist mit einer gewissen zeitlichen Verzögerung verfasst. Der Grund dafür war nicht nur organisatorischer Art – immerhin bedurfte es oft der Erwartung von außerhalb des Hauses erstellter Befunde –, sondern auch eine Geringschätzung jeglichen bürokratischen Krams, zu dem sich der Heilberuf eigentlich nicht verpflichtet fühlte. Denn Schreibtischarbeit lief dem Ideal des eigenen ärztlichen Berufsbildes zuwider, das gepflegt und bewahrt wurde als von jedem niedrigen Dienst befreite Kopfarbeit. Denn wie sonst war zu erklären, dass der so wichtige Ist-Zustand des Körpers, seine Schwachstellen und Bedrohlichkeiten, erst Wochen später an die weiterbehandelnden Ärzte vermittelt wurden, oft erst nach jenem Zeitraum, in welchem sich der Patient längst neuerlich im Hospital eingefunden hatte? Erst so spät mitgeteilt wurden von Angehörigen jener Berufsgruppe, die ansonsten so virtuos die Vorteile der Elektronik zu nutzen verstand, mit perfekter Beherrschung aller möglichen Kommunikation und lässiger Nutzung informativer Datenströme, eine Berufsgruppe, die kaum technikfeindlich, sondern eher technikverliebt war? Da war doch die erst nach Wochen erfolgte Aussendung eines Briefes auf dem Postwege ein Anachronismus bemerkenswerter Ausprägung, wenn nicht gefährlich und fahrlässig. Da lag etwas von Verweigerung darin, von Missachtung des Patienten und seiner Obliegenheiten. Oder sollte es da noch einen anderen Grund für diese Verzögerung geben?

Hinter Baltrow räusperte sich Dozent Ferwarth.

»Habe Sie gar nicht kommen sehen, Herr Kollege. War die Tür offen?«

Baltrow war nicht in der Stimmung, um verlegen werden zu können. Er ging nicht auf den stillen Vorwurf ein.

»Ich wollte Sie wegen Kollegin Lawerth sprechen. Das ist der Grund meines Besuches.«

»Nicht dass ich Ihnen gefühlskalt erscheine, aber ich – wir haben ja den ganzen heutigen Tag über nichts anderes mehr gesprochen. Ich empfinde dies langsam als Arbeitsbehinderung. Es ist natürlich schrecklich, und ich weiß auch nicht, was noch alles ins Haus steht. Habe gehört, dass Sie sie obduzieren werden. Sie würden vielleicht gerne von mir hören, dass sie krank war. Ich bemerkte nichts an ihr. Allerdings: Um Krankheiten bei einem Kollegen oder einer Kollegin zu diagnostizieren, sollte man kein Arzt sein oder zumindest nicht eng mit dem Betroffenen zusammenarbeiten. Dadurch, dass wir ihm alle medizinischen Kenntnisse unterstellen und zutrauen, bei ihm die Eigenanamnese voraussetzen, läuft vieles schief. Muss schief laufen, weil wir übersehen, dass er spätestens zu jenem Zeitpunkt, da er krank ist und Symptome feststellt, aufhört, Arzt im üblichen Sinn zu sein. Er ist nur ein empfindsamer Mensch, der sicherlich ein gewisses medizinisches Wissen hat.

Ärztliche Kunst kann am besten durch gefühlsmäßiges Unbeteiligt-sein ausgeübt werden. Die Kunst wird umso schwächer, je näher das Verhältnis zum Patienten ist. Verstehen Sie mich? Sollte Frau Dr. Lawerth krank, ernstlich krank gewesen sein, so ist es mir als mit ihr intensiv zusammenarbeitendem Kollegen wahrscheinlich eher entgangen, als wenn sie neu in ein anderes Krankenhaus gekommen wäre. Sie schauen so bedrückt. Was meinen Sie dazu?«

»Sie nehmen mir viele Fragen vorweg, Herr Kollege. Ich kannte sie gut und ich habe – zwar nur als Nichtkliniker – auch keine besonderen Symptome festgestellt. Immerhin habe ich vor vielen Jahren einige Zeit als Allgemeinmediziner gearbeitet. Für gewisse Symptome bewahrt man sich den Blick lebenslang. Zumindest schwer krank schien sie mir auch nicht. Allerdings wirkte sie die letzten Male, da ich sie sah, etwas müder als sonst.«

»Ich sage Ihnen: Der Sekundenherztod trifft auch junge Menschen. Sie könnte eine schleichende Myokarditis, eine Herzmuskelentzündung gehabt haben. In ihrem Arbeitseifer könnte sie einen Infekt übergangen haben. Solche Menschen neigen manchmal zu Rhythmusstörungen, Extraschlägen, Kammerflimmern und so weiter. Aber es ist Spekulation. Fest steht, dass ich eine tüchtige Mitarbeiterin verloren habe.«

Baltrow hatte seinen Blick auf einen Stapel von dicht bedrucktem Papier geheftet.

»Eine Mitarbeiterin nicht nur für den Stationsbetrieb, für die Interne Abteilung sozusagen, sondern auch für Ihre Forschungen?«

»Ah, Sie wissen davon. Natürlich, warum auch nicht. So etwas unterliegt ja nicht irgendeiner Geheimhaltung. Es wird ja an allen größeren Kliniken gemacht. Ja, sie arbeitete an einer klinischen Studie mit, vielmehr an der Test-Endphase eines neuen Diuretikums. Eine tolle Sache wird dies. Mit viel höherer diuretischer Potenz als unser uraltes Furosemid.«

Baltrow war das erwähnte Medikament noch geläufig. Er nickte und dachte daran, dass es zur Notfallaustattung jedes Erste-Hilfe-Koffers gehörte. Der Nachteil war ihm allerdings auch noch erinnerlich. Es schwemmte mit lebensbedrohendem Wasser leider auch Elektrolyte aus, was sich wieder nachteilig auf den Stoffwechsel auswirkte und mitunter zu erheblichen Nebenwirkungen führte. Auch bei den sanitätspolizeilichen Obduktionen, bei so manchem Patienten aus diesem Hause, war in den Krankengeschichten das gute alte Furosemid oft erwähnt, und er entsann sich einiger ausgetrockneter, ausgemergelter Patienten, denen angesichts der bis zum Halse anstehenden Wassersucht dieses Medikament großzügig infundiert worden war. Aber um den Preis eines plötzlichen Herzstillstandes durch nicht kontrollierbaren Kaliummangel beispielsweise.

Es interessierte ihn.

»Und was sind bei dieser – wie Sie sagen – ›vielfach höheren Potenz‹ die Nebenwirkungen?«

»Ach, die üblichen, die der Schleifendiuretika eben: ein gewisser Elektrolytverlust, der aber durch Substitution problemlos in den Griff zu bekommen ist. Es macht müde, man kann Hautjucken bekommen und so weiter. Glauben Sie mir: Die Palette der Nebenwirkungen wird im Beipackzettel nicht länger sein als bei den anderen, gleichartigen Medikamenten. Wir sollten aber eher vom Benefit reden, von den positiven Wirkungen. Es ist ein Medikament, das eindeutig herzentlastend, lebensverlängernd wirkt. Kurzum, Frau Dr. Lawerth unterstützte mich in vorbildlicher Weise bei diesen klinischen Prüfungen. Was Sie hier alles sehen ...« – er beschrieb dabei mit weit ausholender Hand einen Bogen, so als umschrieb er damit ein Reich, sein Weltreich – »... sind die Protokolle der bisherigen Studien. Unsere Klinik hat den Exklusivauftrag für die Entwicklung dieses Medikamentes, ich bin ein bisschen stolz darauf.«

»Das ist doch unüblich. Meines Wissens laufen doch immer Parallel-, Mehrfachstudien für die Zulassung eines Medikamentes.«

»Da haben Sie Recht. Aber meinen Informationen nach hat sich keine Klinik dazu bereit erklärt, diese arbeitsintensiven Untersuchungen durchzuführen. Es ist ein enormer zusätzlicher Aufwand, den wir hier betreiben. Es müssen andauernd Blutproben getestet werden, auf Metaboliten und Abbauprodukte, und es muss deren Toxizität oder Verträglichkeit geprüft werden. Wir haben ein eigenes Labor dafür. Trotz aller Begeisterung zehrt es an uns. Hat sicherlich auch an Dr. Lawerth gezehrt, da sie ja nebenbei ihre Ausbildung zur Fachärztin zu absolvieren hatte. Wir arbeiten schon mehrere Monate daran, um eine repräsentative Fallzahl zusammenzubekommen. Es müssen mindestens tausend Untersuchungen durchgeführt werden.«

Baltrow blieb die Emphase in Dozent Ferwarths Ausführungen nicht verborgen. Dessen Augen leuchteten, und der Redeschwall war nur durch einen Themenwechsel zu bremsen.

»Ich muss mich schon wundern, dass ich davon nichts in den Krankengeschichten gelesen habe, die mir bei so mancher Obduktion vorgelegt werden. Es ist doch von Relevanz bei der Beurteilung von Todesursachen.«

Ferwarth verzog den Mund, presste die Lippen aufeinander. »Nun, da wir Doppelblindstudien machen, führen wir extra Protokolle, deren Einsicht nur engsten Mitarbeitern gestattet ist. Es unterliegt also einer gewissen Geheimhaltung.«

Es sollte eher Vielfachblindstudien heißen, dachte Baltrow. Wären seine Gedanken durch den Kummer nicht dermaßen beengt gewesen, hätte ihn der seltsame Sachverhalt einer relativ geheim durchgeführten klinischen Studie zu weiteren Fragen angehalten. Aber er dachte unentwegt an den Tod der Ärztin.

»Dr. Lawerth war also doch ziemlich belastet. Es kam also zur Unsicherheit bezüglich ihrer verantwortungsvollen Nachtdienste noch solche Bürde hinzu. Wurde sie dafür bezahlt, wenn ich fragen darf.«

»Nicht direkt. Es wurden ihr aber Einladungen zu Kongressen in Aussicht gestellt. Das ist für Kliniker am Beginn ihrer Karriere mindestens so reizvoll wie Geldzuwendungen. Und entlastet die Geldbörse. Aber Herr Kollege, wir stehen hier immer noch herum. Wollen wir uns nicht setzen. Vielleicht einen Kaffee trinken oder einen Espresso?«

»Nein, danke. Mir ist nicht zumute danach. Ich wollte eher danach fragen, wie die Umstände hier an der Abteilung gestern Abend waren. Nach den Konstellationen, der Sphäre, nach all jenen Dingen, die möglicherweise für das plötzliche Dahinscheiden einer jungen Frau eine Rolle gespielt haben könnten. Frau Dr. Lawerth war eigentlich jene Person Ihrer Abteilung, zu der ich die letzten Wochen den meisten Kontakt hatte.«

Ferwarth lächelte und nickte mit Verständnis. »Habe davon natürlich schon gehört. Sie war tatsächlich häufiger als andere Kollegen von unserer Abteilung bei Ihnen unten im Keller. Aber das ist natürlich Privatsache, geht niemanden etwas an.«

Baltrow war entrüstet. »Aus einer rein beruflichen, zugegeben etwas engeren Kooperation auf mehr zu schließen, ist nicht zulässig.« Aus seiner gespreizten Wortwahl war erkenntlich, dass ihm dieses Thema unangenehm war. »Ich weiß, dass die Tatsache meiner Anwesenheit an einer Abteilung schon auffällig genug ist. Aber immerhin werde ich Frau Lawerth obduzieren müssen, und das ist auch für einen alten Hasen wie mich keine Sache, die auf die leichte Schulter zu nehmen ist. Betroffenheit und Bekümmernis sind hier mindestens so groß wie das Interesse an den Umständen ihres Todes. Nehmen Sie also mein Auftauchen hier als äußerst besorgte Recherche über einen Todesfall mit sehr vielen Fragezeichen.«

Dozent Ferwarth legte kurz seine rechte Hand auf Baltrows Schulter und erklärte mit sanfter, verständnisvoller Stimme: »Sie bekommen jede Unterstützung, nicht nur aus allgemeinem Interesse meinerseits, aus einem Grundzug der Pietät heraus, sondern allein schon deshalb, weil ich in Ihnen einen bewundernswerten, achtbaren Partner bei so mancher wissenschaftlichen Diskussion hatte. Wir gewissermaßen eine einmalige, langjährige Kollegialität pflegen.«

Baltrow hätte nicht sagen können, was genau ihn an der vielstimmigen, an verborgenen Ober- und Untertönen reichen Aussage seines Kollegen irritierte. Aber an diesem Montagvormittag verwirrte ihn schon allein dadurch dermaßen viel, dass er sein langjähriges Biotop verlassen hatte. Er betrat heute erstmals Neuland, forschte, entdeckte auf eine gänzlich neue Art. Und er hatte ja tatsächlich eine Insel betreten, mit anderem Klima, mit unbekannter Vegetation, eine Insel, deren Geografie zwar räumlich leicht zu erfassen war, in der sich aber eigene Lebensformen entwickelt hatten. Etabliert hatten durch andere Gesetze, wie sie auf allen Inseln dieser Welt nur dadurch entstehen, dass sie ein träger, weiter Ozean umspült und jeden Vergleich mit anderen Inseln unmöglich macht.

Er hatte die Tür zu KollegenFerwarth geschlossen und schritt den linken Gang entlang. Seine Anwesenheit an der Internen Abteilung war nun hochoffiziell, und so waren seine Schritte nun auch bestimmter.

»Sie kennen mich nicht mehr?«

Baltrow drehte sich um. »Momentan kann ich Ihr Gesicht nicht zuzuordnen.«

»Ich bin Schwester Sieglinde, die Stationsschwester. Sie sind mir allerdings schon ein Begriff, auch wenn wir nichts miteinander zu tun hatten bisher. Kann ich etwas für Sie tun? Möglicherweise kommen Sie wegen Frau Dr. Lawerth! Wir sind alle schockiert, vor allem mir steckt noch der Schreck in den Gliedern.«

Baltrow registrierte den Wortschwall mit Widerwillen.

»Sie haben Recht. Ich komme wegen ihr. Sie haben Sie also gefunden vergangenen Abend. Warum sind Sie dann noch im Dienst, Sie müssten doch heute frei haben.«

Schwester Sieglinde wirkte etwas verlegen. »Eigentlich hatte ich gestern keinen Dienst hier, vielmehr vertrat ich abends nur eine Kollegin, die dringliche private Angelegenheiten zu erledigen hatte. Leider eben an einem Sonntag. Ich bitte Sie, das nicht an die große Glocke zu hängen, so etwas wird von der Verwaltung nicht gerne gesehen.«

»Es ist mir eigentlich gleichgültig, wie Sie ihre Diensteinteilungen machen. Ihr Chef muss damit zufrieden sein, nicht ich.«

»Dozent Ferwarth weiß davon, er war ja gestern Abend selbst an der Abteilung.«

»Ach, Ihr Chef war gestern Abend zugegen. Ich sprach vorhin mit ihm, er erwähnte nichts dergleichen.«

Schwester Sieglinde wirkte nun noch verlegener. Die Mär, das Gerücht ihrer auf den Chef gerichteten Begehrlichkeiten bekam Nahrung, wenn er und sie, sie dazu noch offiziell nicht Dienst tuend, im Krankenhaus anwesend waren. Sie fühlte sich ertappt. »Ach, wissen Sie, er arbeitet ja so manches Wochenende hier und verbindet dies mit einem Hauptdienst. Es geht um die Fallstudien, die Doppelblindversuche. Außerdem sieht man ihn manchmal im Labor, wo er eigenhändig diverse Untersuchungen durchführt. Am Wochenende arbeitet die Laborantin ja nicht, sie hat nur einen Werkvertrag mit geringerer Stundenzahl.«

Baltrow lehnte nun am Türstock, lässig die Arme über der Brust verschränkt. Schwester Sieglinde war dieses Gesprächsthema inmitten des vormittäglichen Arbeitstrubels nicht angenehm.

Er möge doch ins Dienstzimmer kommen, dort könne man sich ungestörter unterhalten.

Nein, er wolle lieber das Dienstzimmer von Frau Dr. Lawerth sehen, wenn sie erlaube.

Es irritierte ihn, dass hier am Tag zuvor völlig unübliche Umstände geherrscht hatten. Nichts Seltenes eigentlich, dass der Chef auch am Wochenende an seiner Abteilung arbeitete, nichts Auffälliges, dass die stationsführende Schwester gleichzeitig den Dienst einer Kollegin kurz übernommen hatte. Gewiss Kleinigkeiten, Nebulositäten, die nichts Besonderes an sich hatten. Und dennoch: Diffus war die Vorstellung aus der weiten Distanz seiner Kellersicht gewesen, aber mit jedem Baustein konkreter Daten wurde eine Atmosphäre des gestrigen Abends geschaffen, die die Vorstellung, die Imagination von Baltrow nährte und beflügelte.

Schwester Sieglinde sperrte das Zimmer auf. Es sei bis zur Klärung der Todesumstände nicht zur weiteren Bewohnung freigegeben. Und es sei nicht Frau Dr. Lawerths Zimmer gewesen, betonte sie, sondern ein Dienstzimmer für alle.

Baltrows Herz klopfte. Eine Beklemmung war urplötzlich da, die seine Bewegungen verlangsamte. Er ging nicht weiter, trat nicht ein, sondern blieb im Türstock stehen. So konnte er das ganze Zimmer überblicken.

Schwester Sieglinde wollte wieder den Hergang der Auffindung erzählen, doch er hatte eine so unnahbare Gesichtsmiene, dass sie es vorzog, stumm zu bleiben. Kurz und aufblitzend sah er Szenen und Sequenzen vor sich. Das vorausschauende, überschauende Auge wurde zu einem zurückschauenden. Diese Phänomene kannte er bei sich. Sie waren ihm während angestrengter Kopfarbeit die letzte Zeit des Öfteren passiert und ihm immer als eine Form der Übermüdung erschienen, als Tagvisionen, halluzinogene Auswüchse eines überreizten Sensoriums. Aber sie quälten ihn diesmal nicht, sondern bereiteten ihm Wonne. Denn an den gewöhnlichsten Gegenständen haften Erinnerungen, es gibt einen Dunst an Geschehnissen, der nicht so schnell verfliegt, es gibt Ereignisee, die sich nur träge wie ein Nebel heben, um den Ort zu verlassen. Es gibt nachscheinende Fragmente von Stattgefundenem, die noch an den Tapeten kleben und gemächlich zu Boden sinken. Ja, er wühlte einen Bodensatz an Ereignissen auf, so, wie der Schritt den Staub verwirbelt. Aber nur bei ihm kam er an, bei ihm mit seinen sensiblen Fasern der Haut, den nach Gerüchen gierenden Nüstern, dem verflogenem Schall lauschenden Ohren und nach Bildern geweiteten Pupillen erzählte er von gestern Abend.

Wie die Momentbilder eines Stroboskops, die nur für Sekundenbruchteile aufflackern, aber dennoch der begierigen Netzhaut Zeit genug bedeuten, um alles zu überblicken, sah er Sarah Lawerth: wie sie anmutig durch das Zimmer schritt, zum Schrank ging, um sich mit elegantem Schwung den weißen Dienstmantel überzuziehen. Wie sie zum über dem Waschbecken hängenden Spiegel schritt, um sich mit wenigen Bewegungen der Hände das Haar zu richten, mit glättenden Fingern über den Mantel zur Taille fuhr, um den Sitz zu prüfen, Allerweltsgesten also, die ihm aber so besonders und unveräußerlich erschienen, als hätte er sie noch niemals gesehen. Er sah sie weiters zum Tisch in der Mitte des Dienstzimmers gehen, sah, wie sie sich etwas seitlich hinsetzte, die schlanken Beine überkreuzte und ein Buch aufschlug. Sah ihre Hände sich im braunen Haar versenken und verfangen, ihr Haupt abstützen, während sie angestrengt die Zeilen durchmaß, immer mit dem Kopfe den kontinuierlich fortschreitenden Blicken rhythmisch nachfolgend.

Aber er sah sie auch immer wieder den Kopf schütteln, sah sie innehalten und ihre Stirn in Falten legen, so, wie er es bei ihr schon oft in Momenten der kritischen

Hinterfragung irgendeines Sachverhaltes bemerkt hatte. Und er sah sie einen Kugelschreiber nehmen, sah sie hastig Notizen hinkritzeln, durchstreichen und neu verfassen, all dies aber mit einer Gestik der Zögerlichkeit und Ablehnung. Dabei schien sie die Mundwinkel herabzuziehen, widerwillig die Lippen – wie er es immer als faszinierende Eigenschaft ihrer täglichen Mimik schätzen gelernt hatte – aneinander zu pressen, um sie dann mit den Zahnreihen zu bestreichen, sodass sie sich spontan mit Blut neu füllten. Dabei hielt sie inne, richtete ihren Oberkörper wie zur Abwehr auf und blickte vor sich hin, als wüsste sie nicht weiter.

Baltrow glaubte zu sehen, dass sie mit sich rang, dass sie mit Widerständen und Problemen kämpfte, die ihr aus dem Konvolut von beschriebenen und bedruckten Seiten auf dem Tische vor ihr erwuchsen.

»Ist Ihnen nicht gut?«, fragte Schwester Sieglinde.

Baltrow hatte seine Augen geschlossen und hielt sich am Türstock fest, weiß und fahl im Gesicht wie die Mauern des Zimmers, in das er innerlich blickte. Mit den Worten der Schwester schlug er die Augen auf und blickte sie betroffen an.

Nein, nein, er sei schon in Ordnung, nur der Schlaf fehle ihm. Es hätte wohl den Anschein gehabt, dass er im Stehen schlafe. Ob sie ihm die Einzelheiten von gestern Abend erzählen könnte?

»Ach, ich habe dies heute weiß Gott wie oft schon getan. Aber wie Sie wollen. Wir hatten eine Notaufnahme, gestern so knapp vor 21 Uhr. Ein älterer Mann mit Bauchschmerzen und Erbrechen. Da er einer Magenspiegelung bedurfte, einer diagnostischen Tätigkeit also, die der Dienst tuende junge Praktikant nicht beherrschte, versuchte ich Dr. Lawerth mehrmals über den Pager, den alle Dienst Tuenden angesteckt haben, zu erreichen. Als sie sich jedoch auch nach mehrmaligen Versuchen noch immer nicht meldete, ahnte ich schon, dass irgendetwas passiert war. Denn gerade sie war ansonsten immer erreichbar, nahm ihre Dienste und ihre sofortige Verfügbarkeit immer äußerst ernst. Ganz spontan ging ich in dieses Zimmer nachsehen, und da lag sie dann auf dem Bett vor Ihnen.«

Baltrow schloss wieder die Augen, als hätte er durch Schwester Sieglindes Ausführungen ein Stichwort bekommen. Er legte seine rechte Hand auf die der Schwester und hieß sie damit ihre Ausführungen unterbrechen. Mit dem Schließen seiner Augen schien er sich neuerlich in eine Sequenz von gestern Abend einzublenden, in eine Fall- oder Sinkbewegung von Sarah Lawerths Körpers nach vornüber, der dann regungslos auf der Steppdecke des Bettes lag. Vor seine Augen schoben sich plötzlich die Umrisse eines Mannes, der kurz vor dem Bett verweilte und sich dann über die Leblose beugte.

»Ist Ihnen abermals nicht gut? Herr Professor, Sie gefallen mir heute überhaupt nicht!«

Baltrow war nun tatsächlich übel geworden, aber die Übelkeit rührte vom Herzen her, nicht von irgendeiner gastralen Unbekömmlichkeit. Sein Herz bäumte sich in einem wilden, schnellen und überdies unregelmäßigen Rhythmus auf, der ihn schwindlig machte und auf einem Stuhl Halt suchen ließ.

»Es soll genug sein heute, ich danke Ihnen, Schwester. Lassen Sie mich hier kurz

sitzen und lassen Sie mich bitte alleine. Halt, warten Sie, nur noch eine Frage: Lag Frau Dr. Lawerth auf dem Rücken oder auf dem Bauch, als Sie sie fanden.«
»Ich denke, auf dem Bauch. Ist das so wichtig?«
»Sehr wichtig sogar. Dankeschön.«
Den skeptischen Blick der Schwester, die das Zimmer verließ und die Tür nur anlehnte, ignorierte Baltrow. Indes wagte er nicht, zum Bett vor ihm zu sehen, sondern ließ seine Augen auf dem polierten Kunststoffboden verweilen.

Ich bin noch nicht so verdreht, dachte er, dass ich mich den Psychiatern stellen muss. Aber die Bilder, die ich gerade gesehen habe, waren so real, dass sie dem Ablauf an einer Situation entsprachen. Nein, es sind keine Einbildungen, keine Tagträume, keine Imaginationen, und selbst wenn meine Fantasie kräftiger blüht als bei anderen, so haftet dieser Art der Träume die Möglichkeit eines realen abgelaufenen Geschehens an dadurch, dass es trivial ist. Allzu gewöhnliche Bilder entstehen kaum durch zerebrale Überreizungen, sondern eher durch banale Intuition, und hätte ich krankhafte Visionen, dann wären sie von fantastischem, bunt-grellem Charakter. Nein, ich habe soeben etwas gesehen, was passiert ist. Vielleicht gestern geschehen ist und dessen Abbild dieses Zimmer noch nicht verlassen hat. Noch da ist als physikalischer Rest, noch umhergeistert als verdichteter Gedanke von etwas Ungeheuerlichem. Was tat dieser Mann mit Sarah, wer war er?

Baltrow sah wieder auf zu dem Bett, versuchte sich zu konzentrieren, damit er die Sequenz von vorhin zu Ende sehen könnte. Aber das Bett stand lediglich da, leer und unbenützt wie vorhin, als er das Zimmer betreten hatte.

Typisch, dachte er, auch wenn man Träume weiterträumen will, gelingt einem dies nicht mehr. Ich will es dabei belassen und weitersehen.

Drei Stockwerke über ihm, in der fünften Etage, befand sich die Kinderabteilung und Geburtshilfe. Dorthin, obwohl dem Wirkbereich Dr. Lawerths am meisten entrückt, wollte er sich begeben.

Aus dem sicheren Selbstverständnis, aus der sich in Millionen Jahren nie abgeänderten Sichtweise von Fliegen, die wir nun immer lieber sein wollen, geschieht ihm Unglaubliches, und wir beäugen ihn aus geduckter Position, wohl wissend, so ziemlich zu den kaum abzuändernden Konstanten des Universums zu gehören. Unser Konzept der Vegetierform hat sich von Anfang an bewährt, und wir scheinen so gut gelungen, dass jeder Abänderungswunsch des Schöpfers sinnlos wäre. Er könnte nichts Perfekteres schaffen, wenn man die dezente Allgegenwart, die immer währende Präsenz in den Räumlichkeiten menschlichen Geschehens als Maßstab nimmt zur Beurteilung.

So ziehen wir uns wieder zurück an den günstigen Platz der Oberlichte, an den Stützpunkt unserer heimlichen Flugbegleitungen, an dem sich trefflich verweilen lässt, und lauern auf entscheidende Momente. Wir überschauen bis zu dem Moment, wo wir uns neuerlich erheben, um dem Lauf der Geschehnisse zu folgen: Wohin auch immer die Menschen ihre Schritte lenken, wie auch immer sie ihre Pläne schmieden, es soll uns gleich sein. Denn die Geduld ist unendlich und dauernd wie das Gestein der Tische unter uns, und die Beharrung ist uns anhaftend wie der Geruch den zerfallenden Leichen. Wir sind also bereit für die Begleitung durch die Orte des Hauses, auch wenn der Weg ein Labyrinth ist und das Endziel möglicherweise identisch mit dem Beginn.

9 Uhr: **Schibowskis geweckte Erinnerungen**

Ordenskrankenhäuser beschäftigen schon längst keine geistlichen Schwestern mehr. Es ist ihnen ihr Nachwuchs abhanden gekommen und das ist nicht unbedingt schlecht. Denn in den Betrieben der modernen Kliniken braucht es nicht mehr die fürsorgliche Hingabe des Pflegens und damit des selbstauferlegten Leidens, zu dem sich solch geistliche Schwestern hingezogen, ja gelübdehaft verpflichtet fühlten. Vielmehr notwendig ist dort ein rationaler Pragmatismus. Die Synthese zwischen distanziert technisch-maschineller Machbarkeit und individueller Betreuung – ohne gemeinsames Erbeten, Erflehen des Heilerfolges – ist das Geheimnis der hocheffizienten Hilfeleistung. Denn Gott hilft nur, wenn der Mensch sich selbst alle Möglichkeiten des Helfens schafft.

Es ist neun Uhr morgens. Kriminalpsychologe Edvan Schibowski ist Frühaufsteher. Neun Uhr bedeutet für ihn »spät«, und er wäre zu seinem Kontrolltermin an der neurologischen Ambulanz auch gerne früher gekommen, aber das tut nichts zur Sache, denn es beschäftigen ihn völlig andere Gedanken. Er steht an diesem heißen Montagvormittag vor dem imposanten Krankenhaus, zupft und dreht die Ränder seines aufgezwirbelten Schnurrbartes und zögert. Er hält inne, ist unsicher und mustert den mächtigen Bau, der sich hoch über die anderen Dächer hebt. Es verwundert sein Innehalten nicht. Denn auch unser erwartungsvoller Blick wendet sich gerne großen Entrees zu, repräsentativen Foyers mit gläsernen Schwingtüren, wenn wir uns einem interessanten Bauwerk nähern. Unser Blick will begeistert, umschmeichelt und gefesselt werden, er lässt sich gerne blenden von Äußerlichkeiten. Aber selten vermengt sich das Spektakuläre mit der Imposanz metallglänzender Fassaden, schon gar nicht ist hinter großflächigen Glasflächen Besonderes zu erwarten.

Auch Krankenhäuser blenden neuerdings, irritieren mit aufwendigen Marmorflächen und lenken ab mit gewichtiger Architektur. Gehen wir durch die großmäuligen Eingangspforten, saugen wir den Geruch von mikrobenfreier Sterilität ein, erwarten wir die Machbarkeit und die Macht, geheilt zu werden und unser Leben verlängert zu bekommen. Wir vermuten dahinter das komplizierte Gewirr konzentrierter Technik und mikroprozessorgesteuerter Exaktheit als notwendige Voraussetzungen für lebenserhaltende ärztliche Verantwortung.

Zugleich beschleicht uns ein Gefühl der Bedrücktheit, wenn wir Heilungserfolge im Inneren dieser Häuser als an summende Maschinen abgegebene Verantwortung erkennen müssen, und die Beklommenheit wird nicht weniger, wenn uns der Zugang zur Heilkunde lediglich nur mehr über den Komplex höchst wissenschaftlicher Tabularien und pharmakologischer Gesetzmäßigkeiten gelingt.

Freilich gäbe es noch andere Wege dorthin, weit unspektakulärere, viel weniger technikerhabene als durch den Haupteingang eines Krankenhauses.

Zum Beispiel den Weg durch die Oberlichter der Kellerräume, also jenen Weg, den die zahlreichen Fliegen summend gehen, um immer wieder die Chance auf Nahrung zu wahren, derer sie dort unten möglicherweise habhaft werden könnten.

Würde Kriminalpsychologe Schibowski sein Auge an den Rand eines dieser Oberlichter zwängen, die sich unterhalb seines Gesichtsfeldes aufreihten, um den Blick hinein, hinunter zu tun, so würde er nicht nur zurückschrecken, sondern höchst betroffen sein. Denn dort wäre er einer aufwühlenden Tätigkeit ansichtig geworden, die er zwar entfernt als zu seinem Beruf gehörig kannte, aber nie geschätzt hatte. Die ihm den Wunsch nach starken Magennerven bescherte oder nach dem Gleichmut des Philosophen, der alle Abbilder der Wirklichkeit – und seien sie noch so grausam – in höhere Zusammenhänge abstrahiert.

Aber Schibowski dachte nicht daran, seinen Blick dorthin zu lenken. Er war zu sehr mit dem Komplex des Krankenhauses beschäftigt, einem roten Backsteinbau aus dem letzten Jahrhundert, der – mehrfach umgeändert, adaptiert und angepasst – wie ein Klotz inmitten der Stadt lag und dessen Inneres er gleichwohl den modernen Erfordernissen entsprechend ausgestattet wusste. Seine Augen wanderten die hoch aufragende Fassade entlang. Er musterte sie nicht, er zerlegte sie vielmehr in ihre Einzelkomponenten, die ihm vertraut waren in ihrer summalen Zusammensetzung, aber immer wieder ein ihn befremdendes Bauwerk ergaben.

Die roten, mit weißem Mörtel verbundenen Backsteine teilten die Außenflächen in unzählbare Raster und gaben dem Bau ein zeitloses Aussehen. Die Außenmauern waren übersät mit Drehflügelfenstern, bestehend aus je zwei Elementen, die durch fünf Quer- und eine Vertikalsprosse nochmals unterteilt waren. Ihnen aufgesetzt war ein halbkreisförmiger Fensterbogen mit starrem, nicht beweglichem Glaseinsatz. Alle Flügel waren nach innen zu öffnen, aber solch behindernder Mechanismus war nur mehr eine Facette der unrationellen Gesamtkonfiguration. Denn die – wie Schibowski schätzte – weit über tausend Einzelscheiben zu reinigen, sie eventuell auszuwechseln, ihre Holzkonstruktion aus Blendrahmen und Anschlag auszubessern und mit weißer Farbe immer wieder zu streichen, bedeuteten eine ungemein aufwändige Tätigkeit.

Der riesige Klotz flößte ihm Ehrfurcht ein. Führte zu einer plötzlichen Beklemmung seiner sonst so munteren Gedanken, die sich aus vielfältigsten Ursachen nährte: aus der Uneinsehbarkeit in die Funktionalität des Baues, aus der Ungewissheit der Motive seiner Mitarbeiter und aus der Unwägbarkeit von rechten oder schlechten Therapien darin. Kurz: Schibowski hatte Angst, wenn er sich dort innen vorstellte, irgendeine Behandlung erdulden zu müssen und wenn es auch nur die einer Bagatelle wäre.

Seine Augen setzten sich neuerlich am großen Eingangsportal fest, durch das er eintreten sollte und dessen große Drehflügeltür immer wieder von den herein- und heraushastenden Menschen angetrieben wurde. Sie hielt ihre hohe Drehzahl kontinuierlich aufrecht, weil der Strom der Insassen und Beschäftigten, der Besucher und der Neugierigen niemals abriss. Unmöglich, dass einmal jemand die Drehtüren in eine andere Richtung bewegte, indem er einfach die unübliche Seite als Eingang wählte. Schibowski fand an seiner Beobachtung Gefallen, da sie ihn zum Innehalten und Verzögern anhielt. Er gewährte sich Aufschub.

Uns jedoch beginnt die Zeit davonzulaufen, die sich in dieser Geschichte auf 24 Stunden begrenzt. Und da Schibowski zögert und sich dem anderen, unüblichen Eingang verwehrt, wollen wir summende Fliegen die Zeit zu Überlegungen nützen.

Eine unserer großen Stärken ist das Vermögen zu annähernd gleichzeitiger Beobachtung vieler Wirklichkeiten um uns herum, die Universalität unserer räumlichen Verfügbarkeit, welche uns die Behändigkeit der Flugbewegungen erlaubt. Von diesem Raum des Geschehens wechseln wir blitzschnell in jenen, um sogleich wieder nach dort zurückzufliegen und den Faden der Handlung mit unseren Facettenaugen aufzunehmen. Diese Augen sind schon ein Symbol für die Befähigung, abertausende Informationen zu verarbeiten. Denn die Vervielfachung des Geschehens in tausende Einzelmosaike, ihre Multiplizierung in unzählbare idente Lebensausschnitte setzt uns andauernd imstande, große Mengen von Bildern zu speichern, zu verwalten, zuzuordnen. Die Verarbeitungsgeschwindigkeit unserer neuronalen Impulse ist um ein Vielfaches höher als bei anderen Lebewesen. Man kann das schon daran ermessen, wie schwer es ist, uns zu fangen, wie schnell wir auf Angriffe reagieren, wie behänd unsere Flucht- und Ausweichbewegungen erfolgen allein dadurch, dass schnelle, rasende Bewegungen der Angreifer uns immer träge erscheinen. Der Begriff der Zeit ist uns ein völlig anderer. Was überhaupt für den Menschen blitzschnell verläuft, ist uns behäbig, was jenen gleichzeitig erscheint, ist uns eine rasend schnelle Aufeinanderfolge von kleinsten Zeitabschnitten.

Es ist uns ein Leichtes, die Geschehnisse in diesem Hause zu überblicken, zu vergleichen und ein Konvolut scheinbar kompliziert miteinander verwobener Handlungen in für sich allein bestehende Vorgänge zu entwirren, die zwar ihre Beziehungen zueinander unterhalten, sich beeinflussen, aufschaukeln und abwiegeln, Bedeutungen austauschen, Sinnhaftigkeiten zuschanzen, für sich allein jedoch nebensächlich sind. Wir wissen, wo Professor Baltrow derzeit verweilt, erkennen aus seinen verlangsamten Bewegungen die allgemeine Schwermut seiner Stunden, und wir werden auch wissen, wo sich sein Weg mit jenem von Kriminalpsychologen Edvan Schibowski kreuzen wird.

Dieser hatte sich nun endlich entschlossen, das Krankenhaus zu betreten.

Der Kummer war ihm ein täglicher Begleiter. Der Kummer am Arbeitsplatz, wo man ihm die Kompetenzen streitig machte, die Zuständigkeiten beschnitt aus der Geringschätzung seinem neuartigen Fach gegenüber, der Kummer mit seiner Tochter, die schon wieder an den Falschen geraten war, dies aber partout nicht einsehen wollte und ihn als die große, nur einmal erfahrbare Liebe betrachtete.

Der Kummer, eine unendlich lange Warteschlange von anderen Ambulanzbesuchern vor sich zu haben und nun zu wissen, dass er irgendwann am Nachmittag erst seinen Kontrolltermin würde wahrnehmen können, solch Kummer schien ihm verkraftbar. Denn er trat heute seinen Urlaub an, der im Wesentlichen daraus bestand, die angehäuften Aktenberge endlich zu verkleinern. Er hatte also

Zeit, obwohl ansonsten gerade diese im Urlaub besonders knapp zu werden drohte wegen der Fülle der Vorhaben und Pläne. Dass das Zeit-Management in den Ambulanzen generell erbärmlich war, sich niemals an den Bedürfnissen der Patienten, sondern immer an der augenblicklichen Verfügbarkeit irgendeines Arztes orientierte, war freilich eine andere Sache, die ihm gar nicht spezifisch für diese Abteilung schien.

Schibowski hatte prinzipiell nie wieder mit diesem Spital etwas zu tun haben wollen, weder mit seinen Ärzten noch deren Therapien.

Aber der Kontrolltermin war vereinbart, war ihm unlängst als vom Computer veranschlagter Zeitpunkt auf hundertfach wortähnlichem Papier ins Haus geflattert mit der Aufforderung, an diesem Montag die neurologische Ambulanz aufzusuchen. Seine Rückenbeschwerden, seine Blockaden, Versteifungen und gar Missempfindungen waren längst verschwunden, indes seine Krankenakte war geblieben, seine Daten eingebrannt in die Festplatten der Zentralcomputer, jederzeit abrufbar und elektronisch von dessen inneren Uhren neu aufbereitet.

Ein Kontrolltermin nach zwei Jahren? Nach einem Bandscheibenvorfall der leichteren Art? Das schien ihm keine relevante Zeitspanne zu sein. Er hätte telefonisch den Termin absagen, verschieben, überhaupt nach dem Grund des langen zeitlichen Intervalls und nach der Dringlichkeit der neurologischen Kontrolle fragen können, er hätte schließlich auch zum niedergelassenen Neurologen gehen können – wenngleich dessen Terminanberaumungen in mindestens monatlichen Einheiten vergeben wurde. Dass er dennoch heute Morgen hier erschienen war, hatte eher mit dem Antritt seines Urlaubes zusammengehangen und – da war er sich selbstanalytisch gesehen ziemlich sicher – damit, dass es ihn wie ein Opfer oder wie einen Täter an den Ort des ungeheuerlichen Geschehens zurückzog. Um die Schmach, die Erniedrigung und die Erbärmlichkeit seiner damals empfundenen Situation etwas zu entschärfen. Denn in der Erinnerung an damals fügte sich mit jedem Tag, mit jedem verstrichenen Monat immer mehr ein Baustein der Verklärung mehr hinzu. Und Schibowski wusste: So schlimm, wie es ihm seinem Gefühl nach damals ergangen war, konnte es objektiv nicht gewesen sein. Seine Anwesenheit heute und hier hatte also etwas mit Aufarbeitung zu tun, mit Traumabewältigung und Selbstreflexion. Denn was war überhaupt passiert vor knapp mehr als zwei Jahren, als er mit bohrenden Rückenschmerzen hier an der Neurologie lag, halb gelähmt, halb ohnmächtig von einer Schmerzqualität, die für jene, die sie noch nie empfunden hatten, unvorstellbar war? Was war denn schon passiert, als dass er dann zusätzlich von Kreuzstichen der Ärzte traktiert, von Infusionskanülen gequält und – als keinerlei Therapie etwas bewirkte – vom Abteilungsvorstand Professor Ahlborger brüsk nach Hause gesandt wurde mit dem Hinweis, doch einmal seine Psyche untersuchen zu lassen. Der Hinweis auf eine defekte Psyche war allgemein immer eine Unterstellung. Eine Verschiebung ärztlicher Unfähigkeiten in die Bereiche eigener Seelenverantwortlichkeit. Ihm, einem ausgebildeten Kriminalpsychologen zuzumuten, eigene seelische Mulden, Vertiefungen nicht erkannt und daher nicht einer Lösung zugeführt zu haben!

Das war sein eigentliches Trauma, die Ignoranz seiner Fähigkeiten zur Selbstanalyse – aber auch die mögliche Treffsicherheit der ärztlichen Vermutung.

Die Seele, schon richtig, es war schon einzusehen, dass ihm vielleicht seine Tochter oder seine nach Unterhaltszahlungen gierende geschiedene Frau das Kreuz »gebrochen« haben mochten. Dass er an seinem Arbeitsplatz zu viel »Haltung« zeigen, »Rückgrat« haben musste vor den häufigen abwertenden Urteilen, Bemerkungen seiner Kollegen vom Kriminalkommissariat.

Aber wäre dies nicht auch zu behandeln gewesen, hätte nicht zumindest der konsiliariter im Hospital arbeitende Psychiater dann hinzugezogen werden müssen? So konnte man doch keine Medizin betreiben, so offensichtlich von den eigenen Misserfolgen frustriert und unter Betonung der eigenen Autorität jemanden nach Hause schickend, ohne ihm Behandlungsalternativen anzubieten. Nein, mit diesem Krankenhaus hatte er nichts mehr zu tun haben wollen und nun war er dennoch hier, neugierig und ablehnend, erwartungsvoll und abweisend zugleich. Indes die Sinnhaftigkeit seiner Präsenz bekam er postwendend präsentiert, wie es sich im Leben eben immer so fügte:

In dem vielstimmigen Gemurmel der wartenden Ambulanzbesucher, der humpelnden Krückenbenutzer, der unterkörperlosen Rollstuhlfahrer, der hinkenden, Füße schleifenden, bewegungsunkoordinierten, gesichtsgelähmten, schiefmundigen, kraft- und empfindungslosen Männer und Frauen hier, war ein Thema eindeutig herauszuhören: der Tod einer Ärztin vergangene Nacht.

Diese Nachricht allein war Entschädigung genug für die möglicherweise sechs- oder siebenstündige Wartezeit, die er zu gewärtigen hatte. Sein Instinkt war plötzlich angesprochen, die Witterung geweckt, auch wenn es nur der Tod einer ihm völlig unbekannten Person war. Denn die subjektiv veränderten, durch Weitererzählen abgewandelten Aussagen hier hatten dennoch eines gemein: die völlige Ungeklärtheit der Umstände dieses Todes.

Schibowski war noch zu jung, als dass er aus abgeklärter Routine Desinteresse gezeigt hätte. Seine Aufmerksamkeit hatte mit Jagdtrieb zu tun, mit dem Eifer des Spurensuchers und Indiziensammlers, der aus dieser Profession nicht Bezahlung, sondern die Befriedigung seiner Berufsideale bezog. Solch motivierte Zeitgenossen sind unbeirrbar und stur. Jede Erweichung und Beschönigung prallt ab von ihrer Kompromisslosigkeit.

Schibowskis Stimmung hellte sich auf. Er gedachte die Zeit zu nützen. Gedachte sie zu vertreiben durch Umsicht und Recherche. Und da gab es noch einen Aspekt. Er war sich klar darüber, dass seine Motive nicht die lautersten sein konnten nach den vielen negativen Assoziationen, die er zu diesem Spital knüpfte, und dass sie möglicherweise etwas zu tun haben könnten mit ein wenig Rache üben und dergleichen. Damit zu tun hatten, diese Ärzte vom Sockel ihrer Selbstgefälligkeit zu holen, sie auszurichten auf das allgemein verbindliche Maß des Benehmens und des zwischenmenschlichen Verhaltens.

Sein Termin beim Arzt hinter dieser Tür dort, der wahrscheinlich nur aus einer klinischen Kontrolle mit kurzer neurologischer Reflexprüfung, mit lapidarer

Frage nach dem Befinden und einem kurzen Eintrag in Kartei und Computer bestehen würde, würde frühestens nachmittags sein. Die Wartenummer 82 machte dies wahrscheinlich.

Die drei Münztelefone, die sich im Erdgeschoss hintereinander zwischen dem Eingang zur internen und den der neurologischen Ambulanz zwängten, waren andauernd besetzt. Denn Warten animiert zur Konversation – oder zum Telefonieren, was dasselbe bedeutet. Wenn er denn schon seine Recherchen begann, dann wollte Schibowski aber unbedingt die Autorisierung durch seinen Chef haben. Sicher war sicher, denn irgendetwas zu fragen ohne eine offizielle Rückendeckung war nicht korrekt. Draußen, vor dem Entree zur Klinik, standen ebenfalls zwei Münztelefone, abgeschirmt in Kabinen, um ungestört telefonieren zu können. Die im Erdgeschoss waren offen, waren wahrlich öffentliche Telefone, da sie nur jenen halbherzigen, wirkungslosen Schallschutz hatten, der höchstens verhinderte, dass man sich während der Gespräche nicht gegenseitig die Spucke zuschleuderte. Alles war mitzuhören, der Unmut über die Warterei, über die Verschiebung vereinbarter Termine, Gespräche mit irgendwelchen Angehörigen und über die Ungewissheit der zu erwartenden Befunde. Die Doppelbelastung von Krankheit und einer ungebührlichen Wartezeit förderte Unmut und Gereiztheit. In solchen Heerscharen von nummernbezeichneten Menschen, denen für eine gewisse Zeit jeder Titel, jede Herkunft und damit jede Bedeutung abhanden gekommen war, entwickelte sich jenes gruppendynamische, auf die Urinstinkte zurückfallende Verhaltensmuster, das Schibowski nicht fremd war: der Argwohn dem Nachbarn gegenüber, der sich einen Vorteil verschaffen wollte, die peinlich genaue Bedachtsamkeit auf die Einhaltung einer Reihenfolge, das sture Beharren auf einem der wenigen Sitzplätze, die Ignoranz dem Schwächeren gegenüber. Höflichkeit, Zuvorkommenheit und ein gewisser minimaler Altruismus wurden plötzlich fremde Begriffe, wenn es darum ging, den eigenen Vorteil zu wahren. Denn irgendwie ging es um das eigene Überleben, nicht ins Hintertreffen zu gelangen war das wesentliche Bestreben, zumal unter den Wartenden auch die Besucher der Internen und der Krebsnachsorge-Ambulanz waren.

Schibowski wollte da nicht mittun. Er trat vor den Eingang der Klinik, durch den er kurz zuvor hereingekommen war, und atmete tief durch. Schon am frühen Vormittag war die Luft von einer schwülen Schwere, die für den restlichen Tag nichts Gutes verhieß. Zudem war Montag, der Klinik hinter ihm drohte wahrscheinlich ein arbeitsamer Tag.

In der einen unbesetzten Telefonzelle war es besonders stickig. Sein Vorgesetzter Dr. Wegmann, Jurist und »Innendienstler« – wie ihn der interne Jargon der Zuordnung bezüglich Praxis und Theorie bezeichnete –, war Gott sei Dank schon im Büro.

Welch günstige Fügung, meinte jener. Gut, dass Schibowski gerade anriefe, denn eines der ersten Telefonate heute Morgen sei das mit einer unbekannten Anruferin gewesen. Sie habe von »weiß Gott woher« angerufen, sei schlecht zu verstehen gewesen. Eine Ärztin sei im Hospital unter mysteriösen Umständen zu Tode gekommen oder so ähnlich. Kein Name, kein weiterer Hinweis. Er wüsste ihn – Schibowski – zwar im Urlaub, und es seien ja nur Verdachtsmomente, die aus der Anonymität eines Telefonates sich ergeben hätten, aber wie er nach einem Gespräch mit dem Klinikchef erfahren habe, sei bislang bei der jungen Frau keine Todesursache festzustellen gewesen. Sie müsse sowieso obduziert werden. Also, wenn er wolle, Lust und Laune habe trotz seines Urlaubes, könne er so ein bisschen herumschnuppern, freilich vorerst inoffiziell, da die Staatsanwaltschaft noch keine eindeutigen Verdachtsmomente habe. Ein gewisses Maß an Vorinformation, an einkreisender Recherche könne ja nie schaden, zumal er – Dr. Wegmann – wegen der Urlaubszeit sowieso zu wenig Personal zur Verfügung habe.

Schibowski war erleichtert und irgendwie dankbar. Die Stunden vor ihm schienen ihm nicht mehr so sinnlos. Und zugleich wurde er nachdenklich. Wie konnte in einer Klinik, in diesem Klima der lebenserhaltenden Machbarkeiten, der Ansprüche auf alle körperlichen Wiederherstellbarkeiten, wo alle Intentionen auf Retten, auf Beatmen, auf Leben erhalten und Sterben verhindern ausgerichtet war, ein Mensch gewaltsam zu Tode kommen? Ein großer Widerspruch im System dieses Hauses war das, auf jeden Fall einer, der ihn stark irritierte.

Kurze Zeit später saß er vor dem Krankenhausdirektor Professor Urban und blickte ihn fragend an.

»Ich bin quasi inoffiziell, nur für Vorerhebungen hier. Zeigen Sie mir bitte nun die Räumlichkeiten. Wo ist es passiert?«

»Kommen Sie, ich werde Sie hinführen. Das Haus ist ein funktionaler Bau, noch aus dem vorigen Jahrhundert. Inwendig natürlich adaptiert und modernisiert.«

Urban erhob sich und geleitete den Kommissar, ihm beim Passieren der Tür höflich den Vortritt lassend, in den dritten Stock. Im Lift noch erklärte er ihm die generelle Einteilung der einzelnen Abteilungen.

»Es ist hier alles einheitlich, von Etage zu Etage. Die Krankenzimmer und auch die Dienstzimmer scharen sich rein räumlich gesehen um die Schwesternzimmer, um die zentralen Depots, Magazine, Untersuchungs- und Aufenthaltsräume des Personals. Dazwischen befindet sich ein rundum laufender Gang. Eine äußerst funktionelle Einteilung – dank dem Architekten. Tageslicht dort, wo es gebraucht wird, also in den Krankenzimmern, dazu ein Blick auf die Dächer der Stadt. Allerdings immer währendes künstliches Licht in den Arbeitsräumen des Personals.«

»Nun«, begann Schibowski, »nun ist das aber gerade für die Kranken nicht unbedingt notwendig, wenn Sie mir erlauben, Ihre Feststellung auch von einem anderen Aspekt her zu betrachten. Denn die Kranken haben doch andere Sorgen als die schöne Aussicht, zum Beispiel, wenn sie von Rückenschmerzen gepeinigt unbeweglich im Bett liegen. Aber das Personal, das die meiste Zeit hier verbringt, muss das nicht gerade die Lebenslust fördernde künstliche Licht ertragen. Ich war ja selbst einmal hier als Patient, ich muss Ihnen sagen, mir war der Ausblick völlig egal, vor allem, weil ich Schmerzen hatte.«

»Sie mögen schon Recht haben, aber es gibt einen immer stärker werdenden

Trend in der modernen Medizin, sich zunehmend als Dienstleistungsorganisation zu empfinden. Da gehört ein gewisses freundliches Ambiente dazu. Die Krankenzimmer sind auch alle klimatisiert, haben nicht nur Duschen und WCs, sondern auch Badewannen mit hydraulischem Lift für die behinderten älteren Patienten.«

Beide waren auf der dritten Etage angelangt. Schibowski sah den Fußboden blitzen, sah die flüchtigen, verstohlenen Blicke der Schwestern und der Stationsgehilfen, die sehr wohl ahnten, was er hier zu tun gedachte.

»Ist die gestern Abend Dienst tuende Schwester vielleicht anwesend?«

»Natürlich, sie ist tagsüber immer anwesend, denn sie ist ja Stationsschwester und außerdem stellvertretende Oberschwester. Sie macht normalerweise keine Nachtdienste mehr, sondern nur ausnahmsweise, wenn durch Urlaube und Krankenstände Personalmangel herrscht. Heute wird sie aber früher gehen, weil sie ja Nachtdienst hatte.«

Schwester Sieglinde war an die vierzig Jahre alt, schlank, hatte ein gebräuntes Gesicht, dessen beginnende Falten um die Augen und die Mundwinkel nur schlecht mit Rouge verborgen wurden. Überhaupt war ihre Kosmetik eine Spur zu aufwändig, eindeutig angelegt, um ihre Attraktivität zu erhalten. Schibowski empfand sie als attraktiv, als eine Frau, die ihren Aufstieg innerhalb der Schwesternhierarchie sicherlich auch ihrem selbstsicheren Auftreten verdankte.

Sie führte ihn in das Dienstzimmer der Ärzte, das vom großräumigen Schwesternzimmer durch ein Medikamentenmagazin, durch ein Untersuchungszimmer und durch ein Bettenmagazin getrennt war.

Dienstzimmer sind immer unpersönlich und allgemein. Die Wände in ihnen sind weiß und kahl, und sollte es darin Bilder geben, dann zeigen sie Allerweltsmotive, Landschaften oder die idealisierte Ansicht eines kaum bekannten Ortes. Vielleicht – und das wäre der einzige Hinweis darauf, dass darin Menschen vorübergehend wohnen – finden sich in ihnen Sinnsprüche oder an die Wand geklebte kleine Plakate, die zynisch auf verantwortungsvolle Arbeit oder sehnsüchtig auf unbelastete Freizeit hinweisen. Solche Zimmer haben meist ein karges Mobiliar, lediglich einen Tisch mit Stuhl, einen Kleiderkasten und ein schlichtes Bett, freilich täglich mit frischem Laken überzogen, und die Fußböden atmen den gleichen ätzenden Geruch der Desinfektionsmittel wie draußen die Gänge und Krankenzimmer. Niemand wird in solchen Zimmern heimisch, sie sind nur für Momente ausgestattet. Dann, für eine Nacht, für die Dauer eines Dienstes, bekommen sie eine individuelle Atmosphäre. Werden persönlich und unverwechselbar durch das hingestellte Kosmetiktäschchen der Dienst tuenden Ärztin oder durch das unverwechselbare Rasierdeodorant des Dienst tuenden Arztes.

»Dort auf dem Bett, auf dem Bauch liegend, habe ich sie gefunden. Etwa so.«

Schwester Sieglinde stand neben dem weißen Metallbett und beschrieb mit parallel gehaltenen Händen die ungefähre Position.

»Als hätte sie geschlafen, als ich eintrat, so wirkte sie auf mich. Sie war auch noch ganz warm, denn als sie sich auf meine Ansprache hin nicht regte, habe ich sofort nach ihrem Puls getastet.«

Kommissar Schibowski sah sich in dem kahlen Zimmer um, so, als gäbe etwas Besonderes zu entdecken.

»Ich möchte dem Obduktionsergebnis ja nicht vorgreifen, bin auch nur auf Empfehlung der Staatsanwaltschaft hier. Es könnte ja auch ein natürlicher Tod gewesen sein. Aber dennoch hätte ich gerne eine Aufstellung aller Personen, die an besagtem Abend Dienst hatten. Von allen Abteilungen bitte.«

»Das sind sehr viele Leute«, warf Urban ein. »Wir haben zehn verschiedene Fachabteilungen hier, die teilweise in der Nacht mit drei Ärzten besetzt sind, dann Pflegepersonal mit Hilfsdiensten, Küchenpersonal, dann nicht zu vergessen die Haustechnik, die nächtens auch immer einen Dienst Tuenden hat. Des Weiteren das Personal der Kantine. Wissen Sie, wie viel Personen das sind?«

»Wahrscheinlich sehr viele, aber mithilfe Dienstpläne sicherlich exakt nachzuvollziehen. Selbstverständlich gehören noch die anwesenden Patienten dazu. Auch dazu haben Sie ja wohl Computerausdrücke, wie ich annehme.«

Urban runzelte die Stirne.

»Vielleicht auch noch die anwesenden Kinder von der Kinderabteilung?«

»Ich sagte alle, also auch die Kinder.«

Urban schüttelte den Kopf.

»Das ergibt doch keinen Sinn. Schwerstkranke, Behinderte, Gehunfähige, Bettlägerige, Kleinkinder, Säuglinge? Auf solche Personen können Sie doch einen eventuellen Verdacht nicht ausdehnen!«

Schibowski blieb stur.

»Das lassen Sie nur meine Sorge sein. Es ist doch auch von Relevanz, über die Eltern eines schwer kranken Kindes etwas zu wissen. Der Dunstkreis der Verdächtigen erweitert sich immer auch durch die Verwandtschaften und freundschaftlichen Verbandelungen. Es kann Ihnen ja nicht viel Mühe machen. In einem Haus, wo alles peinlichst genau dokumentiert wird, ist so etwas doch ein Leichtes. Ich habe gehört, dass der hiesige Pathologe die Obduktion vornehmen wird. Ich kenne ihn, er hat in unseren Kreisen einen guten Namen, weil er ab und wann die Gerichtsmediziner vertritt. Ein fähiger Mann.«

Schibowski hatte nun jene Autorität, die die Umstehenden stumm werden ließ. Er bat, mit Schwester Sieglinde allein sein zu dürfen. Diese strich sich ihren eng anliegenden weißen Dienstkittel glatt, aber es war eher eine Geste der Unsicherheit als modische Notwendigkeit.

»Wann haben Sie sie gefunden und – wo waren Sie die ganze Zeit gestern Abend?«

»Um Gottes willen, wo sollte ich denn schon gewesen sein? Wissen Sie, wie ein Nachtdienst abläuft? Sie sind praktisch von Dienstbeginn an, also von 19 Uhr abends bis morgens sieben Uhr durchgehend auf den Beinen. Gerade an der Internen Abteilung, wo ja bekanntermaßen viele Pflegefälle liegen, läutet doch permanent die Glocke, benötigt dieser ein Schlafpulver, jene die Schüssel. Außerdem gibt es dann noch die Nachtaufnahmen. Wegen solch eines Notfalles wollte ich ja auch die Assistenzärztin holen.«

»Wer hat noch mit Ihnen Dienst gemacht?«
»Die Pflegerin Claudia. Auch sie war ununterbrochen beschäftigt. Sie badet die Neuzugänge, kleidet sie in Nachtwäsche, gibt ihnen bei Bedarf noch zu essen und geht mir zur Hand. Bitte, Sie können mich doch nicht verdächtigen. Natürlich war ich – wie auch Hilfsschwester Claudia – in nächster Nähe zu Frau Dr. Lawerth.«
»Wann könnte Ihrer Meinung nach der Tod eingetreten sein?«
»Also, um 19 Uhr hat Dr. Lawerth noch eine Infusion in einem Krankenzimmer angehängt. Gefunden habe ich sie so um 20 Uhr 30. Ich denke also: irgendwann dazwischen. Vielleicht knapp davor?«
»Sie machen nicht mehr Nachtdienst, wie ich gehört habe.«
Schwester Sieglinde trat verlegen von einem Bein aufs andere.
»Nein, nicht mehr seit ich Stationsschwester bin. Sie müssen wissen, dass die Strapazen eines Nachtdienstes nur mehr von Jüngeren zu bewältigen sind.«
»Sie sehen noch nicht alt aus, wenn ich das sagen darf.«
Schwester Sieglinde wurde noch verlegener.
»Ich bitte Sie, Herr Kommissar, ab dreißig schaffen Sie das nicht mehr, ohne dass es Spuren hinterlässt. Es zehrt am Körper und zerrt am Nervenkostüm, man verliert den Schlafrhythmus mit der Zeit, wird zänkisch und depressiv. Nein, das wäre für mich nichts mehr. Ich bin gestern nur wegen eines Personalengpasses eingesprungen, habe ausgeholfen.«
»Sind Sie verheiratet?«
»Nein, geschieden. Es hat mit meinem Mann nicht geklappt. Vielleicht wegen der Nachtdienste früher. So etwas ist sehr familienfeindlich.«
»Nun gut. Wir sprechen uns vielleicht noch. Ihren Chef, wie hieß er doch gleich, richtig, Dozent Ferwarth, finde ich wo?«
»In seiner Kanzlei. Es wundert mich, dass er Sie noch nicht begrüßt hat.«
Sie traten auf den Flur, wo sie auf einen bekümmerten Urban stießen.
»Ich werde wieder meiner Arbeit nachgehen«, sagte er. »Sie kommen doch allein zurecht? Wenn Sie irgendetwas brauchen, telefonieren Sie nach mir. Und im Übrigen können Sie sich hier im Haus ausnahmsweise zwanglos bewegen.«
Schibowski lächelte und hob nur die Hand. In dieser Geste lag nicht nur Verabschiedung, sondern die Freude auch darüber, endlich alleine gelassen zu werden.

Die Dienst- oder Kanzleizimmer der Abteilungsvorstände ähneln einander selten. Da sie über längere Zeiträume hinweg die unverwechselbaren Schaltzentralen der einzelnen Abteilungen sind, mit peinlichst auf Divergenz zu den Vorgängern oder anderen Vorständen achtenden Primarii, Chefärzten, betonen sie ihr Ambiente gerne. Mit teuren Bildern, Schenkungen dankbarer Patienten, mit Tischplastiken und zu guter Letzt mit Fotos von Familienangehörigen. So sehen die Tische von Generaldirektoren auch aus, nur nicht so beladen mit Konvoluten aus Werbebroschüren von Pharmafirmen, die bunt die Wirkungsweise eines zu verkaufenden Präparates anpreisen und deren Vertreter sich als Vermittler gerne eines Chefarztes bedienen. Beladen sind die Tische der Ärzte aber auch mit Papierstapeln aller möglichen Forschungsarbeiten, deren Exzerpte als lose Blätter zuhauf die eigentliche Arbeitsfläche des Schreibtisches einschränken. Denn eine gewisse Unordnung, ein leicht chaotisches Durcheinander soll auch die permanente Fortbildungs- und Lesebereitschaft bekunden. Soll suggerieren, dass abseits der Krankenzimmervisiten gedacht, geforscht und man selbstverständlich auch von der einen oder anderen Pharmafirma in ein Forschungsprojekt, in klinische Tests eingebunden wird. Gegen gute Bezahlung versteht sich.

»Ich schätzte die Kollegin sehr«, ergriff Dozent Ferwarth beim Eintreten von Kommissar Schibowski sofort das Wort. »Eine gute Ärztin, eine mit Herz und Gefühl, was ja immer seltener wird. Insgesamt bedeutet ihr Abgang eine Katastrophe. Ich begrüße Sie. Ferwarth mein Name, Dr. Ferwarth. Nehmen Sie Platz.«

Ungelenk wollte Schibowski einen Stapel Zeitschriften vom einzig vorhandenen Stuhl nehmen, doch Ferwarth kam ihm zuvor.

»Entschuldigen Sie, es ist eng bei mir. Die vielen Bücher und wissenschaftlichen Abhandlungen. Das Wissen wächst immens an, niemand überblickt es mehr. Ich habe mich auf die Nephrologie spezialisiert, und sogar hier sind die Fakten dermaßen unübersichtlich geworden, dass man sich innerhalb dieser Disziplin ebenfalls wieder spezialisieren müsste. Innerhalb der Nephrologie ist mein Spezialgebiet der Mechanismus der Diurese. Wie man die Nieren zur intensiveren Harnproduktion anhalten kann. Es tut sich da einiges, rein medikamentös. Ein faszinierendes Kapitel der Forschung. Das, was Sie hier für Papierkram halten, sind teilweise Aufzeichnungen klinischer Studien. Aber ich möchte Sie nicht strapazieren, denn Sie wollen sicher mehr Auskunft über Dr. Lawerth. Sind wir also schon so weit, dass man von einem Fremdverschulden sprechen kann?«

Schibowski beugte sich vor.

»Es sind ja nur Vorerhebungen, die ich hier führe. Ich möchte Ihnen aber nicht verschweigen, dass mein Vorgesetzter mich nicht aus gesetzlicher Motivation dazu beauftragt hat, denn das könnte er ja nur, wenn der Obduktionsbefund unklar ausfallen würde. Nein, er wurde heute Morgen anonym angerufen, von einer Person, die sich nicht zu erkennen gab. Das also ist der Grund meiner heutigen Anwesenheit. Ich sehe schon Ihre Entrüstung, Herr Dozent, sachte, sachte. Vielleicht ist sie eines natürlichen Todes gestorben. Wie schon gesagt, morgen wird sie meines Wissens obduziert. Mich interessiert dennoch, ob es an Ihrer Abteilung irgendwelche Spannungen, Eifersüchteleien unter den Kollegen gab.«

»Oh, da sind Sie auf der falschen Fährte. Ich kann mir nicht im Entferntesten vorstellen, was sie mit Ihren Andeutungen meinen. Das zeichnet ja eben das Führungsvermögen, die Autorität eines Chefs aus, dass er seine ›Truppe‹ – wenn ich so sagen darf – fest zusammenhält. Da habe ich immer hart durchgegriffen.«

»Aber Sie können es nicht hundertprozentig ausschließen.«

»Mein Gott, ich habe vier Oberärzte, drei Assistenzärzte – also in Ausbildung zum Facharzt stehende Ärzte – und weiters fünf Praktikanten, die turnusmäßig die Abteilungen rochieren. Außerdem sind jetzt im Sommer noch zwei Famulanten anwesend. Was sich da so gefühlsmäßig abspielt, kann ich natürlich nicht alles wissen. Aber für mich äußerlich nachvollziehbare Spannungen habe ich nie bemerkt. Dr. Lawerth war attraktiv, sicherlich, und in meiner Männerriege ist es schon möglich, dass der eine oder andere ein Auge auf sie geworfen hat. Andererseits war sie auch eigenwillig. Manchmal halsstarrig, vor allem, was ihre Anforderungen an ihr Berufsethos anbelangte. Wissen Sie, wenn Menschen unter dem Druck von Verantwortung arbeiten, gibt es da so ein Phänomen. Stress während der Arbeit – und den haben Ärzte nun einmal – lässt die Kollegen untereinander zusammenrücken. Wahrscheinlich spielt die eigene Unsicherheit da eine große Rolle. Oft lehnt sich der eine am anderen an, und zwischen Mann und Frau kann es dann zu Kontakten kommen, die so außerhalb der Klinik nie zustande kommen würden. Aber ich bitte Sie: dass ihr jemand von meiner Abteilung etwas angetan hat! Es ist auch bei einer fast dreißigjährigen Frau mitunter ein Sekundenherztod immer noch häufiger als ein gewaltsamer Tod. Sie könnte eine übergangene Myokarditis gehabt haben, Herzrhythmusstörungen oder Ähnliches.«

»Myokarditis? Was ist eine Myokarditis?«

»Eine Herzmuskelentzündung. Durch einen übergangenen Virusinfekt beispielsweise. Bei durchtrainierten Sportlern gar nichts Seltenes. Meist die Ursache für einen plötzlichen Tod. Also, Sie sehen, alles andere sind nur Vermutungen.«

Schibowski hörte aufmerksam zu. Seine langjährige Erfahrung hatte ihm eine sensible Witterung beschert. Gleich einem Tier roch er Unsicherheiten und Gefahren. »Den jungen, alten Fuchs« nannten sie ihn im Büro, und so fehl war die Bezeichnung nicht, denn sphärische Unregelmäßigkeiten zu erspüren war ihm zur Gabe geworden. Was war hier in diesem Hospital anders? Vielleicht die Gleichzeitigkeit von unbedingtem Wahrheitsdrang dort, wo es darum ging, Krankheiten zu diagnostizieren, und unbedingter Verschwiegenheit da, wo charakterliche Defizite erkennbar werden könnten. Ja richtig, das musste es sein: das Nebeneinander von so gegensätzlichem Verhalten. Seit den Ausführungen von Schwester Sieglinde hatte er das seltsame Gefühl, tiefer und tiefer in einen für ihn bisher völlig unbekannten Komplex menschlicher Verstrickungen auf engstem Raum einzudringen, in Geflechte von Abhängigkeiten und Netzwerke gemeinsam ertragener oder belastender Verantwortungen. Die Unnahbarkeit, die die reputierlichen Abteilungschefs und Oberärzte aus der Vermeintlichkeit ihrer hehren Profession umgab, schien auf einmal löchrig zu werden. Schibowski spürte, wie er sich von dem Irrtum ihrer Überbewertung löste und zu einer etwas nüchterneren Betrachtungsweise fand. Der Irrtum war ihm aus der Hilflosigkeit widerfahren, damals, als er mit unsäglichen Schmerzen allein in einem kleinen Zimmer lag, mit anderen Hilflosen zusammen und inbrünstig eine Erlösung aus seiner Pein erhoffte. Aber eines war ihm schon gewiss: Dieses Haus bestand aus strengen Hierarchien. Und funktionieren konnte hier nur, wer sich in solch fein abgestufte Hierarchien fügte. Andererseits gab es das ja überall, wo ein unbedingter Endzweck erreicht werden sollte. Der Endzweck war eine Dienstleistung an der Gesundheit der Menschen. Störend hier war nur, dass solch ein Gerippe aus vermeintlichen Notwendigkeiten nicht mit der ursprünglichen Idee der Hilfeleis-

tung korrelieren konnte. Starre Organisation wirkte der so wichtigen Empathie entgegen, die jedem menschlichen Beistand Not tut.
Er erhob sich und reichte Dozent Ferwarth die Hand.
»Sie haben wahrscheinlich Recht. Morgen werden wir ja sehen.«

Es war noch nicht Mittag, als Schibowski beschloss, die Chirurgen aufzusuchen. Er wusste, auf welchem Stockwerk sie arbeiteten. Als er damals, während seines unglückseligen Aufenthaltes hier an der Neurologie, nach unzähligen Infusionen wieder so schlecht und recht gehen konnte, war es sein brennendes Interesse gewesen, die einzelnen Stationen zu erkunden. Was macht denn ein Patient, wenn er der strengstens verordneten Bettruhe endlich entronnen war, die Epikrise der Krankheit überwunden und nur mehr den vagen Entlassungstermin vor sich hatte? Wenn die Muskelverspannungen und die peinigenden Lumbalgien nicht die Ursache, sondern bereits die Folgen seines Krankenhausaufenthaltes waren? Wenn der Aufenthalt in den Zimmern zu einer Art Lagerkoller führte und der Arbeitsplatz nur mehr als herbeigesehntes Paradies betrachtet wurde, dem man sich mit besten Vorsätzen nun wieder nähern wollte?

Schibowski rauchte nicht, daher hatte er die Toiletten des Ganges gemieden, in denen sich die gehfähigen Leidensgenossen wie als heranwachsende Pennäler zum hastigen Zug an der Zigarette einfanden. Auch trank er nicht so gerne Bier oder gespritzten Wein, als dass es ihn in die Kantine des Erdgeschosses gezogen hätte.

Humpelnd, die Pantoffeln schleifend, taumelnd und mit dem schlampig umgestülpten Morgenmantel die Ganggeländer streifend war er damals ausgeschwärmt, freilich stets nach der Morgenvisite, nach dem Mittagessen, nach den Infusionen, also immer dann, wenn er sicher war, dass kein Arzt und keine Schwester mehr etwas von ihm wollte. Das Beobachten war ihm ja von Berufs wegen ein Teil seiner selbst geworden, und die Observanz mit scharfem Auge, mit dem Bewusstsein, viel Zeit zu haben und in der Uniform einer Spitalskleidung kaum eine Belästigung gewärtigen zu müssen, hatte ihm damals viel Vergnügen bereitet. Was man so alles sah an Geschäftigkeit, an emsiger Beflissenheit, was man erahnen konnte hinter den Zimmertüren an Leid, an Hoffnungslosigkeit und an tödlicher Stille!

Die Chirurgen hatten es ihm damals angetan. Spektakulär waren sie ihm erschienen, so, wie er es in diversen Fernsehsendungen vermittelt bekommen hatte: immer geradewegs entschlossen die Hand am Puls, fortwährend entscheidend und schneidend zum Wohle der Patienten, permanent trennend und zusammenfügend zur Lebenserhaltung, immerfort rettend und bewahrend zu dessen Verlängerung. Nirgendwo sonst als bei den Chirurgen bedrängte ihn dermaßen das beklemmende Gefühl, es mit Machbarkeits-, aber auch Allmachtsansprüchen zu tun zu haben. Menschen, die schwer arbeiten, reden nicht viel, hatte er damals gedacht, als er vor den Eingängen zu den Operationssälen stand und die mehr laufenden als gehenden Schwestern, Operationssaaldiener und Gehilfen sah. Aber das Gegenteil stellte er fest, als er wie unbeteiligt hinter einer Mauerkante hervorlugte.

Sie lärmten nicht nur aus Geschäftigkeit, sondern waren laut aus Anspannung und Unsicherheit. Ein gequältes Lachen war nur der vordergründige Höhepunkt solcher Erwartungen, und Witze, Zoten, die sie rissen, dienten offensichtlich der Abfuhr der inneren Unruhe.

Betten schiebend, Infusionen tragend und Krankengeschichten auf Klemmbrettern übergebend war das Personal in zünftiges grünes und blaues Leinen gehüllt und strahlte nichts anderes als höchste Geschäftigkeit aus. Manche Gesichter waren bis zu den Augen hinter dem typischen Atemschutz versteckt und solchermaßen anonym gemacht – trotz der Kenntnis untereinander. Ihren Redefluss hinderte dies aber nicht, und vielleicht sprachen sie auch freier und ehrlicher, da sie sich der verborgenen Gesichtsmimik gewiss waren.

Als Schibowski im ersten Stockwerk ankam, waren ihm einige Schwestern noch bekannt. Noch deutlicher erinnerte er sich aber des groß gewachsenen Arztes, der inmitten des Stationszimmers stand und von drei Schwesternschülerinnen umringt war. Schon bei Schibowskis ersten Aufenthalt hatte dieser Arzt ihn mit seiner Gewandtheit beeindruckt, mit einem Charisma, das jeden sofort einnahm. Dobrowolny hieß der Mann, das fiel Schibowski sofort wieder ein – Namen merkte er sich. Freilich war er jener Lebensphase schon entwachsen, die sich noch fassbare Vorbilder, nachahmenswerte Persönlichkeiten leiht, um eigene Minderwertigkeiten zu kaschieren, und er zweifelte längst an der Authentizität solcherart vermittelter Ausstrahlung. Im Gegenteil: Zunehmend schienen ihm Aussehen und Betragen scheinbar perfekter Menschen verdächtig. Eher denn dünkte ihn derartiges Betragen als Attitüde, als perfektioniertes Gehabe, um zu beeindrucken. Zu gewinnen, zu betören mit dem Bestreben, hemmungslos Macht auszuüben.

»Entschuldigen Sie bitte mein Stören«, beeilte er sich dennoch zu sagen, als er die Überraschung in Dobrowolnys Gesicht sah. Dieser war offensichtlich in einer ihn kompromittierenden Situation überrascht worden.

»Keine Ursache. Wohin wollen Sie?«

»Schibowski mein Name. Ich irre in diesem Haus herum. Ich würde gerne den Dienst Habenden vom vergangenen Wochenende sprechen.«

»Den haben Sie vor sich! Ich bin Dr. Dobrowolny. Sie kommen aber nicht als Patient, nehme ich an. Gehen wir in den Aufenthaltsraum gleich nebenan.«

Überall in den Etagen gab es solche Ruhe- und Regenerationsräume, die immerzu nach frischem Kaffee dufteten und in denen sich das vor allem weibliche Pflegepersonal um eine gewisse Wohnlichkeit bemühte. Räume, deren Wände mit Ansichtskarten übersät waren, die die Fenster zu den entferntesten Träumen darstellten, die aber auch mit großformatigen Zeichnungen, Cartoons und überdimensionierten Monatskalendern behangen waren.

Die Männer setzten sich auf die unbequemen, wahllos herumstehenden Stühle.

»Ich bin Kriminalpsychologe und führe Vorerhebungen durch wegen Ihrer Kollegin Dr. Lawerth, die gestern Abend verstarb.«

Dobrowolny saß mit überkreuzten Beinen vor ihm. Sein Gesicht war unrasiert, allerdings waren die dichten kurzen Bartstoppeln nicht das Resultat momentaner

Verwahrlosung – hervorgerufen durch Überarbeitung –, sondern eine modische Attitüde.

Schibowski hatte sich im Laufe seiner Berufsjahre angewöhnt, Gesichtsregungen bei Befragten genau zu beobachten. Nicht eventuelle Verfänglichkeiten interessierten ihn dabei, sondern vielmehr schien ihm die Art einer ersten Reaktion ein ernsthaftes Maß für die Persönlichkeit eines Menschen zu sein. Zeigte jener spontane Erschütterung bei der Mitteilung eines Todesfalles oder versuchte dieser spontan diese Erschütterung mit unbeteiligter Kälte zu verbergen, um nicht Wehleidigkeit, Unmännlichkeit und Verletzbarkeit zu zeigen? Oder versuchte er Betroffenheit vorzutäuschen, zu heucheln und dramatisch zu übertreiben, um nicht der Mittäterschaft verdächtigt zu werden? All jene Reaktionen erwartete Schibowski bei dem groß gewachsenen Mann vor ihm, nicht aber die direkte Darlegung der Beziehungen zwischen zwei Ärzten, die gemeinsam – wenn auch an verschiedenen Stationen und mit anderen Verantwortlichkeiten – an einem Wochenende Dienst gemacht hatten.

»Sie hat mich abgewiesen«, sagte Dobrowolny, ohne Schibowskis erste Frage abzuwarten, »mir immer wieder die kalte Schulter gezeigt. Sie war eine attraktive Frau mit Verstand und Witz und hatte eine tolle Figur – die nun leider nur in erstarrtem Zustand betrachtet werden kann. Ich wüsste aber nicht, dass sie eines gewaltsamen Todes starb.«

Von der Möglichkeit eines Tötungsdeliktes zeigte sich Dobrowolny völlig unbeeindruckt. Doch nicht darüber war Schibowski erstaunt, sondern eher über die Tatsache, dass der Arzt scheinbar ungerührt in einem Satz von seiner männlichen Begierde und dem derzeitigen Zustand der Verstorbenen sprach. Spontane, wütende Verächtlichkeit angesichts dieser Pietätlosigkeit regte sich kurz in ihm, als er bestrafend direkt fragte: »Haben Sie sie umgebracht?«

Aber Dobrowolny war eiskalt, war gewandt und keinesfalls aus der Fassung zu bringen.

»Trauen Sie mir das zu? Könnte ich ein Motiv haben? Schauen Sie – um ehrlich zu sein und um bei der direkten Wahrheit zu bleiben: Ich heuchle nicht. Das Einzige, was mir von Dr. Lawerth in Erinnerung geblieben ist, ist ihre Attraktivität. Ist das nicht eine tolle Erinnerung? Ihre Fähigkeiten als Internistin kann ich nicht beurteilen, obwohl das, was sie konsiliariter an unserer Abteilung befunden hat, nicht übel aussah.«

»Nun, mir wurden Hinweise lanziert, dass sie möglicherweise doch nicht durch einen natürlichen Tod aus dem Leben gegangen ist. Sie wird hier in diesem Haus obduziert.«

»Vom Kollegen Baltrow gar?«, rief Dobrowolny aus. »Von diesem – ohne nun über einen Kollegen schlecht reden und seine Verdienste schmälern zu wollen – Sonderling im Keller dieses Hauses?«

»Es ist momentan kein anderer verfügbar. Es ist ja Urlaubszeit.«

Dobrowolny wollte dies nicht gelten lassen.

»Gerade ein Kollege aus diesem Haus, das ist beinahe geschmacklos.«

»Geschmacklosigkeiten haben viele Äußerungsformen. Erzählen Sie mir von Dr. Lawerth. Wie gut kannten Sie sie?«

Dobrowolny richtete sich im Stuhl auf.

»Ich kannte Sie, wie ich Ihnen schon andeutete, vor allem von ihren Konsiliarbesuchen an unserer Abteilung beziehungsweise von meinen Besuchen an ihrer Abteilung.«

»Konsiliarbesuchen?«

»Nun, die Bestimmung der Operationstauglichkeiten, die Zuziehung bei internistischen Fällen, wie sie ja auch auf chirurgischen Abteilungen vorkommen. Wir haben oft auch die Neurologen und die Gynäkologen hier, weil unsere Patienten auch noch andere als chirurgische Erkrankungen haben, die der Begutachtung anderer Fachdisziplinen bedürfen. Frau Lawerth war also schon einige Male hier auf der Station gewesen, und selbstverständlich hat es da Gespräche mit ihr gegeben. Umgekehrt bin ich auch häufig an der Internen Abteilung, um eventuelle chirurgische Fälle abzuklären. Da gab es schon Kontakte.«

»Und Avancen!«

»Warum nicht? Schäkern lockert die Atmosphäre auf, und glauben Sie mir: Ich könnte einige Kollegen aufzählen, die ebenso hinter ihr herwaren. Aber bei Kolleginnen ist das meist nicht so einfach: Sie sind manchmal blockiert, das Wissen besetzt große Teile ihrer Weiblichkeit und macht sie zickig, schwer zugänglich. Es ist ein härterer Weg, bei solchen anzukommen als bei den Diplomschwestern beispielsweise.«

Schibowski wunderte sich nicht mehr.

»Sagen Sie: Kann es für einen Arzt während der Arbeit an der Station Lebensinhalt und Hauptinteresse sein, irgendwelchen Kitteln nachzulaufen?«

Dobrowolny lächelte. »Sie glauben doch nicht im Ernst, dass hier immer im Bewusstsein, Leben zu retten und zu bewahren gearbeitet wird. Dass wir alle in Ehrfurcht vor der permanenten Konfrontation mit lebens-, ja todesberührenden Fragen erstarren. Würden wir das tun, wären wir in unserer Arbeit eher gehemmt. Nein, das Gegenteil halte ich für sinnvoller. Gerade im Angesicht dieser bedrückenden, nie zu lösenden Umstände ist ein lebensbejahendes Verhalten die ideale Selbsttherapie. Dem Übermaß an Leid und Schmerz setze ich das Prinzip der Lust entgegen, wenn Sie so wollen. Und glauben Sie mir: Die Liebe – wie auch immer sie gemeint ist – ist intensiver vor der immer währenden Möglichkeit der Vergänglichkeit. Ja, ich behaupte, sie ist berauschender, ekstatischer vor dem Hintergrund aller Lebensbeendigung. Mir wallt das Blut, wenn dort der Lebensstrom versiegt, mir schwellen die Lenden, wenn dort jede Regung langsam abebbt. Der letztmögliche Genuss braucht für sein Bestehen den allerletzten Lebenshauch. Mein Vater erzählte mir, dass er sich mit seinen Kameraden im Krieg vor jedem Kommando betrunken habe, dass sie wie wild gefeiert hätten und dass sie ins Bordell gingen, um das Leben noch einmal zu spüren, bevor es vielleicht verloren ging. So einfach ist das. Aber warum erzähle ich Ihnen das, ich kenne Sie doch gar nicht.«

»Weil es Ihnen offensichtlich ein Bedürfnis ist, und weil Sie vielleicht Probleme mit Ihrem Beruf haben. Ja, Sie haben ein Problem, das Ihnen möglicherweise ein Seelenarzt nehmen könnte. Sie ziehen jeden Tag in den Krieg, wo ja keiner stattfindet und es nichts zu bekämpfen gibt. Was tun Sie eigentlich hier?«

Schibowski wusste, das er zu weit gegangen war, und tatsächlich blieb die Reaktion auf seine Worte nicht aus. Dobrowolny war unwillig geworden.

»Wie können Sie sich anmaßen, über meine Berufseinstellung oder -eignung zu urteilen! Das steht Ihnen nicht zu. Sie sind auf der falschen Fährte, Sie trauen mir einen Mord zu, ohne noch irgendetwas recherchiert zu haben. Sie irren durch dieses Haus und irren durch den Fall, der ja keiner ist. Was machen Sie wirklich hier?«

»Ich bin dabei, in ein mysteriöses Geflecht von exklusiver Wissenschaftlichkeit und abgrundtiefer menschlicher Schwäche einzudringen. Sie alle hier sind gebrechlich und das Gebrechen heißt Zynismus, Sie kränkeln an niedrigem Blutdruck, da in den Adern viskose, träge Selbstgefälligkeit fließt, und Ihr tragendes, haltgebendes Gerippe scheint brüchig zu sein, da es sich nur durch Anmaßung zu härten trachtet. Sie siechen mehr dahin, weil Ihnen Ihre Selbstsucht keine Kraft gibt, und Sie werden wie tot sein, wenn Sie Ihr letztes menschliches Maß endgültig verlieren.«

»Oh, da haben wir einen Moralisten, einen, der uns die Regeln unserer Berufsauffassung und unseres Verhaltens lehrt. Hören Sie doch bitte auf mit dem Geschwafel. Ich bin kein besserer Arzt, wenn ich sonntags in die Kirche gehe und mich mittags an die Etikette erinnere, die mir meine Mutter beigebracht hat. Für gute Arbeit braucht es kein hehres Ethos, sondern nur die Regeln der Ökonomie: Ich biete Leistung gegen Geld und mein Verständnis oder Mitgefühl gegen Bezahlung an. So einfach ist das. Und vor allem ehrlich. Ich kenne dabei meine Grenzen. Die werden von den Gesetzen gezogen, und die einzige Sorge – oder wenn Sie wollen Angst –, die ich habe, ist die, juristisch gesehen nicht korrekt zu handeln. Glauben Sie mir: Dies ist der bessere Weg. Jeglicher aufopfernder Idealismus ist mir zuwider, da das Letzte, was ein Patient braucht, die andauernde Projektion seines behandelnden Arztes in die eigenen Erwartungen und Hoffnungen ist.«

Selten hatte Schibowski solch ein Gefühl der Ablehnung und der Widerwärtigkeit verspürt wie nun. Dem Mann vor ihm war nicht beizukommen. Vielleicht hätte er ihn um eine Unterredung außerhalb dieser Spitalsmauern bitten sollen, wo sich jener nicht so hinter seinem weißen Mantel verbarg, dessen Kragen immer steif aufgestellt war. Hier hatte er alle Vorteile für sich, die Macht des Könnens, die ihn unsichtbar umgab und unerschütterlich machte, hier war sein kontrollierter, ihm untertaner Bereich, wo sich alle Argumente relativierten, da sie in einer vermeintlichen Atmosphäre des Helfens ihre Gewichtigkeit vermehrten.

»Sagen Sie mir trotzdem, wo Sie Sonntag zwischen 19 und 21 Uhr waren und was Sie gemacht haben.«

Mit makellosen Zähnen grinsend blickte ihn Dobrowolny an.

»Es ist unglaublich, wie stur Sie sind. Um 18 Uhr etwa kam ich aus dem Operationssaal. Wir, also der Turnusarzt, der in Ausbildung stehende Assistent und ich, hatten einen Darmverschluss operiert. Es sind die typischen Sonntagabendfälle, wenn die Leute zu viel Nahrung übers Wochenende in sich hineingestopft haben, nebenbei bemerkt. Nachher verteilten wir uns auf die einzelnen Stationsbereiche, um Visite zu machen. So gegen halb acht war ich dann fertig und sah mir anschließend die Nachrichten an, nachher Fußball. Die zusammengefassten Wochenendspiele, ein Fixpunkt für mich. Die Aufregung, die so gegen 21 Uhr das ganze Haus erfasste – wie ein Lauffeuer verbreitete sich die Nachricht vom Ableben Dr. Lawerths im Hause –, habe ich natürlich mitbekommen. Am Wochenende, außerhalb der üblichen Wochenroutine, überkommt dieses Spital eine gewisse intime Atmosphäre. Da personell ja alles dünn besetzt ist, rücken alle etwas näher zusammen. Man ruft manchmal die Kollegen anderer Stationen an, fragt, ob Lust auf eine Pizza, auf ein gemeinsames Abendessen besteht, das dann von irgendwo aus der Stadt geholt wird. Treffpunkt ist immer irgendwo anders in diesem Haus. Die Auswahl der Speisen in der Kantine hat man irgendwann einmal über. Außerdem ist sie ja am Wochenende ab zwanzig Uhr geschlossen. Freilich funktioniert das nur dann, wenn keine Notfälle hereinkommen. Also, wenn Sie meinen, dass da eher nähere Kontakte auch zu Frau Dr. Lawerth bestanden hätten, so gebe ich Ihnen Recht. Da müssen Sie allerdings auch die vielen Kollegen und Kolleginnen der anderen Abteilungen befragen, die alle an diesem Sonntagabend Dienst taten.«

»Was ich auch tun werde. Darauf können Sie sich verlassen.«

Dobrowolny beugte sich vor, die Miene ernst und die Stirne in Falten gezogen.

»Auch die Patienten dürfen Sie nicht vergessen. Um Ihre lachhaften Verdächtigungen weiterzuspinnen – ich finde nämlich allmählich Gefallen an Ihren Hypothesen eines Mordes –, so dürfen Sie diese nicht außer Acht lassen. Ein noch rüstiger Greis von der Internen Abteilung, vielleicht begeilt von einem übermächtigen Johannestrieb, hervorgerufen durch Nebenwirkungen eines Psychopharmakons, das ihm gegen seine Depressionen gegeben wurde, könnte sich an Dr. Lawerth genauso gut herangemacht haben. Oder ein sich betrogen fühlender Insasse, der in paranoider Manier glaubt, sich wegen einer vermeintlich falschen Therapie rächen zu müssen. Unter den Patienten finden Sie am ehesten einen potenziellen Täter. Vor allem liegen sie hier alle als völlig unbekannte Persönlichkeiten, lediglich der Teil ihrer Identitäten interessiert uns ja, der sich als körperliche Beschwerden äußert, der Rest ist uns gleichgültig. Wir behandeln hier Schwerverbrecher und harmlose Nonnen genauso, weil uns ja nur die Phänomenologie ihrer Erkrankungen interessiert.«

Schibowski war es leid, den zynischen Reden noch länger zuzuhören. Sein Gefühl sagte ihm, dass jener – sollte ein Mord stattgefunden haben – wohl kaum als Täter in Frage käme. Das künstliche Macho-Gehabe, der vorgetäuschte Lebenspragmatismus und die unerschütterlichen Ansichten ließen ihn eher an einen unsicheren, von Selbstzweifeln geplagten Menschen denken, der einer solchen Tat kaum fähig wäre.

»Ich danke Ihnen trotz Ihrer nicht gerade ermutigenden Auskünfte dennoch. Vielleicht werden wir uns noch einmal unterhalten. Ich möchte aber den Dienst habenden Neurologen von gestern noch sprechen.«

11 Uhr: **Zurück ins Leben**

Baltrow hatte sich aus den Niederungen seiner Kellergewölbe befreit. Er durchschritt die Abteilungen wie ein Panoptikum der krankhaften Lebensausprägungen – und der verschiedenen Lebensabschnitte. Krankheiten, das war ihm selbstverständlich, prädisponierten zu gewissen Lebensaltern. Die Neugeborenen im fünften Stock brachten meist ihre Erkrankungen aus dem Mutterleib mit – ob in ihm durch Achtlosigkeit, Unwissenheit und Unverantwortlichkeit erworben, war nie leicht zu sagen. Was mussten sie vielleicht schon in ihm empfinden an Ablehnung, an Ignoranz? Welcher biologische Mechanismus vermittelte ihnen über vorenthaltene Moleküle, verweigerte Nahrungsketten das Signal ihrer Unerwünschtheit? Völlig hilflos und abhängig, hatten sie keinerlei Möglichkeit, ihr eigenes Kommen zu verhindern. Oh doch, manchmal traten sie vorzeitig ab, noch bevor der Vorhang der Lebensbühne hochging. Und was die Wissenschaft mit Inkontabilität bezeichnete, war der Philosophie eine höherartige Einsicht. Sie flohen als unkenntliche Bündel aus Fasern und Blut. Manchmal durch die Kanäle von Toilettenanlagen, oftmals beiläufig hinter einem Busch wurden sie aus dem erbarmungslosen Reifungsprozess entlassen.

Die Alten an der Internen Abteilung hatten Krankheiten meist erworben. Und dennoch gab es da die Zusammenhänge ihrer Erkrankungen mit ihrer Heranreifung im Mutterleib und den unbewussten Bezug zu ihrer Geburt. Wie schlecht waren die Umstände des Lebensstarts, wann und wohin in die Welt wurden sie entlassen, auf welchem Nährboden wuchsen sie auf, und wie gut war die Betreuung durch ihre Schutzbefohlenen?

Vielleicht war ihnen die Ahnung ihrer Unerwünschtheit eine lebenslange Last gewesen. War ihnen das schwere Essen, der scharfe Alkohol, das beißende Nikotin, der unstete Lebenswandel eine willkommene Möglichkeit, sich wieder aus diesem Leben hinauszustehlen? Eine Möglichkeit, sich zu verweigern durch fortwährende Selbstbehinderung, sich langsam zu vernichten durch selbst geworfene Knüppel und selbst gestellte Fallen und Fehlentscheidungen. Eine Möglichkeit, Freitod auf Raten zu begehen, eine heimlich begehrte Umkehrung einzuleiten, einen innig ersehnten Spätabort vorzunehmen, allmählich die Ablehnung der eigenen Lebensidee zu stärken. Nein, daran war nicht zu zweifeln, das gab es mit Sicherheit, aber die wenigsten wussten es, und die, die es wussten, würden es nie wahrhaben wollen. Wer konnte dies besser beobachten als Baltrow, der so oft das Resümee solcher Selbstverweigerung vor sich liegen sah. Der die frischen Wunden oder die alten Narben der Selbstverstümmelungen sah, die aus keinem Krieg, sondern aus dem gewöhnlichen Kampf im Alltag stammten, der in gewisser Weise ein Überlebenskampf war. Der aus Verweigern und Widerstand bestand und sich selbst propagierte mit Parolen, die nach Durchhalten, nach Ausharren und Erleiden klangen.

Baltrow war sich nicht schlüssig, welche Abteilung er nun besuchen sollte. Je weiter seine Gedanken nach oben, hinauf zu den anderen Stockwerken, wanderten, desto diffuser wurden seine Vorstellungen über dieses Haus.

Mit den Kinderinternisten hatte er kaum je Kontakt gehabt. Lediglich Professor Urban war ihm als Krankenhausdirektor immer ein Ansprechpartner gewesen, wenn es um organisatorische Belange der Pathologie ging. Es lag wohl auch daran, dass Neugeborene und Kleinkinder seltener ihren letzten Weg zu seiner Abteilung fanden. Die Statistik bescheinigte jenen eine ungeheure Lebenskraft, und wenn es dennoch manchmal geschah, dann war es ein umso herzzerreißenderes Schicksal, das sie zu ihm führte. Denn das Maß des Mitleids verstärkte sich mit dem Grad der Wehrlosigkeit. Die Tränen der Kinder machen die Augen der Erwachsenen feucht, und das Wimmern des Säuglings erhöht das Schutzbedürfnis der Starken.

Baltrow trat durch die Schwingtüre in die Kinderabteilung. Wäre er blind gewesen, so hätte ihm die Geräuschkulisse, die ihm entgegenschlug, sofort seinen Aufenthaltsort gewiesen. Die hallende Leere der Kirchen, die Stille der Friedhöfe, die raue Oberfläche von Gesprächen, die allumfassende Weite von Chören und die Tiefe und Dichte von Orchestern – alles fest gefügte Muster von Schall, Obertönen und Geräuschen. Abzuhören, zu erwarten und vorauszuberechnen. Hier aber schlugen ihm Töne unendlicher Vielschichtigkeit entgegen, ein Chaos in der Artikulation, unvermittelte, spontane Frequenzen, ansatzlose und nicht zuordenbare Lautbildungen. Ein undurchdringliches Schallgemenge, vielstimmig, ohrenbetäubende Schreie der Lebensfreude, dezentes Wimmern. Hervorgebracht aus roten und blassen Mündern von Säuglingen und Kindern.

Die Krankheiten hier wurden mitgeschleppt wie die Spielzeuge in Kindergärten. Sie wurden angenommen als Teil des jungen Lebens, wie der Rest der gottgegebenen Ausstattung ihrer Existenz. Wird man ins Leben hinausgestoßen, so sind die Dinge, denen man spontan begegnet, so selbstverständlich wie der eigene Herzschlag und die Automatik des Atmens. Die Krankheiten wurden hier angenommen nicht als Male des unbarmherzigen Schicksals, sondern als Norm der Erstausstattung. Nicht Traurigkeit begleitete sie, sondern höchstens Erstaunen, wenn verglichen und abgewogen wurde. Und die kleinen Energien der Lebenskraft waren so ungeheuer, wurden so lauthals hinausgebrüllt und -geschrien, dass alle Schwestern und Ärzte hier mitgetragen wurden von einem unveräußerlichen Optimismus.

Baltrow war erstaunt, hielt inne und fühlte sich vollends abgeglitten in eine ihm völlig neue Fremd- und Andersartigkeit.

Mein Gott – Kinder! Auf den Wippen ungelenk wackelnd und strampelnd, in den Betten tobend, hinter Mauern kokett hervorlugend, auf den polierten Böden wetzend und scheuernd, Papierschnitzel schleudernd, rutschend, stolpernd und gleitend über und unter den Betten hindurch, immerzu in Bewegung, um irgendetwas zu erhaschen und wäre es nur den eigenen Anteil auf dieser Welt. Um die mahnenden Schwestern herum, zwischen den krummen Beinen der Putzfrauen hindurch, an den steifen Ärzten vorbei jagten sie die vage Richtung, die ihr Schicksal eingeschlagen hatte.

Kinder, dachte Baltrow. Mein Gott, wann habe ich zuletzt Kinder gesehen? Auf den Seziertischen sechs Ebenen weiter unten lagen sie manchmal vor ihm, als kleine Häufchen Mensch, die übergroßen Granitflächen der Unterlage nur geringfügig ausfüllend. Er entsann sich seiner anfänglichen Betroffenheit, der wütenden Sprachlosigkeit, wenn es galt, einen Säugling zu obduzieren, dessen Lungen von einer Sekunde auf die andere kollabiert war oder dessen Herz sich das Pumpen des Blutes verboten hatte.

Mit den Jahren hatte er sie dann nur mehr mit einem Achselzucken beurteilt, auch wenn die Eltern ihre Verlustklagen bis in die Obduktionsräumlichkeiten trugen und keinen Sinn mehr erkennen konnten. Allmählich gab es bei ihm keinerlei Wertigkeit der Trauer mehr, ihm waren alle Bündel Mensch gleich geworden, nur die Wahl seiner Instrumente veränderte sich noch – dem Flächenmaß und dem Volumen der Torsi entsprechend. Interpretationen der Lebensbeendigung waren ihm abhanden gekommen, die Bedeutung wurde nicht mehr von ihm hinterfragt. Denn die Frage nach der Sinnhaftigkeit, die Frage, warum ein kurzes Leben früher heimgeholt wurde, ein allzu langes sich aber nur quälend und langsam von dieser Welt verabschiedete, tat er sich längst nicht mehr an.

So war denn beim Anblick dieser Lebensfreude, die sich selbst durch die Schwere einer Erkrankung kaum trübte, die Betroffenheit wie neu. Vor vielen Jahren hatte er sie verdrängt, und nun tauchte sie im neuen Kleid der Wutempfindung auf. Baltrow hatte Tränen in den Augen, aber er schämte sich nicht. Wenn Kinder starben, wenn jene weggeholt wurden, die sich mehr als alle anderen Lebewesen an dieses Leben klammerten, denen vieles verheißen, alles in Aussicht gestellt worden war, dann wurde ihnen auch mehr genommen.

Was hatte er sich, seinem Herzen angetan? Wer über die Jahre seine Augen in der kalten, glänzenden Kühle eines Kellers wohnen ließ, getaucht in das ebenso kalte Licht von Neonröhren, wer seine Ohren in der Geräuschwelt von Maschinen, von Schleif-Wetzgeräuschen der Messerschärfung, im Echo hallender Schritte badete und wer schließlich seine Gedanken systematisierte durch die Gewalt von Lehrsätzen und Dogmen, musste in seinen Empfindungen verkümmern. Was für eine Schönheit meinte er zu erleben, wenn er jegliches Wachstum, jegliche Spontaneität, jegliche Unberechenbarkeit entbehrte? Wo war die Wärme, wo Fröhlichkeit und Wonne, wo aber auch jegliches Gefühl, das Tränen gebar und die Schwermut der Trauer?

All das war nicht mehr zu ihm vorgedrungen, war verkümmert in jener Zweckwelt aus Hygiene und Lehre, war ertrunken in Hektolitern von Desinfektionsmitteln und Karbol, welches sogar Myriaden von Keimen ihr Leben verbot.

Seine gewohnten Räumlichkeiten schienen ihm unendlich weit entfernt, viel weiter als die Distanz von sechs Stockwerken. Als kaum wahrzunehmenden Bodensatz am Ende einer versunkenen Welt sah er sein Betätigungsfeld und sich selbst an einer wackligen, Schwindel erregenden Brüstung stehend und in die gähnende Tiefe blickend.

Noch war es nicht zu spät. Ginge er schleunigst zurück, stürzte er sich wieder auf die überbordende Arbeit, wäre der Spuk in seinem Kopf bald wieder vergessen. Dann wäre alles eine kurze Verwirrung gewesen, eine kurzzeitige Unterbrechung des Lebensflusses – wie bei einer Pflanze, die der Gärtner zu weit aus dem Erdreich zieht und der die Wurzeln gekappt zu werden drohn. Wenn er jetzt schnell ginge, dann wäre alles ein Tagtraum gewesen, der kurzzeitige Ausflug in eine verbotene Welt von Anmutungen und Fremdartigkeit.

Aber Baltrow blieb. Das andere Licht, die anderen Geräusche zogen ihn an. Sein Gewölbe dort unten war in diesen Minuten nicht mehr die Heimat, es war ihm entfremdet. Er schlenderte den Gang entlang, bemerkt von den Schwestern, die ihm ehrfurchtsvoll auswichen, und beäugt von den Kleinen, die ihre großen Augen verschmitzt und kokett zugleich an ihn hefteten. Frei waren seine Schritte und leicht ihm das Herz. Ein körperliches Wohlbefinden trug ihn durch die Station, weil ihm die Schritte locker waren, die Brust keine Enge verspürte und ihm ein angenehmer Geschmack auf der Zunge lag. Die Beschwingtheit gedieh zur Euphorie, indes er immer weiter seinen Gedanken nachfolgte. Er schien seinen Körper zu verlassen, er war ihm lediglich ein unerheblicher, lästiger Teil seiner Person, nur dazu da, seinen Gedanken einen Anknüpfungspunkt für diese Welt zu geben, während sie sich selbst weiter nach jenen glücklichen Gefilden ausbreiteten, wo sie sich nicht von irgendwelchen körperlichen Anmutungen beeinträchtigen, noch von Schmerz oder Begierden beeinflussen ließen.

Auf einem Stuhl sitzend, schwer atmend und das Blut in seinen Ohren rauschend fand sich Baltrow wieder. Bilder und Töne blendeten sich wieder ein, so, als wären sie mit einem Schalter kurz weggedreht worden. Wer den Schalter wohl betätigt hatte? Einer dieser Schwächeanfälle sicherlich, immerhin hatte er heute noch nichts gegessen, nur einen Espresso und einen Tee getrunken. Das Blut war wohl zu dick und ein Teil davon ihm wahrscheinlich in die Beine gesackt. Herzenge verspürte er diesmal nicht und dies war ungemein beruhigend. Er würde an der nächsten Station um Tee bitten. Diesen köstlichen Hospitalstee – sanft nach Zitrone duftend und zart die Süße vermittelnd –, der hektoliterweise überall in großvolumigen Thermosspendern stand und der alles Heimweh und jede Angst wegspülte. Der gegen nichts und für alles gut war und der in die Kehlen wie von selbst rann und nicht den Durst, sondern Sehnsüchte stillte. Solche nach kühlem Bier, nach prickelndem Wein und perlendem Sekt vielleicht. Der das Liquidum schlechthin war, bittere Pillen transportierte, trockene Bissen glättete und alle Beklommenheit hinwegspülte, wenn sie am Halse würgte oder in der Magengrube bohrte.

Ich brauche Tee, kam es Baltrow nicht aus dem Sinn, und trocken klebte seine Zunge am Gaumen. Er war dehydriert, allein das Gewebe seiner über neunzig Kilo bedurfte eines gewissen Flüssigkeitsangebotes.

Er erhob sich und wankte weiter, gottlob von niemandem gesehen, sodass er eine penetrante Hilfeleistung erst gar nicht zurückweisen musste. Vor der Glastür zur nächsten Abteilung war zwar keine Teezapfstelle, jedoch eine Toilette. Mit der rechten Schulter stieß er die Schwingtür auf und stürzte sich auf den Wasserhahn über dem Becken. Wie als Knabe einst hielt er seinen geöffneten Mund unter den Strahl und hatte nicht bemerkt, dass er den Warmhahn betätigt hatte. Erst die allmähliche Erwärmung des Wassers ließ ihn innehalten. Aber das Nass hatte seine Wirkung schon getan und ihn belebt. Die mitbenetzten Wangen, das Kinn und den Hals rieb er mit einem sich an den Bartstoppeln verfangenden Papiertuch ab, sodass die blasse Haut sich spontan rötete.

Das Wasser, nicht irgendein Tee hatte ihn gerettet. Gestärkt schritt er weiter. In seinen Gedanken hatte Baltrow weite Reisen getan, und seiner Vorstellungskraft glaubte er nichts vorenthalten zu haben. Aber als er vor der geburtshilflichen Station stand, vor einer Scheibe aus Milchglas, in die die Bezeichnung mit transparenter Schrift so eingefügt war, dass durch die Buchstaben hindurch die langen Gänge sichtbar wurden, wähnte er sich am Ziel.

Der Ort, wo Menschen ins Leben fanden, war gedanklich der fernste Ort zu seiner eigenen Abteilung. Und gleichzeitig war ihm diese Stätte der Lebensfindung befremdlich durch die Sphäre der Besitzergreifung, die hier geschah. Anders konnte er den vielstimmigen Vorgang der Lebensrechtnahme, der Beanspruchung von Aufmerksamkeit, der Einforderung von Zuwendung, die hier lauthals und vielfach als Wimmern und Schreien, als Plärren und hochtoniges Brüllen die Räume durchdrang, nicht empfinden. Der vollkommene Eigensinn einer nach Vollkommenheit gierenden Spezies schlug ihm entgegen.

Seltsam, dachte Baltrow, hier im obersten Stock finden die Menschen schreiend, gestikulierend ins Leben, alle Zugeständnisse fordernd, auf diesen ihr Gedeihen aufbauend, sie verteidigend und erhaltend. In »meinem« Keller gehen sie still aus dem Leben, nachdem sie Stück für Stück davon hergegeben, Teile dorthin und Fragmente hierhin veräußert haben, um sie einzulösen für ein bisschen Glück. Der Weg vom ersten Tag bis zum letzten erfolgt eigentlich nach dem gleichen Schema. Nach der Zeit der Aneignung kommt die der Erhaltung und dann die der Veräußerung. Die Freizügigkeit, der Verzicht der letzten Lebensjahre ist ein Tauschhandel und er funktioniert nie. Dazwischen schillert das Spektrum aller möglichen Lebensäußerungen, von jung zu uralt, von vital zu unendlich leidend. Dieses Haus ist tatsächlich ein Sinnbild der Lebensdurchschreitung.

Es war diesmal tatsächlich mehr das Interesse an etwas medizinisch ihm bisher nicht so Geläufigem, das seine Schritte auf diese Station lenkte, und weniger das Wandeln auf den Spuren Sarah Lawerths. Diese Abteilung hier war hell, das fiel ihm sofort auf.

Von der Decke tauchten nicht Neonröhren, sondern altertümliche Glühbirnen die Räumlichkeiten in ein wärmeres, weicheres Licht. Die Wände des langen Ganges, der an seinem Ende durch eine Schwingtür in den ebenso langen Gang der Kinderabteilung führte, waren übersät mit bunten Zeichnungen. Wahllos reihten sich klein- und großformatige, auf braunem und weißem Packpapier, auf zufällig habhaft gewordenen Flächen wie weißem Leinen oder rauen Kartonagen gleichermaßen niedergebrachte Fantasien von Kindern um die Türen und Glasfenster, durch die in die Säuglingsräume geblickt werden konnte. Ungelenk, aber treffsicher, unproportioniert und übertreibend wurden Ängste und unterdrückte Schreie der Erwachsenenwelt näher gebracht, ohne dass jene freilich sich der Gedanken der Kinder annehmen konnten. Aber alle diese Zeichnungen versprühten Lust und Frohsinn, und Baltrow konnte sich vorstellen, dass der Arbeitseifer der Schwestern leicht getragen wurde von solcher Lebensfreude.

Einige Gesichter an dieser Station kannte er von den Unterrichtsstunden für Pathologie, die er in den Fortbildungssälen des Erdgeschosses einmal im Monat hielt. Die Hebammenschülerinnen waren allesamt diplomierte Krankenschwestern, die sich über einen mühevollen Ausbildungsweg für die Geburtshilfe spezialisierten. Sie hatten seine heimliche Bewunderung, denn ihr zupackendes, zugreifendes Verständnis von Geburtshilfe, ihr raues Gehabe, ihre unerschütterliche Sicherheit in der Krise der Geburt rang ihm jenen Respekt ab, den umgekehrt sie wahrscheinlich seiner Tätigkeit als Leichenöffner entgegenbrachten.

Die Chefin der Hebammenschule, Schwester Hildegard, tat an diesem Vormittag Stationshauptdienst. An jedem anderen Tage hätte sie ihn wahrscheinlich mit einem lauten, jovialen »Hallo« begrüßt, aber heute sah sie ihn nur mit fragendem Blick an. Sie begrüßten sich nicht, und das bedeutete, dass jede Erklärung für sein Kommen unnötig war. Er nickte ihr nur kurz zu, sie nickte zurück und deutete wortlos auf einen Stuhl im Schwesterndienstzimmer. Baltrow fand ihr Feingefühl wohl tuend und seine Meinung wieder einmal bestätigt, dass gewisse Sensibilitäten eher Frauen- als Männersache waren.

»Kaffee?«, fragte sie – und schon hatte sie eine dieser Thermoskannen in der Hand, aus denen 24 Stunden das immerwarme Filtrat sprudelte. Als Treibstoff, der tatsächlich die Schwestern den ganzen Tag zur Arbeit trieb, sie auf Touren hielt, zugleich aber auch das Stichwort bedeutete für Zurücklehnen und erholsamen Leerlauf. Wenn es noch eine geheime, nebenher laufende Skalierung für den Tag gab, dann waren es die diversen Kaffeesessionen vormittags und nachmittags. Zusätzlich genussverstärkt durch eine Zigarette, deren Rauch dabei langsam aus den Lungen geblasen wurde, als ob damit auch die Sorgen und der Frust sich verflüchtigen könnten, waren es jene Zeitpunkte, an denen man sich durch den mühsamen Stationsalltag hangelte.

»Danke, für mich nicht, ansonsten springt mir die Pumpe heraus. Ich kenne euren Sirup, er ist eine ›Tinctura Arabii‹, nicht trink- und schon gar nicht genießbar für Normalsterbliche. Bitte nur eine ordentliche Tasse Tee.«

Baltrow sagte dies nicht griesgrämig, und Schwester Hildegard empfand dies auch als weiter nichts denn einen jener launigen, oftmals schon vernommen Kommentare, für die der Pathologe ja bekannt war.

Schwester Hildegard war gewichtig und füllig, was schon den Großteil ihrer Autorität ausmachte, und etwa in seinem Alter. Baltrow fühlte sich in ihrer Nähe wohl. Ob es daran lag, dass sie das Aussehen einer Matrone hatte – beleibt, mit einem die Hüften beinahe sprengenden weißen Arbeitskittel, raustimmig und tief sonor zu jedem Augenblick einen treffendes Wort findend, zwar Frau, aber in keiner Weise für ihn begehrenswert – oder ob es nur die Sicherheit war, die ihm ihre Nähe vermittelte, freilich ohne dass von irgendwoher eine Bedrohung ihm zukam, konnte er nicht sagen. Müsste er dieses angenehme Gefühl analysieren, so würde er an eine gewisse Mütterlichkeit denken, die ihn – der als Halbwaise aufgewachsen war – anrührte, an eine Vereinnahmung durch noch aus der Kindheit bewahrte Instinkte. Sie war die Einzige, bei der es ihn drängte, das Du-Wort zu verwenden.

»Es ist schrecklich, wir stehen hier alle noch unter Schock.«

Die große Teeschale, die sie vor ihn hingestellt hatte, schwappte über, denn ihre Bewegung war zu hastig gewesen. Mit dem Ärmel ihres weißen Arbeitskittels wischte sie spontan die Lache weg.

»Wie ungeschickt ich bin. Verzeihen Sie. Unsere Anteilnahme soll Ihnen nicht übertrieben erscheinen. Es hat uns deshalb alle mitgenommen, weil Frau Dr. Lawerth häufig bei uns zu Gast war. Das werden Sie nicht gewusst haben, nehme ich an. Das soll Sie auch nicht verwundern. Zwar sind bei Gebärenden schwerwiegende internistische Erkrankungen nun wirklich die Ausnahme, aber ich glaube, dass sie unsere Arbeitsatmosphäre schätzte. Nein, schätzte ist der verkehrte Ausdruck. Ich glaube, da war eher etwas von Sehnsucht dahinter.«

»Sehnsucht?«

»Nun ja. Ein gewisser tiefer Wunsch, all das Elend auf ihrer Station hinter sich lassen zu können. Sehen Sie, unsere Abteilung ist in Wahrheit ja kein Teil eines Krankenhauses. Schwangerschaft und Geburt sind doch eigentlich natürliche Vorgänge. Sie wurden lediglich im Laufe der Jahre von der Medizin vereinnahmt, weil die Möglichkeit eines Zwischenfalls immer besteht. Aber prinzipiell hat das Entschlüpfen aus dem Mutterleib nichts mit einer Krankheit zu tun. Ich denke daher, dass Frau Lawerth diesen zu ihrer täglichen Arbeit völlig konträren Vorgang herbeisehnte. Sehen Sie sich um: Unsere Räume sind hell und bunt, da ist überall genug Lärm von den Schreihälsen, da entfalten sich Kraft und Lust. Hier wird willkommen geheißen und nicht verabschiedet, hier tragen wir die Miene der Freude in den Gesichtern und nicht jene des Kummers, die der Anblick des schrumpfenden Lebens unserer Mitmenschen in uns verursacht. Wir füttern hier, damit gewachsen wird und nicht, um irgendetwas zu erhalten, wir pflegen im Bewusstsein einer abnehmenden und nicht einer anwachsenden Hilflosigkeit.«

»Ihr Optimismus tut mir gut. Erzählen Sie bitte weiter über Dr. Lawerth.«

»Ich glaube aber auch noch, dass Frau Lawerth deshalb hierher kam, weil sie als Frau mit allen ihren mütterlichen Instinkten diese Abteilung schätzte. Da war wohl auch eine tiefe Sehnsucht nach Mutterschaft dahinter, obwohl ich ihre privaten Umstände nicht kannte. Ich glaube übrigens, dass sie keine Beziehung zu irgendeinem Mann hatte, so etwas merke ich, das fühle ich sofort.«

»Wieso glauben Sie das zu wissen?«

»Wir haben mit ihr im Laufe der Monate so viel gesprochen, da wäre doch irgendeine Bemerkung gefallen. Da fällt zwangsweise ein Wort über das eigene Privatleben. Das sieht man auch daran, wie die Haare getragen werden, wie sorgfältig sich eine Frau schminkt und so weiter. Diese kleinen, unscheinbaren Äu-

ßerlichkeiten, die üblicherweise von Männern nie bemerkt werden, die kleinen Indizien der Selbstpräsentation fielen bei ihr vollkommen weg. Ja, ich glaube, Frau Dr. Lawerth war eine einsame Frau. Manchmal übrigens kann eine äußerliche Attraktivität auch hinderlich sein für Männer.«
»Das verstehe ich nun überhaupt nicht. Wie meinen Sie das?«
»Nun, wenn Sie sie als Mann zum ersten Mal sehen, so eine schöne, weibliche Frau, können Sie sich vorstellen, dass sie in der vollen Blüte ihrer Jahre ohne Mann lebt? Dadurch, dass Sie dies schon nicht für möglich halten, versuchen Sie doch erst gar nicht, um sie zu werben. Jeder Mann, der sie sieht, denkt doch sofort, die ist ohnehin schon vergeben. Und irgendeinem Mann Avancen zu machen, als Signal der bestehenden Verfügbarkeit, der sinnlichen Unbesetztheit, war nicht ihre Sache. Ja, ich bleibe dabei, manche Frauen sind für die Liebe zu schön.«
Baltrow hatte aufmerksam ihren Lebensweisheiten gelauscht. Er selbst hatte allerdings ebenfalls immer den Eindruck gehabt, dass Frau Lawerth keine Beziehung zu irgendeinem Mann hatte – außer möglicherweise zu ihm. Aber da war wohl die heftige Hoffnung die Verblenderin seiner Überlegungen gewesen.
Er nippte an der Schale Tee, denn seine Lippen waren trocken und spröde. In seinem Mund hatte er noch den Minzgeschmack, der von der zerbissenen Gelatinekapsel des Nitroglycerins herrührte. Er begleitete ihn hartnäckig die ganze Zeit hindurch und verschwand auch nicht nach einem kräftigen Schluck Tee.
»Sie wussten wohl sofort, warum ich heute zu Ihnen heraufkam. Frau Lawerth ist mir in den letzten Wochen aus vielerlei Gründen bedeutsam geworden, und ich muss Ihnen gestehen, dass ich bis heute von ihrer Arbeit nicht viel wusste. Ich hatte meine festen Vorstellungen über das Wie und das Warum hier oben, aber Interesse habe ich nicht wirklich gezeigt. Sie sagten, dass sie öfters bei Ihnen weilte, aus welchen Ursachen auch immer. Ist Ihnen vielleicht die letzte Zeit etwas aufgefallen, eine Wesensveränderung oder eine Äußerung über irgendein Problem?«
»Nun, es kommt immer darauf an, wie etwas im Nachhinein interpretiert wird. Wenn sie so plötzlich zu Tode gekommen ist wie gestern, noch dazu im Dienst, dann zieht man natürlich seine Rückschlüsse. Dann fällt einem im Nachhinein wieder ein, dass sie die letzten Tage doch ziemlich bedrückt gewirkt hat.«
»Bedrückt? Können Sie sich präziser ausdrücken?«
»Nun, sie hat sich ja nicht direkt geäußert. Es waren nur diese indirekten Hinweise, die mich nun wieder daran erinnern. Es fiel mir nur auf, dass sie etwas in sich zusammengefallen dasaß, dass die Gespräche schleppend verliefen, sie öfters geistesabwesend zu sein schien, dass sie auf eine Frage nicht gleich antwortete und immerfort vor sich ins Leere blickte und zeitweise überhaupt nicht zugänglich war. Sie schien auf die Station zu kommen, weil sie sich unten an ihrer Abteilung nicht wohl fühlte. Dort nicht bleiben wollte, weil sie irgendwelche unangenehmen Gefühle hatte.«
Baltrow war nun hellhörig geworden.
»War das unangenehme Gefühl möglicherweise Angst?«

»Vielleicht. Es fällt mir ein, dass sie vergangenen Freitag, als ich sie das letzte Mal sah, auf die Frage, wie es denn sonst so gehe, spontan antwortete: ›Es muss gehen.‹ Sie kennen diese Redewendung ›Es muss gehen‹ doch auch als eine typische, nichts sagende und doch verräterische Antwort, wenn es einem nicht gut geht und zugleich nicht mit der Sprache herausgerückt werden soll. Es ist eine kryptische, verallgemeinernde Antwort und doch der erste Hinweis auf ein spezielles Problem. Denn es bedeutet nicht wollen und dennoch müssen. Solches höre ich von meinen Schülerinnen, wenn sie das Lernen überfordert und sie keinen Ausweg sehen, solches hört man von Leuten, die sich einer Zwangslage, aber keines Ausweges bewusst sind. Ich möchte Ihnen noch etwas sagen, was mir als Schwester vielleicht nicht zukommt. Aber ich bin nun schon so lange in dieser Klinik, und außerdem habe ich zu Ihnen Vertrauen, viel mehr als zu so manchem anderen Arzt hier: Wenn ich die vielen Abteilungen hier in diesem Haus vergleiche – und ich habe schon an den meisten gearbeitet –, dann kann ich über die Innere Medizin nicht viel Positives sagen. Das betrifft nicht die Qualität der Medizin, die dort praktiziert wird, nein, darüber wird wohl nur jeder hier im Hause das Beste sagen, sondern vielmehr das Arbeitsklima dort. Nein, da fühlt sich niemand wohl. Dort ist so viel Wissenschaft und viel zu wenig Menschlichkeit, um es auf den Nenner zu bringen. Dort herrscht eisige Kälte, sodass alle mit dicken Kleidern herumgehen und ihre Konturen verlieren, dort sind alle vermummt, sodass sie sich gegenseitig nicht mehr erkennen. Die Warmherzigen frieren dort besonders und die trinken dann gerne. Sie wissen schon, wen ich meine.«

»Sie meinen wahrscheinlich Oberarzt Hinterberger.«

»Richtig. Verzeihen Sie meine Offenheit, aber es verhält sich doch so. Ich höre oft meine Kolleginnen da unten klagen, und ich weiß auch, dass einige schon um Versetzung angesucht haben, ohne dass sie direkt in irgendein Vorkommnis involviert gewesen wären. Einfach, weil sie die Art der Arbeit unerträglich finden.«

»Die Art der Arbeit?«

»Nun, zum Beispiel die Tatsache, dass die Chef-Visiten da unten nicht mehr nach Dringlichkeit oder dem schwerwiegenden Krankheitsbild entsprechend, sondern nur mehr nach Zugehörigkeit zu einem gewissen Patientengut abgehalten werden. Da findet offensichtlich eine Gewichtung statt mit der Priorität einer groß angelegten pharmazeutischen Studie – ich glaube, es ist ein Diuretikum – vor anderen medizinischen und vor allem menschlichen Kriterien. Ich weiß auch, dass es zwischen Oberarzt Hinterberger und Dozent Ferwarth deshalb Streit und lautstarke Diskussionen gegeben hat. Sie sehen mich einigermaßen entsetzt an, Professor Baltrow. Haben Sie von all dem wirklich nichts gewusst? Na, wie sollten Sie auch, da unten in Ihrem tiefen Keller.«

»Ich habe tatsächlich nur meine Informationen von meinem Adlatus und das, was direkt an mich als Entscheidungshelfer bei wissenschaftlichem Streit herangetragen wird. Ich schwimme nicht mitten im Strom des Stationsgeschehens, ich bin eine notwendige Randerscheinung in diesem Haus, allerdings mit der Unerbittlichkeit medizinischer Wahrheiten ausgestattet. Zu Menschen wie mir hat man nicht spontanes Vertrauen aus Sympathie oder irgendeinem warmen Gefühl heraus, sondern man pflegt zu mir die gleiche Beziehung wie zu einer Instanz. Das ist für mich immer kränkend gewesen, hat mich aber so ziemlich vor seelischen Verletzungen bewahrt.«

Schwester Irmgard legte spontan ihre Hand auf die seine.

»Also bitte, Sie wissen, dass es sich bei mir umgekehrt verhält. Zu Ihnen würde ich, hätte ich ein Problem, zu allererst kommen.«

»Danke für Ihre Wärme. Aber glauben Sie mir, ich leide längst nicht mehr darunter. Es wäre mir nur wohler, wenn ich die letzten Wochen den Kontakt zu den Abteilungen gesucht hätte. Ich sah Frau Lawerth schon tagelang nicht mehr, Stolz und andere kindische Trotzreaktionen hielten mich jedoch davon ab, mich persönlich nach ihrem Ergehen zu erkundigen. Sie war mir seit dem Frühjahr eine liebe Begleiterin gewesen, und ich habe mich nicht um sie gekümmert, als ihr anscheinend irgendetwas zum Problem geworden war. Ich habe eine Freundin im Stich gelassen. Denn so, wie Sie mir dies nun schildern, hat sie offensichtlich wirklich Schwierigkeiten gehabt.«

»Aber machen Sie sich doch keine Vorwürfe. Wenn man allen Ahnungen nachgehen würde, hinter jeder Unregelmäßigkeit eine Ungeheuerlichkeit vermuten würde, gäbe es nur Chaos. Sie hat übrigens von Ihnen sehr viel gehalten.«

»Wie meinen Sie das?«

Baltrow spürte wieder dieses Herzstolpern mit dem nachfolgenden Schlagdefizit. Für Sekunden hatte er dann immer das Gefühl, nach Luft japsen zu müssen. Extraschläge waren es. Ein Störfeuer aus einem anderen, befremdlichen Rhythmus vermeinte sich seiner angeborenen Schlagfolge bemächtigen zu müssen. Was die Kardiologen als ventrikuläre Extrasystolien bezeichneten, schien ihm eher das kurze Hereinblitzen eines anderen Lebenstaktes zu sein. Die kurze Sichtbarmachung anderer Frequenzen, nicht mehr von hierorts abstammend, sondern lebensfern. Der Übergang seiner gewohnten Lebensordnung in die Anarchie zerstörerischer Herzschläge.

Aber sein Interesse hatte sich zu sehr an Schwester Hildegards letzte Worte geklammert, als dass er sich deshalb Sorgen machte.

»Wie meinen Sie das bitte?«, insistierte er.

»Nun, sie hat es nicht direkt gesagt. Aber mir ist nicht entgangen, dass so manches Gespräch bei Ihnen oder Ihrer Arbeit endete. Sie war sich dessen wahrscheinlich gar nicht bewusst, aber es gibt da nicht so oftmalige Zufälle. Sie schien von Ihnen fasziniert.«

Baltrow hörte dies allzu gern.

»Ach, liebe Schwester Hildegard. Sie wissen doch genau, mit welch schelmischem Gehabe ich auf die Blauäugigkeit meiner Besucher manchmal eingehe. Ich weide mich manchmal daran, sie wie Schüler vorzuführen, ja sie einzulullen wie Mephisto die Adepten, wenn sie in meine Studierstube pilgern. Wissenschaftliches Gelaber, wohlklingende Fachausdrücke mit der Suggestibilität von enormem

Fachwissen haben von jeher vermocht, die Menschen zu faszinieren. Nicht anders, als der Rattenfänger es mit der Musik seiner Flöte vermochte. Sie übertreiben und können doch nicht annehmen, dass Frau Lawerth bei mir unten im Keller etwas anderes anstrebte als – na, sagen wir geistige Erbauung oder Wissensvertiefung.«

»Dass ich nicht lache. Herr Professor, Ihre reputierliche Vielwissenheit bewahrt Sie nicht vor schweren Irrtümern gegenüber dem menschlichen Beziehungsalltag. Gestatten Sie mir, dass ich feststelle, das Sie nicht viel Ahnung haben. Es gibt viele Dinge, in denen Sie Anfänger sind. Sie leiden an einem Mangel an Alltagstauglichkeit, wenn Sie mir diese harten, aber gut gemeinten Worte gestatten.«

Anfänger, Mangel?

Baltrow antwortete nicht. Das Wort Anfänger traf ihn, aber nicht wegen des gemeinten Bezuges. Das Wort Mangel berührte ihn, aber nicht wegen der ihm zugedachten Charakterisierung. Vielmehr hatte er eine plötzliche Assoziation zu den vielen ungeklärten Fällen der letzten Wochen.

Woran starben Menschen grundsätzlich? Durch einen Mangel, das Fehlen, das Ausbleiben, den Verlust irgendwelcher essenzieller Stoffe. An fehlendem Lebenswillen, dem Mangel an Liebe oder Sauerstoff, dem Verlust von Zuneigung irgendeiner Person – oder deren zugewandter Böswilligkeit. Sie starben an Unter- und Mangelernährung. Relationen mussten immer stimmen. Verschoben sie sich, gab es Ungleichgewichte, dann nahm der Körper Schaden.

Baltrow atmete tief durch. Er musste an die gehäuften Todesfälle der letzten Wochen denken. Warum hatte er sich nur auf das lockere, unsichere Terrain philosophischer Lebensbeurteilung begeben, in jenen Zustand lässiger, allwissender Zurückhaltung, die alles in einen universelleren Kontext stellt – und dabei die einfachsten Zusammenhänge der Physiologie übersieht?

Er hatte nach allen möglichen Giften gefahndet, Serum-, Urin-, Gewebsproben an die Gerichtsmedizin der Hauptstadt gesandt, aber außer den üblichen, allgegenwärtigen Schwermetallen, niedrig dosierten Pestizidrückständen, die unterschwellig vor allem sich in den Körpern der Landbevölkerung konzentrierten, war nichts gefunden worden. Aber er hatte nach Fremdkonzentrationen gesucht, er wollte überhöht und überreichlich vorhandene Substanzen beweisen, die nichts im Körper der Verstorbenen verloren hatten, außer wenn man sie zum Zwecke der Tötung appliziert hatte. Er wollte die klassische Methode der Beseitigung durch Gift beweisen, obwohl solche Situation in einem Krankenhaus von vornherein als selten anzunehmen war. Er wollte den häufigen Fall von Fahrlässigkeit beweisen. Was er aber bisher nicht erwogen hatte, war der Nachweis eines Mangels. Das Nichtvorhandensein, das Fehlen einfachster essenzieller Verbindungen für die Körperfunktionen. Er suchte nach Stoffen, Verbindungen, anstatt dass er nach ihrer Abwesenheit fahndete.

Wissenschaftlich gesehen war er blauäugig gewesen, bedrängt und verstört durch die machtvollen Gefühle zu Sarah Lawerth, die ihm durch ihre Anwesenheit zwar so manche Nachmittage und Abende verschönt, ihn zugleich aber vom gewohnten Duktus seiner nüchternen Analysen abgelenkt hatte.

Mehr ahnte als begriff er, dass dieser Montag dazu geschaffen war, ihn vom jahrelangen Einerlei der Gestaltung seiner Tage zu befreien. Er gestand sich ein, dass dieser Tag zum Abend hin alles verändern würde. Neu und anders wurden Menschen immer dann, wenn sie sich selbst veränderten und nicht, wenn die Umstände um sie herum andere geworden waren. Die Muster des Lebens blieben immer die gleichen, während sich die Menschen ihrer mit wechselnden Hoffnungen und Erwartungen bedienten. Der einzige, höchst variable Faktor, weil zu eigenständigem Willen und Veränderung befähigt, war er selbst, und der Auslieferung zu ohnmächtigem Fatalismus trug er zu, wenn er sich weigerte, Schritte zu tun und Entscheidungen zu treffen.

Nein, an diesem Montag wurde kein Gebäude irgendeines Weltverständnisses erschüttert, nichts änderte sich äußerlich, alles ging seinen üblichen Weg. Aber nur ihm, seiner Beurteilung und seinem Blick ordnete es sich neu, baute sich um und konzipierte sich anders. Innerhalb von Stunden beschleunigte sich der Wandel vieler Zusammenhänge, wechselte sich die Phänomenologie der Sachverhalte und in Minuten verkehrte sich Ursache und Wirkung zu einer neuen Sequenz des Geschehens. Und er selbst war nicht bestimmend, sondern wurde nur mitgetragen, ahnungslos mitgezogen trotz seiner in Jahren festgefrorenen Beharrung.

Er war blass geworden, seine Wangen schienen eingefallen.

»Ist Ihnen nicht gut? Sie sehen plötzlich kreideweiß aus.«

Die Besorgnis von Schwester Hildegard war nicht gekünstelt, keine Floskel der Höflichkeit, wie sie in Hospitälern als andauernde Erfordernis eines offiziellen ethischen Standards üblich ist. Da war kein routinierter Unterton, keine ausgedünnte Anteilnahme zu spüren, als sie mit warmer Hand die seinige umfasste und festhielt. Da sie Baltrow mochte, war in ihrer Stimme eher Angst zu hören.

»Ihr Puls geht zu schnell. Machen Sie denn wirklich alles für Ihre Gesundheit?«

Er ging nicht auf ihre Frage ein.

»Ich habe etwas Wichtiges übersehen. Kann ich schnell telefonieren?«

»Als ob Sie dafür eine Erlaubnis bräuchten! Sehen Sie, dort drüben.«

Baltrow fiel es schwer, sich vom Stuhl zu erheben. Als er vor dem Telefon stand, leicht schwankend und die Hand schon auf dem Hörer, sah er an der Wand vor sich eines dieser unzähligen Merkblätter, wie sie in allen Schwesterkanzeln anzutreffen waren. Tabellen mit aufgelisteten Laborparametern, Angaben von Blutbestandteilen, von korpuskulären und stofflichen Verbindungen waren zur Verallgegenwärtigung des Funktionsstandards des menschlichen Körpers gleichsam plakatiert. Alle Patienten unterwarfen sich symbolisch diesen Richtwerten, nach welchen sie zu funktionieren hatten. Es waren Bedingungen der klinischen Chemie, und wer ihnen nicht entsprach, wurde vom vor Gesundheit Strotzenden zum Kranken oder umgekehrt vom Schwerkranken zum Simulanten, wenn die Analyse seiner Säfte den Normen dieser Tabellen gemäß war.

Kein Zweifel, solche Auflistungen waren hilfreich. Den Anfängern dienten sie zur Orientierung, den Erfahrenen zur Einmahnung ihrer Aufmerksamkeit. Der rote Lebenssaft, der in verschiedensten Konzentrationen die Organe umspülte, unzählbare Chemismen dorthin transportierte, von da zurück Schlacken, Stoffwechselabfall entsorgte, entfernte Systeme verband, aber mitunter auch trennte, war hier in Tabellen und Spalten systematisiert, aufgeschlüsselt und in seine Normwerte unterteilt. Daneben standen in roter Farbe die Eventualitäten im Krankheitsfall, ausgewiesen als Unterschreitung von geforderten Mücrogramm pro Milliliter oder als Überschuss von Millimol pro Kubikeinheit. Das gemeine Leben schien Baltrow hier eingefordert in die myriadenfachen Bestandteile molekularer Kompartimente, flach geworden als in Folie geschweißtes Papier, und nichts hielt es mehr zusammen als ein Raster von geometrischen Linien, senkrechten und horizontalen.

Das Kalium sprang ihm ins Auge. Einer der essenziellen Elektrolyte schlechthin, im Kleinen für viele Zellprozesse das Milieu erhaltend, überall in allen möglichen Konzentrationen vorliegend.

Er war ein selbstvergessener Idiot. Wahrlich ein Anfänger. Aber nicht einmal solchem wäre jener lebenswichtige Stoff als Zeuge im Prozess einer Wahrheitsfindung entgangen. Gerade in der Pathologie, in der die chemisch-analytische Spurensicherung das tägliche Brot bedeutete. Dieser Lapsus sprach seiner wissenschaftlichen Reputation Hohn.

Er, Professor Ambrosius Baltrow, vielfach ausgezeichneter Wissenschaftler, außerordentlicher Professor, Kapazität und hoch angesehener Spezialist hatte kein einziges Mal bei den zuhauf in seinem Keller sich stapelnden Leichen der letzten Wochen das Kalium bestimmt. Zwar war der Wert nach dem Zelltod jeweils immer ein überhöhter, aber die Zeit vom Sterben bis zur Obduktion, die Körper- und Umgebungstemperatur, der Grad des Zellzerfalls und natürlich die durchschnittlichen klinisch noch ermittelten Werte aus den Krankengeschichten waren vorgegeben, alles andere war zu berechnen. Aber er hatte nur die klinischen Laborbefunde angesehen und das, was er gesehen hatte, geglaubt. Kein einziges Mal hatte er die Konzentrationen in den Säften der Leichen bestimmen lassen.

Brünner meldete sich am anderen Ende der Leitung.

Er solle alle Krankengeschichten der in den letzten vierzehn Tagen obduzierten Patienten nochmals vom Sekretariat der Internen Abteilung bestellen, wies Baltrow ihn an, noch heute, jetzt müsse er dies tun. Außerdem solle er die entsprechenden Werte im Labor abfragen, wo sie ja ebenso in den Festplatten der mächtigen Analysegeräte gespeichert sein müssten. Außerdem solle er in den Krankengeschichten die Art der Infusionen eruieren, die die Verstorbenen die letzten Tage vor ihrem Ableben verabreicht bekommen hätten.

Brünner war verwundert.

Ob der Professor einen Verdacht habe, dass er gleichsam wie bei einer doppelten Buchhaltung einerseits die Gegenprobe machen, andererseits Details aus der Therapie nachvollziehen wollte. Denn so etwas hätten sie schon lange nicht geprüft.

Baltrow ging auf die Einwände nicht ein. Denn wenn an den Krankenblättern manipuliert worden war, dann lag es auch im verschleiernden Interesse des Betreffenden, sie inkorrekt auf ein Tonband zu diktieren, das wie üblich dann der Sekretärin der Inneren Abteilung zum Abtippen gegeben wurde.

Baltrow würde im Sekretariat anrufen und nachfragen, wessen Arztes Tonbänder auf die Bearbeitung durch die Sekretärinnen warteten. Denn eines war meist klar: Die unmittelbare Hauptverantwortlichkeit in der Behandlung oblag meist den stationsführenden Oberärzten. Und diese waren es dann auch, die die Arztbriefe zu diktieren hatten – es sei denn, ein Patient war zum Chefpatienten erklärt worden.

»Schwester Hildegard, ich muss weiter. Ich muss meine Reise durch dieses Haus bis Nachmittag vollenden. Danke für das Gespräch.«

Baltrows assoziative Schwermut war verflogen. Die Lust zu fahnden, aufzuklären und zu entdecken war wieder da. Die passive Nachdenklichkeit, die Trauer und die Bekümmernis über einen Verlust tauschte er ein gegen einen voranbrausenden Unternehmungsgeist.

Als er die Türklinke schon in der Hand hatte, kam der Rückruf: Herr Brünner sei am anderen Ende der Leitung. Auf ein Kurzes noch. Schwester Hildegard hielt ihm den Telefonhörer entgegen.

Brünner war ziemlich aufgeregt.

So ziemlich alle Krankengeschichten der letzten drei Wochen habe der Dozent in seinem Zimmer. Sie hätten momentan darauf keinen Zugriff, habe man ihm im Sekretariat der inneren Abteilung gesagt. Was er nun tun solle?

Baltrow fiel ein, dass er ja erst vor kurzem Krankengeschichten im Zimmer des Dozenten gesehen hatte. Ja, er wüsste dies. Brünner solle es bleiben lassen, er selbst würde es persönlich regeln.

Doch sein Adlatus schien diesmal redselig zu sein.

Er wolle noch darauf aufmerksam machen, dass die Kühltresore alle belegt seien. Er habe Frau Dr. Lawerth schon vom gekühlten Leichenschauhaus des städtischen Friedhofs zurückgeholt. Er, Baltrow, solle, ohne dass er ihn nun drängen wolle, doch bitte den jungen Mann von der Internen Abteilung obduzieren. Einer, der sich den Lebenshahn mit Rauschgift zugedreht habe. Nur dass ein bisschen Platz wäre. Er habe ihn schon auf den mittleren Tisch gelegt.

Die unverhohlene Aufforderung zur Arbeit hörte Baltrow nicht. Die Tatsache, dass der Leichnam Sarah Lawerths nun in einem der Kühltresore lag, beschleunigte seinen Herzschlag wieder.

Er schlenderte an der Stationsküche vorbei, die gerade über den Speisenaufzug die vorportionierten Mahlzeiten angeliefert bekam. Er sah nur das verzehrgerechte Endprodukt, das aus verschiedenen Menüs und Kalorienniveaus bestand. Das Heer der Köche, das aus vielfältigsten Komponenten in geplanter, aber auch intuitiver Kunst neben ihm im Keller jene Speisen bereitete, war ihm bisher verborgen geblieben. Die Basisingredienzien der Mahlzeiten, die ihrer Veredelung, ihrer Abänderung und Neupräsentation harrten, sah er nicht.

Für ihn gab es Rohformen von Gedanken. So benannte er das Gemenge ungeordneter Begriffsfetzen, die vor ihrer Systematisierung wie in einem Kochtopf die Hitze erwarteten, um sich dann zu einem Gebräu zu verbinden, das einen Namen bekam und für jedermann als definierte Speise zu erschmecken war. Die Summe der Ingredienzien, die stückweise Zufuhr, die mundgerechte Veredelung und die vorsichtige, herantastende Ergänzung ergab die endgültige Eignung zum Verzehr.

Vom Kochen, jener Kunst aus Zähmung der Energie, ihrer Dosierung und Verteilung auf metallenen Oberflächen, deren Übertragung auf ausgeklügelte Eiweiß-, Fett- und Mineralstoffvermischungen, letzterer Quellung und Garung, ihrer Aufgüsse mit Essenzen, ihrer Bestreuung mit Gewürzen und ihrer optischen Aufbereitung – von dieser Kunst hatte er freilich nie einen Begriff gehabt.

Aber nun fühlte er eine Analogie seiner reifenden Gedanken zu den Vorgängen des Kochens. Die schrittweise Ergänzung der Zutaten dort und die schrittweise Hinzufügung von Fakten und Tatsachen hier. Stutzig war er geworden, irritiert von nicht sofort plausiblen Geschehnissen.

Was um alles in der Welt taten die Krankengeschichten der von ihm obduzierten Patienten in der Kanzlei des Dozenten? Was verband denn die beiden Tatsachen von pharmakologischen Studien an der Inneren Medizin und obduzierten Patienten, wenn nicht der zentrale Wirkstoff, der dort beschrieben und hier verabreicht wurde. Der einmal Objekt und einmal Mittel war.

Die Speise war angerichtet.

Baltrow merkte nicht, dass er sich nochmals von Schwester Hildegard verabschiedete.

12 Uhr: **Zustand der Erschöpfung**

Kriminalpsychologe Schibowski war erschöpft. Es war noch nicht Mittag, als er beschloss, ins Freie zu gehen. Auch um der stickigen Luft im Inneren des Backsteinbaus zu entrinnen, die trotz der von früh bis spät summenden Klimaanlagen sich durch Flure, Gänge und Krankenzimmer wälzte, aber vor allem, um die Worte des Oberarztes Dobrowolny nachhallen zu lassen. Schibowski hatte tatsächlich Zweifel, ob ein Gewaltverbrechen stattgefunden hatte, und er fand es in diesen Augenblicken sinnlos, weitere Recherchen durchzuführen. Selten hatte er auf Verdacht hin gearbeitet, aber er hatte seinem Vorgesetzten diesen Wunsch nicht abschlagen mögen. Ob er seinen Urlaub ein paar Tage früher oder später antreten würde, war unerheblich. Er gedachte ihn ja doch zu Hause zu verbringen, hatte keine Reise gebucht, war an keinerlei Termin gebunden.

Vor dem Klinkerbau, beidseits des breiten, betonplattengrauen Einganges weiteten sich Rasenflächen, die mit bunten Blumenbeeten und Büschen bestückt waren. Auf eine der zahlreichen Bänke, die sich allesamt dem Bau zuwandten, als ob er eine Sehenswürdigkeit darstellte, setzte Schibowski sich.

Er überkreuzte die Beine und atmete tief durch. Die Sonne traf ihn heiß von oben, sein Schatten war kurz. Er blickte an der vielfenstrigen Front des Hospitals empor und wieder hinab. Nirgendwo war ein Fenster geöffnet, schon gar nicht blickte jemand aus einem heraus. Wie denn auch, wenn die Klimaanlage die Geschlossenheit der Räumlichkeiten benötigte, um effizient zu arbeiten. Ein verschlossenes, abgeschirmtes und autarkes System ist solch ein Klinikbau, dachte Schibowski. Fassaden überall, ohne Durchlass und kaum einer Möglichkeiten, in das Innere vorzudringen. Und war man einmal drinnen, zweifelnd als Patient, ob man wieder herauskäme und verstört als Kommissar, weil man den Betrieb nicht ganz begriff und durchschaute, dann waren neue Fassaden da, entweder aus dem Kauderwelsch des Medizinerlateins oder aus kargen Auskünften.

Das große Eingangsportal spie blasse Menschen aus und saugte hektische in sich hinein, war bis auf die rückwärtige Notaufnahme für Rettungen und Ambulanzwagen der einzige Zugang zu einem starren und unerschütterlichen Bau. Doch, auf dem Dach war ein Hubschrauberlandeplatz vorhanden, und Schibowski musste daran denken, dass so mancher, der auf diesem Wege – von oben – eingeliefert wurde, auf demselben Wege dann kurz darauf wieder gegen den Himmel fuhr.

Schweißperlen standen an seinen Schläfen, sammelten sich zu größeren Tropfen, die sich in den Bartstoppeln verfingen, um dann träge über die Wangen zu Unterkiefer und Kinn zu kullern. Sein weißes Hemd war von der Hautfeuchte dort grau geworden, wo es an Brust und Rücken klebte, denn nun erst hatte er – mit aufgeworfener Unterlippe seinem Gesicht die schwache Kühle seines Atems zupustend – das Sakko ausgezogen. Sein Gedankenstrom rund um den Bau, die spärlichen Fakten über ihn hatten ihn vergessen gemacht, wie heiß es war. Schließlich zog er ein weißes Taschentuch aus der Hose und breitete es über seinem Kopf aus. In den nahen Schatten eines Buschwerkes zu gehen, kam ihm nicht in den Sinn, und dass in seinem Schädel ein gefährliches Dröhnen anhub, das anschwoll, sodass die Bilder vor ihm zu tanzen begannen, verwechselte er mit seinen häufigen Migräneattacken.

Eigenartig verschwanden die Konturen des Hauses vor ihm, es rückte weg, immer weiter weg in die Ferne, wurde klein, und die senkrechten Linien darin bogen, wanden und krümmten sich, als ob es ein Eisbrocken wäre, der den Strahlen der Sonne nachgab. Als er auf dem Boden lag und gegen das bleierne Blau des Himmels blickte, hörte er Stimmen. Fühlte sich von kräftigen Armen angepackt, emporgehoben und auf eine harte Unterlage gebettet. Irgendetwas stach ihm in den rechten Unterarm, irgendjemand gab knappe Anweisungen, während er unter schüttelnden Bewegungen in dunkle Kühle gelangte.

Langsam, bruchstückhaft setzte sich die alte Realität wieder zusammen. Ein Erinnerungsstück von vorhin und eine Begebenheit von jenem Morgen – und er fand puzzleartig wieder zu seinem Bewusstsein. Er erkannte um sich einen fensterlosen Raum, von dessen Decke eine auf Gelenken zu bewegende Lampe wegführte, die gerade eben von einem groß gewachsenen Mann mit randloser Brille zur Seite geschoben wurde.

Jener lächelte. »Die Sonne hat Sie heute schon genug geblendet, es muss die Lampe nicht auch noch eins draufgeben. Wie geht es Ihnen nun?«

»Danke, so leidlich.«

Schibowski richtete sich auf, augenblicklich aber schoss der Kopfschmerz wieder ein.

»Nicht so schnell. Ihr Kreislauf braucht noch ein wenig Zeit. Außerdem könnten Sie sich die Infusion herausreißen. Übrigens, ich bin Dr. Hinterberger.«

Der Arzt richtete mit einer Hand die Tropfgeschwindigkeit der Infusion und legte mit der anderen seine Hand auf Schibowskis rechte Schulter.

»Sie sind vorhin kollabiert. Wahrscheinlich ein Sonnenstich. Sie sind zu lange draußen gesessen. Man darf die Kraft der Sonne im Sommer nicht unterschätzen. Glücklicherweise sind Sie in so unmittelbarer Krankenhausnähe gut versorgt. Ein Patient beobachtete Sie vom Fenster aus.«

»Ja, richtig, ich saß auf der Bank. Ich habe heute noch nichts gegessen, sollte eigentlich meinen Urlaub antreten.«

Schibowski versuchte seinen Kopf zu heben, aber sofort hub wieder das Dröhnen an.

»Nichts gegessen und wahrscheinlich nichts getrunken. So darf man bei solch schwülem, heißem Sommerwetter einen Tag nicht beginnen. Sie sind der Kommissar, den unser Chef heute bei der Morgenbesprechung erwähnte?«

»Kriminalpsychologe. Ich werde nicht von Beginn an zur Aufklärung von Fällen herangezogen, sondern bin sozusagen ein Mann der zweiten Linie. Nur diesmal ist es umgekehrt, weil ich zufällig einen Ambulanztermin hier hatte. Sie wissen also Bescheid über meine Anwesenheit.«

»So ungefähr. Schrecklich, das mit Kollegin Lawerth!«

Dr. Hinterberger hatte sich einen Hocker auf Rollen herangezogen und niedergesetzt. Er hielt einen Streifen Papier in den Händen, zog ihn auseinander und betrachtete ihn von links nach rechts und wieder zurück, einige Male hintereinander.

»Das EKG ist in Ordnung. Wie sind übrigens alle erschüttert. Vor allem die jungen Schwestern, denen Frau Lawerth in vielen Dingen ein Vorbild war. Gibt es denn konkrete Hinweise auf ein Verbrechen? Oder warum schnüffelt die Kriminalpolizei sonst hier herum.«

Schibowski war nun wieder leidlich bei Kräften.

»Schnüffeln ist wohl das richtige Wort. Ich versuche gewisse Tatsachen zu erschnuppern, da ich kaum etwas Besonderes sehe, nichts Relevantes höre. Ich gebrauche daher mein Riechorgan, das mir dann oft besser hilft als alle Aufzeichnungen in meinem Notizbuch.«

»Und? Haben Sie etwas – erschnuppert?«

»Nein, noch nicht, wahrscheinlich kann hier nichts Besonderes diagnostiziert werden. Aber es gibt kräftige Düfte, die mitunter mein empfindliches Riechorgan irritieren, meine olfaktorischen Befindlichkeiten stören. Sie sind der Oberarzt auf der Internen Abteilung?«

»Sieht man mir das an?«

»Es steht ja unter dem Brustfach Ihres Mantels!«

»Ja, richtig. So wenig betrachtet man sich im Spiegel, dass einem solche Dinge entgehen.«

»Nun, Ihr Pendant von der Chirurgie betrachtet sich sicherlich öfters im Spiegel.«

»Ah, Sie haben den Kollegen Dobrowolny schon kennen gelernt! Er hat wohl Eindruck auf Sie gemacht. Ich habe wenig Kontakt mit ihm – bis auf die internistischen Konsiliarbesuche. Da sehe ich ihn manchmal. Aber unter Ärzten gibt es einen alten Spruch: *De kollegis nil, nisi bene*. Nichts Schlechtes, nur Gutes über sie sagen.«

»Ob er das auch so hält?«

»Weiß ich nicht. Interessiert mich auch nicht. Wenn wir uns alle Gedanken über unser gegenseitiges Auskommen machen würden, hätten wir keine mehr für die Patienten übrig. Denn auf so engstem Raum mit Menschen harmonieren müssen, die mehr als eitel, mehr als ehrgeizig und mehr als besserwissend sind, kann von vornherein nicht gut gehen. Da muss man vieles übersehen, vielem aus dem Wege gehen, vieles schlucken.«

»Auch Unrecht, auch Untaten?«

»Nein, so habe ich das nicht gemeint. Ich meinte menschliche Schwächen, charakterliche Unpässlichkeiten.«

»Da ist es nicht mehr weit zur Duldung von Unrecht.«

»Seien Sie nicht so streng mit uns. Es geschieht in diesem Haus überwiegend mehr Gutes als Schlechtes. Das können Sie mir glauben. Sie können mir auch glauben, dass Dr. Lawerth nicht eines unnatürlichen Todes gestorben ist. In diesem Haus wird geholfen, geheilt, wieder hergestellt. Alles andere ist absurde Spekulation.«

Die Miene Hinterbergers war nun nicht mehr so freundlich, und dass er nun wortlos über die linke Hand Schibowskis die Gummimanschette eines Blutdruckmessgerätes stülpte, diese hastig aufpumpte und ebenso schnell die aufgestaute Luft abließ, zeigte nur, dass ihm der Inhalt des Gespräches unangenehm war und er es beenden wollte. Er wechselte das Thema.

»Ihr Blutdruck hat sich schnell erholt. Wie sind denn sonst so Ihre Blutdruckwerte?«

»Weiß ich nicht. Ich messe ja nie.«

»Sollten Sie aber. Wenn er immer so ist wie jetzt, so um die 120 zu 80, dann werden Sie hundert Jahre alt.«

»Wovon ich dann die letzten zwanzig Jahre in Altersheimen und Spitälern verbringe, bei Ihnen zum Beispiel. Nein danke, da gehe ich lieber den Jordan hinunter, geradewegs und frühzeitig.«

Schibowski richtete sich nun auf der Untersuchungsliege auf. Er befand sich offensichtlich in der Notaufnahme der Internen Abteilung. Geräteschränke, ein EKG-Gerät auf einem Rollwägelchen unmittelbar neben ihm, aus dem noch ein abgerissener Papierstreifen herausragte, eine Narkosemaschine, verbunden mit mehreren Schläuchen zu den Armaturen der Wand und Glasvitrinen, beladen mit Infusionsflaschen und voll gestopft mit Medikamenten, waren die Indizien dafür. Auch ein Computer stand auf einem langen, resopalbeschichteten Tisch, der Bildschirm schien ihm wie ein großer Kopf auf dem dünnen Hals eines Standfußes.

»Danke jedenfalls für Ihre prompte Hilfe. Ich fühle mich bedeutend besser und denke, dass Sie mir die Infusion abhängen können.«

Der dünne, von seinem Unterarm wegführende Schlauch der Infusionslösung erinnerte ihn wieder an seine einstige Abhängigkeit von diesem Haus.

»So lassen Sie doch den Rest der Flüssigkeit in sich hinein. Sie hatten einen ordentlichen Kreislaufkollaps, Ihr Blutdruck war ja kaum zu messen. Erholen Sie sich. In diesem Haus sollte man die übliche Hektik von draußen ablegen. Hier gilt eine andere Zeit, es schlägt ein anderer Takt. Der Takt ist hier der Herzschlag jedes Einzelnen, das individuelle Metronom des Lebens, nach dem wir uns richten sollten. Legen Sie Ihre alten Kleider ab, geben Sie Ihre Aktentaschen und Einkaufstaschen ab, besinnen Sie sich auf sich selbst. Schnell werden sich die Maßstäbe ändern, schnell werden Sie Wesentliches vom Unwesentlichen unterscheiden lernen. Alle Reihenfolgen ändern sich, alle Rangordnungen purzeln durcheinander, wenn es ans Eingemachte geht. Ihr Kodex erneuert sich, und wenn Sie nie einen gehabt haben, dann bleibt immer noch das Gebetsbuch.«

»Verdammt noch mal, alle erklären mir hier meine Lebensperspektiven.«

»Wir sind doch die Spezialisten dafür!«

»Nur für meine biologischen Funktionen. Und das ist nicht alles. Die Symbolik Ihrer vorhin erwähnten Umstände ist anmaßend.«

Hinterberger versuchte locker zu bleiben.

»Nun, ich will Sie nicht länger damit beschäftigen. Sagen Sie mir, was Sie zu tun gedenken. Sie können mich ruhig verhören.«

»Befreien Sie mich erst bitte von diesen Schläuchen.«

Hinterberger zog die flexible Kanüle widerwillig aus dem Unterarm, presste auf das nachquellende Blut kurz einen weißen Gazetupfer, den er dann mit einem den ganzen Umfang des Unterarmes umfassenden Heftpflaster fixierte.

»Das müsste halten. Drücken Sie bitte noch kurz darauf, dann gibt es keine Hämatome. Die blau unterlaufene Injektionsstelle wird immer der schlechten Stechtechnik des Arztes angelastet. Dabei ist es nur eine Nachblutung unter der Haut.« Er sah Schibowski fest an. »Also, ich war am Sonntagabend nicht in der Klinik. Würde mich hüten, meine karge Freizeit auch noch in diesem Bau zuzubringen.«

Schibowski horchte auf.

»Das erwartet doch sowieso niemand von Ihnen. Aber offensichtlich gibt es solche Kollegen?«

»Ja, es gibt solche Kollegen. Solche, die sich nicht trennen können von Orten, die ihre ganze Hingabe erforderten, und solche, die den Nachhall, das Echo ihrer Tätigkeit benötigen. So erging es mir auch in meinen Lehrjahren. So erging es umso mehr jenen, die früher – als es noch das Wohnheim gab, das übrigens zugunsten der Gärtnerei dann aufgegeben wurde – auch außerhalb ihres Dienstes sozusagen im Einfluss- und Ereignisbereich der Klinik verblieben. Die konnten gar nicht anders, als andauernd die Aufnahmen – ob nun spektakuläre Erste-Hilfe-Leistungen oder routinehafte Weiterbetreuungen eines geriatrischen Falles – zu beobachten. Ich kenne das Gefühl: Die Intensität all dieser Wechselbeziehungen zwischen dem Patienten und dem behandelnden Arzt ist dermaßen groß, dass sie nachwirkt. Im Feld dieser Wechselbeziehungen wirken Ängste, Schuldzuweisungen und Unsicherheiten aller Facetten. Manchmal aber ist es auch die Verlaufskontrolle, die für die eigene Ausbildung immens wichtig ist. Sicherheit bekommt man nur durch komplette Beobachtung des Beginns und der Beendigung einer Behandlung – in eigener Verantwortung natürlich. So kommt es also vor, dass auch an einem Wochenende noch der eine oder andere Kollege im Klinikbereich anzutreffen ist.«

»Wie viele Ärzte machen denn an der Internen Abteilung Haupt- oder Nachtdienst?«

»Eigentlich immer drei.«

»Eigentlich?«

»Nun, da ist einmal der Arzt in praktischer Ausbildung, der bisher nichts als das hauptsächlich theoretische Studium absolviert hat und der nun turnusmäßig die verschiedenen Abteilungen absolviert. Drei Monate die Chirurgie, dann Wechsel auf die Innere Medizin für sechs Monate und so weiter. Er ist für die ärztliche Basisarbeit zuständig, für die Erhebung der Anamnese, für die Applikation von Injektionen, für das Legen von Verweilkathetern für Serieninfusionen. Er lernt die Praxis, hört zu, und wenn er engagiert ist, fragt er – unter Umständen manchmal auch dumm, denn durch Bloßstellung merkt er sich dies dann auf ewig. Er arbeitet selten eigenverantwortlich, darf es nach dem Gesetz auch nicht. Die Hauptarbeit in einem Nachtdienst obliegt dem ärztlichen Mittelbau. Vor allem den in Ausbildung zum Facharzt stehenden Assistentinnen und Assistenten. Frau Dr. Sarah Lawerth war eine Assistentin in Ausbildung. Der Dritte im Bunde ist schließlich der fertige Facharzt, der alle Hauptverantwortung trägt. Also, das könnten sowohl ich als auch noch drei meiner Kollegen sein – oder auch natürlich der Chef unserer Abteilung. Er macht aber eher selten Hauptdienst, nur dann, wenn ein Personalengpass besteht.«

»Wer hatte gestern noch Dienst außer Dr. Lawerth? Wer war der Turnusarzt, wer hatte Hauptdienst?«

»Meines Wissens Frau Dr. Holzmann. Eine sehr engagierte junge Kollegin. Eine kleine, zierliche Person, die mit vor Schreck geweiteten Augen durch die Abteilung geht.«

»Mit vor Schreck geweiteten Augen?«

Dr. Hinterberger lachte.

»Ja, Katastrophenblick könnte man ihre Mimik auch bezeichnen. Übertriebener Ernst, überzogene Fürsorglichkeit. Hinter jeder Bagatelle könnte eine medizinische Ungeheuerlichkeit stehen, permanent könnte irgendwo auf der Station sich ein Herzstillstand ereignen. Es ist also die Unsicherheit, die Angst vor dem sich bewähren müssen, die ihr diese Physiognomie verleiht. Man erkennt es auch daran, dass solche Kollegen immer ihre Kitteltaschen mit kleinen Kompendien, Exzerpten des Wissens und komprimierten Leitsätzen, Dogmen der Medizin herumschleppen. So ein Dienstmantel wiegt dann mitunter mehrere Kilogramm.«

Schibowskis Kreislauf hatte sich inzwischen erholt. Ein vergnügliches Lächeln zog über sein Gesicht.

»Sie bescheren mir viel Einblick in Ihren Betrieb. Aber ich verstehe das Verhalten der jungen Ärzte. Bei mir war es doch genauso mit dem peniblen Verhalten, mit genauesten Aufzeichnungen, mit der Überzeugung, dass um mich herum permanent Verbrechen geschähen und jeder, der mich ansprach, ein potenzieller Täter für irgendetwas sei. Wer hatte dann gestern noch Hauptdienst?«

»Unser Chef, Dozent Ferwarth.«

»Der Chef machte persönlich Dienst? Ich sprach schon mit ihm, er erwähnte nichts dergleichen.«

»Nun, Sie müssen wissen, dass er sich die Freiheit herausnimmt, während des Dienstes nicht immer anwesend zu sein. Er ist also in Rufbereitschaft. In zehn Minuten ist er hier, am Sonntag ist nicht so viel Verkehr. Er macht das auch nur, wenn er die Station in guten, verlässlichen Händen weiß. Zum Beispiel, wenn es allgemein ruhig ist und eine Kollegin wie Dr. Lawerth mit viel Engagement Dienst tut. Er betritt dann das Hospital nur auf Bitte, bei unklaren Fällen zum Beispiel.«

»Aber er bekommt dafür voll gezahlt!«

»Ja, sicher, aber Sie dürfen das nicht so eng sehen. Es liegt in seinem Ermessen und die letzte Verantwortung hat er, egal, was passiert. Es gibt ja auch manchmal ruhige Phasen. Dienste mit nur ein oder zwei Zugängen. Es ist saisonal verschieden. Viel Zugänge haben wir im Herbst, wenn die Epidemien der Infektionskrankheiten beginnen, zu den Wochenenden, wenn allerorten mit viel Lust der Stoffwechsel zum Entgleisen gebracht wird, oder auch zu den Festtagen, wenn bei einem Besuch das Mitleid und das schlechte Gewissen zugleich die Angehörigen übermannt und sie glauben, ihren alten Vater oder ihre alte Mutter ad hoc behandeln lassen zu müssen. Im Sommer, wenn die Ferienzeit ansteht, bekommen wir vermehrt Pflegefälle – dies sind übrigens immer interne Fälle –, weil die Angehörigen eine Reise gebucht haben. Wir sind dann eben auch ein Aufbewahrungsort für lästig gewordene Alte. Was wir hier übrigens dringendst bräuchten, wäre eine Pflegestation oder ein angegliedertes Alten- und Pflegeheim. Aber das ist wie überall eine Geldfrage, und die Interessenlobby der alten Menschen ist noch nicht so stark.«

Schibowski hatte sich an den Rand des Untersuchungsbettes gesetzt und saß nun, die Beine von der hohen Bettkante baumeln lassend, dem Oberarzt unmittelbar gegenüber. Er roch es unzweifelhaft: Dr. Hinterberger trank und rauchte. Er kannte jenen fruchtig-süßlichen Geruch, der allerdings nicht von frisch genossenem, sondern vielmehr von vor Stunden oder gar von am Vortag ingestiertem Wein herrührte und mit allzu viel hineingesaugtem Tabakrauch diese unverwechselbare Ausdünstung ergab. Unter den randlosen Brillengläsern sah er die Wangenhaut aufgedunsen und übersät mit kleinsten, haardicken Äderchen. Die Bindehäute der Augen waren gerötet von wenig Schlaf und wohl auch vom beißenden Rauch der Zigaretten. Schibowski blickte hinab, so, als ob er nachdachte und blickte auf gelbe Fingerspitzen. Mindestens zwei oder sogar drei Päckchen pro Tag, schätzte er, und als er wieder aufblickte, waren seine Augen über die eckige Wölbung der Seitentaschen seines weißen Mantels gewandert.

»Sie wundern sich, dass ein Arzt raucht. Nicht wahr?«

Dr. Hinterberger hatte die Blicke Schibowskis bemerkt.

»Und dass er trinkt.«

»Es stimmt. Ich habe gestern wohl etwas über den Durst getrunken. Fühle mich auch heute nicht besonders. Wir arbeiten ganz einfach manchmal zu viel.«

»Das tun wir doch alle. Sie müssten doch am besten wissen, was Ihnen gut tut und was nicht. Es wundert mich eigentlich, dass Ärzte mitunter sich selbst mehr schädigen als wir medizinische Laien.«

»Sie haben Recht, es ist ein Phänomen. Ärzte sind oft nicht nur kränker als der Durchschnittsbürger, sondern haben auch eine schlechtere Sterbestatistik. Sie sind manchmal in ihrem Verhalten wenig glaubwürdig und einsichtig. Es hängt mit ihrer Hilflosigkeit sich selbst gegenüber zusammen. Eine empfohlene Therapie, ein angeratenes Verhalten wird nie so angenommen wie bei ›üblichen‹ Patienten, weil die Suggestivkraft fehlt. Die Bedeutsamkeit einer Therapie braucht die Überzeugungskraft einer gewissen charismatischen Persönlichkeit, eines Gegenübers und erst in zweiter Linie ihre wissenschaftliche Korrektheit. Wir haben dazu niemanden. Und so sind wir schlecht versorgt, weil wir unsere Therapien nicht uns selbst mit gleicher Glaubwürdigkeit zubilligen. Die Kenntnis der Nebenwirkungen verunsichert, die Richtigkeit wird angezweifelt durch unsere Unsicherheit als Ärzte. Ich bin ehrlich. Mir ging es zumindest so, das will ich schon zugeben.«

Schibowski empfand Sympathie für Dr. Hinterberger. Seine Aufrichtigkeit war nach der Konfrontation mit Dr. Dobrowolny Labsal für ihn.

»Sie sprachen von Stress, übermäßiger Anspannung in Ihrem Beruf. Sie sind Oberarzt, wahrscheinlich mit einer Privatpraxis irgendwo und haben einen interessanten Beruf. Das bringt doch auch Vorteile – finanzielle.«

»Ich bitte Sie. Wohlstand ist doch keine Voraussetzung für Wohlbefinden. Wissen Sie, wo es angeblich die meisten glücklichen Menschen gibt? In einigen Entwicklungsländern und dort wieder unter den Ärmsten. Nein, ich möchte bei Ihnen nicht mein Herz ausschütten, aber unsere Arbeit hier an der Station wird leider noch gelegentlich belastet durch wissenschaftliche Untersuchungen. Das bedeutet mir ungemeinen zusätzlichen Arbeitsaufwand. Das ist der Stress, den wir uns zusätzlich antun müssen und der zehrt. So war das gemeint.«

»Was machen Sie denn so zusätzlich noch?«

»Einige von uns, meine Person allerdings derzeit ausgenommen, führen unter der Leitung des Chefs klinische Studien für ein neues Medikament durch. Unser Chef ist Nephrologe, hat sich auf die Nierenausscheidung spezialisiert, und da wird eben ein neues Medikament, das die Urinausscheidung der Nieren antreiben soll, in Doppelblindstudien getestet.«

»Was sind Doppelblindstudien?«

»Ach, das bedeutet nur, dass weder der Patient noch der verabreichende Arzt weiß, ob ein Placebo – also eine biologisch wirkungslose Substanz – oder das zu testende Medikament verabreicht wird.«

Schibowski wurde hellhörig.

»Sie arbeiten also mit einer Pharmafirma zusammen?«

»Sicherlich, anders wäre so eine Studie ja nicht zu machen. Sie sponsert uns mit Geld. Und das wird, wenn die Studien alle Zulassungshürden – zuerst die der wissenschaftlichen Gremien und dann die der Arzneimittelbehörden – passiert haben, wenn Wirkungen und Verträglichkeiten vielfach bewiesen und abgesichert sind, der Preis im Rahmen bleibt, hundertfach zurückgewonnen. Die Pharmafirma investiert, steuert bei, bewirbt und umgarnt uns. Nicht aus Menschenliebe, sondern aus reinem Profitstreben.«

»Sie sind nicht ganz einverstanden damit, ich höre einen kritischen Unterton heraus.«

»Sie haben Recht. Ich hätte das Ansinnen der Firma vor etwa einem Jahr abgewiesen, aber unser Chef war dafür. Er wird sich wohl eventuelle Lorbeeren aufs Haupt heften, aber ich muss ihm auch zugestehen, dass er selbst keiner Arbeit dabei aus dem Wege geht. Selbst in seiner Freizeit sieht man ihn oft an der Station. Wir haben von der Firma ein kleines Labor installiert bekommen, wo eine eigens angestellte Laborantin die Maschinen bedient. Wir haben sogar einen Gaschromatografen hier und einen Massenspektrografen, sündteure Geräte, zwar nur geliehen, aber imstande, Analysen kleinster Verbindungen bis in den Molekularbereich hinein durchführen zu können.«

»Ich merke, wie Sie das mit Stolz sagen.«

»Nun, immerhin hat nicht jedes Hospital solche Geräte. So etwas steht sonst nur in aufwendigen Forschungslaboratorien.«

»Wird Ihr Chef berühmt werden?«

»Aber nein, es ist nur eine starkes Diuretikum, das die Nieren noch viel stärker antreibt und das – wenn es die notwendigen anderen Voraussetzungen erfüllt – so manchem Patienten Segen bringen wird. Denken Sie an das chronische Nierenversagen der Diabetiker, denken Sie an die Wassersucht der Herzschwachen, denken Sie an alle, die an irgendeiner Form des übermäßigen Körperwassers zu ertrinken drohen. Das Medikament ist kein Meilenstein der Pharmazie, aber ein besonderer Innovationsschub, denke ich. Allerdings schränkt es unsere Arbeitskraft für die Station, für die Patienten doch einigermaßen ein.«

»Sagen Sie das nicht zu laut. Sonst hört das noch das zuständige Magistrat. Patientenbetreuung hat Vorrang.«

»Da kann ich Sie schon beruhigen. Niemand kommt deshalb zu kurz hier.«

»Arbeitete Dr. Lawerth auch daran?«

»Sicherlich. Ich weiß allerdings nicht, in welcher Form und für welchen Bereich. Die Fäden hält unser Chef in der Hand, er verteilt die Arbeitsschritte und er empfängt die Daten exklusiv. Solch eine Arbeitsweise ist notwendig, um nicht in irgendeiner Form Tendenzen und Subjektivitäten in der Beurteilung zu erzeugen. Wie geht es Ihnen jetzt?«

»Blendend. Ich werde mir in der Kantine ein kühles Getränk genehmigen. Ein Bier vielleicht und dann werde ich dort etwas essen.«

»Sie können auch Tee haben. Die Schwester bringt Ihnen welchen.«

»Bitte keinen Spitalstee. Nein, den habe ich über! Sie müssen wissen, dass ich vor einigen Jahren an der Neurologie gelegen habe, mit einem Bandscheibenleiden.«

»Was hat Ihnen denn das Rückgrat gebrochen?«

»Ich denke, mein Ehrgeiz, alles andere sind nur Spekulationen. Seit ich Wirbelsäulengymnastik betreibe, bin ich beschwerdefrei. Ich sah mich schon unter dem Messer.«

»Und was ist mit der Gymnastik für Ihre Empfindsamkeiten? Wer stählt Ihre Vorsätze, wer lockert Ihre Sturheit? Herr Kommissar, denken Sie auch an solches.«

Mit dem Oberarzt konnte er, das fühlte Schibowski. Da war eine gewisse Vertrautheit, eine Seelenverwandtschaft und so fragte er zurück: »Betreiben Sie solch eine Gymnastik?«

»Nein, ich trinke, wie Sie schon bemerkt haben.«

Bevor er noch etwas hinzufügen konnte, schnitt der schrille, ohrenbetäubende Signalton seines Hauspagers das Gespräch ab. Dr. Hinterberger sprang auf und eilte zum Wandtelefon.

»Ich komme gleich!«
Sprach es und verabschiedete sich von Schibowski mit dem Hinweis, für ein nachfolgendes Gespräch jederzeit zur Verfügung zu stehen.

Kantinen haben immer Betrieb. Vor allem dann, wenn sie in einem Hospital den Kontrapunkt zu dessen Welt der Diäten darstellen. Da gibt es sozusagen einen kleinen Raum, ein kleines Refugium, in das sich eine Heerschar von verschreckten Patienten flüchtet, die zuvor von Diätassistentinnen gequält und von Ernährungswissenschaftlern mit Speisezusammensetzungen und -zerlegungen abgemahnt wurden. Sie wollen dort den Zahlen, Prozenten und Anteilen der Eiweiße, der Kohlehydrate und der Fette entrinnen und sich alten Gewohnheiten hingeben. Auch mögen für das rauchige Gedränge dort die vermeintlich mangelnde Qualität der Spitalskost oder die Sprachlosigkeit an den Stationen die Ursachen sein. Aber letztendlich stellen solche Kantinen jenen Treffpunkt dar, wo in gelöster Umgebung wieder jeder Bedrohlichkeit ausgewichen werden kann, in Momenten kurz gewonnener Freiheit.

Hospitalkantinen sind die vom Alltag draußen hereinreichenden Örtlichkeiten lockerer Kommunikation und ungehemmten Lachens. Dort verbergen die Alkoholabhängigen ihre Sucht, indem sie die notwendige Zufuhr aller möglichen Destillate aufrechterhalten, und die Schwächlichen finden alle Möglichkeiten vor, ihre Vorsätze aufzugeben. Die Diabetiker scheitern mit ihrer Standhaftigkeit an Konditorwaren, die Raucher mit ihrer chronischen Bronchitis erstehen hier Zigaretten, dessen Rauch sie nach entkrampfenden Infusionen gierig in ihre eng gewordenen Lungen hineinsaugen. Die Haltlosen, die Unentschlossenen und Unsicheren testen dort ihre Vorsätze und begraben sie immer wieder aufs Neue. Eine Örtlichkeit der Versuchung und der Verhöhnung menschlicher Unzulänglichkeiten sind solche Kantinen, wenn sie in Krankenhäusern siedeln und wenn in ihren Schankvitrinen die bunten, hell leuchtenden und verführerischen Exponate der Cholesterinvermehrung, der Zuckerentgleisung und der Berauschung prangen.

Schibowski entsann sich. Schon vor Jahren hatte er diese Schank als Ort begriffen, an dem man verbissen den letzten Lebenswillen äußerte, an dem man sich noch an den letzten Lebensrest klammerte, vielleicht nochmals in jenen zurückzuschlüpfen glaubte zu können, indem man sich dessen vermeintlicher Genüsse bediente.

Schibowski war ob des Treibens kaum verwundert. Beinahe randvoll waren die etwa 15 Tische besetzt. Er beobachtete Personal, das offensichtlich eine Vormittagspause einlegte oder gar vom Nachtdienst hier noch hängen geblieben war. Er sah fahle Patienten mit einer Zigarette im Mund und einem Bierglas in der Hand, die diskutierend und gestikulierend irgendwelchen Unmut äußerten, und er sah solche, die nur still die Tischplatte anstierten. Einige trugen die typische Hospitalkluft, Schlafmäntel mit feinen, bläulich-weißen Längsstreifen, Filzpantoffeln, die immerzu am Boden entlangschlurften.

Ein hagerer Mann hatte eine an einem Rollenständer baumelnde Infusion mit hierher geschleppt und führte zugleich einen außen am Hosenbund schwingenden Harnbeutel mit. Er erinnerte Schibowski an eine wandelnde therapeutische Einheit, eine mobile Synthese von therapeutischem Gerät und therapierbarem Subjekt, das nicht unbedingt eines Bettes bedurfte und bei welchem öffentlich die Flüssigkeitszufuhr, deren Verstoffwechselung und schließlich deren Ausfuhr mitverfolgt werden konnte. War es Stolz im Gesicht des Kranken, Stolz und Hilflosigkeit zugleich? Demonstrierte er Tapferkeit, veräußerte er schamlos die Intimität seiner Erkrankung, oder war es nur Gleichgültigkeit und Resignation, die ihn dazu bewog?

Nein, Schibowski wollte sich nicht mehr wundern. Er war dieses Mal auf andere Weise in dieses Haus gelangt als damals, als er als Bittsteller, Heilung und Hilfe Erhoffender dort gewesen war und nur das Interesse hatte, das Haus schmerzfrei wieder verlassen zu können.

Diesmal aber stand er hier, zwar noch vom Kollaps ein wenig geschwächt, aber immerhin mit einer inneren Gelöstheit, mit der Distanz desjenigen, der keine Hilfe benötigte, aber zugleich Interesse hat, gewisse Ungereimtheiten, möglicherweise ein Verbrechen aufzuklären.

Im hintersten Winkel war noch ein Stuhl an einem Tisch frei. Schibowski nahm dort Platz, ohne sich vorher der Zustimmung des hageren Mannes vergewissert zu haben, der schon daran saß. Es herrschte ein Kommen und Gehen, für irgendeine Höflichkeit war hier nicht der Platz, denn sie hätte sich nur als befremdliche Attitüde in einer völlig anderen Skala der Wertigkeiten verloren.

Die dickliche, klein gewachsene Frau, die ihm die Bestellung abnahm, erinnerte ihn an eine Köchin in den öffentlichen Küchen der Stadt, wohin es ihn nach seiner Scheidung öfters zog. Das Essen dort war billig, wurde schnell serviert und war auch leidlich zu verdauen. Zumindest hatte er danach einen gar nicht so schlechten Magen.

Schibowski bestellte ein kleines Bier, einen Espresso und – da er heute noch nichts gegessen hatte und an die Empfehlungen des Oberarztes Hinterberger dachte – ein Frühstück aus Brötchen, Butter und Marmelade. Er kippte zuerst den Kaffee und dann das Bier hinunter. Die Einstichstelle der Infusion an seinem rechten Unterarm brannte. Er merkte, wie die Mischung aus Kaffee und das Bier seinen Magen verkrampfte, wie er warm und dann sauer wurde, weil ihm die Magensäfte einschossen. Die beiden Brötchen schlang er in sich hinein und bestellte kurz darauf noch eine Portion, weil sich nicht ein Sättigungsgefühl, sondern ein noch größerer Appetit eingestellt hatte. Der hagere Mann neben ihm war schon aufgestanden und hatte sich wortlos entfernt. Kurz darauf setzte sich ein anderer neben Schibowski. Ein ältlicher Mann mit schütterem Haar und Ansätzen zur Leibesfülle, bekleidet mit einem blauen Arbeitskittel. Er hatte sich einen Espresso von der Schank vorne mitgebracht und fragte erst, da er schon saß, ob ein Platz frei sei.

Schibowski hatte insgesamt vier Brötchen mit Butter und Marmelade verzehrt und saß nun zufrieden beim Mineralwasser. Dem Mann neben ihm war der übergroße Appetit nicht verborgen geblieben. Er nahm ihn zum Anlass für eine Konversation.

»Ich habe Brötchen, Semmeln ebenfalls sehr gerne. Sie stellen für mich eine gewisse Nahrungsbasis dar. Wie das Brot. Bräuchte gar nichts dazu. Könnte nur davon leben – und noch Milch dazu. Damit hätte man seinen Basisbedarf an Vitaminen gedeckt. Ich bin übrigens Alfons Brünner.«

Er erhob sich halb und gab mit einer angedeuteten Verbeugung Schibowski die Hand. Der war nicht redefaul, denn zu seiner berufsinduzierten Gesprächigkeit gesellte sich nun die lockere Zunge des Wohlbefindens.

»Schibowski. An Ihrer Montur, aber auch aus Ihrem Hinweis auf Vitamine ersehe ich, dass Sie hier im Hause arbeiten.«

»Und Sie müssen ihren messerscharfen Schlüssen nach ein Detektiv sein! Ja, ich arbeite unten in der Prosektur. Als Gehilfe, Mann für alles und für alle Gelegenheiten. Sind Sie als Patient hier?«

»Ursprünglich schon, aber mit Fortdauer des Tages immer weniger«, antwortete Schibowski. Er wolle Brünner nicht mit Details aus seiner Krankengeschichte belasten, aber er sei einmal an der Neurologie gelegen und habe heute einen Ambulanztermin. So wie es aussähe, würde er aber erst am Nachmittag drankommen. Und mit der Vermutung, ein Detektiv zu sein, läge er gar nicht so schlecht. Er wüsste doch sicherlich schon längst, dass gestern Abend hier eine junge Frau, eine Ärztin verschieden sei, vielleicht eben auch eines nicht natürlichen Todes.

Oh und ob er das wüsste. Die Miene Brünners wurde nachdenklich.

Er habe sie sehr gut gekannt. Sie sei oft an der Prosektur als Besucherin gewesen. Eine feine, attraktive Frau, die seinem Chef, Professor Baltrow, auch mindestens freundschaftlich zugetan gewesen sei. Ein ungeheurer Skandal sei dies, eine Belastung für den Ruf des Spitals, ganz abgesehen von dem menschlichen Verlust. Er habe übrigens die undankbare Aufgabe gehabt, ihren Leichnam von der gekühlten Aufbahrungshalle des städtischen Friedhofs zurückzuholen. Wegen »Überfüllung« gewissermaßen habe das Hospital ein Ausweichquartier benötigt. Der Chef müsse heute noch eine Sektion durchführen, wegen der Platzverhältnisse und so.

Brünner hätte sich auf die Zunge beißen mögen, aber es war zu spät. Schibowskis Interesse war geweckt.

»Da unten haben Sie anscheinend Hochbetrieb, werden von den einzelnen Stationen wohl prompt beliefert. Vor allem, wie ich mitbekommen habe, von der Internen Abteilung. Frau Lawerth war des Öfteren dort unten zu Besuch? Wie ich Ihren Andeutungen entnehme, gab es da vielleicht eine Beziehung zwischen Baltrow und ihr. Er ist mir übrigens ein Begriff, ein überaus fähiger Mann. Bei uns in der Abteilung bekannt als ein Meister seines Fachs. Aber doch nicht mehr so jung wie die verstorbene Ärztin?«

»Aber auch noch nicht alt. Er ist um die fünfzig, also in den besten Jahren. Und eine ›Beziehung‹ – wie Sie es etwas despektierlich nennen – hatten beide auch nicht. Nicht so eine, die man gemeinhin damit meint. Sie waren eng befreundet und an den Fällen, an wissenschaftlichen Diskussionen interessiert.«

Brünner schwieg und sah auf die leere Espressotasse vor sich, drehte und kippte sie. Er hatte zu viel gesprochen und musste daran denken, dass seines Chefs Gefühle die letzten Wochen sehr wohl eindeutiger Art waren, aber er wusste auch, dass niemand davon erfahren musste. Denn wenn ein Verbrechen stattgefunden hatte, dann waren jene zuerst verdächtigt, die in einem Nahverhältnis zur Ärztin gestanden hatten. Das war bei allen Recherchen jeweils das nahe Liegendste, könnte also auf seinen Chef ein schiefes Licht werfen.

»Wissen Sie, die Ärzte hier im Hospital leisten Großartiges. Ich habe meinen Chef oft sagen hören, dass dies oder jenes zu applaudieren wäre, und Komplimente macht er ja gerade nicht sehr viele. Es ist wie überall: Es gibt solche und solche. Welche, die nur fürs Geld arbeiten und dann wieder welche, denen es weniger bedeutet. Die Mehrzahl in diesem Haus ist eher an der Arbeit und daran, sie gut durchzuführen, interessiert. Mein Chef ist auch so einer: Ich denke, er hat mit seinem Geld, das er als Alleinstehender wohl zuhauf angespart hat, bisher nicht das Geringste angeschafft. Es ist ihm völlig gleichgültig. Ähnlich verhielt es sich mit Frau Lawerth. Sie schien nur von ihrer Arbeit ausgefüllt. So etwas verbindet, so etwas zieht unbewusst an. Aber mehr war da nicht dahinter.«

Schibowski ließ das nicht gelten.

»Ich habe die Erfahrung gemacht, dass alles Undenkbare möglich ist. Sollte also ein Verbrechen stattgefunden haben, dann ist jeder verdächtig. Es ist eine der wichtigsten Erkenntnisse meiner bisherigen Tätigkeit, dass manchmal das unmöglich Scheinende wahr wird, sich logisch und zwanghaft in die Kette der Indizien einschleicht und vor der inneren Abwehr, vor dem Kopfschütteln nicht Halt macht. Ob wir jemandem ein Verbrechen zutrauen, hängt mit unserer inneren Projektion zusammen. Und mit der Zusammengehörigkeit. Wir trauen unserem Ehepartner einen Mord nicht zu, weil wir einem Teil von uns selbst dies zutrauen müssten, damit eine Schuld auf uns nehmen. Schauen Sie, ich bin Kriminalpsychologe, so viele gibt es noch nicht, die psychologische Betreffumstände von Verbrechen analysieren können. Aber ich sage Ihnen: Die Tötungsaggression ist eine systemimmanente Grundeigenschaft des Menschen und somit jedem zuzutrauen.«

Brünner war erschrocken.

»Dann bin ich also auch verdächtig?«

»Sicherlich, ich sagte jeder, sogar ich. Denn ich fühlte mich vor Jahren in diesem Haus schlecht behandelt, und es wäre durchaus möglich, dass ich gestern Abend hereingeschlichen wäre und – nachdem sich über Monate ein anwachsender Rachegedanke verselbstständigt und nun nach Entladung drängte – mir den nächstbesten Arzt geschnappt und Rache ausgeübt hätte. Um es einmal ganz einfach auszudrücken.«

»Sie sind ein sehr gebildeter Mann. Mit Ihnen hätte mein Chef Spaß! Ich selbst kann mich nicht so gut ausdrücken. Aber ich habe Gefühle, auf die mich im Laufe der Jahre immer besser verlassen konnte. Da weiß man manchmal einfach, dass sich dies und jenes so und nicht anders zugetragen hat. Die Erfahrung macht es, und wenn noch ein wenig Menschenkenntnis dabei ist, schadet es auch gerade nicht. Bei meinem Chef liegen Sie sicherlich falsch mit Ihren Verdächtigungen.«

Aus Brünners bestimmtem Ton hörte Schibowski Entrüstung heraus.

»Selbstverständlich glaube ich auch nicht daran, dass Sie oder Ihr Chef ein eventuelles Verbrechen begangen haben. Die Wahrscheinlichkeit dafür ist sehr gering. Prinzipiell aber ist immer alles möglich und nichts ist auszuschließen. So war das gemeint. Ich muss jetzt weiter, werde durch die Stationen gehen. Hat mich sehr gefreut, Sie kennen zu lernen. Ich denke wir sehen uns noch einmal, vielleicht wenn ich Ihren Chef besuche.«

Als Schibowski sich an den voll besetzten Tischen vorbei- und zurück in das Foyer der Klinik schlängelte, ließ er einen verwirrten Seziersaaldiener zurück. Dieser hätte die genaue Ursache seines aufkeimenden Missmutes nicht benennen können. Sicherlich war am Abend zuvor etwas Betrübliches, wenn nicht gar Schreckliches geschehen, was ihm genug Ursache hätte sein können. Aber viel bekümmernder war die Gewissheit in ihm, dass eine viele Jahre währende Ära zu Ende ging. Äußerlich mochte alles seinen gewohnten Lauf nehmen, würde alles beim Alten bleiben. Aber lebenseinschneidende Veränderungen waren selten für andere erkennbar und damit zu erkennen. Und alles ging schnell und war meist mit irgendeiner Erkenntnis verbunden, die andere bisherige Erkenntnisse erschütterte. Und so man plötzlich ein anderer war, färbte sich die Umgebung anders – und das Urteil über sie. Brünner wusste, dass die Arbeit für ihn weitergehen würde, sicherlich noch einige Jahre, wenn er gesund bliebe. Es war wie eine Biegung um die Ecke und die ersten Schritte auf einer anderen Straße, aber immer noch im selben Dorf. Und die Schritte würde nicht er, sondern sein Chef machen, dem zu folgen ihm immer wichtig gewesen war. Und das alles, was nur vage zu erfassen und auf keinen Fall bis in sein Denken vorgedrungen war, war alles seinem Gefühl zuzuschreiben. Und langer Erfahrung und etwas Menschenkenntnis.

13 Uhr: **Das schwache Herz**

Es gibt lächerliche und banale, weil oft gebrauchte Metaphern der körperlichen Schwäche. Solche fielen Baltrow an diesem Montag ein, hätte jemand nach seinem Befinden gefragt: Er war ein welkes Blatt, das sich lose im Wind bewegte und dem Boden näherte. Er war ein Staubkorn, dem der kleinste Luftzug die Richtung seines Kollerns bestimmte. Er war ein Dominostein, der aus der Reihe anderer Steine gestoßen worden war. Er war eine stoffliche Hülle ohne Energie, die möglicherweise von Gravitationskräften irgendeines fremden Magnetismus mal dort-, mal hierhin gedrängt wurde.

Noch viele ähnliche Bilder beschwor er herauf und er fühlte sich erbärmlich, als er auf schwachen Beinen ins Treppenhaus gelangte.

Er war klein geworden, so nichtswürdig und ohnmächtig, weil er sich aus dem Verband seiner über Jahre gewachsenen, verfestigten räumlichen Umhüllung getrennt hatte. Weit weg von seinem Keller war er nichts, hoch entfernt über seinen Obduktionsverliesen war er schwach geworden. Die über lange Zeiten gewachsenen, wechselseitigen Kraftfelder seiner täglichen Arbeit, seiner täglichen Schritte und Handgriffe, aber vor allem seiner täglichen Denkbahnen, die reflexhaft und unbeirrbar ihre Wege zu gehen wussten, weil sie den tiefen Linien der Engramme folgten, waren ermattet. Blätter haben nur ihre biegsame Haltung im Verband des lebenden Baumes, und Staubkörner haben nur ihre unbewegliche Festigkeit im Zusammenhalt des Mauerwerkes, und der Dominostein wird starrer, wenn er seine Flächen an die anderer schmiegt.

Er hatte sich getäuscht. Das, was ihm bisher so wichtig erschienen war, verblasste zusehends vor der Bedeutung anderer Sachverhalte, deren Rang er falsch eingeschätzt hatte. Oh ja, seine Analysefähigkeit hatte er sich noch bewahrt. Sie funktionierte nach wie vor, wenngleich sie seine eigene Person nun bemaß und als Endergebnis aller Schlussfolgerungen die eigene Erbärmlichkeit aufdeckte.

Aus den Tiefen seiner Magengegend griff wieder eine Kralle nach seinem Herzen. Der Atem wurde ihm kurz, weil das Gewicht von unzähligen Felsbrocken den Brustkorb zudrückte.

An der Biegung des Geländers, am Zwischenabsatz der Treppen, hielt er inne und stützte sich auf den Handlauf. Die Lippen blau verfärbt, die flimmernden Augen verquollen und den kalten Schweiß auf dem grauen Antlitz, versuchte er durch das Fenster der Zwischenetage zu sehen. Er hätte gerne irgendetwas Grünes erheischt, etwas anderes als die Fahlheit von Mauerwerk, Zwischenwänden und Kunststoffpaneelen. Aber sein Blick prallte vom Schmutz des Glases zurück. Die träge, flirrende Hitze draußen schien sich indes durch Ritzen und Spalten hereinzuwälzen, und während er hastig wieder eine seiner roten Kapseln in den Mund schob und zerbiss, war ihm einsichtig, dass das Treppenhaus nicht gekühlt war. Da es nur für den Notfall, als ultimativer Fluchtweg gedacht war, hielt sich dort kaum Personal auf.

Keuchend setzte er sich auf eine Treppe. Die wievielte Nitrokapsel er heute schon unter die Zunge schob, konnte er sich nicht entsinnen. Aber es war gut, dass es solch wirksame Medizin gab. Alle Linderung war in die rote Umhüllung einer acht Millimeter im Querschnitt messenden Gelatinekugel hineingepresst. Ihre physiologische Wirkweise war ihm geläufig, dennoch wollte er einmal gerne die Zusammensetzung, ihre inwendigen Wirkstoffe analysieren. Woher der sanfte Geschmack nach Minze wohl kam? Wie die galenische Ausgewogenheit wohl erreicht wurde, wenn die Komponenten dermaßen schnell über die gefüllten Zungenvenen direkt zu seinem Herzen drangen? Es war ein Meisterwerk der pharmakologischen Tüftelei, ein Geniestreich irgendeines Alchemisten, der möglicherweise durch ein ähnliches Leiden dazu angehalten worden war, sorgfältig die Komponenten auszuwählen. Nicht »Not macht erfinderisch«, sondern »Krankheit macht kreativ« sollte es heißen, dachte Baltrow.

Die kurze Euphorie nach der befreiten Atmung konnte ihm aber nicht die Angst nehmen. An diesem Tag hatte er die Kaskaden aller möglichen Gefühlsflüsse befahren. Über die Frustration, die seine erfolglose Arbeit ihm beschwerte, über die Verlustempfindung, über die Trauer war er zur Lebensangst gekommen. Die Häufung seiner Herzattacken kam doch nicht von ungefähr. Er hatte sich offensichtlich zu weit von seinem angestammten Platz entfernt. Was seiner Identität schlecht tat, fügte auch seinem Körper Schaden zu. War es die Entfremdung, die Infragestellung, die ihn nun quälte? War der Zusammenhalt seiner Person bisher nur dadurch erfolgt, dass er jahrzehntelang seinen Körper in einen Keller eingegraben hatte, indes er seine Gedanken im Wirkkreis einer fragwürdigen Wissenschaft beließ, sie dort vermeintlich zwar hohen Zielen nachjagen, aber dennoch nur marginaler Erkenntnisse teilhaftig werden ließ? Wer nach so viel strebt und nur die Schlussfolgerung eigener Unzulänglichkeit erntet, ist nicht nur bedauernswert, sondern auch lächerlich.

Den ersten Irrtum in seinem Leben hatte er nach einigen Jahren korrigiert, damals, als er aus der Landarztpraxis in die Pathologie wechselte. Den zweiten, viel schwereren, weil wichtige Lebensjahre aufzehrenden, schien er nun erst nach über zwanzig Jahren zu erkennen, obgleich er noch nicht konkret hätte sagen können, was ihn nun ausmachte.

Er richtete sich mühsam auf. Der Druck auf seiner Brust hatte wieder nachgelassen, und er konnte endlich einen Blick aus dem Fenster werfen. Das Gesicht auf das Glas pressend und beidseits darauf die Hände krallend lehnte und keuchte er an der schmutzigen Scheibe. Eine Schar summender Fliegen hatte er dabei kurz aufgescheucht, die aber sogleich wieder ihre Positionen bezogen und lediglich zum Fensterrand abrückten. So verweilten beide, er, der Professor für Pathologie und Gerichtsmedizin, und eine Schar namenloser Fliegen an einer hermetisch abgeschlossenen Glasfläche im Zwischengeschoss über der Internen Abteilung. Während Baltrow seine Augen geschlossen hielt, weil die Trübschicht des Fensters ohnehin nur unvollkommene Aussichten freigab, zeigten auch die Fliegen keinerlei Absichten observieren zu wollen. Möglicherweise war ihnen die Wärme des Glases angenehm, vielleicht befolgten sie nur ein uraltes Programm einer allgemeinen körperlichen Innehaltung, über dessen Bedeutung noch niemand etwas Wesentliches berichtet hat. Man könnte es auch Geduld benennen oder die Befähigung, immer erst im entscheidenden Moment ihrer Existenz die winzigen Körper in Bewegung zu setzen. Keine Sekunde früher oder später. Für sie ist dieses Verhalten höchst sinnvoll, weil ökonomisch, und niemals ist bekannt geworden, dass sie etwas über einen spielerischen Umweg vollbracht hätten.

Da Baltrow das Auge, das dem Fenster näher war, nun geöffnet hatte, lugte er parallel zur Glasfläche auf eines der zahlreichen Insekten. Wegen seiner Alterssichtigkeit konnte er dessen Konturen nur unscharf wahrnehmen, aber dennoch vermeinte er das große Facettenauge zu erkennen, das keinerlei Blickrichtung hatte, sondern allumfassend die Umgebung beäugte. Aus der Biologie wusste er, dass solche Rundumsicht tatsächlich unzählbare Abbilder auf die Netzhaut des Insektes projizierte. Wabenartig setzte es sich aus einer Vielzahl von Einzelaugen zusammen, und diesen entsprachen gewisse Bildpunkte ihrer Umgebung. Für die kleinsten Details ihrer Welt hatten sie eigene Augen und bekamen diese aus unendlich vielen Einzelteilen präsentiert.

Welche verschwenderische Optik, welche Fülle an aberrierenden Strahlen sie zu bündeln, lenken und zu dirigieren vermögen, ohne dass sie die Reputation eines höher entwickelten Lebewesens haben, dachte Baltrow.

Sie schienen dadurch mehr von der Welt zu sehen, wenngleich sie weniger von ihr wussten. Aber wussten sie wirklich weniger? War das nicht eine typisch menschliche Unterstellung? Eine aus Unwissenheit und Überheblichkeit? Ihr Wissen war möglicherweise anders geartet, und es mochte auch kein Wissen sein, sondern die selbstverständliche Aneignung des Raumes und der Zeit, in der sie sich befanden. Wen hatte denn schon die Bewusstseinsmöglichkeit von Fliegen interessiert? Desgleichen war noch die Sinnhaftigkeit ihrer andauernd unbeweglichen, verweilenden Position an Abermillionen Fensterscheiben dieser Welt erkannt worden. Ein verhinderter Freiheitsdrang? Eine Warteposition, vielleicht ein Lauerort für die nahen Momente des Aasverzehrs und der Eierausschüttung.

Eine gewisse Sehnsucht, so wie sie zu sein, sprach sich Baltrow nicht ab. Der begehrenswerte Zustand völliger Ausschließlichkeit, die monotone Beseeltheit von nur einem einzigen Lebensprogramm war ihm in diesen Momenten erstrebenswert.

So zu leben, dachte Baltrow, kann höchst reizvoll sein. Seinen Auftrag ohne Umschweife, ohne hemmenden Intellekt hurtig durchzuziehen hat etwas für sich. Zügig gelebt und sprachlos gestorben, fliegend erledigt und gedankenlos verschieden, alles mit Höchstgeschwindigkeit und ohne Gewissen. Beneidenswert.

Er stieß sich von der Glasscheibe ab und scheuchte dabei die rings um ihn lagernde Schar der Fliegen auf. Nur kurz irrten die Insekten um ihn herum, und zum ersten Mal konnte Baltrow zwei Töne des Summens unterscheiden: den Summton des Abhebens, der schlagartig einsetzte und beim Wegflug, dem Umkreisen abebbte, und den Summton der Niederlassung, der sich in Bezug auf den ersten Ton – leise aus ihm anschwellend und nie von diesem getrennt gewesen – als dessen frequenzmäßiges Spiegelbild zeigte.

Es ging ihm wieder besser. Sein Gesicht hatte Farbe und seine zusammengesunkene Gestalt Haltung bekommen. Langsam schritt er die zweite Halbtreppe hinunter, zurück zur Internen Abteilung.

Baltrows Entschluss stand fest. Er wollte endlich das tun, wozu ihm Brünner schon oft geraten hatte: mehr auf die eigene Gesundheit achten.

Mit seiner Entscheidung, zukünftig mit seinem Körper anders verfahren zu wollen, fiel auch die ängstliche Beklemmung ab. Beinahe heiter und aufgeräumt stand er vor der Schwesternkanzel und blickte wie gebannt auf einen von der Zimmerdecke herabbaumelnden Fliegenfänger. Es war einer von jener Art, die in ihrer Papphülse einen langen spiraligen Papierstreifen bargen, dessen Oberfläche mit einer süßlichen Klebemasse imprägniert war. Und als er auf der braunen Klebfläche vieler toter Fliegenkörper gewahr wurde, die dort – angezogen von verheißener Nahrung – ohne Entrinnungschance und mit immer matter werdenden Flügelschlägen gewissermaßen an ihrer eigenen Gier erstickten, da wurde es ihm vollends bewusst. Fliegen gehörten zwar zu ihm in den Keller, sie waren ihm dort gewohnte Begleiter, aber sie waren hier oben befremdlich. Sie sprachen den Ansprüchen der klinischen Abteilungen auf Sauberkeit, auf Keimfreiheit Hohn. Und als er seine Blicke zur Decke lenkte, sah er dort vor dem Weiß des Mauerwerkes viele Fliegen summen, ihre abgehackten Kreise fliegen, von den Pheromonen der Spiralimprägnierung angezogen und zugleich von ihrem eigenen Misstrauen abgestoßen.

Über die Oberkante eines der Wandschränke ragte der Griff einer Fliegenklatsche hinaus. Er zeugte von der relativen Wirkungslosigkeit der Klebespirale einerseits und von der Wut und der tief empfundenen Lästigkeit, die das Pflegepersonal empfand, wenn es verzweifelt und vergeblich den Fänger gegen die Schranktüren und auf die Tische klatschte.

Baltrow war einigermaßen fliegenkundig. Was ihn aber stutzig machte, war die Gattung, die er hier antraf. Er hätte eher die *musca domestica*, die Stubenfliege, erwartet, stattdessen bevölkerten Heerscharen der *sarcophaga carnia*, der Schmeißfliege, die Räumlichkeiten. Sie waren größer, kräftiger, und ihre Bezeichnung war zugleich ihre tägliche Profession. Wenn sie kurz auf einer Fläche verweilten, sah man gegen das Neonlicht ihre metallische Oberfläche schimmern. Ganz klar, dass sie mitunter schwer zu treffen waren, denn ihre Komplexaugen ließen sie auch Bewegungen von hinten erkennen, und was für den menschlichen Angreifer schnell, abgehackt und hastig schien, war für sie die reinste Zeitlupe. Sie hatten unendlich viel Zeit zu reagieren.

Bei Baltrow im Keller hatten sie gewisse Aussichten auf Annehmlichkeiten. Aber hier, zwischen den Nebeln von Desinfizienzien und Detergenzien, im Glanz und Schimmer von Reinheit und Sauberkeit?

Die Dienst habende Schwester sah seine verwunderten Blicke.

»Wir werden ihrer nicht Herr! Wir haben nur die zwei Waffen, Fliegenklatsche und Klebespirale. Insektizide würden wirken, aber unser Chef hat sie aus nahe liegenden Gründen verboten. Nie hatten wir solche Probleme mit den Biestern. Auch die Krankenzimmer bevölkern sie wie noch nie. Wie sie hereinkommen und sich vermehren, weiß niemand. Unser Haustechniker denkt, dass sie über die Klimaanlagen eindringen, dass möglicherweise dort irgendwo in den Schächten ein Aas, eine tote Ratte oder Maus liegt. Verwunderlich ist nur, dass die anderen Abteilungen dieses Problem nicht haben.«

Baltrow hatte immer noch seinen Blick an die Zimmerdecke geheftet, als er nach dem Chef fragte.

Wo dieser derzeit weilte, wüsste sie nicht, antwortete die Schwester. Aber Oberarzt Dr. Hinterberger habe heute Hauptdienst. Aber jener – und da zögerte und wand sie sich mit einem Male, sah sich Hilfe suchend um, bis sie doch die Ungeheuerlichkeit mitteilte –, jener wäre momentan nicht verfügbar. Wenn es um allgemeine Dinge ginge, könnte einer der Assistenten doch vielleicht auch helfen. Es sei ihr peinlich, sie wüsste auch genau, wen sie vor sich habe.

Baltrow wusste sofort Bescheid. Es war kurz nach 13 Uhr, der Oberarzt ruhte und hatte wahrscheinlich den Auftrag gegeben, ihn nur bei den dringendsten Fällen zu verständigen. Für die noch junge Schwester war die Situation unerträglich. Sie nahm den Telefonhörer und streckte ihn, das gewundene Kabel dabei unendlich überdehnend, Baltrow entgegen. Sie wollte offensichtlich keinerlei Fehlverhalten decken und wählte eine Nummer. Niemand meldete sich.

»Rufen Sie ihn doch über den Pager«, schlug die Schwester vor. »Damit erreichen Sie ihn überall, sogar auf der Toilette.«

Baltrow war keineswegs böse, eher weidete er sich an der Unbeholfenheit der jungen Frau. Da jene immer nervöser wurde, ihr geheimes Wissen sie zu erdrücken schien, wollte er sich ihrer erbarmen.

»Lassen Sie nur, ich suche ihn selber auf.«

Obwohl die Schwester ihm noch nachrief, um noch einen Versuch bat, war Baltrow schon weitergegangen. Es belustigte ihn, dass gerade dann, wenn er sich endlich einmal entschlossen hatte, in eigener Sache einen Kollegen aufzusuchen, sich hinderliche Umstände ergaben. Geheime Kräfte, die etwas verhindern wollten? Ein Schicksalswink vielleicht, doch alles so zu belassen, wie es war? Sich nicht der Diagnostik auszuliefern, die auf jeden Fall in irgendeine Therapie mündete – und wenn es nur die Empfehlung wäre, einmal auszuspannen, einmal endlich Urlaub zu nehmen. So richtig langen Urlaub mit dem Effekt, dieses Haus lange Zeit nicht mehr betreten zu müssen, seinem Dunstkreis entfliehen und sich endlich der negativen Aura der Arbeitsvereinnahmung entziehen zu können. Aber möglicherweise wollte er gerade dies nicht. Im Prinzip war er wieder der Alte, und eine Abklärung seiner Herzenge konnte sicherlich noch einige Zeit warten. Zumal es für ihn dermaßen viel zu tun gab und jeder außertourliche Fragen- und Problemkomplex eine Störung in der Kontinuität der anstehenden Arbeit bedeuten würde. Wenn er endlich mit den ungeklärten Fällen ins Reine gekommen war, wenn sich die Umstände von Sarah Lawerths Tod geklärt und er sie schlussendlich seziert hätte, dann wäre er gerne bereit zu einem generalisierten »Check-up«, wie die Internisten die komplette Durchuntersuchung salopp nannten. Beim Gedanken an Sarah Lawerth verspürte Baltrow allerdings sofort wieder eine dumpfe Faust in seinem Bauch, sodass er, der gerade eben seine Schritte schon zum Treppenhaus gelenkt hatte, kurz vor der Tür des Dienst Habenden unschlüssig stehen blieb. Sollte er oder sollte er nicht?

Baltrow musste keine Entscheidung mehr treffen.

Das Gesicht fleckig, wie es schweren Rauchern als untrügliches Zeichen ihrer durchblutungsgestörten Haut eigen ist, die Stirnhaare herabfallend und die Augen nicht nur vom soeben abgebrochenen Schlaf, sondern vom reichlich genossenen Alkohol verquollen, stand Dr. Hinterberger vor ihm. Baltrow musste blitzartig an die Leichen in seinem Keller denken und fand kaum einen Unterschied zwischen jenen und der verwahrlosten Gestalt des Dienst habenden Oberarztes der Internen Abteilung. Er schien ihm ein wandelnder Leichnam zu sein, der sich der fraktionierten Selbsttötung widmete. So pflegte Baltrow den chronischen Selbstmord, den alltagsdurchdringenden geheimen Wunsch vieler Bedauerlicher nach langsamer, qualvoller Selbstauslöschung zu bezeichnen. Es bedurfte dazu keiner Waffe, keiner akuten Selbstaggression durch Fenstersprung oder durch den Strick. Es genügte vollauf das langsame Inhalieren von Zigarettenrauch Tag für Tag, das undosierte Hineinschütten von Wein und seiner Derivate, immer versehen mit der sorgsam gepflegten Etikette von Genuss und Geschmack. Die Perfidie dieser Art von Selbsthass bestand in der vermeintlichen Genusszuführung, dem Anspruch im Irrtum, seinen Alltag zu veredeln und aufzuwerten.

Was schüttete Hinterberger wohl zu? Was wollte er mit dem Rauch seiner Zigaretten vernebeln?

»Habe ich Sie gestört?« Baltrow kam mit dieser Frage dem immer noch unbeweglich dastehenden Oberarzt zuvor.

»Nein, nein, überhaupt nicht. Ich war nur etwas unpässlich, habe etwas geruht. Habe kein besonders erholsames Wochenende gehabt. Kommen Sie nur herein!«

In das Dienstzimmer zu gehen, dort zu sitzen und über dies und jenes zu reden, das wollte Baltrow eigentlich nicht. Aber er hatte die Schwelle schon übertreten und Hinterberger die Tür geschlossen.

Schwer lag der Geruch von Zigaretten auf Baltrows Brust, und seine Riechschleimhäute umwehte ein säuerlich fruchtiger Weingeruch. In der Mitte des Zimmers, auf einem Tisch, dessen mit Rotweinflecken übersäte weiße Decke Falten und Wellen warf, stand tatsächlich eine fast leere Weinflasche. Eines jener eleganten Behältnisse mit bunter Etikette und schlankem Hals, die als fixe Accessoires für den abgerundeten Genuss der Speisen gerne jeden gedeckten Tisch verzierten. Aber der Tisch des provisorischen Dienstzimmers war nicht gedeckt, sondern wirkte mit dem weggestoßenen Stuhl wie das hastig verlassene Arrangement einer stillen, einsamen Berauschung.

Baltrow hatte Hinterberger gestört, und jener, der dessen Blicke bemerkt hatte, war um Erklärungen nicht verlegen.

»Wollen Sie mit mir ein Gläschen trinken? Es ist natürlich nicht üblich, dass ich montags am frühen Nachmittag und zudem noch im Dienst schon etwas trinke. Aber ich ertränke sozusagen einen Kummer. Wenngleich ich zugebe, dass dies keine typisch ärztliche Behandlung darstellt, sondern eher eine Folge meiner Aversion gegen Beruhigungspillen und Antidepressiva ist.«

»Darf ich wissen, was Sie so bekümmert?«

Das erste Gefühl Baltrows war Verachtung gewesen, eine reflexhafte Regung, die ihn, den Nichttrinker, beim Anblick einer haltlosen Begierde immer erfasste. Die unverblümte Offenheit, mit der sich Hinterberger ihm, dem nicht sonderlich gut Bekannten, gegenüber öffnete und die triste Situation, in der sich der andere befand, stimmte ihn aber milder. Er lächelte Hinterberger verständnisvoll an.

»Also, was nagt Ihnen am Herzen.«

»Nun, Sie werden mich für lächerlich halten. Aber ich bin auch indirekt ein Opfer der ganzen Ereignisse um Dr. Lawerth.«

»Wo ist da der direkte Bezug? Leiden Sie Trauer wie wir alle, oder geht es Ihnen aus irgendwelchen Gründen näher?«

»Nun, Sie war immerhin meine Kollegin und eine sehr gute noch dazu. Ich kann behaupten, ihr viel aus der inneren Medizin näher gebracht zu haben. Diese Konstellation unseres Verhältnisses berechtigt mich allein schon zu einer gewissen anderen, stärkeren Trauer. Aber das ist noch nicht alles.«

Baltrow hatte den Grund seines Besuches bereits vergessen. Er rückte den Stuhl näher, schob die Tischdecke ein wenig von der Kante zurück und stützte sich auf beide Unterarme, um so, leicht nach vorne gebückt, besser hören zu können. Dass Hinterberger sich den Rest des Rotweines ins Glas füllte, ignorierte er.

»Was war da noch? Hatten Sie ein Verhältnis mit ihr?«

Hinterberger fuhr zurück.

»Um Gottes willen, nein, ich war sogar immer per Sie mit ihr. Dennoch: Ich habe Sie verehrt und sicherlich auch – begehrt, ohne ihr jemals Avancen gemacht zu haben.«

Er trank das Glas mit einem Zug leer. Auf den hörbaren Schluck folgte ein leiser Sarkasmus.

»Es war eine äußerst einseitige Zuneigung, eine heimliche, die nur von den täglichen Kontakten und von meiner Beobachtung lebte. Ich bin wahrscheinlich gar nicht fähig zu einer tiefen Zuneigung, dazu bin ich viel zu selbstverliebt, bin verliebt in mein Trinken. Ich konnte sozusagen einerseits mein Trinken begründen mit ihrer Ablehnung, Zurückweisung, die aber tatsächlich nie so stattgefunden hat, und andererseits konnte ich mein Versagen, meine fehlenden Chancen bei ihr zugleich entschuldigen durch meine Abhängigkeit. Oh ja, abhängig war ich, von beiden, ich war gleichzeitig ihr verfallen und dem Gesöff ebenfalls und nun, da sie tot ist, ist die Gewichtung nach nur mehr einer Sucht die doppelte.«

Er stand auf und holte aus dem Schrank eine neue Flasche Rotwein. Baltrow machte keine Anstalten, ihn daran zu hindern. Er war zu neugierig, mehr über den Alltag, über irgendwelche Begebenheiten an der Internen Abteilung erfahren, und es mochte auch ein wenig Boshaftigkeit dahinter sein, dass er den Kollegen in keiner Weise zum Einhalten mahnte. Immerhin hatte er ja eine Art Rivalen vor sich, und die Analogie dessen unerwiderter Liebe, dessen verstohlener Koketterie, dessen Passivität aus neurotischer Selbstverliebtheit war ja nicht von der Hand zu weisen und beschämte ihn zugleich.

Hinterberger wechselte plötzlich den Tonfall.

»Warum trinken Sie nicht mit mir? Warum misstrauen Sie dieser edlen Essenz? Ihr Karbolfüchse da unten müsst euch doch allein wegen des fehlenden Sonnenlichtes ein wenig Helle holen. Dort unten würde ich von früh bis spät trinken. Der Wein wäre dann auch aus dem Keller, wenn ich ihn dort horten würde, und er wäre auch gut temperiert. Und ich hätte stumme Zuhörer und das Trinken würde doppelt Spaß machen, weil ich keine Widerrede bekäme. Bin ich nicht witzig heute?«

»Sie stilisieren sich bereits, Sie spielen den Typus des Kummertrinkers sehr gut, aber für mich sind Sie nicht glaubwürdig. Ich kann mich an die Szenen meiner Pubertät erinnern: Das war die Art von Trinkern, die eine für alle nachvollziehbare Begründung für ihre Berauschung fortwährend wiederholten, bis es schon schal klang. Nein, ich bin vielmehr davon überzeugt, dass Sie einen Entzug notwendig haben.«

Hinterberger ging nicht darauf ein. Offensichtlich tat ihm ein Zuhörer gut, ein Kollege einerseits, andererseits kein unmittelbarer Fachrivale, vor dessen Urteil er sich in Acht hätte nehmen müssen.

»Sie haben Kollegin Lawerth doch auch gekannt. Sie ging meines Wissens immer zu Ihnen hinunter, um sich, wie sie sagte, ›die wissenschaftliche Bestätigung unserer Diagnosen‹ zu holen. Meines Erachtens war sie dafür allerdings viel zu oft und zu lange da unten. Sie waren wohl mit ihr befreundet?«

Die unvermittelte Konfrontation mit seinem Herzensgeheimnis ließ Baltrows Puls hinaufschnellen.

»Sie hat sich bei mir unten das geholt, was sie bei Ihnen hier oben nicht bekommen konnte.«

»Und das wäre?«

»Nun, Leichtigkeit im Ertragen von unabwendbaren Tatsachen und Umständen, Lässigkeit für die ausweglose Situation beim Sterben, insgesamt eine Art Supervision. Hier bei Ihnen hat solches nicht stattgefunden.«

»Ah, Sie haben Sie zur Sterbebegleiterin getrimmt. Sie unterrichteten Sie als Mentor des Verscheidens, obwohl Sie davon nun wirklich nicht viel verstehen. Sie sind der Spezialist für danach, nicht der Spezialist für währenddessen.«

»Sie werden den Tod nicht begreifen, wenn Sie seinen Nachlass nicht sehen. Das nicht sehen, was er vererbt neben der Erinnerung und einem gnädigem Gedenken. Ich habe zwar nichts getrunken, aber ich gestehe Ihnen: Ich bin öfters näher an einer Sphäre eines gewissen Restlebens gewesen, als man sich das als vernünftigem Menschen noch zumuten kann. Ich spinne nicht, bin angesichts meines subjektiven Wissens noch nicht verrückt geworden, obwohl jeder, der diese Gedanken öffentlich äußert, sich in die Nähe der Narrentürme rückt. Die klinischen

Psychiater würden von Halluzinationen, von Bilderwelten durch Überarbeitung, weniger sanfte Zeitgenossen von ordinärem Überschnappen sprechen, hörten sie mich. Aber da ich es nur Ihnen sage, wird es schon nicht so schlimm werden. Wenn uns der Wein berauscht, dringen wir doch auch immer in besondere Welten unserer Sinne vor. Sie werden mich doch verstehen!«

Hinterberger war sich nicht sicher, ob er es mit einem Ausbund von Zynismus zu tun hatte oder ob der Alkohol seiner Wahrnehmung Gewalt angetan hatte.

»Ich habe Sie für einen zwar etwas schrulligen, doch in erster Linie voll zurechnungsfähigen Kollegen gehalten – bisher. Doch scheinen wir uns beide in einer äußerst exponierten Situation zu befinden. Ich auf jeden Fall durch meinen langsam benebelten Kopf und Sie durch Ihre lebensabholden Erfahrungen. Was führt Sie wirklich an unsere Station? Wollten Sie vielleicht einiges über Kollegin Lawerth erfahren? Heute war schon ein Kriminalkommissar hier, er kollabierte da draußen in der Hitze, war aber wahrscheinlich diesem Haus nicht gewachsen. Glauben Sie an ein Gewaltverbrechen bei Frau Lawerth? Interessant ist die allgemeine Bereitschaft, bei ihr von vorneherein ein Fremdverschulden anzunehmen.«

»Das hängt damit zusammen, dass es einen Telefonanruf gegeben hatte. Es wurde darin auf die Möglichkeit eines unnatürlichen Todes hingewiesen. Ich weiß nur nicht von wem.«

Hinterberger stellte das Glas, das er in der gestikulierenden Hand immer mitgeführt hatte, nieder.

»Etwa von einem Familienmitglied? Da wäre ich aber überrascht! Sie hatte doch meines Wissens keine näheren Verwandten. Sie verlor ihre Eltern bei einem Verkehrsunfall, als sie noch klein war. Ich habe öfters, vor allem zu Beginn ihrer Ausbildung, mit ihr Dienst gemacht – gebe übrigens zu, diese Dienstkonstellation immer beim Chef angestrebt zu haben –, und da kamen wir oftmals ins Gespräch. Die ersten Dienste sind bei engagierten Kollegen und Kolleginnen immer von sehr viel Angst begleitet. Sie war daher immer gesprächig, aus einem Anlehnungsbedürfnis und Unsicherheit heraus. Sie erzählte mir einiges Private, unter vielem anderem auch, dass sie die ersten Jahre ihres Studiums bei einer entfernten Verwandten gewohnt hatte. Die Erbschaft, die ihr die Eltern hinterlassen hatten, war beträchtlich. Sie war finanziell frühzeitig unabhängig. Meines Wissens war sie die letzten Jahre mit niemandem liiert.«

»Das können wir doch nicht wirklich wissen. Sie könnte sich doch in dieser Sache verschlossen, bedeckt gehalten haben. Viele Kollegen trennen am Arbeitsplatz Berufliches streng vom Privaten.«

»Da fragen Sie einmal unsere Schwestern an der Station. Die wissen so etwas zu hundert Prozent. Die wittern, riechen, imaginieren so etwas. Die weibliche Rivalität kann zu scharfer Schlussfolgerung befähigen, allerdings dann auch mitunter zu perfiden Intrigen. Da wird das Parfum analysiert, das Make-up interpretiert, die Frisur in Beziehung und die Kleidung in Relation gestellt zur letzte Woche getragenen Mode. Jeden Tag wird die Gesamterscheinung verglichen mit dem Outfit des Vortages, und jede kleinste Veränderung wird registriert in Bezug auf Gefallenwollen, Attraktivitätsvermehrung. Nirgendwo sind Frauen so einfühlsam, zu so viel Empathie für Beziehungsentwicklung fähig wie bei der Geschlechterliebe. Da wird etwas schon gewusst, bevor es tatsächlich sich ereignet, und dezente Anflüge von Neigungen, Freundschaften werden flugs zu heimlichen Liaisons aufgewertet. Glauben Sie mir, die Schwestern hier an der Station haben besondere Antennen dafür, und neben ihrer Arbeit, parallel dazu, wird andauernd hinterfragt, wer mit wem, wann und wo! Wissen Sie übrigens, was sie von den oftmaligen Ausflügen unserer verstorbenen Kollegin Dr. Lawerth hinunter an Ihre Pathologie hielten? Fortbildung nur? Wissensvermehrung lediglich? Papperlapapp! Da habe es gefunkt, meinten sie, da sei es passiert, wenngleich mich der Ort und der zweite Hauptdarsteller, nämlich Sie, verehrter Kollege, doch einigermaßen stutzig machten.«

Hinterberger sah Baltrow prüfend an, als wollte er testen, ob seine beleidigende Äußerung Wirkung zeigte.

»Ich habe Ähnliches vorhin schon gehört«, sagte Baltrow. »Für idealisierte Träume bin ich ein wenig attraktiver Hauptdarsteller, wenn Sie das meinen. Ich kränke mich darüber nicht. Ich bin sozusagen ein überreifer Mann an der Schwelle zum ältlichen Vorpensionisten, mein männlicher Jagdtrieb ist über die Jahre verkümmert, und Beziehungen ehrlicher Art bin ich aus Verletzlichkeit aus dem Wege gegangen. Ich bin in dieser Angelegenheit bereits völlig ohne Eitelkeiten.«

Indes Baltrow dies aussprach, wollte sich seine Zunge verhaspeln. Denn seine Beteuerungen waren einigermaßen gelogen. Sich als über die Liebe erhabenen, den Neigungen der Jugend entwachsenen Altersweisen zu präsentieren, entsprach tatsächlich nicht seinem wahren Zustand. Das Gegenteil war wahr. Er hatte doch die letzten Wochen von der Zuneigung gekostet, kannte ihr zartes Aroma und spürte ihre Verheißungen, sodass nichts anderes als Begierden keimten.

Nein, er war überhaupt nicht ohne Eitelkeiten. Aber er schämte sich, zweierlei einzugestehen: den Verlust seiner ärztlichen, institutionellen Würde und zugleich die Tollpatschigkeit seines Werbens um Sarah Lawerth. Und selbstverständlich war er gekränkt, dass ihm keine gute Nachrede war, was seine Attraktivität gegenüber Frauen betraf. Es verletzte ihn zutiefst, dass viele Frauen ihn nicht für anziehend hielten, ihn niemals auswählen würden und ihren Kolleginnen auch das Interesse an ihm möglicherweise ausredeten. Es verletzte ihn nun, mit fünfzig Jahren, das, was ihn vor kurzem noch kaum interessiert hätte. Zu Hinterberger gewandt antwortete er aber gefasst und souverän.

»Auf solche Spekulationen gehe ich heute nicht ein. Mich interessiert vielmehr, was sich die letzten Wochen hier an der Abteilung abgespielt hat. Wie war das Klima? Kollegin Lawerth hatte sich nicht mehr blicken lassen bei mir, sodass ich annahm, dass irgendetwas vorgefallen war. Allerdings konnte das auch im Bereich der Pathologie begründet sein. Entweder hat sie hier oben irgendetwas gehindert, die Kontakte weiterhin zu pflegen, oder es hat sie irgendetwas plötzlich abgestoßen an der Abteilung unten.«

»Das fiel mir auch auf. Sie hatte seit einigen Monaten an einem pharmakologischen Programm, an einer klinischen Testserie mitgewirkt, die unser Chef schon seit knapp einem Jahr hintertreibt. Es geht da um die Neueinführung eines sehr wirksamen Diuretikums. Ich habe die Mitwirkung daran abgelehnt. Aus vielerlei Gründen, unter anderem auch deshalb, weil so etwas eine zusätzliche Arbeitsbelastung bedeutet und wir keine große Klinik sind. Ich bin mit unserem Chef nicht besonders im Reinen, aber das pfeifen ja sowieso die Spatzen vom Dach. Kurzum bestand für Kollegin Lawerth in ihrer Position als Assistentin, also als angehende Fachärztin, gar nicht die Möglichkeit, die Mitarbeit an so einer klinischen Testserie abzulehnen. Man kommt doch dem eigenen Chef, also demjenigen, der auch über das Facharztdiplom – durch schriftliche Beurteilung und Empfehlung – mitentscheidet, in keiner Weise in die Quere. Außerdem ist sicherlich eine gewisse Eitelkeit dabei, der Reiz des Neuen, das Gefühl, wissenschaftlich zu arbeiten, mit einem Wort: Es wird auch irgendwie ein kindlicher Forschungstrieb angesprochen, obwohl medizinische Forschung heutzutage eher etwas für Statistiker ist, für vergleichende Prozentrechner und Kurvenvermesser. Geniale Tüfteleien, spektakuläre Einfälle gibt es da längst nicht mehr. Und Sie haben da mit ihrer Feststellung Recht, Frau Lawerth machte auch auf mich keinen besonders glücklichen Eindruck die letzte Zeit. Sie war bedrückt, geistesabwesend, kurz angebunden, wenn man sie um etwas fragte. Ihre Beziehung zu unserem Chef schien angespannt zu sein. Mir fallen – nun, da Sie diese Umstände erwähnen – die Morgenbesprechungen ein, die Fall- und Untersuchungsinterpretationen, die beinahe jeden Tag vor der Visite anberaumt sind. Wenn der Chef das Zimmer betrat, schien sie besonders bedrückt, blickte zu Boden, als wäre sie irgendwie befangen.«

»Glauben Sie, dass sie unter der Serie von ungeklärten Todesfällen an Ihrer Abteilung litt? Immerhin kann man derzeit von einer besonders eifrigen Belieferung meiner Abteilung durch die Ihrige sprechen.«

»Oh doch, das bedrückt auch mich. So etwas nagt an der eigenen Reputation, alle zeigen mit den Fingern auf uns, obwohl wir selbst noch keinerlei Erklärung haben. Kollegin Lawerth nahm immer besonderen Anteil am Ableben eines Patienten. Ihr waren die alten Patienten besonders lieb. Sie sprach davon, ›die Stütze deren Würde‹ sein zu wollen, von ›Stärkung des Bündnisses zwischen Jung und Alt‹, sie zeigte da sehr viel Engagement. Schon möglich, dass sie den allgegenwärtigen Tod an der Abteilung weniger locker wegsteckte als wir anderen. Immerhin wird man ja von einer gewissen Routine erfasst über die Jahre, und wenn auch das Wort abgestumpft kaum je in den Mund genommen wird, so ist es umso mehr gerade das: Es sind einem längst die Spitzen der Empfindsamkeit gekappt worden, unser Gefühlskleid und unsere Verletzlichkeiten haben ihr eckiges Profil verloren, sie sind abgeschliffen, geschwungen und passen sauber in die Plätze unserer beruflichen Positionen, ohne mit irgendwelchen Gewissensbissen noch Reibung zu haben. Aber könnten wir anders denn überleben? Nein, es ist gut so und nur eine Frage des Maßes.«

»Nun, Herr Kollege, was halten Sie denn von dieser Serie der Todesfälle? Sie sind ein erfahrener Kliniker, Sie müssen sich doch auch Gedanken gemacht haben, wenn ein Todesfall nicht die logische Konsequenz von schon vorher erfolgten Symptomen war.«

Hinterberger holte tief Luft. Die beträchtlichen Mengen Rotwein und die offensichtlich unangenehme Frage hatten seine Atmung beschleunigt.

»Sie wollen also das Thema wechseln?«, fragte er.

»Keineswegs. Wir besprechen dasselbe Thema, denn ich habe das Gefühl, dass beides zusammenhängt. Dr. Lawerths Bedrücktheit hing möglicherweise mit den ungeklärten Todesfällen zusammen. Was mich am meisten irritiert, sind die fehlenden Krankengeschichten. Sagen Sie, die Testungen des neuen Diuretikums, wo sind die Ergebnisse denn niedergelegt? Wo befinden sich die Aufzeichnungen darüber?«

Baltrow wollte seine Entdeckung bestätigt wissen.

»Die hat nur unser Chef«, antwortete Hinterberger. »Die Laboruntersuchungen wurden nicht nur im Krankenhauslabor, sondern auch im ausschließlich für die Tests zur Verfügung gestellten Firmenlabor durchgeführt. Da werden Metaboliten bestimmt, deren Quantitäten auf einer normalen Krankengeschichte völlig deplatziert wären, weil sie für die klinische Beurteilung kaum von Relevanz sind. Allerdings werden sehr viele Routine-Laboruntersuchungen auch in diesem Labor durchgeführt, da damit Spitalskosten gespart werden können. Diese Vorgangsweise ist auch von der Direktion genehmigt worden, die Firma hat sich sozusagen zusätzlich spendabel erwiesen, das allgemeine Hospitalsbudget wird so ein wenig entlastet.«

»Euer Chef bekommt sicherlich ein gewisses Entgelt dafür?«

»Natürlich, das ist so üblich. Obwohl ich persönlich glaube, dass er es auch umsonst machen würde. Unser Chef ist ein Fanatiker.«

»Ein Fanatiker?«

»Nun, er ist von seiner Arbeit besessen. Er hat sich das mit diesem Diuretikum in den Kopf gesetzt und wird dies auch durchziehen. Er war mehrere Jahre seiner Ausbildung an einer großen Klinik in den Staaten und hat sich dort eine gewisse wissenschaftliche Performance geholt, ein konsequentes, lehrbuchmäßiges Praktizieren. Bevor er hier eintraf, eilte ihm schon ein gewisser Ruf voraus. Ein Ruf von Unbeirrbarkeit, Sturheit. Der lässt sich durch kaum etwas beirren. Der lotet jede Krankheit in ihren differenzialdiagnostischen Möglichkeiten vollkommen aus, er zieht seine Untersuchungsprogramme beinhart durch, aber ich weiß nicht, ob er über die Bettkante des Patienten hinaussieht. Sie kennen ihn doch auch inzwischen. Ich bin nicht sein Typ und er nicht meiner.«

»Wären Sie übrigens gerne Chef hier geworden?«

»Sicherlich. Ich habe doch irgendwie in den letzten 15 Jahren am Aufbau der Internen Abteilung mitgewirkt. Da leitet man eine gewisse Berechtigung dazu ab. Habe mich immer sehr mit der Abteilung identifiziert.«

»Und Dr. Lawerth war also Mitforscherin.«

»Nur indirekt. Sie war für die Blutabnahmen zuständig und für die genaue Registrierung von Symptomen bei allen Patienten. Denn obwohl ja jeweils nur einige der

Patienten in die Tests involviert und vorher auch um Erlaubnis gefragt worden waren – allerdings ohne jeweils zu wissen, wann und wie ihnen der Wirkstoff verabreicht wurde –, war es Frau Lawerths Aufgabe, die Befindlichkeiten aller Patienten an der Station in entsprechenden Fragebögen zu erheben. Sie wusste also nie, wann und ob überhaupt ein Wirkstoff gegeben wurde, dafür war ausschließlich der Chef verantwortlich. Wie Sie wissen, wird so etwas Doppelblindstudie genannt.«

Baltrows Ahnung, dass es da parallel zu den Krankengeschichten noch weitere Aufzeichnungen gab, wurde bestätigt. Eine doppelte Buchhaltung der Inkompatibilitäten, Haupt- und Nebenwirkungen gewissermaßen oder ein Begleitprotokoll der pharmakologischen Inbesitznahme menschlicher Körper. Und er fand bestätigt, dass sie streng unter Verschluss standen und sicherlich nur Dozent Ferwarth zugänglich waren. Er würde diesen bitten müssen, Einsicht nehmen zu dürfen. Was die üblichen Krankheitsaufzeichnungen an Informationen nicht hergaben, könnte dort möglicherweise zu finden sein. Bald würde er dies tun, spätestens morgen sich damit auseinander setzen, denn der heutige Tag platzte schon aus seinen Nähten. Zu viel neue Eindrücke, überraschende Wendungen, gegensätzliche Perspektiven drohten die Kapazität seiner Aufnahmefähigkeit zu überfordern. Einmal alles zu überschlafen, den neuen Fakten ein Ruhebett zu verschaffen, indem sie durch seinen erholsamen Schlaf ihre Bedeutung gewannen, sich relativierten und eine bestimmte Reihenfolge der Wertigkeit bekamen, konnte der Sache nur dienlich sein.

Der Sache oder dem Fall? Seiner Sache und dem Fall Sarah Lawerth.

Hinterberger war nun still. Er stierte immer nur an einen Punkt auf dem Boden, so, als dachte er über die letzten Sätze nach. Er glitt aber nur durch die Wirkung des Rotweines in kurze Phasen eines Sekundenschlafes, schloss immer wieder die Augen, dabei kaum das Gleichgewicht seines Kopfes beherrschend. Die Atmung schwer und ziehend, schien er plötzlich einzuschlafen, sein Kopf kippte zur Seite weg. Genau diese Bewegung holte ihn aber augenblicklich in den Wachzustand zurück, dabei musterte er mit rollenden Augen kurz seine Umgebung, um sich dann zu entschuldigen.

»Verzeihen Sie, ich sollte mich wohl doch hinlegen. Am Nachmittag haben wir alle unsere Durchhänger. Mir hat der Rotwein wohl auch nicht gut getan.«

»Müssen Sie denn diesen Dienst machen? Kann denn niemand für Sie einspringen? Was, wenn nun ein Notfall kommt? Sind Sie denn überhaupt in der Lage, solch eine Situation zu beherrschen?«

»Keine Sorge. Ich habe heute eine gute Mannschaft. Den Mitteldienst macht ein junger, engagierter Kollege. Der stürzt sich mit Begeisterung auf jeden Fall, spielt die Register aller Lehrbücher meisterhaft und konsequent. Der Betrieb läuft heute alleine. Außerdem: So akut bekommt man von nirgendwo eine Vertretung. Ich müsste meine Berauschung bekennen und das würde meinem Dienstverhältnis wohl nicht gut tun. Wenn Sie gestatten, werde ich mich hinlegen, in zwei Stunden bin ich wieder fit.«

So stand Baltrow wieder auf dem Gang vor der Tür des Dienstzimmers, zögerlich wie eine halbe Stunde vorher und unverrichteter Dinge, was die Abklärung seines Gesundheitszustandes betraf. Der Zweck seines Besuches hatte sich in der persönlichen Problematik Hinterbergers völlig aufgelöst, sozusagen ersäuft. Nicht er hatte eine erhoffte Therapie bekommen, sondern er hatte sie bei jemanden angewandt, indem er zugehört hatte und Gesprächspartner gewesen war. Allerdings ging es ihm persönlich ja nun auch besser, und er würde die nächsten Tage seine Untersuchungen sicherlich nachholen können.

Die Sorglosigkeit gegenüber den Signalen seines Körpers hatte wieder in gewohnter Weise von ihm Besitz genommen, jener arglose Zustand körperlichen Selbstverständnisses, das – blind und gehörlos von Geburt an mitgetragen – jede Möglichkeit körperlicher Schadensnehmung verneint.

Die unendliche Müdigkeit war nur auf mangelnden Schlaf zurückzuführen, die Atemlosigkeit kam durch die Hitze und die Kraftlosigkeit durch seine malträtierte Seele. Mithin Umstände also, die außerhalb seiner unmittelbaren momentanen Beeinflussungsmöglichkeiten lagen, die sich aber mit der Zeit wohl selbst reparieren würden. Um Erklärungen war er nicht verlegen, und um die Mechanismen des Selbstbetruges wissend, sie bei sich aber in diesen Momenten auf keinen Fall in Erwägung ziehend, schlenderte er den Gang zur nächsten Treppe entlang. Niemand sah seine gebückte Haltung, niemand den in sich zusammengesunkenen alternden Mann, der nur mühsam die Schritte nahm und sich an der Wand, die hölzernen Handläufe nahe wissend, langsam entlangbewegte.

14 Uhr: **Die Kunst des Fliegentötens**

Schibowski erschrak. Über alle Wanderungen durch das Krankenhaus hatte er seinen Ambulanztermin versäumt. Um ungefähr 13 Uhr, ziemlich spät für einen Ambulanzbetrieb, wäre er an der Reihe gewesen. An Montagen, hatte er gehört, blieben die Ärzte der Ambulanzen meist länger, da an diesem Tage der Andrang auch am stärksten war.

Aber nun war es schon gegen 14 Uhr. Schnell eilte er die Treppen ins Erdgeschoss hinunter, doch es war zu spät. Die Tür zum Untersuchungszimmer der neurologischen Ambulanz war schon versperrt, und wo vor einigen Stunden noch Menschen drängten, gähnte nun Leere.

Irgendwie war Schibowski erleichtert. Die mögliche Konfrontation mit einem Arzt, der ihn damals vor zwei Jahren nicht nur nicht behandelt, sondern auch gar nicht zu Gesicht bekommen hatte, der also lediglich aus der alten Krankengeschichte seinen »Fall« glaubte nachvollziehen zu können, weckte sowieso nicht Begeisterung. Was sollte dieser auch schon mit ihm anfangen? Er konnte sich wohl nach seinem Befinden erkundigen, konnte seinen Gang beurteilen, seine Reflexe prüfen und irgendeine Floskel von sofortiger Neuvorstellung bei Auftreten von bestimmten Beschwerden sagen. Er würde nur dort sitzen, sein Programm herableiern und zwischendurch heimlich auf die Uhr sehen, das Mittagessen oder einen freien Nachmittag herbeisehnend. Er würde ihn nur als Belastung, als Unbekannten empfinden, zu dem er keine Beziehung und für den er schon gar keine therapeutische Verantwortung hatte. Und umgekehrt würde er selbst, Schibowski, ihn aber niemals als behandelnden Arzt, eher denn als einen Unbeteiligten empfinden, der ihm lediglich die Zeit stahl.

So nahm er, von jedem Druck befreit, auf einer der zahlreichen Sitzbänke Platz, überkreuzte die Beine und dachte nach. Das Gefühl, bevormundet, abhängig und wehrlos zu sein, war verschwunden, seit er den Termin versäumt wusste. Die Freiheit, sich in diesem Komplex als Selbstbestimmender bewegen zu können, war wohltuend.

Er blickte sich um. Was vor Stunden noch von Menschengewühl erfüllt war, zeigte sich nun als hallende, bodenglänzende Stille, durch die seine Gedanken langsam schwebten. Aus einem der Untersuchungszimmer hörte er lediglich das hohe Summen einer Reinigungsmaschine. Ein Krankenhaus hatte eine pulsierende Atmosphäre, die sich vormittags verdichtete durch konzentrierte Erwartungen und nachmittags entspannte durch verflüchtigende Ängste. Eine Fluktuation der Gefühlsströme, rhythmisch wohl täglich erfolgend, aber punktuell immerfort drohend. Denn Unfälle, akute Erkrankungen waren zeitlos, erfolgten gerne eher nachts, wenn die Dunkelheit die Seelen beklommen machte, als des Tags, wenn das Licht ihre Winkel hell beschien.

Nein, Arzt hätte er nicht werden wollen. Sich tagtäglich mit den Eventualitäten körperlicher Fehlfunktionen auseinander zu setzen, ja das mögliche Erliegen aller Funktionen gewärtigen zu müssen, schien ihm wenig erstrebenswert. Sich immerfort mit der negativen Auslese körperlicher Befindlichkeiten zu konfrontieren und dabei zu vergessen, dass es auch gesunde Menschen gab, würde er nicht erdulden wollen. Die Feststellung der Gesundheit trafen die Ärzte primär kaum, lediglich nach dem Ausschluss einer Erkrankung. Und das erforderte immer eine Durchuntersuchung, bedeutete also, sich vorübergehend dem Verdacht einer Erkrankung aussetzen müssen.

Was übte er da vergleichsweise für einen schönen Beruf aus. Sicherlich hatte er mit den Auswüchsen fehlgeleiteter Charaktereigenschaften zu tun, mit Neigungen, den Regeln und Gesetzen zu entfliehen, und freilich war da primär die Vermutung, dass jedermann eines Verbrechens fähig war. Aber was ihn selbst immer wieder erfreute, war die Feststellung, dass es eine große Anzahl Menschen gab, die frei von Neigungen zu Rechtsbrüchen waren. Was ihm die der Verbrechen Überführten an Lebensfreude vergällten, wurde mehr als aufgewogen durch die Unschuld Erbringenden. Nicht im Sumpf des Verbrechens versank er, sondern die erwiesene Ehrbarkeit der Menschen gab ihm festen Boden, auf dem er sich ziemlich zufrieden bewegte. Beweis und Ausschluss waren zwei Pfeiler seiner beruflichen Identität, die ihm Halt gaben und nicht der undurchschaubare Komplex körperlicher und seelischer Fehlleistungen, die die Ärzte zu behandeln trachteten, ohnmächtig manchmal gegenüber einer genetischen Vorherbestimmung. Somit gab es bei ihnen etwas kaum zu Beeinflussendes, was ihnen letztendlich auch wieder viel Verantwortung nahm.

Er erblickte vor sich die Eingänge zur Zentralröntgenabteilung. Eine unbändige Abenteuerlust überkam ihn, so, als gab es etwas zu entdecken, und als er vorsichtig die Räumlichkeiten betrat – sorgsam bedacht, niemanden anzutreffen – hatte er die kindliche Vorstellung, ein altes Verlies oder gar Höhlengänge in einem Gebirge zu betreten.

Das also waren die Kulträume der Medizin. Ein Flair des Mystischen, eine gedämpfte Licht- und Schallwelt des Unheimlichen füllte sie aus.

Er entsann sich, dass er damals während seines Aufenthaltes hier einige Zeit zugebracht hatte, Minuten der Beklemmung, Stunden der körperlichen Bedrängung, als er sich vielfältigsten Untersuchungen unterziehen musste.

Hier ergab man sich dem Mysterium der Strahlen und Echowellen. Schibowski vermeinte, sich im Inneren einer ägyptischen Pyramide zu befinden. Obwohl die Finsternis dort der Verschleierung aller Tatsachen diente, blieb nichts verborgen. Die Schummrigkeit diente dazu, des Dunkels menschlicher Innereien Herr zu werden. Unbarmherzig wurden hier Tumore aus den Geweben gefiltert, Zysten aus Parenchymen isoliert, Verschattungen und Verdichtungen auf Folien projiziert und im kalten Licht von Schaukästen betrachtet. Die ganze Vielfalt der normalen und der pathologischen Anatomie war hier zu lernen, und wenn die Organe kaum, indes nur die anorganischen Knochen sichtbar wurden, bemerkte man erst, wie dünn das Leben darum gestaltet war. Zarte Schleier, grau und fahl als dicke oder dünne Muskeln schimmernd, lose, hauchdünne Schalen an inneren und äußeren Häuten umgaben die ewige Stütze des Skeletts. Die Bilder dort glichen einer Vorwegnahme der Staubwerdung, bei der nichts mehr sichtbar bleibt als die ewige Symbolik des Todes: der knöcherne, hohle Schädel ohne Ummantelung, aber auch ohne Inhalt.

Schibowski entsann sich, wie er auf den Untersuchungsliegen starr verharrt und solche Position als Auslieferung und Unterwerfung empfunden hatte. Die Untersuchungsstatt war wie ein Altar gewesen und man hatte ihn einer Maschine präsentiert, die zwar von einem Arzt gelenkt wurde, aber in Wahrheit durch Schaltkreise, Transistoren und Algorhythmen funktionierte. Da gab es kein Verhandeln mehr, keine Zwiesprache und keinerlei Diplomatie irgendeines Wortes. Es war die unmittelbare Konfrontation einer kalten, leblosen Dingwelt mit der Welt seiner Ängste und Hoffnungen.

Er fühlte sich nicht wohl und begann zu transpirieren. Allein die Vorstellung an damals verursachte Anflüge einer latenten Klaustrophobie. Er wusste, im nächsten Raum stand der Computertomograf. Dort hatte sich dann zu guter Letzt das Gefühl des Ausgeliefertseins bis zum vegetativen Raptus überhöht. In der engen Röhre war es zum Zusammenbruch gekommen, er war mit Atemstörungen und wild strampelnd aus dem Kanal gekrochen, geflohen, nach Luft und weiten Räumen japsend. Man hatte ihm damals ein Beruhigungsmittel injizieren müssen, eines, das ihn beinahe in eine Narkose versetzte, damit es ihn endlich auf der Liege hielt und das Ausmaß seiner Bandscheibenvorwölbung sichtbar gemacht werden konnte.

Schibowski nahm auf einem der Stühle Platz. Durch die offenen Türen zu den Nebenräumen hörte er gedämpfte Gespräche. Wahrscheinlich die Angestellten, Röntgenassistentinnen, medizinisch-technisches Fachpersonal, das nach dem Stress des Vormittags Nachbesprechungen führte oder der meist gegen Abend ankommenden Notfälle harrte. Das richtete und sichtete, reinigte und zurechtstellte, um prompt gewappnet zu sein für alle Eventualitäten.

Genau genommen war Schibowski der Zugang zu diesen Räumlichkeiten verboten. Aber für den heutigen Tag hatte er einen Sonderstatus verliehen bekommen. Eine Mischung aus bestelltem Patienten und halboffiziell Beauftragtem seines Chefs und der durch den Krankenhausdirektor halblaut ausgesprochenen Berechtigung zur aktiven Umsicht. Er befand sich also außerhalb der Verfügbarkeit durch irgendjemanden, außerhalb der Regeln der Besuchs- und Bewegungsordnung, deren Einhaltung in Krankenhäusern – weniger offiziell denn als zum guten Ton gehörend – stillschweigend vorausgesetzt wurden.

Aber kein Gefühl der Genugtuung stellte sich bei Schibowski ein. Mit der verliehenen Bewegungsfreiheit war er scheinbar lediglich einem düsteren Komplex aus Bedrohlichkeit und Befremdlichkeit näher getreten. Und er wusste: Die Mauern, hinter die zu blicken er im Begriffe war, bestanden nicht aus fremdartigen Worten, einer unverständlichen wissenschaftlichen Sprache und aus dem Nichtverständnis komplizierter technischer Strukturen, sondern es war die indifferente Miene, die sämtliche Angestellten eines Hospitals immer zur Schau trugen. Sphinxhaft, hintergründig und undurchschaubar. Und immer war zu vermuten, dass sie doch etwas wussten. Damals, noch als Patient an der Neurologie, als er an den Lippen und Blicken, an den Gesten und Bewegungen der Ärzte gehangen hatte, um ein Urteil und eine Prognose über sich herauszulesen, war ihm dies als zynische Verheimlichung erschienen, und es war eigentlich das befremdliche Gefühl schlechthin, wenn scheinbar Wissen und Wahrheit zurückgehalten wurde. Aber nun, da er sich unbemerkt und vorsichtig herantastete, erkannte er seinen Irrtum. Die Gesichter konnten nicht offen sein, denn ihre Besitzer trugen selbst Lasten, die Mienen waren nicht freundlich, denn dahinter befanden sich individuelle Sorgen. Das Heer der Ärzte und Schwestern war eine Schar Gefangener und Gefesselter, Ängstlicher und Mutloser. Sie bedrückte ein übergeordnetes System, ein diffuser Komplex, der nicht zu benennen und zu greifen, nicht zu erkennen und zu sprechen war, weil er sich außerhalb menschlicher Einflussnahme ausbreitete. Der eine Eigendynamik entwickelte, möglicherweise nicht aus sich selbst entstanden, aber nunmehr durch sich selbst existierend.

Schibowski atmete tief durch und setzte sich auf einen der Stühle. Er kam sich dabei höchst deplatziert vor. Eine unwürdige Situation war es ihm, so verhalten atmend und verkrümmt die Worte aus dem Nebenraum zu erlauschen.

Die Punktionsstelle der Infusion, die ihm Dr. Hinterberger vor kurzem gesetzt hatte, brannte und erinnerte ihn daran, dass er möglicherweise nicht seinen besten Tag hatte. Immer wenn er einen Urlaub antrat, ging es ihm am Anfang schlecht. Missmutig war er dann, der Kopf begann zu schmerzen, zu nichts hatte er so recht Lust, schon gar nicht war er dann auf irgendjemanden gut zu sprechen. Es musste mit dem Abfall der Drehzahl zu tun haben, und die Analogie zu einem Motor, der wochenlang auf Hochtouren lief und nun, da man ihm den Brennstoff verringerte, auf niedrigere Umdrehungen zurückfiel, auf einen Leerlauf ohne eingelegten Gang, schien ihm treffend. Er war ja psychologisch geschult, er wusste, dass zu Beginn eines Urlaubes die Befindlichkeitsstörungen, die Krankheiten allgemein sich häuften, dass mehr getrunken, mehr gestritten und mehr geschieden wurde.

Was hatte er denn wirklich hier zu suchen in dem Dickicht und dem undurchdringlichen Gehölz an Beziehungen, Affären und Abneigungen, Verbandelungen und Feindschaften? Wie überall geschah es auch hier, dass sich Menschen mochten oder einander unsympathisch waren, dass sie einander suchten oder sich aus dem Wege gingen. Ob es nun an seinem Arbeitsplatz geschah, wo der Neid der Kollegen, das Misstrauen der Vorgesetzten ihm schon so manchen Tag vergällt hatten, oder ob es in irgendeinem großen Bürohaus passierte, wo Ausgrenzung und Bevormundung an der Tagesordnung waren, wo Ellenbogen, sture Schädel und alle anderen kantigen Körperteile als bewährte Mittel eigenen Durchsetzungswillens Breschen in die labilen Gemütsverfassungen der Angestellten schlugen: Es geschah überall gleich und verlief allerorten ähnlich.

Und schließlich: Was hatte es ihn zu interessieren, ob hier ein Mord geschehen war? Nur weil ein Telefonanruf seinen Vorgesetzten darauf hingewiesen hatte? Sollte doch die übliche Recherche beginnen! Mit Beschlagnahmung, Abriegelung des Tatortes, Miteinbeziehung von Polizei und Kriminalkommissar.

Halbe Sachen hatte Schibowski nie gemocht, und er gestand sich nun ein, dass das anfängliche Interesse an einem möglichen Fall bei ihm doch eher etwas mit Rache üben, mit Heimzahlen und Ähnlichem zu tun und dass seine anfängliche Motivation höchst persönliche Gründe gehabt hatte.

Aber nun? Sein Interesse löste sich in schweißiger Haut, seine Motive in Selbsterkenntnis auf. Er würde seinem Chef sagen, dass da nichts sei, dass nach vorläufigem Ermessen von keiner Gewalttat ausgegangen werden konnte. Er würde endlich seinen Urlaub antreten, so, wie er ihn sich vorgestellt hatte: langer Schlaf, planloser Müßiggang, sich durch die Tage treiben lassen, spontan und ohne irgendeinen Willen.

Schibowski wollte den Raum verlassen, aber die Stimmen im Nebenraum wurden lauter. Er fing Gesprächsfetzen auf, Ausrufe der Überraschung, der Verneinung, einen Tonfall in den Stimmen, der auf herzhaft geführte Diskussionen schließen ließ. Schibowski wollte kein Interesse an diesen Worten haben, aber sie drängten sich auf, krallten sich an seinen Ohren fest, denn augenscheinlich war die verstorbene Ärztin das Thema. Also erhob er sich und schlich sich noch einige Zentimeter näher, leise und mit verhaltener Atmung, sodass er seinen Herzschlag vernahm. Nicht an seinen Beruf erinnerte ihn die Situation, sondern an die alten Indianergeschichten seiner Kindheit, an Anschleichen und Belauschen.

»Ich weiß genau, dass sie ein Verhältnis mit ihm hatte. Das pfiffen doch schon die Spatzen von den Dächern, nur du willst nichts davon wissen. Wer dermaßen plötzlich seine Gewohnheiten ändert, tut dies meist nicht aufgrund einer rationalen Entscheidung. Man ändert sich nur durch Emotionen.«

»Aber das muss doch nichts bedeuten, dass sie öfters da unten war. Sie könnten doch auch Freunde geworden sein!«

»Freunde? Dass ich nicht lache! Der verstockte, verbohrte Professor hat sie umgarnt mit seinen gescheiten Sprüchen, anders ist mir das nicht erklärlich. Welche attraktive Frau gibt sich mit solch ältlichem Herrn, der übrigens überhaupt nicht das Geringste an Attraktivität besitzt, schon freiwillig ab, wenn nicht irgendein fauler Keller- oder Totenzauber sie fesselt. Ja, kann an so einem Ort irgendein anderes Gefühl als Abscheu und Ablehnung sein? Würdest du denn im Gestank nach Verwesung irgendwelche Herzensgefühle entwickeln können? Nein, erzähl mir das nicht. Da ist es nicht mit rechten Dingen zugegangen. Der Professor da unten ist sowieso immer ein Sonderling gewesen. Man sagt, er sei schon einmal verheiratet gewesen, aber die erste Frau habe ihn verlassen.«

»Nein, nicht verlassen, gestorben ist sie. Aber niemand weiß Näheres. Trotzdem tust du ihm Unrecht. Männer können auch durch Charme und Geist beeindrucken, es macht sie zumindest für mich immer attraktiv. Außerdem muss da nichts gelaufen sein, denn Frau Lawerth war ehrgeizig, was ihre Ausbildung betraf, und da kann es schon dazugehören, auch die Pathologie mit einzubeziehen. Immerhin hat unsere ja einen sehr guten Ruf.«

Schibowski hielten die Regeln seines Berufes, die immer währende Bereitschaft, Spuren aufzunehmen, ihnen nachzugehen und jederzeit – wenn auch zarte und phantasievolle – Ketten an Indizien daran zu knüpfen, hinter dem Türstock. Denn dort wurden ihm wieder Verdachtsmomente zugeschanzt und Unregelmäßigkeiten angedeutet, sodass er ohne schlechtes Berufsgewissen nicht diesen Ort hätte verlassen können. Denn dort wurden ihm höchst sonderbare Fakten mitgeteilt.

»Trotzdem, ich sage dir, er ist ein Sonderling. Ich erinnere mich noch an die Unterrichtsstunden in Pathologie, in denen er die Leichen immer so anschaulich beschrieb, dass sich einem die Haare aufstellten. Als hätte er Freude zu schockieren. Der weidet sie nicht nur aus, sondern er weidet sich daran, unbedarfte Menschen zu erschrecken.«

»Aber das kann doch auch Besessenheit von seinem Beruf sein. Ihm ist die Pathologie so viel, dass seine Ausführungen eben von Herzen kommen. Der geht darin auf und berichtet eben darüber mit einer gewissen Begeisterung.«

»Aber man quält andere Menschen nicht mit solchem Thema. Ich habe mich damals dermaßen schlecht gefühlt, dass ich mich vor den Exkursionen in den Keller vom Betriebsarzt krankschreiben habe lassen. Ich glaube, er ist ein Sadist. Einer der sich in den dunklen Räumlichkeiten verspinnt und seine abstrusen Wege geht. Ich kann ihm nicht die geringste Sympathie abgewinnen, ja, ich glaube daran, dass es zwischen ihm und Dr. Lawerth nicht mit rechten Dingen zugegangen ist. Der Mann ist nicht ganz koscher.«

»Ich glaube eher, dass du ein allgemeines Problem mit Leichen oder mit dem Sterben hast.«

»Trotzdem, ich bleibe dabei: Der Mann da unten ist mir höchst unsympathisch und hat mit dem plötzlichen Versterben von Dr. Lawerth etwas zu tun. Nicht umsonst schnüffelt hier ein Kriminalkommissar.«

Psychologe! Ich bin Kriminalpsychologe! Schibowski fuhr zurück. Er kam sich lächerlich vor, aus solcher Position gelauscht zu haben. Aber immerhin war ihm dadurch eine Verdachtsspur gelegt worden. Auf leisen Sohlen schlich er aus der Röntgenabteilung.

Die Worte der einen Angestellten gingen ihm nicht aus dem Kopf. Er musste ihr Recht geben. Wusste er doch, dass menschliches Verhalten seltsame Blüten sprießen ließ, wenn es abseits in engen, abgelegenen und dunklen Räumen gedieh. Wenn es nicht in den allgemeinen Strom von üblichem Verhalten und kalkulierbaren Reaktionen eingebettet war, die so geschahen durch gegenseitige Kontrolle und Bemessung, die durch enge Vernetzung ein Ausbrechen und Abdriften verhinderten. Die garantierten, dass die jedem Menschen innewohnende Bestie gezähmt wurde und die jedem Menschen immanente Bestrebung zu Gewalt und Mordgier keine Kraft entwickeln konnte. Wie leicht entglitt sie in extremen Situationen der Selbstkontrolle, verstärkt durch trübe Gedanken, vermehrt durch Rachegelüste und durch ein als missgünstig erfahrenes persönliches Schicksal?

Diesen Professor musste man sich vorknöpfen. Perlustrieren durch verfängliche Gespräche, durchleuchten mit Fangfragen und mit ausgeklügelter Technik der Zwiesprache.

Viele Abteilungen hatte Schibowski besucht, aber jene, in der sich Dr. Lawerth die letzten Monate neben ihrer eigenen zumeist aufgehalten hatte, war ihm noch unbekannt. Wahrscheinlich auch eine unterbewusste Vermeidung, denn er musste sich – und da ging er mit der Röntgenassistentin von vorhin konform – eingestehen, dass er den Anblick von Leichen, die Gerichtsmedizin und die Pathologie nie besonders gemocht hatte. Während seiner Ausbildungszeit hätte er gerne auf dieses Fach verzichtet, freilich ohne dass er ihm den Stellenwert in der Kriminalistik abgesprochen hätte. Es mussten bei ihm individuelle Ursachen sein, vielleicht auch die Tatsache, dass er als kleiner Junge bei seinem Großvater, der von einem Baum erschlagen worden war, stundenlang – mit seiner Mutter zusammen – die Totenwache halten musste. Die desintegrierte Oberfläche eines Körpers, die zerstörte Haut, das verletzte Integument eines Menschen war Kindern erschreckend. Und er erinnerte sich, dass schon der Anblick von Wunden, ihre klaffenden Ränder, über die das Blut quoll, ihn in Schreck versetzte, dass die zerstörten und zerquetschten, vormals glatten und ebenen Oberflächen der Haut mit der Hindeutung auf bleibende Narben ihm ein Gräuel waren. Am schlimmsten waren Verkehrsunfälle, bei denen ungerichtete mechanische Gewalt vertraute Formen, übliche Körperhaltungen jäh verbog, verkrümmte und in lebensferne Positionen verschob. Schibowski wusste, dass seine Schwäche ihn für den Beruf eines Kriminalkommissars in gewisser Weise disqualifizierte.

Er schlich davon, und als er zur Treppe schritt, um zur Neurologie einige Stockwerke höher zu gelangen, passierte er die Kantine. Sie war um diese Zeit leer – offenbar wurde auf den Stationen die Nachmittagsjause serviert. Nicht ganz leer, denn an einem Tisch gleich neben dem Eingang saß ein Patient und rauchte genüsslich eine Zigarette. Er tat dies so bedächtig und mit einer Selbstverständlichkeit, dass Schibowski meinte, eher einem Dauerinsassen denn einem Patienten mit vorübergehendem Aufenthalt zu begegnen. Jener schien sich das Hospital angeeignet und zu seinem derzeitigen Lebensort gemacht zu haben. Er hatte ein hageres eingefallenes Gesicht, das übersät war mit weißen Bartstoppeln, sein Haupthaar war dünn und spärlich. Ein schlottriger Hausmantel umhüllte einen viel zu groß gewordenen Pyjama. Schibowski kannte solche Gesichter als Merkmale einer zehrenden Erkrankung. Die fahle, gelbliche Gesichtsfarbe und die eingefallenen Wangen waren die Kennzeichnungen eines chronischen Krankheitsprozesses. Der Mann war ungefähr sechzig Jahre alt, und obwohl er die Physiognomie eines allgemeinen Verfalls besaß, hatte seine Miene dennoch etwas Zufriedenes, ja etwas Vergnügliches, indes sein Zustand ihn doch eher verhärmt hätte stimmen müssen.

Schibowski grüßte und blieb stehen, um ins Gespräch zu kommen.

»Verzeihen Sie, ich bin auf dem Weg zur Neurologie. Ich glaube, im dritten Stock ist sie. Oder im vierten. Es ist schon so lange her, dass ich an dieser Station gelegen bin.«

»Im dritten Stock. Gleich dort die Schwingtür hindurch. Sie könnten aber auch mit dem Lift fahren.«

Schibowski zögerte.

»Ja, ich weiß, und da würden auch die Abteilungen beschriftet über den Lämpchen der einzelnen Stockwerke stehen. Mein Name ist Schibowski, ich möchte Sie etwas fragen. Darf ich mich kurz zu Ihnen setzten? Oder fühlen Sie sich zu krank, um mit mir zu sprechen?«

Schibowski tat die Indiskretion Leid, aber der Mann ignorierte seine Worte.

»Absolut nicht.«

»Sie müssen wissen, ich führe Vorerhebungen durch, wegen des gestrigen Todesfalles. Sie wissen schon.«

»Oh ja, die junge Ärztin, die Assistentin der Internen Abteilung. Schiebinger übrigens mein Name. Sie sind also von der Polizei. So weit sind wir hier also schon gekommen.«

»Genau genommen von der Kriminalpolizei, aber das ist im Prinzip gleich. Ich möchte Sie nicht beunruhigen. Ich bin nur auf Verdacht hierher gesandt worden.«

»Nein, nein, das musste so kommen. Das Hospital hat sich verändert. Ich bin nun schon das 15. Mal hier, bekomme den letzten Zyklus einer Chemotherapie. Das zieht sich nun schon über zwei Jahre hin. Bin als Beamter in Frühpension gegangen, habe Dickdarmkrebs, leider mit Metastasen in der Leber. Aber sie werden von der Chemotherapie in Schach gehalten, wachsen momentan nicht. Also, das ist hier schon toll, muss ich Ihnen sagen. Alle können etwas. Wenn Sie so wollen, ich bin ein Faktotum des Krankenhauses, ein Routinier des Gesundheitswesens, leider aber auf der passiven Seite, nicht mitgestaltend, sondern empfangend.«

Schibowski war es plötzlich unangenehm, den Mann angesprochen zu haben und nun mit dessen Schicksal konfrontiert zu sein. Er hätte sich gerne entschuldigt und sich verabschiedet. Schibowski aber zündete sich eine neue Zigarette an und rückte den Stuhl vor ihm einladend zur Seite. Es war eine Aufforderung, sich zu setzen.

»Bitte, nehmen Sie kurz Platz. War eine gute Ärztin, mochte sie ganz ehrlich. Sprach mit mir über alles, über die einzelnen Schritte und auch über meine Prognose. Die ist allerdings nicht besonders, diese Fünfjahresheilungsrate beim Dickdarmkrebs in diesem Stadium. Sie war übrigens eine der wenigen Ärzte, die sich der Patienten persönlich annehmen. In Gesprächen, Erkundigungen über das Befinden und das soziale Umfeld zu Hause. Sage Ihnen, das war wohltuend. Rauchen Sie?«

Er hatte aus einer schon zerknitterten, fast leeren Packung eine Zigarette hervorgekramt, hielt sie Schibowski unter die Nase, um sie dann – da jener dankend abgelehnt hatte – vor sich auf den Tisch zu legen.

»Wenn Sie mich fragen, wie das gestern passiert ist, woran die junge Frau gestorben sein könnte, dann muss ich Ihnen sagen: Wir haben alle keine Ahnung. Wir, meine Zimmerkollegen und ich, sind erschüttert. Sie wird uns fehlen.«

»Haben Sie gestern, so zwischen 19 und 22 Uhr, irgendetwas Ungewöhnliches bemerkt? Ich nehme an, Sie kennen den Tagesablauf nach so viel Aufenthalten hier äußerst genau. Da bemerkt man eine noch so geringe Abweichung von der üblichen Routine doch eher. Vielleicht verhärmte Gesichter, wie nach Streit, eine allgemeine Hektik oder ein anderes allgemeines Gesprächsklima, also in diese Richtung, wenn Sie mich verstehen.«

Schiebinger dachte kurz nach, blies den Rauch in einer langen geraden Fahne hinaus, dabei sein Gesicht zur Seite wendend, um den Kommissar nicht zu treffen.

»Nein, nichts dergleichen. Wir haben im Zimmer schon darüber diskutiert. Haben Sie denn einen Verdacht? Es ist doch schwer anzunehmen, dass in diesem Haus jemandem Gewalt angetan wird. Feinde, übel gesonnenes Personal, oder gar Patienten – nein, das ist ausgeschlossen. Es sterben doch auch junge Menschen, akut und so von einem Moment auf den anderen.«

»Das wird sich morgen herausstellen, wenn sie obduziert wird.«

»Wenn Sie schon von einer Mordtheorie ausgehen, dann müssen sie auch berücksichtigen, dass es ein Fremder getan haben könnte. Ein Bekannter von ihr, der sie sonntags besuchte. Gerade am Wochenende sind die Besuchszeiten nicht so streng, da wimmelt es hier nur so von Angehörigen und Freunden, die sich – mitunter von weit her angereist – diesen Tag schon lange reserviert haben. Spitäler ziehen auch alles mögliche Gesindel an, das war immer schon so. Die Aura einer gewissen Menschlichkeit, Hilfsbereitschaft ganz allgemein, leuchtet bis in die Winkel der Armensiedlung der Vorstadt. Da könnte etwas an Nahrung abfallen, im Winter ist es warm, und wenn man fest jammert, wird man zumindest professionell angehört, und wenn man Schmerzen vortäuscht, ist einem eventuell ein frisch überzogenes Bett gewiss. Ich weiß auch von einem Heizer im Keller, dass hinter den winkeligen Heizleitungen, in dem unübersichtlichen Labyrinth der Haustechnik sich schon so mancher Clochard versteckt hatte. Um sich zu wärmen, um einen ruhigen Platz zum Schlafen zu finden.«

Schibowski nickte.

»Ihre Theorien sind plausibel, ich würde – um Hilfe zu bekommen – wahrscheinlich auch nicht zum Bahnhof gehen, sondern eher hierher kommen. Aber wir haben nun weit über dreißig Grad draußen, da schläft es sich im Park angenehmer. Also, ein Gewaltverbrechen von jemand Hausfremden? Nein, das glaube ich eher nicht. Denn Frau Dr. Lawerth war äußerlich völlig intakt. Keine Spur irgendeiner Gewalt. Ein Raubmord oder ein Racheakt, wenn nun denn ein solcher vorliegt, konnte nur von jemandem begangen worden sein, der gewisse Kenntnisse hat, also gewissermaßen eine dezente, subtile Tötungstechnik beherrscht und es versteht, keine Spuren zu hinterlassen oder solche perfekt zu beseitigen.«

Schibowski machte eine Pause. Er merkte, dass Herr Schiebinger sich geehrt fühlte, mit einem Kriminalkommissar so intim die Verdachtsmomente bezüglich eines Gewaltverbrechens abwägen zu können. Er gedachte das Thema etwas zu variieren.

»Was können Sie mir über die anderen Ärzte sagen? So aus dem Blickwinkel eines Intimkenners dieses Betriebes.«

»Ach, die sind alle in Ordnung. So direkten Kontakt zu ihnen bekommt man nicht gerade, am ehesten noch zu den Praktikanten. Die nehmen sich Zeit für ein Gespräch – und natürlich die Schwestern. Bei den Assistenz- oder Oberärzten hat man manchmal das Gefühl einer verbissenen Konkurrenz. Der Chef ist hier an der Abteilung jünger als sein erster Oberarzt. Da können Sie sich vorstellen, dass das Arbeitsklima anfangs nicht besonders war. Ist ja klar, wenn man einem altgedienten Oberarzt, der sich selbst Avancen auf den Chefsessel machte, einen jungen Spund hinsetzt. In den letzten Jahren kamen sie alle von der Universitätsklinik, bringen schon einen Professoren- oder zumindest Dozententitel mit und krempeln dann alles um. Sind aber meist hochspezialisiert und tun sich mitunter bei Routinefällen schwer.«

»Was sind denn Routinefälle für Sie?«

»Na, zum Beispiel ein Säuferdelirium. So etwas hatte doch der Chef dieser Abteilung sicherlich noch nie gesehen, als er an der Uni-Klinik weiß Gott was für Spezialitäten der Medizin aufkochte. Oder nehmen wir meinen Zimmernachbarn: Der hat Probleme mit seiner Frau und psychosomatisiert nun ganz gewaltig. Hat eine so genannte Herzneurose. Da sind alle Untersuchungen ohne Befund, also negativ, und trotzdem drückt und quält ihn sein Herz. Der Chef gibt ihm weiß Gott was für Medikamente, die den wilden Herzschlag bremsen, seine Sauerstoffaufnahme beschleunigen und dessen Muskel stärken. Und trotzdem verfällt der Mann jeden Tag mehr. Sie sehen, die Ursache habe ich als einfacher, unwissender Patient – zwar altgedient und Chemotherapieempfänger – eher herausgefunden als der hochstudierte Chef. Solchen Leuten fehlt der Kontakt zum wahren Leben da draußen, sie haben keine Ahnung davon, wie sich die Menschen durchschlagen, was sie denken und wie es mit ihnen sozial steht. Mir, seinem Bettnachbarn, hat er sein Herz ausgeschüttet, den Ärzten hat er alles verschwiegen. Frau Dr. Lawerth nicht. Sie wusste Bescheid. Ich merkte es bei einer Visite, als sie ihrem Chef vorschlug, doch endlich auch einen Psychiater oder Psychotherapeuten hinzuzuziehen. Es gibt da einige in der Stadt, die konsiliariter dem Krankenhaus Besuche abstatten. Aber der Chef ordnete dagegen eine Herzszintigrafie in der Hauptstadt an, am dortigen Nuklearmedizinischen Institut. Ich war auch schon einmal dort, allerdings bei einer Knochenszintigrafie wegen meiner Metastasen.«

Schiebinger bereitete es Vergnügen, dem Kommissar sein medizinisches Wissen präsentieren zu können. Und jener zeigte sich interessiert.

»Es gibt hier an der Abteilung also auch diese stille Hegemonie zwischen den altgedienten Ärzten und dem Neuankömmling.«

»Sicherlich. Ich mache die Chemotherapie ja nun schon einige Jahre mit und der Chef ist erst seit zwei Jahren hier. Bei den Visiten hat man manchmal schon das Gefühl, dass der eine dem anderen aus dem Wege geht. Oder gar der eine das Krankenzimmer gar nicht betritt, wenn der andere hier dort Visite machen sollte. Und das Problem ist auch, dass diese Bruchlinie quer durch das Personal geht. Die älteren Schwestern orientieren sich nur widerwillig an den neuen, anderen Leitlinien, während die jüngeren noch nicht diese Bindungen zu den etablierten Ärzten entwickelt haben.«

Schibowski schüttelte den Kopf.

»Meinen Sie mit etabliert den Oberarzt Dr. Hinterberger?«

»Sicherlich diesen an erster Stelle. Die sind sich untereinander alle nicht grün.«

»Einer fruchtbaren Zusammenarbeit ist das aber nicht gerade gedeihlich.«

»Wer schert sich schon darum. Die Ärzte hier arbeiten ziemlich autonom. Es wird ihnen höchstens bei den Kosten, die anlaufen, etwas dreingeredet. Niemand aber kann das innerbetriebliche Klima von außen einsehen oder gar beeinflussen. Im Übrigen glaube ich, dass es auf der Chirurgie oder an den anderen Abteilungen auch nicht anders läuft.«

»Ganz offen nun: Muss man als Patient in diesem Hause Angst haben?«

»Nein, ganz und gar nicht. Ich meine, dass diese interne Belauerung sogar eine gewisse medizinische Qualität garantiert. Jeder blickt dem andern auf die Finger. Das lässt vorsichtig werden und spornt an, exakter und genauer zu arbeiten. So nach Art eines internen Wettbewerbes. Da ist man immer auf der Hut. Interne Machtkämpfe sind irgendwie das beste Motiv für eine Fortbildung. So rein aus dem Konkurrenzdenken heraus.«

»Kompliment. Sie haben die Strukturen gut durchschaut.«

»Was soll's. Ich verbringe ja die meiste Zeit hier.«

»Sie kennen die anderen Abteilungen auch?«

»Soweit ich durch meine Krankheiten fachübergreifend zu behandeln war, sicherlich. Ich war an der Chirurgie, als man mir den Tumor entfernte. Ein hässliches Dickdarmkarzinom, das mir den Verdauungskanal verschloss. Danach war ich längere Zeit an der Intensivstation, weil ich postoperativ eine Lungenentzündung bekam. Die Röntgenabteilung kenne ich in- und auswendig, da ja für die unzähligen Nachsorgeuntersuchungen permanent Röntgenkontrollen notwenig sind. Durch die Chemotherapie an der Internen Abteilung bekam ich einmal eine Lähmung des Unterschenkelnerven, daher lag ich an der Neurologie. Nach der Bestrahlung an der Strahlenabteilung im Zentralkrankenhaus der Hauptstadt bekam ich Hautverbrennungen, die nicht so ohne weiteres abheilten. So lag ich dann an der Dermatologischen Abteilung. Der Dauerkatheter verletzte meine Blase, sodass ich Bekanntschaft mit der Urologie machte, und schließlich beschädigte ein starkes Antibiotikum meine Netzhaut, sodass ich auch kurz die Augenabteilung kennen lernte. Eine Odyssee durch die Fachabteilungen war das, allerdings eine Fahrt im Kreise. Und es zeigt, wie sehr eine Abteilung durch die andere existiert, von und durch sie lebt. Sie bedingen alle einander.«

»Aber an der Gynäkologie oder der Kinderabteilung gar lagen Sie niemals.«

»Stimmt nicht. Auch dort war ich schon stationär, als nämlich die Interne Abteilung renoviert wurde und ihr vorübergehend ein Teil der Frauen-Abteilung mit Betten zur Verfügung stand. Und die Kinderabteilung schließlich betrat ich deshalb oft, weil ein Enkelkind von mir an einer Asthmabronchitis leidet und oftmals im Notfall zur Inhalationstherapie hier lag. Sogar an der Unfallabteilung war ich schon, weil eine so genannte pathologische Fraktur am Oberschenkel – also ein

Absiedler meines Primärtumors – eine Gipsruhigstellung verlangte. Sie sehen also, überall in diesem Haus war ich schon nach meinen unzähligen Chemotherapiezyklen, und Sie werden kaum jemanden finden, der so gleichzeitig den Überblick bewahrt hat.«

»Weil wir vorhin über das Konkurrenzdenken gesprochen haben, über den Neid unter den Kollegen: Halten Sie es für möglich, dass Frau Dr. Lawerth einer Intrige zum Opfer gefallen ist? Dass sie jemandem im Wege stand?«

Schiebinger dachte kurz nach, wölbte seine Lippen und schüttelte schließlich den Kopf.

»Das glaube ich eher nicht. Sie befand sich noch in Ausbildung, war also nur Assistentin und spielte hier an der Abteilung – was die allgemeine Verantwortlichkeit betraf – keine besondere Rolle. Ich glaube allerdings einige Male bemerkt zu haben, dass Schwester Sieglinde, also die Stationsschwester, ihr nicht besonders gewogen war. Als jahrelanger Beobachter, Zuhörer, kennt man langsam die Terminologie und den Tonfall der offiziellen Gespräche des Personals mit den Patienten. Es sind meist nichts sagende Sätze, verschleiernde, unklare Worte, Andeutungen, also eine Sprache, die ja einerseits der für die Arbeit wichtigen Verständigung dient, andererseits aber medizinische Geheimnisse bewahren soll. Ich bin dadurch sehr empfänglich geworden für die Nuancen dieser Sprache, kann sie gewissermaßen besser interpretieren und deuten als ein Neuankömmling. Und da schien mir schon einige Male ein ablehnender, verächtlicher Unterton mitzuschwingen, wenn Schwester Sieglinde mit Frau Dr. Lawerth sprach. Das könnte sicherlich damit zu tun haben, dass Lawerth sehr gerne ihrer Überzeugung bezüglich pflegerischer Maßnahmen Ausdruck verlieh, und da kam sie Schwester Sieglinde offensichtlich einige Male in die Quere. Außerdem sind beide attraktive Frauen, vielmehr war es die eine. Und da gibt es ein Art Urabneigung, eine genetisch determinierte gegenseitige Ablehnung wegen Gleichgeschlechtlichkeit, wenn Sie mich verstehen.«

Schibowski verstand. Das explosive Gemisch aus zu nah aneinander geratenen Charakteren. Einander berührend, reibend durch permanente Nähe und hin- und hergeschobener Verantwortlichkeit. Die Vielfalt gegensätzlichster Eigenschaften, die Abneigung, der verletzte Stolz und die andauernde Kränkung, hineingepfercht in beengende Räumlichkeiten, hineingequetscht in knappe Dienstpläne ohne jede Chance auf Korrektur oder Entlastung und nur unzureichend im Zaume gehalten von Anstand und Selbstkontrolle, hatte sich schon oft eruptiv als Aggression entladen. Und darüber schließlich gestülpt das ewige Programm des geschlechtlichen Wettbewerbes. Das war ihm sehr wohl bekannt, ihm persönlich allerdings eher aus Männergesellschaften.

Er wollte es vormerken. Vielleicht würde er noch einmal mit ihm über dies oder jenes sprechen wollen, mit diesen Worten verabschiedete er sich von seinem Gesprächspartner und wollte endlich das Treppenhaus zur Neurologie betreten.

»Eine Sache noch, Herr Kriminalkommissar«, hielt ihn Schiebinger zurück. »Ich gebe vielleicht nur Gerüchte weiter, aber Sie sollten es dennoch wissen.«

»Was denn?«

»Nun – ohne jemanden schlecht machen zu wollen: Es wird gemunkelt, dass die letzte Zeit hier in diesem Hause zu viel gestorben wird. Ich muss Ihnen dies doch sagen, weil es eine Bedeutung haben könnte. Vor allem an der Internen Abteilung passiert zu viel. Einige ungeklärte Todesfälle. Interessanterweise hört man solches nicht von den Patienten – darüber wird nicht gesprochen, das Sterben ist ein grundsätzlich zu heikles Thema für einen stationär behandelten Kranken. Aber die Besucher erzählen das. Für die Reputation dieses Hauses ist das nicht das Beste.«

Schibowski war langsam zurückgekommen. Sein Interesse war wieder geweckt.

»Darüber muss der Pathologe in diesem Haus doch am besten Bescheid wissen. Ich werde das Thema, sollte ich ihn heute noch antreffen, anschneiden. Danke für Ihren Hinweis.«

Wie sich alles fügte, welch Zufall. Möglicherweise war da doch ein Zusammenhang zwischen dem Ableben der Ärztin und der ausufernden Sterbestatistik. Es war klar, dass man den Tod einer hier arbeitenden Ärztin nicht gut trennen konnte vom Tod hier Behandelter, vor allem wenn der zeitliche und räumliche Zusammenhang so intensiv vorhanden war. Wenn irgendein mörderisches Prinzip hier wirkte, so mussten auch Unbeteiligte betroffen werden. Oder anders gesagt: Jeder tödliche Schwung reißt manchmal die unmittelbar Nächsten mit, jede verderbliche Macht hat auch einen unsauberen, kollateralen Aspekt. Vielleicht war mit dieser Zusammensicht der beiden Vorkommnisse ein Einstieg in das vertrackte, verwobene Netz der Verdachtsmomente, der Ungereimtheiten möglich. Schibowski wusste aber auch: Um mehr Klarheit zu bekommen, würde es mehrerer Tage und nicht nur eines Montages bedürfen. Keine Aufklärung, sondern nur ein kurzer Einblick wäre ihm gegönnt worden, sollte er morgen schon seinen Urlaub endlich antreten und den Fall an einen Kollegen abgeben.

So wollte er die verbleibende Zeit intensiv nützen und sich durch die Abteilungen treiben lassen, seinem Gefühl und seinen kriminalistischen Instinkten gemäß, welche er der penetranten Wissenschaftlichkeit in diesem Hause auch gerne entgegensetzen wollte.

Er hätte nicht sagen können, dass ihm dies oder jenes erinnerlich wäre, als er das gleich gestaltete Stockwerk der Neurologie betrat. Von den sich zur Vorhalle weitenden Gängen ging er nun zu den Dienstzimmern. Die relative Stille fiel ihm auf. Mochte es mit den besonders gearteten Erkrankungen dieser Abteilung zu tun haben? Leere Gänge wegen gehbehinderter, gelähmter und ewig bettlägeriger Patienten und Lautlosigkeit durch stumm gewordene Münder, deren schlaff gewordene Muskeln keine Verbindung mehr hatten zu irgendwelchen Zentren im Gehirn? Apoplektiker lagen hier, nicht nur stumm, sondern desgleichen sehbehindert, riechunfähig und ohne die geringste Artikulation mehr.

Schibowski wusste, dass es ihm damals mit seinen bohrenden Schmerzen gnädig ergangen war im Vergleich zu den gebückten, verkrümmten, haltungslosen und in den unwürdigsten Körperstellungen erstarrten Patienten. Den immerzu ans Bett Gefesselten, den die ewig in der Horizontalen Verbleibenden, die nie mehr an ihrem Körper hinab, sondern nur mehr zu ihren Zehen hinübersahen, sofern sie das noch vermochten. Die ihre erschlaffende Körperhaltung schon im voraus anglichen an jene in ihrem künftigen Grab.

Schibowski passte sich an. Er spürte eine eigenartige Schwere in den Beinen und schlurfte mehr als er ging über den polierten Kunststoffboden, dessen pastellenes, graublaues Muster ihm nun wieder erinnerlich wurde. Es gibt doch einen wesentlichen Unterschied zu den anderen Abteilungen, fiel ihm nun wieder ein.

Es war die Andersfarbigkeit der Fußböden. Genau das machte einen der äußerlichen Unterschiede aus. Wie war doch der Boden der Internen Abteilung ein Stockwerk tiefer gewesen? Richtig: Rötlich war er gehalten, mit dezenten weißen Streifen darin. Eine hervorragende Möglichkeit für das Putzpersonal, ihre unzureichenden Arbeiten zu verbergen, dachte er noch, als plötzlich die Stationsschwester Ingrid vor ihm stand. Sie war beträchtlich älter geworden seit damals. Lange konnte es nicht mehr zu ihrer Pensionierung dauern, was irgendwie doch wieder auf ihr Durchhaltevermögen in so einem Betrieb hinwies. Denn wenn man das weibliche Personal in Krankenhäusern mit dem anderer Betriebe vergleicht, so sieht man eigentlich nur jüngere Schwestern. Auch so ein Unterscheidungsmerkmal, dachte Schibowski. Ab vierzig gehört man hier schon zum alten Eisen. Ist ausgebrannt, ausgepowert. Wahrscheinlich ist sie auch schon lange geschieden, hat sich also für das Krankenhaus entschieden.

»Wir haben jetzt keine Besuchszeiten. Nur für Klassepatienten. Wohin wollen Sie?«

»Eigentlich nirgendwohin. Mich hat es aus der Ambulanz unten heraufgetrieben. Meinen Termin dort habe ich versäumt. Ich wollte mich eigentlich nur umsehen.«

»Sie kommen mir bekannt vor. Haben Sie vielleicht schon einmal bei uns gelegen?«

»Sie haben ein gutes Gesichtergedächtnis. Richtig, ich war schon einmal hier. Ist schon mindestens zwei Jahre her.«

Er entsann sich des Zimmers, in dem er gelegen hatte. So etwas vergisst man nicht. Die Beschränkung auf einige wenige Quadratmeter Lebensareal, auch nur für einige Tage, brennt sich jedem auf immer ins Gehirn. Von früh bis spät die gleiche Tür anstarrend, wartend, ob eine Schwester oder ein Arzt, nur für den eigenen Fall sich interessierend, endlich mit einer günstigen Meldung hereinkäme. Mit zuversichtlichem Gesichtsausdruck, mit sanfter Miene eine gütliche Wendung im Krankheitsverlauf mitteilend oder nur mit einem verständnisvollen Nicken, mit dem eine Heilung verheißen wurde. Auch der erwartungsvolle Blick dorthin, ob endlich ein Angehöriger wiederkäme, der die Stunden auflockerte, und Speisen, Konfekt oder gar Blumen von draußen mitbrächte. Das Gefühl der Ohnmacht, der unbedingten Gebundenheit an diese Räumlichkeiten musste dem eines Gefängnisinsassen ähnlich sein. Denn ähnlich wie dort war im Krankenhaus kein Ende des Aufenthaltes abzusehen, im Gegenteil: Mit der Fortdauer der

Untersuchungen festigte sich das Krankheitsbild und dehnte die Zeit des Aufenthaltes aus. Und sollte es eine Entlassung geben, dann war sie mitunter befristet. Schibowski entsann sich genau des unendlichen Freiheitsgefühles, als er entlassen wurde und die vormals schwerwiegenden Lebensprobleme plötzlich als Bagatellen empfand. Wenn es eine heilsame Lehre aus einem Krankenhausaufenthalt gab, dann war es die dort erworbene Fähigkeit zu relativieren, Gewichtungen vorzunehmen, die Schwerpunkte der Planung besser setzen zu können. Leider war solche Befähigung, die aus einem Prozess der Rückbesinnung resultiert war, nur von kurzer Dauer gewesen. Der Wust an alten Wünschen und Wertvorstellungen schwappte bald über, und der Mantel der alten Lebensunzufriedenheit bedeckte wieder schwer den Alltag.

»Dort drüben in diesem Zimmer habe ich gelegen. Mit wahnsinnigen Rückenschmerzen. Es würde mich wundern, wenn Sie sich meiner entsinnen. Denn Bandscheibenvorfälle sind doch Ihr täglich Brot.«

Schwester Ingrid besaß nach so vielen Jahren der Tätigkeit im Krankenhaus immer noch die Gabe, zuhören zu können.

»Doch, ich erinnere mich jetzt. Sie sind von der Polizei, von der Kriminalpolizei oder so ähnlich. Sie waren immer sehr still, schlossen sich kaum den Gesprächen der anderen an, waren irgendwie ein Außenseiter. Wir dachten damals, sie würden als Kriminalbeamter auf diese Weise ihre Beobachtungen machen und führten ihre Verschlossenheit auf eine Berufseigenart zurück.«

»Nein, ich hatte nur andauernd Schmerzen und Angst.«

»Bei uns braucht niemand Angst zu haben. Da muss ich lachen. Aber heute sind Sie aus anderen Gründen hier. Wie kann ich Ihnen helfen?«

»Wahrscheinlich können Sie das nicht. Ich weiß nicht einmal, ob ich Hilfe brauche. Ich habe meinen Kontrolltermin in der Ambulanz unten versäumt, aber der war wohl sowieso nicht so wichtig. Wollte mich nur bezüglich des Verscheidens von Frau Dr. Lawerth erkundigen. Kannten Sie sie?«

»Ja, natürlich. Es trifft uns hier alle sehr. Auch wenn der Betrieb weitergeht, trägt jeder seine Betroffenheit still mit sich. Ich kannte sie von den Konsiliarbesuchen. Die Neurologie ist ja früher ein Teilgebiet der inneren Medizin gewesen. Die Apoplektiker bekommen ihren Insult doch meist durch langjährige internistische Erkrankungen. Diabetes, Hypertonie, flimmernde Herzen und so weiter. Die Internisten gehen bei uns aus und ein. Lawerth war mir als sehr gewissenhaft und zuvorkommend in Erinnerung. Aber sagen Sie: Nimmt man denn ein Fremdverschulden an, wenn Sie hier aufkreuzen? Wenn ja, müssten Sie dann nicht eher an der Internen Abteilung recherchieren?«

»Natürlich, dort war ich schon. Aber trotzdem sehe ich mir das ganze Haus gerne an. Ich will auch über das Umfeld Bescheid wissen.«

»Sie sollten dann auch mit unserem Chef, Professor Ahlborger, sprechen. Er macht heute Nachmittag Visite, es ist ja Montag. Soll ich einen Termin für Sie besorgen?«

»Nein, vorerst nicht nötig. Sie könnten mir aber sagen, wer gestern hier Dienst hatte. Von den Ärzten und von den Schwestern.«

»Das sollte Ihnen unser Chef sagen. Ich werde ihm den Dienstplan, zumindest den der Schwestern, geben. Die Dienst habenden Ärzte wird er Ihnen nennen, es waren ein Oberarzt und ein Praktikant, also ein Turnusarzt. Wenn ein Kriminalbeamter recherchiert, dann ist das für eine Stationsschwester zu heiß. Sie können sich hier ohne weiteres umsehen, ich muss allerdings nun darauf schauen, dass der Betrieb weitergeht.«

Sie wandte sich zwei verstohlen guckenden Kolleginnen zu. Ihre Laune hatte sich nach der kurzen Freundlichkeit, die wohl nur mit der Erinnerung an seinen damaligen Aufenthalt zusammengehangen hatte, wieder auf das übliche, arbeitsnüchterne Niveau reduziert. Schibowski hatte das Gefühl, hier nicht besonders gelitten zu sein, und dies war dem Gefühl von damals, nicht richtig beachtet und behandelt zu werden, nicht unähnlich.

»Ich bin kein Kriminalbeamter, ich bin Kriminalpsychologe!«, rief er ihr aufgebracht nach, »muss ich das denn immer wieder betonen?«

Die Schwester blieb kurz stehen, wandte sich um und fragte unbeeindruckt: »Macht das denn einen Unterschied?«

»Und ob! Den will ich schon festgestellt wissen. Der Kriminalpsychologe hat zum erlernten Handwerk des klassischen Kommissars, zu den üblichen Tätigkeiten der Spurensicherung, der Recherche einiges dazu. Er ist gewissermaßen der Mann der Hintergründe, der Motiverforschung, der Mann also für die unteren und tieferen Schichten der Willensbildung eines Täters. Nicht spektakulär ist seine Tätigkeit, nicht auf äußere Effekte oder Ereignisse ausgerichtet. Seine Arbeit ist leise, sie geschieht im wortlosen Raum der Gedanken und erfordert immer die Fähigkeit einer kriminellen Empathie. Nur wer selbst in der Vorstellung einer Untat fähig ist, ist auch imstande, sich in die Denkweise eines Täters einzufühlen. Der Kriminalpsychologe ist also gewissermaßen – wenn er sehr gut ist – ein Duplikat des Täters, ein Zwilling dessen abstruser Gedanken oder manchmal gar dessen abartiger Veranlagung. Er hat zumindest einmal schon alle Morde, alle Verbrechen dieser Welt getan, oder sie waren ihm in seiner Vorstellung wirklichkeitsnah.«

»Na, vielleicht recherchieren Sie dann gegen sich selbst«, erwiderte Schwester Ingrid schnoddrig. »Wünsche Ihnen dabei viel Erfolg.«

Sie drehte sich endgültig um und verschwand.

Schibowski war wütend. Er fühlte sich nicht nur missverstanden, sondern auch abgelehnt. Seine Wut entlud sich in den stampfenden, betont lauten Schritten, die er – dem Treppenhaus nun zustrebend – auf das graublaue Muster des Fußbodens setzte, und er wusste, dass er mit dieser Abteilung endgültig nichts mehr zu tun haben wollte.

Im Treppenhaus belästigte ihn eine Fliege. Aus einer Vielzahl dort summender, aufgescheuchter Insekten umkreiste ihn immer wieder nur die eine und flog ihn mehrmals von der Seite an, als wollte sie sich partout auf seinem Gesicht niederlassen. Selbst noch vom Gespräch mit der Stationsschwester aufgebracht, empfand

Schibowski das Verhalten des Insektes als Aggression, die er so nicht gelten lassen wollte. Als wegscheuchende, abwehrende Handbewegungen keinen Erfolg brachten, keimte in ihm ein spielerischer Vernichtungstrieb. Er zog sein Jackett aus, was angesichts der schwülen Hitze im Treppenhaus wahrlich kein besonderer Einfall war, und stülpte dieses über den spitzen Winkel des Geländers am mittleren Treppenansatz. So war er mit seinen Händen beweglicher geworden und konnte den Kampf aufnehmen. Interessanterweise setzte sich nun das Insekt genau auf den Kragen des Jacketts, so, als hätte nur dieses die ganze Zeit sein Interesse gehabt und als könne es dadurch von ihm Besitz ergreifen.

Schibowski entsann sich eines perfekten Jagd- oder Tötungsverfahrens, das ihm ein befreundeter Biologe einmal verraten hatte. Es beinhaltete Täuschung und Verwirrung als Vernichtungsstrategie. Als die Fliege nun vor ihm saß, anfangs mit ruckartigen Bewegungen den faserigen Stoff seines Kleidungsstückes abtastend, aber schließlich an einer Stelle endgültig regungslos verharrend und ihn anscheinend erwartungsvoll beäugend, stellte er sich vor sie hin, sorgfältig darauf bedacht, ruhig zu atmen und durch keine ruckartigen Bewegungen das Insekt zu verscheuchen.

Er hob langsam beide Arme mit geöffneten Handflächen, bis sie seitlich über dem Tier in gleicher Distanz von ungefähr fünfzehn Zentimetern zum Stillstand kamen. Dann bewegte er die Hände unendlich langsam in Richtung des Insekts, das diesen Vorgang offenbar nicht zu interpretieren wusste und weiterhin bewegungslos verharrte. Ansatzlos klatschten plötzlich die Handflächen zusammen und wegen der Abruptheit der Bewegung war die Fliege mitten zwischen die Handflächen geflogen. Mitten hinein ins Verderben und ohne Chance, der Zerquetschung zu entrinnen. Als Schibowski die Hände wieder auseinander führte, fiel die Fliege leblos zu Boden und berührte lautlos den Beton des Treppenhauses.

Schibowski triumphierte. Indes er zufrieden sich wieder sein Sakko überstülpte, bemerkte er nicht, dass sich alle Insekten im Treppenhaus schlagartig niedergelassen hatten. Und weil er nie ein besonderes Auge, sondern nur den Blick der Verächtlichkeit für sie gehabt hatte, konnte ihm daher schon gar nicht auffallen, dass deren Verweilposition so angeordnet war, als schlössen sie einen Kreis um den regungslos auf dem Boden liegenden toten Artgenossen.

16 Uhr: **Das Gespräch mit der Schwester**

Schibowski zermarterte seinen Kopf. Wer war der Anrufer gewesen, der seinen Chef an diesem Morgen aus den Federn geholt hatte? Woher hatte er dessen Geheimnummer gewusst? Viele Motive gab es bei diesem Fall, aber kaum Indizien. Der Fall Lawerth gehörte zu jener Kategorie, bei der ein leise geäußerter Verdacht plötzlich Spuren beschwört, diese aber nie und nimmer bemerkt worden wären, hätte niemand auch nur eine Erwähnung gemacht. Der Tod der jungen Frau wurde zum Fall einzig und ausschließlich dadurch, dass jemand ihren natürlichen Tod anzweifelte. Nicht ein ins Auge springendes Indiz erregte Argwohn, sondern eine massenhysterisch anwachsende Meinung, die in diesem engen Bau sich verdichtete zu eindeutigen Vermutungen, beinahe fühlbar und permanent suggeriert. Schibowski spürte, was diese Atmosphäre bedeutete: eine kaum merkliche Vereinnahmung, heimliche Intentionen, wie von magnetischen Kräften gebahnte Denkweisen, einschleichende Denkinhalte. Und dieser Bau tat noch das seinige: eine engste Räume ausfüllende Gleichrichtung von Wollen und Entscheiden.

Schibowski beschloss, die heutige Nacht im Hospital zu verbringen. Er wollte den Strom an vagen Gefühlen nicht abreißen lassen, denn die Analyse vieler Fälle, die er bisher gelöst hatte, hatte ihm ein Phänomen bestätigt: Die Verwirrung ließ sich jeweils dann am besten lösen, wenn er alle seine Schritte zur Aufklärung seiner Intuition überließ. Er rief Dr. Wegmann an.

Wie es ihm denn ginge bei seinen Recherchen, wollte dieser wissen. In seinem Büro habe sich kein anonymer Anrufer mehr gemeldet. Sie hätten eine Fangschaltung aufgebaut – umsonst. Wahrscheinlich alles nur Zufall, vielleicht eine schlaftrunkene Denunziation aus dem Krankenhausbereich, von irgendwelchen missgünstigen Angestellten, die Zwietracht säen oder Rache üben wollten. Ein schlechter Scherz, mit einem Wort.

Er – Schibowski – denke nicht so darüber? Er habe gewisse Verdachtsmomente gefunden? Nun gut, es sei seine Entscheidung. Er könne ohne weiteres dort übernachten, seinen Urlaub könne er gestalten, wie er wolle. Obwohl er persönlich sich angenehmere Örtlichkeiten vorstellen könne. Das Mandat für eine uneingeschränkte, natürlich auch zeitliche Bewegungsfreiheit habe er ja vom Krankenhausdirektor bekommen. Er wünsche ihm einen angenehmen Abend und später dann eine gute Nacht in diesem »Bau«.

Der spöttische Sarkasmus in Wegmanns Stimme war nicht zu überhören. Aber Schibowski war in seinem Entschluss unbeirrbar.

Er fand sich, von jenem diffusen Drang gezogen, am Schwesternpult der Internen Abteilung ein. Es war nun deutlich nach 16 Uhr, und allgemein war dies die Zeit der Vorbereitungen für die Dienstübergabe. Die Schwester, die Schibowski in ihrer Hektik antraf, blickte ihn daher nicht gerade freundlich an.

Er würde gerne hier übernachten, ob sie ein Zimmer frei hätten. Er habe vom Krankenhausdirektor die Erlaubnis, sich in den Räumlichkeiten frei zu bewegen.

Zur latenten Gereiztheit der Schwester gesellte sich Verwunderung. Sie hätten hier keinen Hotelbetrieb und wer sei er überhaupt. Richtig, der Kommissar, der Schnüffler, der die Umstände von Dr. Lawerths Tod hinterfrage. Sie wüsste allerdings nicht, warum er gerade an dieser Abteilung die Nacht vollbringen wolle. Drüben im Schwesterntrakt seien immer einige Zimmer frei. Von Schwestern, die ein Kind erwarteten, von solchen, die auf Urlaub weilten, und auch immer von jenen, die in Pension gegangen waren oder sich nur noch der eigenen Familie widmen wollten.

Nein, sie müsse ihn richtig verstehen. Das wäre nicht dasselbe, dann könnte er gleich nach Hause fahren, das wäre mit dem Taxi nur zehn Minuten von hier. Ihm läge daran, im Dienstzimmer zu übernachten. Dort, wo die Verstorbene in der Nacht zuvor zu Tode gekommen sei. Seines Wissens sei es sowieso vorläufig für weitere Benützung gesperrt. Ihm mache es überhaupt nichts aus. Man müsse nur ein zweites Bett aufstellen, ein Feldbett zum Beispiel oder eine der üblichen Rollenliegen für die Notfälle, das würde ihm schon reichen. Er würde – wegen der eventuellen Spurensicherung – selbstverständlich nichts berühren. Er wolle nur dort die Nacht verbringen.

Die Schwester verzog ihren Mund und gab alle Fragerei auf. Sie hob den Telefonhörer ab und sprach mit dem Dienst tuenden OP-Diener. Jene waren es nämlich, die für alle Improvisationen, akuten Reparaturen, für Verschiebungen von Betten, für Material- und Mobiliarbewegungen die Zuständigkeit hatten. Waren sie doch kräftig, waren sie doch geschickt für alle handwerklichen Belange und stammten sie doch meistens aus der Handwerksbranche.

»Geht in Ordnung. Sie sollen Ihren Wunsch erfüllt bekommen. Und ich kann mich darauf verlassen, dass der Krankenhausdirektor dazu die Bewilligung gegeben hat? Für eine Rückfrage ist es nämlich schon zu spät.«

»Sie können mir vertrauen. Sie werden keinerlei Schwierigkeiten bekommen, ich übernehme für alle Eventualitäten die Verantwortung.«

Das Zimmer war verschlossen, aber noch nicht mit einem grellen Band versehen, wie es als unübersehbares Signal eines Eintrittsverbotes ansonsten dort hängen würde. Als Schibowski eintrat, hätte er auch nicht sagen können, dass irgendetwas anders war als am Morgen. Lediglich die andere, dem fortgeschrittenen Tag entsprechende Beleuchtung gab dem Mobiliar neue Konturen, warf andere Schatten und gab den Farben jene fahle Intensität des Spätnachmittags. Auf dem Bette war noch der Abdruck von Dr. Lawerths Körper zu sehen, eine umrisskongruente Vertiefung in der Mitte und die radial zulaufenden Falten des Bettlakens.

Quer zum Bett und parallel zum Umkleidespind wurde ein altes Krankenbett geschoben. Eiserne Gitterstreben an beiden Enden, gut zum Schieben und gut, um sich des Nachts daran festzuklammern, wenn Träume zur Flucht mahnen, dachte Schibowski.

Die Schwester, deren Schicht zu Ende war und die diese Aktion als ihre letzte am heutigen Arbeitstag betrachtete, war nun zuvorkommender als vorhin.

»Wir sind alle noch geschockt. Wenn man bedenkt, dass sie gestern noch eifrig

Visite gemacht, Patienten untersucht, an den anderen Abteilungen Konsiliarbesuche gemacht hat, ist ihr Fehlen schwer zu begreifen.«

Sie blickte vom Bett zu Schibowski, musterte ihn von oben bis unten.

»Sie haben ja keinerlei Nachtgewand dabei, kein Necessaire. Sollen wir Sie wie einen Patienten ausstatten, wir haben ja alles da?«

Schibowski willigte ein und wurde dabei wieder an seinen unglückseligen Aufenthalt vor einigen Jahren erinnert. Damals – seine Scheidung lief bereits – war er ebenfalls schlecht ausgestattet, war auf den Fundus der Abteilung angewiesen gewesen, so wie die ärmlichen, einfachen Sozialfälle, die niemanden hatten, der sie während des Aufenthaltes begleitete.

»Es ist ja nur für eine Nacht. Zu Abend essen werde ich wohl in der Kantine.«

Die Schwester zögerte.

»Ich möchte Sie noch etwas fragen, bitte sind Sie nicht ungehalten. Was erwarten Sie sich davon, wenn Sie hier in diesem Zimmer die Nacht verbringen? Immerhin müssen die Dienst tuenden Internisten heute im Schwesterntrakt schlafen.«

»Ich will absolut kein Geheimnis daraus machen. Erstens erspare ich mir die Zeit des Anmarsch- und Nachhauseweges und außerdem ...« Schibowski zögerte. »Und außerdem will ich die spezifische Sphäre dieses Hauses nicht verlassen. Es ist einfacher für mich, da ich morgen Früh der Obduktion im Keller beiwohnen möchte.«

»Ach nein! Unser Hauspathologe soll die Obduktion durchführen? Das ist doch absurd. Der, zu dem sie immer hinuntergegangen ist, mit dem sie möglicherweise liiert war, der auf uns einen sonderlichen Eindruck gemacht hat, soll sie also sezieren. Damit tut man ihm nichts Gutes.«

Hellhörig geworden schloss Schibowski die Tür und setzte sich auf die Kante des Bettenprovisoriums.

»Sagen Sie, Schwester: Könnten die beiden liiert gewesen sein? Sie ging immer da hinunter? Was machte Sie dort und blieb Sie lange?«

»Ich bin zwar gleich dienstfrei, aber auf ein paar Minuten kommt es nun nicht mehr an. Ich denke, sie ging gerne zu ihm hinunter. Nicht nur, um die Krankengeschichten gemeinsam mit ihm zu erörtern, sondern weil sie mindestens so etwas wie Sympathie für ihn empfand. Ich sage mindestens.«

»Um es direkter auszudrücken: Beide könnten ein Verhältnis miteinander gehabt haben, ist es nicht so?«

»Ja, aber ich glaube nicht sexueller Natur, sondern eher eine intensive geistige Beziehung. Ich habe jedenfalls bei ihr – mit der ich mich ja gut verstanden habe, mit der man reden, plauschen konnte wie mit kaum einem zweiten Arzt – jedes Mal eine Aufheiterung ihrer Miene gemerkt, wenn sie mit einem Pack von Krankengeschichten hinunter verschwand. ›Ich gehe in den Keller explorieren‹, sagte sie stets, und alle meine Kolleginnen wussten dann, was es zu bedeuten hatte. Lange war sie dann oft unten, und einige Male kam es vor, dass ich sie telefonisch heraufbitten musste, weil sie die Zeitspanne dort unten unangemessen ausdehnte. Auch außer Dienst ging sie manchmal in den Keller. Soviel ich weiß, war sie Waise und hatte keine näheren Angehörigen, auch hatte sie die Zeit über, da ich jetzt an der Abteilung bin – so circa zwei Jahre – keine männlichen Begleiter. Aber über das Privatleben draußen kann ich mich nicht weiter äußern.«

Schibowski nickte. Nickte mit gerunzelter Stirn wie ein aufmerksamer Zuhörer, der einen Redefluss nicht zu unterbrechen gedenkt, aus dem Kalkül heraus, noch mehr zu erfahren, spontane Äußerungen zu erhaschen, in denen sich dann wie von selbst die Informationen und Fakten offenbaren. Dieses Element der Psychologie war ihm mehr als geläufig, es war längst zu einem Teil seiner aufdeckenden Konversationstechnik geworden, und er beherrschte es mit meisterlicher Umsicht. Die behutsame Lenkung des Gespräches war ihm ebenfalls ein Leichtes.

»Sie sagten, sie ging ›mit einem Pack von Krankengeschichten‹ hinunter. Waren es denn so viele?«

»Nun ja, ich weiß nicht, ob ich so darüber reden darf, aber in der letzten Zeit sind an dieser Abteilung schon sehr viele Patienten gestorben. Niemand weiß so richtig, warum. Wir haben hier natürlich sehr viele alte Menschen liegen, auch Pflegefälle, da wird naturgemäß mehr gestorben, und es gibt immer wieder Umstände, wie zum Beispiel Grippeepidemien, starker Föhn, Inversionswetter, bei denen die Sterbekurven hinaufschnellen.«

»Aber das alles gab es ja die letzten Monate nicht. Es war ein schöner Spätfrühling.«

»Aber jetzt haben wir schon einige Wochen diese Hitzewelle, das ist sicherlich so eine wetterbedingte Situation. Dieses Wetter setzt dem Kreislauf zu, da gehen sehr viele ältere, ausgezehrte Patienten als Erste von dieser Welt.«

»Ja ja, der Kreislauf«, seufzte Schibowski und musste an seinen Kollaps vor wenigen Stunden denken. »Was wird denn so an der Abteilung über diese Todesfälle gesprochen, intern unter den Angestellten? Ich weiß, darüber wollen und dürfen Sie nicht so ohne weiteres sprechen. Ich möchte Sie aber beruhigen, ich bin nur wegen Frau Dr. Lawerth hier. Also sagen Sie, was ist hier die Meinung?«

»Niemand hat eine Erklärung dafür. Es gibt auch keine Gerüchte, auch keine bösartigen, die ansonsten als zynische Bemerkungen immer die Runden machen.«

»Was wäre denn so eine zynische Bemerkung zum Beispiel?«

»Mein Gott, beispielsweise, dass irgendein junger ungeschickter Praktikant zu viel eines Medikamentes injiziert hat oder dass die Dosis eines Medikamentes falsch berechnet worden sei, etwa mit der Bemerkung: ›wieder einmal‹ oder ›schon wieder‹.«

»Kann so etwas denn überhaupt vorkommen? Die Dosen sind ja in der Erwachsenenmedizin meines Wissens immer auf ungefähr siebzig Kilogramm bezogen und die meisten Ampullen berücksichtigen dies. Das weiß ich von meinem Krankenhausaufenthalt vor einigen Jahren. Sie staunen?«

»Ja, das ist sicherlich ein Detailwissen, das nicht jeder hat. Das ist richtig. Es ist eigentlich nur möglich, wenn jemand zwei oder drei Ampullen eines bestimmten Medikaments auf einmal appliziert.«

»Wer richtet denn die Medikamente her? Die Ärzte?«

»Nein, das sind Obliegenheiten der Schwestern. Bei den Visiten – oder beim Akutfall sofort – werden die Medikamente, ihre Dosierung und der Zeitpunkt der Verabreichung festgelegt, auf die Fieberkurven eingetragen und morgens und abends dann von den Dienst habenden Schwestern vorbereitet. Auf einem Therapiewägelchen stehen die Infusionen und die zu injizierenden Medikamente bereit, die leeren Ampullen jeweils neben den fertigen Spritzen, um Verwechslungen auszuschließen. Die letzte Verantwortung haben freilich die Ärzte.«

»Es könnte also jederzeit jemand die Ampullen und die Spritzen austauschen?«

»Ah, ich weiß, worauf Sie hinauswollen. Sicherlich. Aber wozu sollte dies jemand tun. Wir haben natürlich kein sicheres System, weil prinzipiell davon ausgegangen wird, dass jedem hier so schnell wie möglich geholfen wird. Alles beruht auf gegenseitigem Vertrauen und darauf, dass man jemandem hilft.«

»Aber nochmals, nur so als Gedankenspiel: Es wäre ein Leichtes, Medikamentendosierungen und Medikamentenzuweisungen zu manipulieren.«

»Selbstverständlich. Überall, wo ein böser Wille ist, ist auch ein entsprechender Weg. Umso mehr hier, wo niemand an das Gegenteil von Helfen, an Schadenzufügen denkt.«

»Ich lasse nicht locker: Wie ist es mit den Doppelblindversuchen? Haben Sie schon davon gehört?«

»Nur gehört davon, mehr nicht. Da müssen Sie sich an unseren Chef wenden. Der organisiert alles.«

»Wenn so etwas bei Ihnen durchgeführt wird, dann gibt es also Momente bei der Medikamentenapplikation – oder besser bei deren Vorbereitung –, auf die Sie oder Ihre Kolleginnen keinen Einfluss haben.«

»Ach, Sie meinen wohl, dass niemand wissen darf, welcher ausgesuchte Patient welches Medikament verordnet bekommt. Nein, damit haben wir nichts zu tun. Es läuft so etwas seit geraumer Zeit. Allerdings führt das nur der Dozent durch, und die verstorbene Frau Dr. Lawerth wurde auch von ihm beauftragt. Auch wieder ein Beweis, wie sehr sie an der Station geschätzt wurde. Hauptsächlich sie hatte er damit betraut, er hatte sicherlich an ihr einen Narren gefressen. Er schätzte wohl ihre Akkuratesse, ihre Verlässlichkeit. Sie war einfach in jeder Beziehung vertrauenswürdig. ›Wo ist Kollegin Lawerth‹, ›Suchen Sie mir Dr. Lawerth‹ oder ›Das soll Dr. Lawerth machen‹ schallte es oft über die Flure, wenn irgendein organisatorisches Problem anstand. Sie hätte sicherlich Karriere machen können. Einen Mentor hatte sie jedenfalls schon.«

»Sonst war niemand in die Doppelblindstudien involviert? Was ist mit Ihrem Oberarzt, mit Dr. Hinterberger?«

Schwester Erika senkte ihre Stimme.

»Ach, lassen Sie den. Er hat gewisse Probleme, über die zu sprechen ich nicht das Recht habe. Er hatte sicherlich ein Angebot des Chefs zur Mitarbeit. Aber fragen Sie mich nicht, warum er da nicht dabei ist. Jedenfalls sehe ich ihn nie an irgendeinem Krankenbett, um Blut abzunehmen. Die zu testenden Medikamente werden übrigens immer jeweils von Abteilungschef Dozent Ferwarth verteilt. Er hat sie, wie ich glaube, extra in seinem Chefzimmer aufbewahrt.«

»Er scheint mir ein trauriger Mensch zu sein. So hatte ich den Eindruck heute

vormittags. Wenn er das, was er mir an Therapie angedeihen ließ, draußen in freier Stadtwildbahn getan hätte, könnte ich ihn als meinen Lebensretter bezeichnen. Er gab mir nach einem Hitzekollaps eine Infusion. Ich habe mich übrigens an die Zeiten von früher an der Neurologie erinnert, wo ich wegen einer Bandscheibengeschichte lag. Jeden Tag hat man mir so eine gelbliche Flüssigkeit verpasst. Vitamine, glaube ich, waren darin und ein Schmerzmittel, wenn nicht gar Beruhigungsmittel. Belämmert bin ich da durch die Gänge getaumelt, mit vernebeltem Gehirn und einer sonderbaren Gleichgültigkeit.«
»Waren die Schmerzen wenigstens verschwunden?«
»Aber wo denken Sie hin. Sie waren erst wieder weg, als ich endlich in der Arbeit von einem komplizierten Fall in Anspruch genommen wurde. Geholfen hat mir schließlich die Ablenkung. Aber darüber müssen wir jetzt nicht plaudern. Sagen Sie, eine direkte Frage: Halten Sie es für denkbar, dass Frau Dr. Lawerth eines unnatürlichen Todes gestorben ist?«
»Ausgeschlossen, da denke ich gar nicht lange nach. Weder sie selbst noch ein anderer hat ihr etwas angetan. Es ist mir alles ein Rätsel.«
»Schwester, ich danke Ihnen für das Gespräch. Sie können jetzt gehen. Morgen sehen wir uns eventuell wieder. Danke für alles. Die eine Nacht werde ich in meiner Unterwäsche schlafen. Es ist sowieso noch sehr heiß, wird wohl wieder kaum abkühlen. Aber Seife und Handtuch könnten Sie noch organisieren, bitte. Bis morgen also!«

Schibowski saß an der Kante des Bettes, das ins Zimmer geschoben worden war. Er gedachte nichts zu berühren, er würde sich auch nicht am Waschbecken reinigen, sondern dies eher im Untersuchungszimmer neben der Schwesternkanzel tun. Ein Bademantel würde sich sicherlich auftreiben lassen. Er fühlte sich eigentlich gar nicht erschöpft nach diesem Tag, an dem er doch immerhin kollabiert war und ihm zum Abend hin alles immer mysteriöser erschien, er also nicht die geringste Klarheit hatte gewinnen können in der Lösung des Falles Dr. Sarah Lawerth. War sie vielleicht doch eines natürlichen Todes gestorben?

Er verspürte Hunger und wieder den Drang, durch das Haus zu gehen. Was war es wohl, das zu solcher Unruhe trieb? War es das Milieu einer grundsätzlichen Gegensätzlichkeit, das er hier zu verspüren glaubte und das sich aus dem dichten Filz von vielfältigen Beziehungen und vielen sterilen Räumlichkeiten zusammensetzte. Die Mischung aus zweckgerichteter Wissenschaftlichkeit, die den Gesetzen der Logik und vielen unantastbaren Dogmen der Naturwissenschaften gehorchte, und den labilen, naiven, hassenden, liebenden und trauernden Menschen, die sehr wohl ihre Ohnmacht erkannten? Ja, das faszinierte Schibowski. Keiner Instanz dieser Welt waren die dynamischen Gefühlsströme der hier arbeitenden Ärzte verpflichtet, nur ihrem Gewissen und dem Gelingen ihrer Tätigkeit. Aber: War dieses Gewissen nicht zu wenig, um als Kontrollinstanz dieses mächtigen Systems zu funktionieren? Wer auf dieser Welt konnte andererseits diese Tätigkeit bemessen, bei der Menschen gesund wurden und die Grenze zwischen natürlicher Selbstheilung und erfolgreicher ärztlicher Therapie kaum zu erkennen war? Der Erfolg der Therapie, die Heilung war oft der Interpretationsneigung überlassen und wurde gemacht vom ärztlichen Hang zum Selbstlob oder von der beschönigenden Rede von ärztlicher Kunst. Und Misserfolge, im äußersten Fall der Tod, wurden nicht überantwortet einem höheren Willen, sondern dem Versagen und der Fahrlässigkeit, vor allem, wenn Häme und Neid der sozial Schwachen oder aber auch die als Abgeltung einer Verlustempfindung getarnte allgemeine Geldgier am Kuchen mitnaschen wollten.

Diesen Konstellationen galt Schibowskis uneingeschränktes Interesse. Aus diesen vielen Gegensätzlichkeiten, aus Widersprüchen und spannungsgeladenen Unvereinbarkeiten nahm er die Kraft zur Arbeit, und es war ihm dies eine Herausforderung, die ihn zum Bleiben und Weitermachen bewog. Trotz seines Urlaubes und trotz vager Vermutungen. Er würde hier auch recherchieren, wenn es nichts zu recherchieren gäbe. Denn allein dieser Dschungel versetzte ihn in allgemeine Alarmbereitschaft, in einen Wirkkreis andauernder Vorfälle, permanenter Delikte, ununterbrochener Vergehen, möglicher Verbrechen. Er konnte sich in diesen Momenten vorstellen, hier Kommissar auf Lebenszeit zu sein, in Daueranstellung bis an seinem Lebensabend sozusagen, in der Gewärtigung von unentwegt sich zutragenden Kriminalfällen. Ja, vielleicht war so eine Institution, wo jeden Tag tausendfach in menschliche Haut injiziert, geschnitten, diese vorsätzlich verletzt wurde, wo fortwährend Körperverletzungen gesetzt wurden, die nicht eine schriftliche Einwilligung als juristische Voraussetzung hatten, sondern nur das blinde Vertrauen, ein Vollzugskomplex minutiös geplanter Rechtsbrüche.

Eine wichtige Begegnung hatte er heute noch nicht gehabt, die wichtigste schlechthin, nämlich die Vorstellung bei Professor Baltrow. Vielleicht war er ein Schlüssel zum besseren Verständnis oder gar zur Klärung der Umstände von Dr. Lawerths Tod. Schibowski sah auf die Uhr. Spät war es schon. Nach 17.30 Uhr, also weit nach üblichem Dienstschluss. Andererseits: Hatte er heute nicht schon öfter gehört, dass Baltrow sowieso die meiste Zeit in diesem Haus verbrachte? Er würde wahrscheinlich noch anzutreffen sein, wenn er jetzt gleich in den Keller ging.

Schibowski nahm die Treppen. Der Lift wäre zwar nach des Tages Mühe bequemer gewesen, aber um sich diesem Hause zu nähern, bedurfte es einer permanenten Kontaktnahme. Und der Lift war eine Kabine, in der man geräuschlos und blickverborgen durch die Etagen sich bewegte.

Er lenkte seine Schritte Richtung Kellergeschoss. Mit jedem Schritt nach unten vermeinte er, der Lösung des Falles näher zu kommen. Immer mehr konnte er sich vorstellen, dass Professor Baltrow bei allem eine wesentliche Rolle gespielt haben könnte. Die Örtlichkeit, in der jener lebte und der er sich nun annäherte, war eine, die sich üblicher ethischer Bewertungen entzog. In gewissen Atmosphären konnte manches geschehen, und Schibowski konnte sich gut vorstellen, dass so manches Verbrechen dadurch seine mildernden Umstände bekam. Wer hier arbeitete, musste bis zu einem gewissen Grade unzurechnungsfähig sein. Das wollte er jedem Involvierten zubilligen.

18 Uhr: **Ungeheuerliche Entdeckung**

Als Baltrow in seine vertrauten Räumlichkeiten kam, sah er schon den mit dem üblichen grünen Leinen bedeckten Leichnam. Auf dem mittleren Tisch lag er, die Konturen des übergeworfenen Tuches durch Zehen und Nase prominent. Das war also der junge Mann, von dem Brünner gesprochen hatte. Er lugte verstohlen auf die Kühltresore und versuchte zu erraten, in welchem von ihnen Sarah Lawerth wohl lag – und auf ihn wartete. Auf ihn wartete! Was für eine romantische Umschreibung für eine geplante Menschenzerteilung. Aber daran wollte er nicht denken und wandte sich dem mittleren Seziertisch zu.

Als er das Tuch zurückschlug, wunderte er sich dennoch, dass er einen jungen Menschen sezieren sollte. Sein Interesse, aber auch sein Misstrauen war neuerlich geweckt. Dass von den Internisten niemand persönlich Kontakt aufgenommen hatte, dass überhaupt die letzten Wochen mündliche Besprechungen – auch die telefonischen – nur sporadisch erfolgt waren, erschien ihm dann doch seltsam. Und wieso kam ein so junger Patient direkt von der Internen Abteilung und nicht von der Intensivstation der Anästhesie zu ihm? Wer starb denn heutzutage noch auf der medizinischen Normalstation und nicht maximal versorgt auf einer Intensivstation, wenn er kaum zwanzig Jahre zählte? Auf dem Schreibtisch drüben lag wie immer die mitgelieferte Krankengeschichte. Langsam und bedächtig blätterte Baltrow in den Befunden und wurde stutzig.

Ein Leberversagen also, eine akute Hepatitis bei einem Drogenabhängigen, daher das jugendliche Alter. Er studierte weiter, las die Ultraschallbefunde, die von einem »aufgeschwemmten Abdomen« sprachen, von einem Anstieg der Leberfunktionsproben auf kaum noch messbare Werte, von einer »Gelbsucht«, die der Haut die Farbe des Eidotters verlieh, und von einer »allgemeinen Überwässerung« durch das Übergreifen der Erkrankung auf die Nieren. Und er sah einen Gipfel der pathologischen Werte und ein allmähliches Absinken zur Normalität hin, sah eine Gewichtszunahme durch Körperwasser und eine kontinuierliche Reduktion desselben auf das Ausgangsniveau. Sie hatten dem jungen Mann da oben offensichtlich gut helfen können, er hatte sich auf dem Wege der Gesundung befunden, bis … bis auf einmal sein Herz stehen geblieben war. Baltrows Augen wanderten über die dicht beschriebenen Fieberkurven und suchten nach den Kaliumwerten. Zwei Eintragungen fand er, eine geschrieben zu Beginn der stationären Aufnahme, die andere einige Tage darauf. Sie waren jeweils den anderen üblichen Elektrolytwerten beigefügt und nur mäßig erhöht, wie sie einem langsam ins Leber- und Nierenversagen gleitenden Patienten zukamen. Auch die therapeutischen Schritte waren gut nachzuvollziehen. Anfangs war das auch Baltrow geläufige Furosemid verabreicht worden, aber genau dessen Platz wurde in der täglichen Kontinuität der therapeutischen Vermerke plötzlich von einem roten Strich eingenommen. Baltrow war klar, was dies zu bedeuten hatte. Das Furosemid war offensichtlich durch ein anderes Therapeutikum ersetzt worden. Er war sich sicher, dass dieser junge Mann einer aus der Riege jener Probanden war, an denen das neue Diuretikum getestet worden war. Dass ihm dies bei den anderen Krankengeschichten nicht aufgefallen war, dass er sie nicht nach den Kaliumwerten, nach Unregelmäßigkeiten überprüft hatte! Wie konnte er nur so unaufmerksam gewesen sein!

Mühsam streifte er sich den Kittel über und griff zum Skalpell. Es schien ihm schwer und voller Widerstand, als er es mit verkrampfter Hand umfasste.

Der Schnitt durch die weiche, pastöse Masse der Bauchdecken war völlig lautlos. Vom Brustbein über die Rippenbögen bis zum Schambein führte Baltrow das Messer mit einer durchgezogenen Bewegung. Nur den Nabel sparte er mit einer kleinen Kurve aus, denn beim Zusammennähen sollten die Schnittränder faltenlos adaptieren. Die Bauchdecken klafften sofort, und das Gelb des Unterhautfettgewebes war leuchtend, weil ohne Blut. In einer nun von unten nach oben geführten Schnittbewegung durchtrennte er dann das Bauchfell. Die Gedärme quollen hervor, gasgefüllt und bewegt vom hemmungslosen Stoffwechsel der Bakterien. Er öffnete sie, indem er ein kleines Loch ritzte, zwei Finger hineinbohrte, sie zu einem spitzen Winkel spreizte, zwischen die er dann mit einer Schere fuhr, um geschickt die langen Stränge zu spalten. Der frisch geöffneten Höhlung entfuhr ein Zischen, ein pfeifender Ton, als sich die Gase der Darmbakterien jäh entluden. Die überblähten Konturen des Abdomens fielen in sich zusammen wie ein Ballon, dem das Gas entweicht.

Baltrow zögerte. Die Routine wich einer ungewohnten Nachdenklichkeit. So verfuhr also der Tod mit dem, was als sterbliche Hülle bezeichnet wurde: Er überließ sie dem Reich der Einzeller, dem Mikrokosmos der Fress- und Verwesungsbakterien, die gierig verdauten, einverleibten und zersetzten. Die ihn endlich ausweideten, nachdem sie ein Leben in seinen Darmwindungen gelauert hatten. Die Saprophyten und Symbionten gediehen hier zu wohlgenährten Resteverwertern, unsichtbar, unendlich klein und nur bemerkbar durch Geruch und Gestank.

Unverdauter Inhalt quoll ihm entgegen, sämig und zäh, breiig und teilweise bröselig, als noch nicht ganz verdaute Masse, noch halb Nahrung, schon halb Kot. So war es nun eine Erweiterung der Krankengeschichte, denn er wusste, dass sich der Verstorbene tatsächlich auf dem Wege der Besserung gefunden hatte. Er hatte offensichtlich mit Appetit gegessen. Die Leber, das versagende Organ des jungen Mannes, durchschnitt er mit einem langen Messer, und bis auf mäßige Fetteinlagerungen, die der Blutfülle der Schnittfläche einen gelblichen Ton verliehen, war sie makroskopisch unversehrt. Gute Arbeit schienen die Internisten geleistet zu haben. Kleinste Gewebsschnipsel legte Baltrow in eine Konservierungslösung, um sie später dann, haltbar gemacht und angefärbt, seinem mikroskopisch bewehrten Auge zuführen zu können.

Dennoch würde er hier, in den niedrigen Windungen des Verdauungsapparates, die Ursache des Todes kaum finden. Baltrow legte das Skalpell zur Seite, denn eine starke Unlust hemmte jeden Elan. Seltsame Anmutungen befielen ihn. Die in Jahrzehnten erworbene Fähigkeit im Schneiden, Durchtrennen, Separieren schien sich selbst zu hinterfragen. Wo lag eigentlich der wahre Sinn seiner Tätigkeit? Wem half er wirklich mit seinen nachträglich gestellten Diagnosen, die in den letzten Wochen freilich eher vermutet als gestellt worden waren? Welcher der Angehörigen überließ seine Betrauerten beruhigteren Gewissens den dunklen Schächten des Grabes, wenn er die Ursachen des Hinscheidens kannte? Er selbst wusste so viel über die Toten, blickte in deren Biografie eine kleine Strecke zurück, er kannte sie besser als so mancher nahe Verwandte, war intimer Kenner vieler persönlicher Geheimnisse, war also in gewisser Weise Voyeur und scharfsichtiger Beobachter, der in Persönliches und Innerstes Einsicht nahm.

Aber ein Kenner des Lebens war er nicht. Er war ein Standbildbeobachter, Betrachter eines Filmes, der am Ende irgendwo stehen geblieben war und sich niemals mehr weiter bewegen würde. Die Zusammenhänge des Lebens sahen wohl viel eher seine Kollegen über ihm, wenn sie klug die Zeichen zu deuten wussten und selbst ohne allzu viel Vorurteile waren.

Baltrows über Jahre angeeignetes, freilich unausgesprochenes Gefühl eines Wahrheitsbesitzes durch Wissenschaft wurde in diesen Momenten brüchig. Er kam sich fragwürdig vor, und die Bedeutung seiner Tätigkeit bekam unscharfe Konturen.

Galt die unumstößliche Diagnose wirklich so viel, war es so wichtig zu wissen, woran jemand gestorben war? Wurden denn jene, die zeitlebens nie gewusst hatten, wer sie waren, wahrhaftiger, wenn in ihrer dürftigen Biografie außer ihrem Namen nun auch die Ursache ihres Verscheidens zu benennen war? Ihrer Existenz Sinngebung und Auftrag war ihnen doch immer verborgen geblieben, und wenn aus der Nebelhaftigkeit vieler Fragen einzig und allein, zweifelsfrei und gut erkennbar der Grund ihres Abschiedes auftauchte, so kam dieses einzig fassbare Wissen für sie zu spät. Und die Klärung all dieser Missverständnisse oblag ihm, Baltrow, dem biologischen Nachlassverwalter und Notar der Absterbensumstände. Ein höchst zweifelhaftes Vergnügen.

Er lehnte sich an den langbeinigen Hocker und stützte dabei seine Hände an dessen runden Sitzkanten ab. So bekam er mehr Luft in dieser abendlichen Schwüle. Nie zuvor hatte er eine Obduktion unterbrochen. Diesmal jedoch gedachte er, die stickige Luft hier im Keller zu meiden. Eng wurde es ihm hier, allzu eng und beklemmend. Er verließ die Prosektur und stand vor dem Fahrstuhl. Unschlüssig, ob er ihn benützen oder meiden und wieder die Treppen hinaufgehen sollte, blieb er stehen. Er fühlte sich gefangen, hatte aber keine Alternativen: Die Treppen würden sein Herz überfordern und seine Brust wieder beklemmen, im Lift würde ihm die Phobie den Hals zuschnüren. Sein Blick fiel auf die Tür in den weitläufigen Kellergang. Durch ihn konnte man auch zur Anstaltsapotheke gelangen. Er besaß ja einen Universalschlüssel, der ihm als besonderes Privileg vom Verwaltungsdirektor persönlich überlassen worden war. Zwar würde um diese Zeit niemand mehr Dienst machen, aber einen Besuch sollte es wert sein. Wegen gewisser Pharmaka gab es dort auch einen Kühlraum, also Aussicht auf Linderung der inneren Hitze.

Die Krankenhausapotheke hatte nichts von jenen Geschäftslokalitäten an sich, in denen neonbeleuchtet Genesung, Wohlergehen und Gutbefinden verheißen wurde.

Sie war ein nüchternes Magazin, ein Depot und räumliches Konzentrat pharmakologischer Potenzen: In Großpackungen, so niemals in der öffentlichen Apotheke an den Kunden kommend, lagerte in blanken Metallregalen unübersehbar und bis an die Decke reichend alle Kraft der Chemie. Ohne den Geruch von Zuckersirup, von exotischen Teesorten, von der sanften und heilenden Kraft geheimnisvoller Essenzen stapelten sich dort in alphabetischer Folge die Künste von Großlabors und industrieller Fertigung. Längst war die verabreichte Medizin nicht mehr zu schmecken, war nicht bitter oder süß, nicht mehr ölig oder geleehaft, längst wurde sie nicht mehr verabreicht als Sirup, Essenz, Dekokt oder Absud. Ohne irgendeinen Geruch behaftet war sie zu tausenden unscheinbaren Pillen, Dragees und Kapseln verpackt, wohl manchmal farbig, aber immer unauffällig und mit zungenbrecherischer Benennung versehen in billigen Pappverpackungen gelagert. Das Jahrhunderte alte Symbol der heilenden Medizin, die gläserne Flasche, die braune Phiole, das kristallene Behältnis gar, war längst dem schnöden Karton als Umhüllung gewichen.

Die meisten Medikamente waren in Großpackungen gelagert, in Kartonagen, die selbst einer Vielzahl von kleineren Einzelpackungen Platz gaben. Die Uniformität der Verpackungen fiel Baltrow auf, denn auf dem Weiß des glatten Kartons prangte neben dem Namen der Medikamente unübersehbar die riesige Schwarzschrift eines Firmenlogos. »Lothasa & Hansen« stand überall auf der Seitenwand der Behältnisse, sodass bei Stapelungen immer dieser Name ins Auge stach. Wohl waren auch andere Pharmafirmen vertreten, aber der Hauptanteil der pharmakologischen Spezialitäten wurde eindeutig von diesem einen Konzern bestritten. Die Palette seiner innovativen Wirkstoffe war bekannt, die Präsenz im Bewusstsein jedes Arztes gegeben, deshalb war die Dominanz dieses Namens in der Batterie der Regale zwar augenfällig, aber nicht ungewöhnlich.

Sogar Baltrow war er ein Begriff, denn der Konzern betrieb auch eine Sparte, die sich mit Desinfektionslösungen und Konservierungsmitteln befasste. Er entsann sich noch eines Verfahrens vor Jahren, das die präparatorische Haltbarkeit von Leichen wesentlich verbessert hatte und für Demonstrationen an der Pathologie empfohlen worden war.

Er registrierte zwar die Sonderlichkeit, aber die kühle Luft in diesen Räumlichkeiten tat ihm dermaßen gut, dass er sich an eine der Stellagen lehnte, die Augen schloss und rhythmisch die trockene Luft ein- und aussog. Nur auf die Stabilisierung seiner Transpiration konzentrierte er sich, und als er zunehmend zu Kräften kam, musste er schmunzeln, weil er zur schnellen Genesung offensichtlich eines ganzen pharmakologischen Depots bedurft hatte.

Mehrere Minuten verharrte er so, und als diese unendliche Müdigkeit sich etwas gelegt hatte, beschloss er zurückzukehren, um die Sektion endlich zu beenden. Gerne hätte er längere Zeit auf diese Weise gestanden, aber die Stunden wurden ihm knapp. Immerhin wusste er, dass es im Keller einen Ort der Regenerationsmöglichkeit gab, zu dem er schnell flüchten konnte.

Die ihm neuerlich entgegenschlagende, schwüle Luft des Ganges und seiner Arbeitsräumlichkeit ließ sich diesmal aber besser ertragen.

Er wandte er sich dem Herzen des Leichnams zu. Über dem Brustbein öffnete er neuerlich die Haut. Dem Knochen des Brustbeins konnte er allerdings mit dem schlanken Skalpell nicht mehr beikommen. Ein schabendes, wetzendes Geräusch machte ihn darauf aufmerksam, dass nun eine Säge zu verwenden sei. Freilich war dann auch dieser Widerstand relativ, denn mit einem kurzen, drückenden Schnitt teilte er den Knochen unter brechenden Geräuschen in der Mitte, schneller als sonst, weil er einem kaum 17-Jährigen gehörte.

Am Ende der Sägegeräusche ertönte ein laut vernehmliches Knacken. Baltrow hatte nun die Rippen links des Brustbeines, gleich an ihrem Ansatz, durchtrennt. Der gelbrötliche Herzbeutel leuchtete ihm entgegen, und auch diesen ritzte er mit der Skalpellspitze an, um dann nach oben und nach unten mit einer Schere endgültig den Schnitt zu erweitern. Das Herz war darunter, farbgleich zum Herzbeutel und klein. Mit einer geschmeidigen Bewegung, mehr schaufelnd als greifend, fuhr er in die Tiefe und löste es heraus. Unscheinbar und banal lag es in seiner Hand. Ein ehemaliges Kraftzentrum, nun ohne Form, klumpenhaft, ohne die symbolhaften Umrisse unzähliger religiöser Bebilderungen und ohne die symmetrische Form auf Glückwunschtelegrammen. Schon gar nicht ähnlich den in die Baumrinden geritzten Formen mit einem Pfeil durch die Mitte.

Der Schnitt durch die Herzwände ergab keine Auffälligkeiten. Kräftige Muskelmassen ohne Narben und Erweichung noch. Nur Unmengen von gestocktem Blut quollen ihm entgegen. Auch das also war der Tod: das nicht mehr fließfähige Blut in Form von Verklumpungen. In seinem mitgeborenen Aggregatzustand bedeutete es den Lebensfluss, der die entferntesten Moleküle des Organismus umspülte. Und nur wenn es floss, war Leben, und das Leben war nur dann zu Ende, wenn sein Strom versiegte.

Der Fluss des Lebens war das Liquidum, durch das sich die Energien vieltausendfach verästelten, in dem die Nährstoffe sich lösten und in dessen Bette sich das pralle Rot verteilte, das dem Leben seine Farbe gab. Und das Leben war nur prall, wenn es sprudelte und pulsierte, und es wurde blass und endlich weiß, wenn es sich zum Tropfen verdünnte. Der Fluss des Lebens aber wäre nie in Bewegung, wenn nicht die Arbeit des Herzens ihn speiste. Ein steter Motor, dessen Urkraft sich aus sich selbst gebar, der sich den Rhythmus vom Himmel lieh und der nie der Ruhe bedurfte, weil seine Unbändigkeit keine Verzögerung erduldete.

Der Fluss des Lebens war somit eigentlich ein Kreislauf des Lebens, denn das Medium verließ hier den Ort und berührte ihn von hinten wieder neu. Und das Kreisen war ein sich wiederholender Lauf von Abschied und Ankunft. Ein Wechsel von Orten, Reisen kleinster Substanzen um den Mikrokosmos ihrer begrenzten Bestimmungen. In ihm war ein unaufhörliches Fluktuieren von Erneuerung und Aussortierung.

Baltrow wusste nicht, wie viele Sektionen er im Laufe seines Lebens durchgeführt hatte. Es wäre ein Leichtes, die Zahlen in den Protokollbüchern nachzuschlagen. Die Chirurgen führten penibel eine Operationsstatistik, die freilich notwendig war für ihre Qualitätssicherung. Ihn aber hatten persönliche Zahlen nie interessiert. Wem sollte er denn auch mit drei- oder vierstelligen, beiläufig mitgeteilten, untermauernden Zahlen eine Visitenkarte seiner Fertigkeit geben. Die Kandidaten, die ihm unters Messer kamen, meldeten sich nicht persönlich an, noch wurde er ihnen empfohlen mit dem Hinweis auf seine Erfahrung.

Diese Sektion verlief aber dermaßen langsam und träge dahin, als wäre sie eine der ersten, die er durchführte. Sie schien ihm unendlich lange zu dauern und war ihm eine Bergspitze, die mit Fortdauer der Wanderung in immer weitere Entfernung rückte. Voller Zweifel war sein Kopf, voller Widerstände und Unsicherheit schien seine Hand zu sein. Ihn hemmte und störte etwas und es war nicht die stehende Schwüle des Sektionsraumes. Er blickte auf die Türen der Kühlaggregate, schüttelte den Kopf, sodass die Brille gefährlich nahe an die Nasenspitze glitt, und fuhr mit seiner Sektion fort.

Des jungen Mannes Herz war unversehrt. Aus dem untersten Fach der Vitrine holte Baltrow die Kreissäge hervor. Er gebrauchte sie, um in das Innere des Schädels vordringen zu können. Nichts verbarg sich hartnäckiger vor dem Zugriff als das Gehirn, das sich mit einem dicken Schädelknochen umgab. Gute Gedanken waren flüchtig, obwohl sie umgeben wurden von einer mitunter zwei Zentimeter dicken Knochenmasse, abgründige wurden bewahrt, gepflegt in der engen Höhlung, ein Menschenleben lang und nicht zugänglich irgendeiner Abänderung. Eine semipermeable Barriere schien der Knochen zu sein, das eine beharrlich zurückhaltend, das andere gerne veräußernd.

Baltrow schnitt die Haut über der Stirne ein und setzte dann zirkulär den Schnitt über die Schläfen zum Hinterhaupt fort. An den stirnseitigen Wundrand greifend zog er dann das mit Haaren besetzte Hautstück wie einen Skalp nach hinten. Die Galea als Toupet, das nach der Sektion wieder nach vorne geklappt werden würde, kam ihm in den Sinn und er empfand es als pietätlos.

Der knöcherne Schädel glänzte ihm entgegen, nur überzogen von der rötlich schimmernden Beinhaut. Die ansonsten stille Arbeit wurde unterbrochen vom überlauten Lärm der Kreissäge. Dies waren nun die Momente, da er die Unterstützung von Brünner benötigt hätte. Der ihm mit einem festen Griff den Schädel fixiert und etwas angehoben hätte, sodass er mit einer zügigen Bewegung die rotierende Säge zirkulär hätte herumführen können. Aber Sektionen alleine durchzuführen, war ihm zur Gewohnheit und zum Bedürfnis geworden. Längst hatte er eine Technik entwickelt, mit der er alles alleine bewerkstelligen konnte. Zwei Schraubzwingen, an den Tischkanten einerseits und an den Jochbeinen des Schädels andererseits sich überkreuzend angebracht, freilich den metallenen, harten Druck der Schenkel mit Krepppapier mindernd, taten ihre Dienste. Den Schädel insgesamt hatte Baltrow vorher maximal nach vorne gebeugt und im Genick mit einem Keramikkeil abgestützt, sodass dessen Decke zur Bearbeitung von allen Seiten frei zugänglich war.

Er wusste um die nie ausgesprochenen kritischen Gedanken Brünners oder Dr. Hambruschs, die etwas von fehlender taktvoller Rücksichtnahme und posthumer Brachialgewalt beinhalteten, aber es kümmerte ihn nicht. Er hätte nur erwidert, dass die unsichtbaren Schraubstöcke, mit dem die meisten Menschen ihr Leben lang ihre Gedanken unfrei machten, doch eher das Bedenkliche seien.

Nun galt es, den Schnitt der Sägeblätter zügig zu führen – und nicht zu tief. Denn das Gehirn zu verletzten, dessen zarte Substanz zu desintegrieren, würde alle weitere Sektion überflüssig machen.

Es fiel ihm schwer, das Konvolut von Windungen und Furchen, das da grauglänzend die Halbschale des Schädels ausfüllte, ehrfurchtsvoll zu betrachten. Kein anderes Gewebe des menschlichen Körpers besaß so wenig Konsistenz, und wenn er es mit dem langen, schmalen Messer in viele Schichten und Scheiben trennte, dann geschah dies absolut lautlos. Andere Gewebe verursachten Schneide- und Reibegeräusche, die Gehirnmasse befand sich jedoch an der Grenze zur Flüchtigkeit. So, wie es unter seinen handschuhbewehrten Fingern zerrann und zerfloss, irgendeines inneren Gerüstes entbehrend, lediglich von gewundenen Blutgefäßen durchzogen, die es mit Nahrung versorgten, ihm selbst aber keine Struktur geben konnten, war es für Baltrow schwer verständlich, dass es selbst von irgendetwas anderem als von den kräftigen Knochen des Schädels zusammengehalten werden konnte.

Die sprachlose Faszination, die ihn ergriff, lag weniger in den anatomischen und histologischen Besonderheiten als vielmehr in den spontanen Assoziationen, denen er sich hingab. Wie konnten in diesem undefinierbaren Gebilde, das an keinerlei geometrische Grundform, an keine einprägsame natürliche Gestaltung erinnerte, sondern das in Entwicklung und Erscheinung eher den Gesetzen des Zufalles und des Chaos gehorchte, die höchste Ausbildung menschlicher Entwicklung gesehen werden?

Mikroskopisch kleine Nervenstränge waren zu einem mächtigen Netz von steuernden Elementen verwoben, schalteten sich abermals zusammen zu höheren Verbänden neuronaler Zentralen, und darin verbündeten sich kaum messbare Elektrizitäten zu Ideen und Gedanken. Und indes Haltung und Moral, Hingabe und Scham lediglich bewirkt wurden von reinen galvanischen Potenzialen, war deren Erlöschen zugleich der Tod. Das Missverhältnis zwischen biologischer Beiläufigkeit und der kreativen Macht seiner Funktionen war verblüffend.

Aber seine sonst nirgendwo vorkommende Form, seine unvergleichliche, scheinbar funktionslose Oberfläche, seine sinnentfremdete Gestaltung machten es in seiner völligen Andersartigkeit zugleich wieder interessant. Um Leben weiterexistieren zu lassen, würde man das Hirn isolieren, von der lästigen Physis trennen und in einem Stellglas mit Nährflüssigkeit sich selbst überlassen müssen. Man müsste es entkoppeln, von den lästigen Anhängseln des Körpers befreien, um damit gleichzeitig die Vollkommenheit seiner ideellen Konzeption zu erhalten. Die uralte Sehnsucht nach Gedankenreinheit wäre damit in Erfüllung gegangen, und wäre es endlich von keiner Körperlichkeit mehr gehemmt, würde es sich zur erstrebten Gottähnlichkeit entfalten.

Jetzt aber, an diesem Montagabend eines heißen Juli, half Baltrow das Spintisieren über Grobkorrekturen der Schöpfung auch nicht weiter. Denn auch diesmal hatte er nicht die anatomische Spur einer Krankheit gefunden. Das Gehirn des jungen Mannes war unversehrt, und die verlorene Fähigkeit zur Selbstbestimmung, der ihn das Gift der Drogen hätte meiden helfen können, war durch kein Skalpell festzustellen.

Zu Baltrows prinzipiellen Zweifeln an seiner Tätigkeit gesellte sich nun auch das Wissen um die schlechte Arbeit, die er die letzten Wochen geleistet hatte. Ein Gefühl des Versagens befiel ihn. Erstmals in seiner langen Laufbahn konnte er zum wiederholten Mal keine exakte Todesursache feststellen. Dies war nun schon die fünfte Leiche innerhalb einer knappen Woche, bei der er sich in allgemeine Floskeln wie »Multiorganversagen« oder »Sekundenherztod durch allgemeine Auszehrung oder Erschöpfung« würde flüchten müssen. Und alle Patienten waren entweder des Nachts im Schlaf oder tagsüber von einer Sekunde auf die andere verstorben. »Sekundenherztod« nannten es die Mediziner und drückten damit nur ihr Nichtwissen aus. Keiner der Patienten war reanimiert worden, weil sich bei niemandem der Tod angekündigt hatte oder auf sein Herannahen aufmerksam gemacht hätte: mit einem kurzen Signal des Schmerzes, des Luftmangels oder einem Schrei nach Hilfe, den der Bettnachbar oder vielleicht die Krankenschwester hätten hören können. Nein, alle waren sie regungslos im Bette aufgefunden worden. Ohne Anzeichen eines Todeskampfes, ohne Verkrümmungen des Körpers, ohne die Kennzeichen der Agonie.

Die ganze Pathologie war ihm in diesen Momenten fremd, sie widerte ihn an. Er würde morgen noch Sarah Lawerth obduzieren und sich dann durchuntersuchen lassen. Er konnte sich gut vorstellen, danach eine längere Arbeitspause einzulegen. Urlaub hatte er noch genug zur Verfügung, er könnte die Manuskripte seiner Pathologie-Anthologie durchsehen, korrigieren und ergänzen. Aber diesen einen Fall wollte er noch zu Ende bringen.

Würde er erstmals in seiner Tätigkeit von etwas Gebrauch machen müssen, was er aus Eitelkeit immer zu vermeiden getrachtet hatte: die Miteinbeziehung anderer Institute, zur Diagnosefindung und zur Hilfestellung? Eventuell würde er Gewebsmaterial an das toxikologische Institut der Hauptstadt senden müssen, denn bei aller Sorgfalt der Sektion reichten Geruch und scharfes Auge längst nicht mehr aus, winzigste Spuren irgendwelcher Gifte dingfest zu machen. Dazu war seine Pathologie zu schlecht ausgestattet.

Im Hintergrund lauerten schon die Juristen, wahrscheinlich längst von Angehörigen verständigt, um irgendwelche »Unregelmäßigkeiten« in diesem Spital zu hinterfragen. Möglicherweise wurde längst gemunkelt und geraunt, hatte sich eine Fama von mysteriösen und aufklärungsbedürftigen Vorkommnissen gebildet und schwebte als sich verdichtende Aura des zweifelhaften Rufes über diesem Haus.

Aber da gab es diese fehlenden Kaliumwerte in den Krankengeschichten. Sekundenherztod? Wann blieb denn das Herz abrupt stehen? Wenn ein massiver Infarkt das Reizleitungssystem blockierte oder wenn dessen elektrisches Milieu gestört wurde. Beispielsweise von einem Elektrolytmangel, akut und augenblicklich. Was hatte doch noch Sarah Lawerth an einem der beschaulichen Nachmittage vor kurzem gesagt? Sie habe die Seren der Patienten auf die Toxizität der Metaboliten untersuchen müssen? Und er selbst hatte kurz darauf noch in einem Physiologie-Lehrbuch die Ausscheidungsmechanismen der Niere nachgelesen. Darin musste irgendwo der Schlüssel zur Klärung aller Todesfälle liegen. Und vor allem oben im Zusatzlabor, von dem Sarah gesprochen hatte, und im Dienstzimmer des Dozenten Ferwarth selbst. Morgen würde er ihn zur Rede stellen.

Aber Baltrow wurde dermaßen aufgeregt, dass er beschloss, noch augenblicklich jene Räumlichkeiten aufzusuchen.

Die Phobie vor dem Liftfahren wurde abgeschwächt durch den Fahndungswillen und den sich erhärtenden Verdacht.

In einer ehemaligen Abstellkammer der Internen Abteilung, gleich neben dem Stiegenhaus, war das Analyselabor untergebracht. Die drei Betten, die als Reserve darin gestanden hatten, verstellten nun im Vestibül der Station, gleich neben der Glastür, den Durchgang. Sie waren an jedem Stockwerk vorgeschrieben – für Zeiten der Überbelegung. So wirkte die Interne Abteilung an dieser Stelle etwas provisorisch, weil das hastige Personal, aber auch der tägliche Besucherstrom sich umständlich daran vorbeizwängte.

Die Eingangstür zu diesem Raum trug nicht die Bezeichnung seiner Bestimmung, sondern es stand nur klein und unscheinbar das nüchterne Logo der Firma »Lothasa und Hansen« darauf. Dieses Zimmer war Baltrow gar nicht aufgefallen, als er vormittags die Abteilung besucht hatte.

Plötzlich öffnete sich die Tür und heraus trat eine junge Frau, eine voluminöse Tasche mit langen Tragegriffen um die Schulter gehängt. Es war wohl schon Dienstschluss.

»Kann ich noch etwas für Sie tun?«

»Ja doch! Ich hätte mich gerne in diesem Raum umgesehen.«

Sie runzelte die Stirne.

»Üblicherweise haben nur Ferwarth und der Krankenhausdirektor Zugang. Wenn der Dozent nichts dagegen hat, kann ich Ihnen aber alles zeigen. Da ist sein Zimmer, haben Sie schon geklopft?«

»Ferwarth ist nicht mehr im Haus. Es ist ja schon nach 18 Uhr.«

»Ja, richtig, außerdem war er die meiste Zeit des Wochenendes hier in der Klinik. Nun, ich weiß nicht, ob ich ... Ihr Gesicht kommt mir doch bekannt vor. Sie arbeiten doch hier im Haus? Nun was soll's. Ist ja nichts Geheimes, was wir hier untersuchen.«

»Mein Name ist Baltrow, ich bin der Hauspathologe. Sie scheinen nicht gerade zum Stammpersonal zu gehören.«

»Ich bin überhaupt nicht Angestellte dieses Hauses. Ich arbeite für ›Lothasa & Hansen‹. Das hier ist gewissermaßen ein Leihlabor, nur für Studienzwecke vorübergehend installiert. Erst seit circa einem Dreivierteljahr. Kommen Sie, es wird Sie interessieren. Künast mein Name übrigens.«

Ein stolzer Unterton in ihrer Stimme war nicht zu überhören. Sie fasste Baltrows Hand und zog ihn regelrecht in den Raum, den sie allerdings sofort wieder von innen abschloss. Eine automatisierte, gedankenlose Handlung, die Baltrow aber zeigte, dass nicht jedermann hierher Zugang haben sollte. Eine gewisse Heimlichkeit, eine Abschottung gegenüber den meisten Angestellten der Klinik war wohl beschlossene Sache.

Der Raum war nicht groß, konnte es nicht sein, da er bis in die Winkel mit Gerätschaften angefüllt war. Auf ringsum an die Mauern gestellten Tischen standen Analysegeräte, Maschinen also, die keinerlei traditionelle Form mehr hatten. Denn längst hatte sich die einstige Mechanik mit ihren Hebel- und Räderwerken, mit Schaltern und skalierten Messuhren, mit flackernden Lampen und puffenden, ächzenden und fauchenden Arbeitsgeräuschen in die dezente, summende Lautlosigkeit von gestaltlosem Prozessor-Design gewandelt.

»Sie sehen hier einen Massen- und einen Laserspektrografen. Es gibt nicht viele in diesem Land.«

Frau Künast konnte den Stolz in ihrer Stimme abermals nicht verhehlen. Andächtig fuhr sie mit ihren Blicken den Kreis der Maschinen ab.

»So etwas könnten Sie sicherlich auch an der Pathologie unten gebrauchen.«

»Ich weiß, viele Substanzen und toxikologische Verbindungen könnten wir damit bestimmen. Aber ich ziehe es vor, verdächtige Substanzen in der Hauptstadt untersuchen zu lassen. Man muss sich nicht unbedingt aller technischen Kniffe bedienen. Was untersuchen Sie hier eigentlich, dürfen Sie mir das sagen?«

»Nun, eigentlich nicht, das heißt, ich kann Ihnen nur oberflächliche, grobe Eindrücke unserer Arbeit vermitteln. An der Internen Abteilung läuft eine Studie über ein neues Medikament zur besseren Ausscheidung von Körperwasser. Mit diesen Geräten können alle Substanzen, auch deren Abbauprodukte, deren Metaboliten, untersucht werden. Alles, was irgendeine Stofflichkeit hat, wird angezeigt.«

»Sie machen auch Routineuntersuchungen des menschlichen Blutes, Cholesterin, Leberfunktionsproben?«

»Natürlich. Müssen wir ja, denn eventuelle Nebenwirkungen sind immer zu beachten. Das soll nicht dem Krankenhauslabor überlassen bleiben.«

»Sie bestimmen auch das Kalium?«

»Was für eine Frage! Einer der wichtigsten Elektrolyte überhaupt, vor allem im Zusammenhang mit einem Diuretikum. Gerade da hatten wir ja in den letzten Wochen Probleme genug.«

»Probleme, was für Probleme meinen Sie?«

»Ach, lassen wir das, ich habe sowieso schon zu viel gesagt. Ferwarth kann Ihnen da sicherlich viel kompetentere Auskunft geben.«

Baltrow sah kaum schriftliche Unterlagen. Es war befremdlich für ein Labor, dass keine Papierstöße von Untersuchungsreihen, Ausdrucke von Versuchen und vor allem Endergebnissen vorhanden waren. Wohl sah er einen dieser Nadeldrucker, wie ihn heutzutage jedes Büro besaß, aber er sah keine Mappen, kein Papierschiebefach, worin eine schriftliche Dokumentation liegen könnte.

»Sie haben wohl alles im PC gespeichert?«

»Natürlich. Im PC und auf Diskette. Es gibt zwar den einen oder anderen Ausdruck, aber den besitzt Ferwarth. Wenn er irgendeine Bestimmung wissen will, so hat er immer Zugang zu diesem Raum. Er ist auch der Einzige, der einen Schlüssel dazu hat – neben meiner Person. In den letzten Wochen ist er übrigens immer öfter hierher gekommen, um nachzusehen. Es gab eine gewisse Hektik, um es einmal so zu sagen.«

»Möglicherweise gravierende Auffälligkeiten mit dem Kalium? War es zu hoch oder zu niedrig? Sie können ruhig mit mir darüber sprechen. Ich habe indirekt damit zu tun.«

Frau Künast sah Baltrow zögerlich an. Aber da sie sich sowieso schon zu weit vorgewagt hatte, kam es auf weitere Einzelheiten offensichtlich nicht mehr an.

»Zu niedrig, viel zu niedrig!«, platzte es aus ihr heraus. »Zuerst dachte ich an eine Fehlfunktion der Geräte, an Blutabnahmefehler oder dergleichen. Ich besprach das auch mit dem Dozenten, er aber schien selbst ziemlich ratlos zu sein. Daher sind die Untersuchungsreihen einmal vorläufig ausgesetzt.«

»Ausgesetzt?«

»Ja, ausgesetzt. Heute Morgen hat mich der Dozent darum gebeten.«

»Ich will Sie nicht länger bemühen. Danke und einen schönen Abend noch.«

Frau Künast schien mehr erzählen zu wollen, aber Baltrow hatte genug erfahren. Als sie das Labor wieder verschlossen hatte, tat er so, als wollte er langsam wegschlendern, wartete aber indes, bis sie im Lift verschwunden war.

Ferwarths Zimmer war diesmal verschlossen. Er war wohl tatsächlich nicht mehr im Haus. Mit Baltrows Universalschlüssel war es ein Leichtes, einzudringen. Das Empfinden, etwas Unkorrektes zu tun, hatte er dabei nicht. Persönlich hätte er zwar die Aushändigung des Konvolutes erfragen müssen, aber dies hätte Zeit gekostet und die Erreichbarkeit des Dozenten vorausgesetzt. Außerdem betrachtete Baltrow die Krankengeschichten als Eigentum der Verstorbenen, deren Anwalt er wohl war. Er hatte ein Recht auf Einsichtnahme.

Der Stoß von in braune Papphüllen gefalteten Krankengeschichten lag noch dort auf dem Stuhl, so, wie er ihn vor Stunden gesehen hatte. Er nahm die erste Mappe und breitete deren Inhalt auf dem Boden aus, denn auf dem Schreibtisch war kein Platz vorhanden.

Die Anamneseblätter lagen obenauf. Auf vorgefertigten Fragebögen war dort jeweils fein und säuberlich das vom Patienten geschilderte Beschwerdebild zu lesen. Des Weiteren waren die im Hause eingeholten Fachbefunde vermerkt, die Röntgen- und Ultraschallbefunde aller Organe, die für die innere Medizin Relevanz hatten. Eine Fotografie der Herz- und Lungenregion, wie immer von zwei Seiten abgebildet, um sich des Wohlergehens der Pump- und Sauerstoffverteilungsregion zu versichern, und eine Sonografie des Oberbauches, das heißt der Leber-, Gallen- und Bauchspeicheldrüsenregion, um von einer regelrechten Form auf den reibungslos funktionierenden Stoffwechsel schließen zu können.

Die endgültige Beurteilung der körperlichen Funktionstüchtigkeit erfolgte freilich erst in Zusammenschau mit den Laborwerten. Mehrfach eingeholt als notwendige »Verlaufskontrolle«, waren die Werte meist unterhalb der Fieberkurven eingetragen. Das war ein Diagramm von Zeit und Geschehen, womit die sich äußernden Symptome und deren Therapien gut verfolgen ließen. Alles aber wurde verbunden mit der sich nie unterbrechenden Fieberkurve, die wie ein roter Lebensfaden durch die Tage lief, an schief hingekritzelten Beschwerdeäußerungen vorbei und um vermutete Diagnosen herum. Verschiedene Ärzte oder Schwestern hatten schnell ein Wort oder eine Anordnung hingekritzelt, weniger aus Interesse und Sachdienlichkeit, sondern aus Absicherung. Forensisch-juristische Absicherungsmedizin, dachte Baltrow, und er selbst war ja immer einer gewesen, der in den Vorlesungen die Wichtigkeit einer Dokumentation unterstrichen hatte.

Am linken oberen Rand stand der Name des Patienten zu lesen, rechts gegenüber die vorläufige Diagnose.

»Chronische kardiale Dekompensation« stand dort, und es war die Schwäche des Herzens damit gemeint. Wie auch anders, dachte Baltrow, immerhin hat der Verstorbene fast neunzig Jahre gezählt.

Die Laborwerte indes interessierten Baltrow. Das Kalium war fein säuberlich eingetragen. Schon gleich nach der Aufnahme, oft noch in der Nacht, wurde es bestimmt als wichtiger Mineralstoff jedes Zellgeschehens. Zusammen mit anderen Maßen der inneren Chemie wurde der Ist-Zustand der »Homöostase« bestimmt. Das Gleichgewicht der Säfte und Kräfte, der von den Therapeuten anzustreben oder wiederherzustellen war. Meist wurden die Werte nach einigen Tagen wiederholt, so auch hier. Am vierten Tag der Aufnahme stand da wieder in einer Spalte die Litanei der Werte aufgeschlüsselt.

Baltrow stutzte.

In dem Feld der Körpermineralstoffe fehlte – genauso wie bei der Krankenakte im Keller – das Kalium. Das übliche »Fünfgestirn« der Elektrolyte, das Natrium, das Chlorid, das Calcium, das Phosphor entbehrte seines fünften Verbündeten, des Kaliums. Und zehn Tage später war es wiederum nicht aufgeschlüsselt. Nicht dass es da eine leere Stelle gab, die es als nachträglich entfernt ausweisen würde, nein, es fehlte schlicht und einfach.

Baltrow nahm die nächste Krankengeschichte. Auch dieser Patient war ihm bekannt. Er hatte über einen Monat mit einer Nierenschwäche an der Internen Abteilung gelegen.

Dasselbe Phänomen: ein einziger Kaliumwert bei der Aufnahme und sonst keiner mehr. Und dabei hatten beide Patienten nachvollziehbar entwässernde Medikamente bekommen. Da sah er das auch ihm bekannte Furosemid und wieder stutzte er. Es war zwar immer schnell bei der Ersttherapie verwendet, aber jeweils nach drei oder vier Tagen kommentarlos abgesetzt worden. Trotz der Hinweise wie »Atemnot« oder »Unterschenkelödeme« oder »Einfuhr/Ausfuhrmessung«, den Hinweisen also auf die nach wie vor bestehende allgemeine Überwässerung. Stattdessen sah er an jenen Stellen, wo entsprechend des zu erwartenden zeitlichen Rhythmus das Furosemid aufscheinen sollte, lediglich einen nach unten gerichteten roten Pfeil. Die Analogie zur Krankengeschichte des jungen Mannes vorhin im Keller war frappant.

Über zwanzig Krankengeschichten sah Baltrow an, sie glichen sich alle. Seine Ahnungen hatten sich bestätigt. Die Kaliumwerte und die abgeänderte Therapie wurden offensichtlich ausgegliedert und woanders geführt – oder gespeichert. Sein Blick fiel auf den PC auf dem Beistelltisch unter einem Bücherbord.

Er wusste, dass es hinter der Fassade des Bildschirms eine parallele elektronische Krankenakte geben musste. Und er ahnte, dass die weiterhin ermittelten Kaliumwerte nur in den Datenbanken dieses PC gefunden werden konnten.

Das Starten des Rechners war ihm unmöglich, denn er war mit einem Schloss versehen. Indes war weit und breit kein Schlüssel zu finden, den hatte sicherlich Ferwarth bei sich. Neben dem Rechner bemerkte Baltrow einen weißen Wandschrank, der ihn an die Erste-Hilfe-Kästen von Behandlungsräumen erinnerte. Nur das typische rote Kreuz fehlte. Aber einen Erste-Hilfe-Kasten würde der Chef einer Internen Abteilung eines größeren Krankenhauses wohl kaum benötigen angesichts der Arsenale an Verbandsstoffen, Medikamenten und Instrumenten um ihn herum. Ein Medikamentenschrank konnte es aber sehr wohl sein, vor allem wenn darin ... zum Beispiel das neue Diuretikum gelagert wurde. Es war nahe liegend, dass der Dozent diese Pillen selbst verwaltete. Leider war auch dieser Schrank verschlossen, was Baltrows Annahme nur bestätigte. Morgen würde er sich darum kümmern.

Ihm wurde übel. Aber es war keine Befindlichkeitsstörung des Magens, sondern die direkte Somatisierung seiner Bestürzung. Und wohl seines Herzens. Denn es überschlug sich wieder im Takt, pochte ihm bis zum Hals und drohte aus dem Brustkorb zu springen.

Er war auf den Gang hinausgetreten. Die Wände schienen zu schwanken, der Fußboden warf eigentümliche Wellen. Er setzte sich auf die Kante eines der Reservebetten, und alle schiefen Flächen fanden wieder zu ihrer Position. So, wie deren Geometrie kurz aus den Linien gelaufen war, so hatte seine vertraute Heimat, sein angestammter Ort seine Konturen verloren. Alles schien ein Irrtum gewesen zu sein, er war auf einem Irrweg gegangen. Ziemlich weit, so weit, dass es möglicherweise für eine Umkehr zu spät war. Und er war ein müder Wanderer geworden.

Eine Abkürzung zurück auf die rechten Pfade müsste es geben, und er müsste auch alles, was er auf diesem so langen, schon zurückgelegten Weg gesehen hatte, vergessen können, als eben unauthentisch und nicht ihm zugedacht. Und dies schmerzte mehr als die vergeudete Kraft vieler sinnloser Kilometer: Alles mitgenommene Wissen und die Schlüsse daraus waren falsch. Wer konnte die tausende Einzelteile an der Basis denn schon auswechseln, ohne dass das ganze Gebäude der Gesamtschau in sich zusammenstürzte? Das, was er geworden war, beruhte auf irrtümlichen Voraussetzungen und falsch abgesteckten Markierungen. Der Gesamtplan, die Karte, die er zur Reise gewählt hatte, war schon nicht die richtige gewesen. Und dies das zweite Mal nun schon.

Von der Schwesternkanzel drang die Geschäftigkeit der Dienstübergabe. Die Besuchszeiten waren längst vorbei, an einem Montag kamen bei dieser schwülen Hitze auch abends kaum mehr Besucher. Sie hätten ihn hier am Eingang zur Internen Abteilung in sich zusammengefallen sitzen gesehen, wie einen kranken Patienten, der sich abseits der Krankenzimmerhektik einen Augenblick der Ruhe gönnen wollte.

Das Vestibül erfüllte sich langsam mit Gesumme. Er blickte auf, und tatsächlich hörte er wieder das vertraute Geräusch der Fliegen. Die gleichen Frequenzen schienen es zu sein wie vor ungefähr zwei Stunden, und als er gegen das Mauerweiß sah, bemerkte er auch schon die schwarzen Punkte mit ihren Kreisbewegungen. Immer mehr wurden es, und Baltrow musste daran denken, dass er ja an der Internen Abteilung war und es dort ein Fliegenproblem gab. So etwas konnte bei diesen Temperaturen ein Hygiene-Problem werden, und wenngleich er auch nicht der Hygienebeauftragte des Krankenhauses war, so fiel es doch irgendwie in seinen Kompetenzbereich. An seiner »Abteilung« unten hatte es ihn nie gestört, hier oben hatten die Insekten aber etwas Anrüchiges an sich.

Eine tote Maus in einem Lüftungsschacht? Viele tote Mäuse müssen da sein, und in diesem Haus gibt es sicherlich mehr Patienten, mehr tote Patienten als tote Mäuse, schoss es ihm durch den Kopf.

Im Sitzen ging es ihm bald wieder besser. Vielleicht würde er doch morgen eines der Betten an dieser Station beziehen, sich untersuchen lassen. Schade, dass es keine Einzelbettzimmer gab, vielleicht wäre ein Check-up auch ambulant möglich. Sicherlich wohl. Wer seine Arbeit weiterführen würde können – und dies müsste bei den vielen unerledigten Leichen jemand kompetenter machen –, war ihm in diesen Minuten gleichgültig. Kollege Hambrusch käme nur in Frage, sie müssten ihn aus dem Urlaub zurückholen. Der dauerte sowieso nur bis Donnerstag. Dass er in diesen Zeiten des »Leichenandranges« überhaupt einen genommen hatte! Er selbst hätte ihm dies als Abteilungsvorstand verbieten müssen. Aber in Wirklichkeit war es ihm nicht unlieb gewesen, dass jener fort war, denn gearbeitet hatte er jeweils immer am liebsten alleine. Vielleicht täte ihm überhaupt ein Tapetenwechsel gut, ein radikaler, bei dem man sich in eine völlig andere Gegend verpflanzte. In den Süden vielleicht? Mal überhaupt sehen, ob sein Körper sich regenerierte in einem völlig neuen Umfeld. Andere Luft, andere Geräusche, andere Menschen mit anderen Gedanken. Ob er aber vielleicht schon zu einer Pflanze geworden war, einer Zimmerpflanze vielleicht, bei der ein nur geringfügiger Ortswechsel, eine Verrückung etwa vom Fenster weg um einige Meter zur Tür hin, ein schlechteres Gedeihen bewirkte? Ob er hier schon Wurzeln geschlagen hatte, die zu kappen man auf jeden Fall unterlassen sollte? Das wollte er gerne sehen. Schwerfälligkeit in sich hatte er nie gemocht, auf seine Beweglichkeit, freilich nur seine gedankliche, war er immer so stolz gewesen.

Unendlich müde erhob er sich und schritt zum Lift zurück. Indes wollte er der überwundenen Herzenge nicht noch die Enge einer Liftkabine antun und so entschloss er sich, abermals das Treppenhaus zu beschreiten. Abwärts zu gehen war ja keine so große Belastung.

19 Uhr: **Die erste Begegnung**

Durch das leere Foyer, an der leeren Kanzel des Pförtners vorbei, huschte Schibowski zu den Kellertreppen. Ein feuchter Geruch von Küche und Katakombe kam ihm entgegen, denn mit dem Schließen der Türe verließ er auch den klimatisierten Teil des Hauses. Er begann an Stirn und unter den Achseln zu schwitzen. Vor dem Türstock zur Prosektur hielt er an und las den »Prolog der Fliegen«, der ihm, in das Holz unauslöschlich eingestanzt, entgegenstach. Da er alles andere als locker war, eher erregt und angewidert war, kam ihm dieser Spruch zynisch und pietätlos vor. Was konnte eine junge hübsche Frau bewegt haben, immer wieder solche Räumlichkeiten aufzusuchen? Was konnte überhaupt in solch beklemmender Umgebung, in geruchsabholder und anblickbeleidigender Sphäre, gedeihen außer Abscheu und Ablehnung? Fauler Zauber, dunkle Mächte, Erpressung und verdeckte Gewaltausübung, Willenlosigkeit und Hypnose?

Er trat ein und sofort schlug ihm ein die Schleimhäute reizender Geruch entgegen. Karbol, Formaldehyd und seine unaussprechlichen Derivate – er kannte sie alle. Immer hatten sie ihn angewidert, wenn er die zu seiner Ausbildung notwendigen allzu langen Minuten in der Gerichtsmedizin der Hauptstadt zählte. Mehr mit geschlossenen Augen als mit interessiertem Blick hatte er deren Ende herbeigesehnt.

Die Prosektur war leer. Einer der drei Marmortische war mit einem grünen Tuch bedeckt, unter dem sich ein Torso wölbte. Entweder stand eine Obduktion bevor oder es wartete ein bereits obduzierter, ausgeweideter und wieder zugenähter Torso auf seine weitere Bestimmung: auf den Rücktransport in einen der Kühltresore oder auf die Abholung durch den Bestatter, um endlich der ewigen Ruhe zugeführt werden zu können.

Schibowski zögerte. Professor Baltrow war nicht anwesend, aber der Seziersaaldiener musste in der Nähe sein. Er wäre gerne wieder gegangen, doch es siegte die Neugierde. Ungestört einen Blick auf alles werfen, seine Aufmerksamkeiten gleichsam reflektierend auf die Einrichtungsgegenstände, die Vitrine und schließlich den Schreibtisch heften zu können, war ihm doch verlockend. Immerhin befand er sich in einem Raum besonderer Bedeutung, einem Ort, der die Tatsache der Sterblichkeit mit der Möglichkeit der Unsterblichkeit vermengte. Ein letztes Zimmer auf dem Weg hinaus und ein Vorzimmer im Gebäude religiöser Erwartungen zugleich. Ein Ort der letzten physischen Präsenz und der beginnenden Unstofflichkeit der Seele, eine Schnittstelle zweier Zustände menschlichen Seins. Kurz hatte Schibowski die kindlich naive Vorstellung, dass dieser Ort einer der weiteren Distribution war, ein Ort, von dem aus die Zuteilung der Seelen hinaus in die Unendlichkeit erfolgte.

Als er in den Nebenraum trat, stellte er zu seiner Verwunderung fest, dass dieser ebenfalls erleuchtet war. Das Licht in diesen Kellern war ein ewiges, und er fand es gut, denn die Beklommenheit wurde gemindert, wenn der Tod von Licht beschienen wurde. Aber er war nicht in einen weiteren Sezierraum getreten, sondern in ein Kabinett der Abstrusitäten. Er schrak zurück. Vollgepfercht bis unter die Zimmerdecke stapelten sich in Spiritus getränkte, monströse Gebilde. Er schloss kurz die Augen, weil ihm der Anblick unerträglich war.

Was hielt einen Menschen denn, missratene Föten, fehlgebildete Organe zu bewahren? In hohen Regalen sie eng zu drängen, sie nicht der Öffentlichkeit zu präsentieren, sondern offenbar für sich selbst zu sammeln. Für eigene abwegige Gelüste gar, perverse Empfindungen vielleicht? Sie so zu sammeln, zu horten und zu versperren, in ein kleines Zimmer zu verbannen, glich einem Hobby, das nur für sich gedacht war und bei dessen Ausübung wohl mit niemandem eine gedanklicher Austausch möglich war. Was musste der Professor für ein Mensch sein, dass er sich solches gönnte und offenbar Freude daran hatte? Wissensdurst, Faszination, Sammlerleidenschaft vielleicht? Wohl kaum. Denn da gab es nichts zu lernen, nichts zu studieren, es sei denn, man wollte den Schöpfer diskreditieren. Seht her, auch für solches ist er verantwortlich, so begreift doch, auch zu solchem ist er fähig, und zugleich fiel ihm auf, dass diesmal alles anders zu sein schien als bei üblichen Recherchen. Niemand hatte bisher von behördlicher Seite den Leichnam untersucht. Es war an der Zeit, endlich die sterbliche Hülle der Ärztin zu inspizieren. Alle Überlegungen waren im grauen Bereich des Konjunktivs erfolgt, im vagen Raum von Annahmen und Interpretationen. Wäre die Verstorbene alt und unbedeutend gewesen, hätte wohl niemand irgendeinen Verdacht geschöpft. Jeder juristische Argwohn war eine vom Lebensalter und Reputation des Verstorbenen abhängige Variable. Mit der zunehmenden Wahrscheinlichkeit des Todes, also mit anwachsendem Lebensalter, verflüchtigten sich auch Trauer und Verlustempfindung. Eines dieser Lebensgesetze, die er immer wieder beobachtete, mit Ausnahmen allerdings. Namen, prominent und klingend, zudem noch verknüpft mit so genannten Lebenswerken, nachhaltig und alltagsverändernd, liefen dieser Gesetzmäßigkeit zuwider. Aber dort war die Trauer dann eine öffentliche, eine, die sich eben nach der Bedeutung des Verstorbenen richtete.

Sarah Lawerth hatte die Bedeutung gehabt, die einer aufstrebenden Ärztin der Internen Abteilung zukam. Die Bedeutung für das zukünftige wissenschaftliche Wirken im Krankenhaus selbst, somit eine gesellschaftliche Bedeutsamkeit und die Bedeutung für ihre unmittelbare Umgebung, auf die sie einwirkte, die sie entzückte und verzauberte – also die Bedeutsamkeit durch Identifikation und Projektion.

Schibowski befriedigten seine psychologischen Analysen nicht, dazu waren die Defizite der bisherigen ungenügenden Recherchen zu offensichtlich. Und seine Ärgerlichkeit darüber war mindestens so groß wie sein Ehrgeiz, mehr Licht in das bisherige Mysterium zu bringen, sodass die Abscheu vor den gesammelten Missbildungen schwand. Er war froh über die günstige Gelegenheit, alleine und ungestört alles untersuchen zu können.

Auf Zehenspitzen schlich er zu dem Leichnam, der auf dem mittleren Tisch aufgebahrt war. Sein Herz pochte, aber er drehte schnell den Identifikationszettel an der einen Zehe herum, um den Namen zu lesen. Es war nicht die Ärztin.

Hinter der chromglänzenden Fassade der Kühleinheit musste sie liegen. Er musste nur das richtige Fach öffnen, sie heraushieven und endlich genau inspizieren. Aber welches Fach es wohl war? Wahrscheinlich war auf dem Schreibtisch da hinten im Winkel des Raumes ein Protokoll, in dem alles vermerkt war, aber lieber wollte Schibowski die Kühlfächer hintereinander öffnen und einen Blick auf die Namenschilder werfen. Er wusste, dass die Leichname immer mit dem Kopf voran hineingeschoben wurden, dass die Namensschilder jeweils an den Großzehen befestigt wurden und die Leichen dadurch sofort identifiziert werden konnten.

Neun Kühltresore sah er, jeweils vier in übereinander liegenden Reihen, ein neunter abgesetzt nach rechts, auf Höhe der unteren Reihe. Schibowski begann links oben.

Schwer war der gediegene Metallgriff zu lösen, behäbig und langsam schwang die dicke Tür zur Seite. Behänd und ohne Angst zog er am sich vorwölbenden Griff, und kaum hörbar glitt die Unterlage auf Metallrädern in Schienen ihm entgegen.

Ein Namensschildchen baumelte von einer blassen, nagelbrüchigen Großzehe herab. Er las den Namen – er sagte ihm nichts. Neben dem kaum wahrnehmbaren Geburtsdatum, groß und fett mit dickem Tuschestift geschrieben, stand das Datum des gestrigen Sonntags. Beim nächsten Fach verfuhr Schibowski ebenso – und auch hier umsonst. Lauter ihm unbekannte Namen, ungelenk mit schwarzer Farbe hingeschrieben auf kleine Kartonagezettel, durch deren Lochung am Rande ein Bindfaden lief, der am anderen Ende um die Basis der rechten Großzehe gebunden war.

Aber den Leichnam von Sarah Lawerth fand Schibowski nicht in den zwei Reihen. Also musste er sich im verbleibenden neunten Fach befinden. Es war etwas kleiner als die übrigen, und Schibowski wusste auch, warum es sich in der Größe so unterschied. Es war das Fach für Leichenkleinteile, für Torsi, Fragmente und Bruchstücke, die entstanden, wenn irgendeine menschliche oder schicksalhafte Gewalt einen Körper desintegriert hatte. Wald-, Gebüsch- und Laubfunde also und Mülltonnen-, Blumenbeet- und Holztreppenfundstücke. Hastig verscharrt, panikartig weggeschafft und den Insekten, Maden und Bakterien überlassen, wenn sie allzu spät und zufällig gefunden wurden. Auch solches wurde hier aufbewahrt, um es gekühlt einer Inspektion zuführen zu können.

Sarah Lawerth befand sich tatsächlich in diesem letzten Kühltresor, der aufgrund seiner Bestimmung nicht die üblichen Ausmaße hatte, sondern niedriger und kürzer war. So berührten ihre Füße auch den Handgriff und Schibowski musste seine Finger zwischen diesen und ihre Fußflächen zwängen, um den Griff umfassen zu können. Durch das Leichentuch hindurch fühlten sich die Füße kalt an, und sie ließen sich auch – da versteift durch die Totenstarre – nur im Ganzen bewegen. Und als er endlich seine Hand am Griff hatte, rutschte der hineingezwängte Fuß über den Griff und seine Hand hinaus.

Schibowski erschrak. Denn diese Bewegung hatte er nicht erwartet, und kurz sah es so aus, als ob sich ihr Leichnam spontan bewegt hatte. Aus Eigenkraft, wo doch alles Leben erloschen sein musste, aus Reflexhaftigkeit, wo doch keinerlei Nervenimpulse mehr möglich waren? Aus einer Spannkraft, die andeutete, dass ihm auch jenseits des Absterbens noch Gewalt angetan wurde, indem man ihn in ein allzu kurzes Kühlfach einer überfüllten Kühltresorbatterie gepfercht hatte.

»Lassen Sie sofort das Tuch los!«

Scharf und bestimmt wie ein Kommando kam die Stimme von hinten. Schibowski zuckte zusammen. Er fühlte sich an seine Dienstzeit bei der Armee erinnert. Als er sich umwandte, stand Professor Baltrow vor ihm. Nie hatte er ihn gesehen, hatte nur gehört von ihm und dennoch war er sich dessen sicher. Das Wissen war eine Pyramide aus Fakten, aus gewussten und erahnten, aus angenommenen und erfühlten Kanten, die spitz zulaufende Flächen umgaben und in einem einzigen Punkt kulminierten: der obenauf thronenden Unumstößlichkeit des Wissens.

»Herr Professor Baltrow, wenn ich nicht irre?«

»Ja! Was machen Sie hier, wer sind Sie?«

»Ach, ich geistere heute schon die ganze Zeit durch das Haus. Ich bin Kriminalpsychologe und mache Vorerhebungen wegen der gestern Abend verstorbenen Ärztin. Sie sind der Pathologe hier? Ich habe schon von Ihnen gehört. Schibowski mein Name.«

»Sie hätten fragen müssen, man kann nicht so ohne weiteres hier herein.«

»Es sei denn, man stirbt an der Internen Abteilung, dann hat man automatisch einen Fahrschein nach hier unten.«

In diesem Moment hätte sich Schibowski auf die Zunge beißen mögen. Was für ihn wie ein guter Witz geklungen hatte und wohl dem aktuellen allgemeinen Gesprächsstoff entsprach – abgesehen von dem Gerede über die verstorbene Ärztin –, schien Professor Baltrow persönlich zu treffen. Dessen Zuständigkeit war angesprochen, dessen mögliches Versagen. Jener stand nun vor ihm, ähnlich groß wie Schibowski, nur beleibter. Er atmete schwer, die Goldbrille stand an der Nasenspitze und drohte schon bei der nächsten Kopfbewegung herunterzugleiten. Die Gesichtshaut fleckig, blassbläulich marmoriert und nach jedem Wort eine kurze Pause einlegend und nach Luft ringend, machte er auf Schibowski einen kranken Eindruck. Seltsam, dachte er, seltsam, dass der Ruf und die Persönlichkeit eines Menschen immer auch von seinem intakten Äußeren mitbestimmt werden. Ihm gegenüber stand aber ein krank aussehender Mann, der ihn nun mit vorwurfsvoller Miene und funkelndem Blick fixierte und seine Ungehaltenheit kaum verbergen konnte.

»Es ist nicht recht, was Sie hier machen. Führt Sie ein bestimmter Grund hier herunter?«

»Ja, ich wollte die Leiche der Ärztin inspizieren. Ich habe die Erlaubnis des Krankenhausdirektors dazu. Außerdem das mündliche Mandat meines Vorgesetzten, Dr. Wegmann. Die Staatsanwaltschaft ist ja auch in diesen Fall involviert. Es soll da einen anonymen Anruf gegeben haben, von der Mutter der Verstorbenen.«

Baltrows Miene entspannte sich.

»Ich habe heute Morgen auch einen Anruf bekommen. Als Verwandte oder ›Mutter‹ gab sich die Anruferin allerdings nicht aus. Meines Wissens hatte Kollegin Lawerth keine Eltern mehr. Zumindest erwähnte sie nie etwas von ihnen, und ich kannte sie relativ gut.«

»Wie gut, Herr Professor, wie gut kannten Sie sie?«

»Ah, wir sind also schon mitten im Verhör. Also, wenn schon denn schon. Sie war bis vor kurzem ziemlich regelmäßig, beinahe jeden zweiten Tag, zu mir heruntergekommen, meist um der Sektion an der Internen Abteilung Verstorbener beizuwohnen. Das ist überall üblich zur Klärung von klinisch nicht gestellten Diagnosen, und es ist auch immer wichtig, um dummem Gerede von Angehörigen das Gewicht zu nehmen, also auch zur Entlastung der Ärzte.«

»Aber es dient auch dazu, den Ärzten mitunter ein Fehlverhalten, eine Fahrlässigkeit, einen Kunstfehler nachzuweisen.«

»Selbstverständlich. Wenn ein Chirurg einen Saugtupfer in der Bauchhöhle vergisst und der Patient daran stirbt, dann bin ich derjenige, der das *corpus mortiferum* – das todbringende Korpuskel – aus der Bauchhöhle birgt. Kurzum, Kollegin Lawerth wohnte meist solchen Sektionen bei, ich muss allerdings auch zugeben, dass sich daraus auch Diskussionen über unseren Beruf ergaben. So eine Art Supervision, die Ihnen als Psychologen auch geläufig sein müssten.«

»Waren auch persönliche Motive dahinter?«

Baltrow seufzte tief durch.

»Ich mochte Sie sehr gerne, wenn Sie das meinen. Aber nähere Kontakte, ein Treffen außerhalb dieses Saales, ein Essen oder dergleichen beispielsweise, hat es nie gegeben.«

»Warum nicht?«

»Um Himmels Willen, auch wenn Sie mich nun verhören, was gehen Sie meine persönlichen Entscheidungen oder Vermeidungen an?«

»Verzeihen Sie, aber ich habe heute so viel Komplimente über das Aussehen der Ärztin gehört, dass mir wohl meine Fantasie durchgegangen ist. Ich wollte sie vorhin auch betrachten, aber Sie kamen dazwischen.«

»Also, für jede Art von Voyeurismus ist hier ja wohl kein Platz!«

»Ich bitte Sie, Herr Professor! Hat den Leichnam schon irgendjemand untersucht? Hat ihn jemand inspiziert, außer dass die Polizei gestern Abend hier war und ihn im Sinne der Staatsanwaltschaft nur beschlagnahmt hat?«

»Nun, der Tod wurde durch einen Arzt festgestellt, den Leichnam obduzieren soll ich. Morgen werde ich die äußerst unangenehme Aufgabe haben.«

»Wer hat gestern übrigens den Tod festgestellt?«

»Dozent Ferwarth hat sie untersucht und äußerlich nichts feststellen können.«

»Nun gut, dann erlauben Sie mir, sie zu inspizieren.«

Schibowski merkte den Unwillen des Professors.

»Ich mache Ihnen einen Vorschlag. Kommen Sie morgen, wenn möglich schon um sieben Uhr, zur Obduktion. Ich bin heute zu müde und wir wollen nichts übertreiben. Mein Mitarbeiter Herr Brünner wird den Leichnam dann inspektionsgerecht aufbahren, sodass er von allen Seiten gut zugänglich ist. Jetzt ist es wirklich zu spät dazu, wir müssten ihn umbetten, von der Schiebefläche des Kühltresors herabhieven. Herr Brünner ist auch nicht mehr da. Es eilt ja nichts.«

Schibowski nickte und merkte die Erleichterung in der Miene des Professors. Jener hatte wohl Zeit gewinnen wollen und deutete nun mit dem Kopf auf den Seziertisch.

»Wir haben hier tatsächlich ein Platzproblem. Dieser sezierte Leichnam hat derzeit keinen Platz in den Kühlbatterien. Er wird heute noch vom Bestatter weggeschafft.«

Baltrow hatte es das Blut in Wallung gebracht, als er den ihm fremden Mann an der Leiche des neunten Tresors herumhantieren sah. Es war selten, dass jemand »seine« Räumlichkeiten betreten hatte, ohne vorher um Erlaubnis gefragt zu haben. Aber er hatte sofort erraten, um wen es sich handelte.

Das also war der Mann, der den ganzen Tag schon als körperloser Kommissar durch das Krankenhaus gegeistert war. Als er – Baltrow – an einigen Abteilungen vorgesprochen hatte, war da und dort auch schon ein »recherchierender Kommissar« vorstellig gewesen. Einer, der ihn nun in die passive Rolle eines Zeugen drängte, dem er Rede und Antwort stehen musste. Es war eine ungewohnte Rolle für ihn, und Baltrow verspürte einen Widerwillen, der ihm die Kehle eng und den Mund trocken machte. Die Einladung, einer Obduktion beizuwohnen, war also gewissermaßen eine »Heimzahlung« und eine Umkehr des momentanen Verhältnisses. Er würde den aktiven, dominanten Part übernehmen, indem er den Kommissar in die hilflose Passivität zwang und ihn so klein machte.

Er gedachte damit zweierlei zu erreichen: Er konnte seine nicht geringe Boshaftigkeit befriedigen, also Rache nehmen, und er konnte diese Motivation dazu benutzen, den »Leichenstau« einigermaßen zu mindern.

Der Mann ihm gegenüber war ihm keinesfalls unsympathisch. Er war gleich groß wie er, nur um einiges schlanker und um einiges jünger – ein Enddreißiger wohl –, hatte Vertrauen erweckende Gesichtszüge und ehrliche Augen.

»Kommen Sie hierher an den Schreibtisch, da können wir uns unterhalten. Haben Sie schon irgendeinen Verdacht, auch wenn noch kein Obduktionsergebnis vorliegt? Der anonyme Anruf ist freilich mysteriös.«

»Hier ist alles verwirrend. Ich müsste wohl mehr Zeit haben. Um zu Ergebnissen zu kommen, müsste ich diese Atmosphäre längere Zeit auf mich einwirken lassen, dann würden sich verschiedenste Verdachtsmomente wie von selbst richtig einordnen. Ich bin nun circa sieben oder acht Stunden in diesem Haus und die vielen Eindrücke müssen erst einmal verarbeitet werden. Aber eines kann ich jetzt schon sagen: In Betrieben gibt es so genannte ›menschliche Mischungsverhältnisse‹, ein von mir geprägter Begriff. So nenne ich das Sammelsurium von gegensätzlichen Charakteren, die gewollt oder ungewollt zusammenarbeiten müssen und entsprechend ihren Veranlagungen die so genannte menschliche Sphäre bilden. Wenn Sie in eine Fabrik gehen, dann ist das Mischungsverhältnis dort von weniger Komponenten gebildet als hier im Spital. Dort gibt es vornehmlich Motivationen wie Geldverdienen, also allgemein gültige Motive, und die Verhaltensstruktur ist nur mäßig verkompliziert durch die üblichen Charaktereigenschaften wie Streitsucht oder Machtausübung.

Komplizierter wird es in einem Hospital. Da finden sie hochintelligente Menschen, geniale Köpfe, die soziale, hohe ethische Motive haben, die die Struktur dominieren sollten, und da finden sie Arbeiter mit ähnlichen Motiven wie in der Fabrik. Dazwischen finden Sie die ganze Palette menschlicher Charaktereigenschaften, die hier ausgeprägter ist als woanders. Die Strukturen sind enger, sodass manche hier leichter Halt finden und Freiheitsliebende sich wieder eher beengt fühlen. Die innerbetrieblichen Reibereien sind subtiler, Aggressionen werden dezenter ausgetragen, und die Maske der Höflichkeit und der Einhaltung eines ›gewissen Stils‹ verdeckt die Physiognomie der Wahrheit. Jetzt sagen Sie mir, was soll ich in diesem komplizierten menschlichen Mischungsverhältnis in nur acht Stunden schon viel eruieren?«

»Ihre Analyse in Ehren, wahrscheinlich nichts. Denn ich bin nun beinahe zwanzig Jahre hier und habe es erst heute kennen gelernt. Ich denke, ich bin sogar überraschter als Sie.«

»Können Sie mir etwas mehr über Frau Lawerth sagen? Ich muss sie kennen lernen, dann funktioniert mein Spürsinn besser.«

»Nun ja, wir waren in einer gewissen Weise befreundet. Sie war für mich eine interessierte Kollegin. Engagiert, aufgeschlossen und so weiter.«

»Und so weiter?«

»Hören Sie. Ich weiß nicht, wie ich Ihnen helfen könnte. Ich muss die Autopsie erst noch durchführen. Wahrscheinlich morgen. Es ist nicht angenehm für mich. Haben Sie also Verständnis, dass ich heute kein aufgeweckter Gesprächspartner bin.«

»Wenn Sie mich schon zum Zusehen morgen einladen: Woran starb dieser Patient da drüben?«

»Es ist ein junger Mann. Wahrscheinlich Rauschgift. Man kann noch die Einstiche an den Unterarmen sehen. Er war allerdings schon auf dem Wege der Besserung, und verstorben ist er nicht direkt am Rauschgift, sondern offenbar an einer anderen Droge, einem neuen Pharmakon.«

»Er lag also auch an der Internen Abteilung?«

»Ja, dort lag er. Aber das ›auch‹ war nicht notwendig. Ich werde mit Ihnen nicht darüber sprechen, denn alles, was Sie mir jetzt vorlegen wollen, sind nur Vermutungen.«

Baltrow war die Fragerei nicht angenehm. Auf keinen Fall wollte er sich in Erörterungen bezüglich seines sich heute im Laufe des Tages erhärteten Verdachtes über die Vielsterberei in diesem Haus einlassen. Schibowski indes ließ sich nicht beirren.

Wie so ein Betrieb eines Krankenhauses denn funktioniere, wollte er wissen. Er saß neben der gelblichtigen Schirmlampe, die beider Profil scharf zeichnete und zupfte an seinem Schnurrbart mit Daumen und Zeigefinger, drehte an den über den Lippenrand hinausstehenden längeren Haaren und war voll konzentriert, während Baltrow das Mundstück der erkalteten Pfeife zwischen seinen Lippen bekaute.

»Wie Betriebe eben allerorten funktionieren. Wie die Menschen, die in ihnen arbeiten, sich fügen oder widersetzen, wie sie Fehler machen oder Großartiges mit Verve leisten. Das Ganze allerdings vor dem bedrohlichen Hintergrund, aus Irrtümern und Fahrlässigkeiten anderen Menschen vielleicht Leid zuzufügen. Warum fragen Sie?«

Schibowski richtete sich in seinem Stuhl auf.

»Nun ich hatte mich heute mit dem Chef der Inneren Medizin, mit Dozent Ferwarth, unterhalten. Er sprach davon, seine Mannschaft ›im Griff‹ zu haben und das erinnerte mich ein wenig an den Dompteur in einem Zirkus.«

»Zirkus? Der Vergleich ist nicht so schlecht. Das Regiment, das die Herren Kollegen da oben so führen, ist manchmal ein strenges. Wenn so viel Verantwortung auf dem Spiel steht, geht es wahrscheinlich gar nicht anders.«

»Dennoch ist jemand zu Tode gekommen!«

»Das hat doch mit einem autoritären Führungsstil überhaupt nichts zu tun, Herr Kommissar. Gestorben wird überall. Es gibt überhaupt keine Hinweise auf ein Gewaltverbrechen. Also, was soll diese Feststellung, dieses Wort ›dennoch‹ dann bedeuten?«

»Sie mögen schon Recht haben. Aber meine Nase ist sehr empfindlich. Rational kann ich gar nichts begründen. Aber es gibt da für meine Nase fein wahrnehmbare Ausdünstungen der, nennen wir es ›Gefährlichkeiten‹ oder ›Unregelmäßigkeiten‹, es ist eben so ein Gefühl.«

»Um Gottes willen, morgen werde ich die junge Frau obduzieren, dann werden wir mehr wissen.«

»Können Sie Vergiftungen auch feststellen?«

»Selbstverständlich. Es werden Gewebsproben genommen und unter dem Mikroskop betrachtet und diverse Flüssigkeiten spektrometrisch auf die wichtigsten Medikamente, Metaboliten und Toxine untersucht.«

»Sollte so etwas nicht gleich erfolgen?«

Baltrow war diese Frage unangenehm, denn sie erinnerte ihn an seine Versäumnisse.

»Warum, es gibt doch bis jetzt gegen niemanden Verdachtsmomente!«

»Ja, richtig. Entschuldigen Sie, meine Frage war sehr naiv. Allerdings prinzipiell: Je früher eine Biopsie erfolgt, desto eher die Wahrscheinlichkeit, dass noch Spuren – welchen Giftes auch immer – gefunden werden.«

»Da haben Sie schon Recht. Einige Substanzen werden auch nach Eintritt des Todes noch abgebaut, verflüchtigen sich.«

Schibowski hatte sich, ohne die Miene zu verziehen, ein Haar seines Schnurrbartes ausgerissen und ließ es achtlos fallen.

»Darf ich Sie noch etwas fragen? Warum scheint bei den Gesprächen mit einigen Angestellten heute so wenig Trauer zu bestehen. Oder wird sie nicht gezeigt?«

»Nun, das hat andere Ursachen. Es wird in diesem Hause so viel gestorben, dass eine gewisse Routine im Ertragen des Todes rein zwangsläufig eintritt. Das sagt über das Trauervermögen oder über innere Kälte, Abgebrühtheit, überhaupt nichts aus. Uns beide berührt doch schon längst nicht mehr der Anblick von Leichen, oder?«

»Es kommt darauf an, was ich für eine Beziehung zu dieser Leiche gehabt habe, ob ich sie gekannt habe, ob es sogar ein Freund war. Wie fühlen Sie sich denn beim Anblick einer Ihnen nahe stehenden, toten Person?«

Nun richtete sich Baltrow in seinem Stuhl auf. Seine Pfeife, an der er die ganze Zeit hindurch hantiert hatte, legte er neben die Schreibtischlampe.

»Wenn Sie das so genau wissen wollen: Ich fühle mich dabei miserabel. Es war das absolut nicht mein Wunsch, aber während der Urlaubszeit bin ich schon öfters für die Kollegen der Gerichtsmedizin eingesprungen. Es wird mir nicht leicht fallen. Aber es soll schon vorgekommen sein, dass Chirurgen ihre eigenen Ehefrauen, Kinder operiert haben, wenn man das so vergleichen kann.«

»Was war Frau Dr. Sarah Lawerth für ein Mensch?«

»Ach, hören Sie mit dieser Frage auf. Wer kann schon wissen, was der andere für ein Mensch ist. Hauptsache, man weiß selbst, was man für Menschen ist. Ich möchte und kann nicht darüber sprechen.«

»Verstehe. Verzeihen Sie, wenn ich Ihnen zu nahe trat. Wissen Sie, ich habe sehr widersprüchliche Gefühle, was die Berechtigung meiner Anwesenheit anbelangt. Möglicherweise habe ich hier eigentlich noch gar nichts verloren, werde vielleicht nie etwas verloren haben, und dennoch bin ich heute hier aufgekreuzt. Ich gestehe Ihnen, es hängt damit zusammen, dass ich meinen Aufenthalt vor einigen Jahren hier an der neurologischen Abteilung nicht verwunden habe. Ich habe mich damals nicht besonders gut behandelt gefühlt, bin also vielleicht auch aus rachsüchtiger Neugier hier. Ich erzähle es Ihnen, da Sie Pathologe sind und die unärztliche Art, die mir wiederfahren ist, wahrscheinlich genauso missbilligen.«

»Jeder macht seine individuellen Erfahrungen mit der Medizin. Die oberflächlich-schnelle, achtlos und unernst ausgesprochene Therapieempfehlung wirkt hier Wunder, während die engagierte, bemühte Diagnosestellung den Patienten verunsichert. Alles ist möglich und nichts ist vorhersehbar. Die Medizin ist keine exakte Wissenschaft.«

»Ich habe beschlossen, meiner Anwesenheit konsequent einen Sinn zu geben. Ich werde meine Recherchen durchziehen, egal, ob sie nun berechtigt sind oder nicht. Wenn Sie gestatten: Ich habe gehört, dass Sie eine phänomenale Gabe der Retro-Interpretation haben, dass Sie aus wenigen Indizien exzellent Zusammenhänge knüpfen können. Sie wären für uns Kriminalisten eine Bereicherung. Aber in gewissem Sinne sind Sie ja schon längst ein Kriminalist.«

Baltrow nahm die Schmeichelei nicht wahr.

»Sie haben Recht, es ist ein Steckenpferd innerhalb meines Berufes geworden. Aber worauf wollen Sie hinaus?«

»Nun, ich hätte gerne Auskunft über die möglichen Beteiligten da oben. Sie halten sich, wie ich annehme, die meiste Zeit hier unten auf, und das könnte eine objektivere Beurteilung ergeben, als wenn Sie sich da oben integriert hätten. Ich habe auch gehört, dass Sie doch einige Kenntnis über das Personal haben. Was können Sie mir beispielsweise über Schwester Sieglinde sagen?«

»Schwester Sieglinde?«, lächelte Baltrow. »Sie überschätzen meine Kenntnisse. Meine Interessen gehen in andere Richtungen. Ich kann nur das nacherzählen, was ich von Herrn Brünner weiß. Sie ist eine attraktive Frau, zweifellos. Ungefähr Anfang vierzig, intelligent, vor allem ehrgeizig und sehr dem Chef, Dozent Ferwarth, zugetan. Vielleicht haben sie auch ein Verhältnis miteinander gehabt. Nein, sei hatten sicherlich eines, nun aber nicht mehr. Denn seine Ehegattin kommt regelmäßig in die Klinik, und das ist ein Indiz dafür, dass es eine Entdeckung, Aussprache oder Ähnliches gegeben hat. Abrupte Änderungen im Schema des bisher üblichen Verhaltens von Menschen zeugen meist immer von solchen innerfamiliären Aussprachen. Schwester Sieglinde ist ihm sicherlich noch zugetan, hofft wahrscheinlich auf eine Neubelebung ihres Verhältnisses. Sie spielen auf eine eventuelle Eifersucht gegenüber Dr. Lawerth an? Nein, da gab es nach meinem Dafürhalten nichts zwischen Dozent Ferwarth und ihr. Ich kann mir das eigentlich nicht vorstellen.«

»Wie waren eigentlich die männlichen Kollegen zu ihr? Sie war ja die einzige Ärztin auf dieser Abteilung, sieht man von Famulantinnen ab, die ab und zu in den Sommermonaten hier praktizieren durften.«

»Mir hat sie darüber keine Andeutungen gemacht, daher nehme ich an, dass da nichts gelaufen ist. Nur die üblichen Andeutungen von unter Stress stehenden Kollegen, manchmal überzogen sexuell gefärbt. Nein, ich glaube nicht, dass aus in Richtung etwas war.«

Baltrow stopfte sich behutsam die Pfeife, blickte nicht auf, so, als wäre er mit den Gedanken in einer dieser langen Gangfluchten einige Stockwerke über ihm.

Schibowski lehnte sich zurück, er hatte in seiner Angespanntheit seine Schnurrbarthaare dermaßen malträtiert, dass die seitlichen Barthaare ausgerissen waren und die blanke Haut durchschimmerte

»Nun, wie ist denn so ein Krankenhaus innerlich strukturiert. Ich meine nicht die räumliche Einteilung, sondern das Verhältnis der Abteilungen, der Menschen untereinander?«

Baltrow verspürte neuerlich diese unendliche Müdigkeit, trotz seiner aufwühlenden Bekümmernis, sodass er sie mit einer präzisen Analyse zu vertreiben gedachte.

»Ich werde es Ihnen sagen: In den Abteilungen gibt es notwendigerweise Hierarchien. Es gibt den Abteilungsvorstand und die untergeordneten Oberärzte sowie Assistenten und schließlich die in Ausbildung stehenden Sekundarärzte. Das Denken ist dort hierarchisch und daher gefährlich. Das blinde Vertrauen in die Diagnosen eines vorgesetzten Arztes ist eine Notwendigkeit für einen reibungslosen Betrieb, aber zugleich auch eine unglückliche Konstellation für die Wahrheitsfindung, soll heißen für die Erstellung einer höherwertigen, besseren Diagnose. Sicherlich gibt es nur den zeitgemäßen Standard des Wissens, er ist also äußerst relativ, wie in anderen Wissenschaften auch. Aber der Unsinn, die Unvernunft, die diagnostische Fehlleistung einer medizinischen Autorität, kann beinahe zu einem Dogma werden, weil sie sich so sehr den Hierarchien unterwirft. Das führt dann zur Fehltherapie, die durch das unkritische, blinde Vertrauen eines sich nach außen hin abschirmenden Systems nicht erkannt werden kann. Nur erkannt wird, wenn die betreffende Person bei mir unten zur wertfreien Nachexploration landet. Dieses hierarchische System schottet sich ab bis zum fatalen Irrweg, bis zum blinden Gehorsam, es kulminiert im körperlichen Nachteil des Patienten. Es gibt Kliniken, da wird ein und derselbe Fall auf gleichem sprachlichem, völlig unautoritärem Niveau diskutiert. Und da kommen tolle Differenzialdiagnosen heraus, die immerhin zu einer kritischeren, auch einer menschlicheren Betrachtung eines so genannten ›Falles‹ führen. Die Unterordnung fördert auch die Unselbstständigkeit. Ich kenne die ängstlichen Blicke der jungen Ärzte, die jede Kanüle unsicher legen, immer gewärtig, kritisiert zu werden. Denen man mit juristischen Konsequenzen droht, wenn sie nicht die gewohnten Wege einhalten. Überhaupt ist die Medizin auf diesen Stationen eine ›Absicherungsmedizin‹, sie wird nicht aus dem Heilbestreben, aus dem Motiv der Gesundheitswiederherstellung oder der reinen ärztlichen Fürsorge betrieben, sondern eher aus Angst vor irgendwelchen juristischen Konsequenzen. Da werden Laboruntersuchungen doppelt, das Röntgen mehrfach durchgeführt, nur aus Zweifel an der Korrektheit der eigenen Diagnosestellung, aus Angst, etwas zu übersehen. Aber alles geschieht nicht im Sinne einer therapeutischen Zuwendung zum Patienten, sondern um eine juristisch beweisbare Unterlassung vermieden zu haben. Dabei müsste man ja nicht unbedingt eine Diagnose stellen, sie dient ja doch nur dem Systematisierungsanspruch der Dozenten und sich habilitierenden Professoren. Es genügte ja schon die erfolgreiche Heilung eines Symptoms oder – ich erwähnte es schon – lediglich die ›Begleitung‹. Verstehen Sie mich: Es geht um den ursprünglichen ärztlichen Auftrag: um den, lediglich zu helfen. Und das ganze System wird dezent umgarnt von Pharmavertretern. Geschulten Managern der Produktanpreisung, ausgestattet mit der Erlaubnis zu finanziellen Untergriffen. Sie schleichen durch die Abteilungen, korrekt gekleidet, mit feinsten Manieren und durch keinerlei Unhöflichkeit zu vertreiben. Würde man sie schlagen, sie hielten noch die andere Wange hin, und das Schmeicheln und Katzenbuckeln dient der vollkommenen Anbiederung, die freilich wieder fest zum Konzept einer Verkaufsstrategie gehört. Sie reden nach den Mündern der Abteilungsvorstände und Oberärzte, halten ihnen bunte Statistiken über bewiesene Wirksamkeiten hin, die niemand überprüfen und schon gar nicht nachvollziehen kann, wenn die Verbesserung nur in unwesentlichen Prozentbereichen liegt. Für die angestrebte Umstellung des bisherigen Pharmakons auf ihre Spezialität wird ein Entgelt versprochen, und das Gewissen der Ärzte verfängt sich zusehends im Netze eigener Begehrlichkeiten und Schwächen. Weltweit machen sie dies, und allmählich verleihen sie dem medizinischen Standard eine Richtung, die nicht von tatsächlichen pharmakologischen Analogien, Sachverhalten, Zwängen, sondern vom Geschick der Bewerbung abhängt.«

»Aber diesen Mechanismus finden Sie doch überall, vor allem in der Werbewirtschaft, die die Konsumprodukte auch nur so unter die Leute bringt. Nicht das wahrhaftigste, beste Produkt – wobei jede objektive Bewertung immer ein Problem sein wird – setzt sich durch, sondern das am lautesten angepriesene. Dem Spruch ›Wer am lautesten schreit, hat immer Recht‹ gemäß.«

»Schon möglich, gewiss haben Sie damit Recht. Aber in einer Wissenschaft, die in ihrer Geschichte immer nur auf die menschenmögliche Objektivität baute, sich darum bemüht hat im Sinne einer ethischen Maximalforderung, scheint dies dennoch höchst fragwürdig.«

»Ich verstehe schon, was Sie meinen. Es geschieht hier alles vor der allgegenwärtigen Möglichkeit, sterben zu können. Und da auch viel gestorben wird, gibt es wohl einen Anpassungsmechanismus, eine Art Abstumpfung. Sonst könnten wir nicht existieren.«

»Wie meinen Sie das?«

»Nun, ich könnte mir gut vorstellen, dass in einem anderen Betrieb das Ereignis des Todes eine viel ungeheuerlichere Breitenwirkung hätte. Die Abstumpfung könnte darin bestehen, dem einzelnen Fall nicht mehr so viel Bedeutung zuzumessen. Es erschöpfen sich Anteilnahme und Reflexion über mögliches Versagen.«

»Versagen?«

»Ja, Versagen, Fehlleistung, Fehlbehandlung. Denn einige Male heute bin ich schon damit konfrontiert worden, dass an der Internen Abteilung vermehrt Todesfälle aufgetreten sind. Wir müssen auch darüber sprechen, obwohl mich andere Gründe hier halten.«

Baltrow fühlte sich ins Herz getroffen. Die Schmach, eigene Verantwortlichkeit als ungenügend präsentiert zu bekommen, tat weh. Seine Selbstsicherheit war dahin.

»Sie haben Recht. Ohne auf Details einzugehen: Ich werde wohl Anzeige gegen unbekannt machen müssen. Obwohl ich eine gewisse Beweislage als ausreichend erachte. Aber ich bin dazu wohl zu subjektiv. Bitte, könnten wir morgen darüber sprechen?«

»Es soll gut sein, wir sind heute alle sehr müde. Dann sehen wir uns morgen bei der Obduktion.«

Prinzipiell hatte Baltrow nichts gegen das Beisein eines Zuschauers. Im Gegenteil, es gab ihm doch immer die Gelegenheit zu dozieren und zu erklären, und die Zahl derer, die beeindruckt, aber auch bedrückt den Keller verließen, war beträchtlich. Aber diesmal wäre er doch gerne allein gewesen, und er hatte auch vorgehabt, Brünner hinauszuschicken. Aber da er an diesem Tag Zeit gewinnen wollte, willigte er ein.

»Wenn Sie beim Zusehen keine Probleme bekommen, ohne weiteres. Sie müssen aber frühmorgens da sein, wie ich bereits gesagt habe. Kurz vor sieben Uhr.«

»Probleme werde ich nicht bekommen, ich war ja schon öfters bei Sektionen zugegen. Ich muss ja nicht hinsehen, ich kann mich im Hintergrund halten und nur bei Bedarf an den Tisch treten.«

»Bedarf habe ich nie bei der Sektion. Wenn Sie aber wollen, kommen Sie in Gottes Namen. Wir werden sehen, was ich finde. Denke aber, dass es eventuell eine Obduktion ohne Erkenntnis geben könnte.«

»Warum das? Was meinen Sie?«

»Muss es immer eine Ursache für das Sterben geben? Einen körperlichen Defekt, der durch die Sektion aufgedeckt wird? Ich hatte einige Male schon nicht erklärliche Todesfälle gehabt, die möglicherweise mit unseren Geräten und Verfahren nicht zu lösen waren, auch da gibt es eine große Dunkelziffer. Es könnte auch sein, dass die Gewebsuntersuchungen und die mikrobiologischen Bestimmungen, die wir einsandten, in die falsche Richtung gewiesen haben. Die Obduktion, das möchte ich selbstkritisch sagen, ist nicht unbedingt die letzte und beste Methode, eine Ursache zu finden.«

»Sie reden ja gegen Ihren Beruf!«

»Nein, ich bin nach so vielen Jahren nur etwas selbstkritischer geworden.«

Seine Erkenntnis, dass so manches Mal ein unbestimmtes Prinzip das Leben nimmt, wollte Baltrow in Wahrheit nicht sagen. Es hätte ihn zu nicht enden wollenden Erklärungen geführt, die auszuführen er zu müde war. Aber er war überzeugt, dass das Leben sich auch beendete durch ein mitgeborenes Ablaufdatum. Ein Programm der Selbstbeendigung, das nicht des Auslösers einer Erkrankung oder eines äußeren Gewaltaktes bedurfte. Baltrow hatte die Überzeugung, dass manche Menschen einfach zu atmen aufhörten, ihren Herzschlag abstellten, weil alles, was sie danach erwarten konnten – auch das Nichts und die absolute Leere – in jedem Fall eine Verbesserung darstellen würde.

Freilich war bei Sarah Lawerth nicht anzunehmen, dass jenes verborgene Programm der Lebensbeendigung gewirkt hatte. Sein Interesse an ihren Sterbensumständen war wohl da, aber es war viel kleiner als die heftige Abwehr, ihren Körper verletzen zu müssen.

»Gute Nacht also.«

20 Uhr: **Erste Hilfe**

Schibowski gedachte noch einen Imbiss zu sich zu nehmen, als er die Pathologie verlassen hatte. Er hatte zwiespältige Gefühle. Warum er wohl den Kontakt dorthin so spät gesucht hatte, wohin heute so viele Verdachtsmomente geflossen waren? Zumindest war die Pathologie und ihr Hauptproponent, Professor Baltrow, in jedem Gespräch, dass er heute geführt hatte, in irgendeiner Weise angesprochen worden. Möglicherweise hatte es etwas mit Genusssteigerung zu tun, ähnlich dem kindlichen Phänomen von früher, als er sich die Süßspeise bis zum Schluss des Mittagessens aufgehoben hatte, wenn es sie einmal ausnahmsweise gab. Wahrscheinlich erwartete er sich einen besonderen Genuss von da unten, akkurate Beurteilungen, neue Kenntnisschilderungen, das Kennenlernen einer Persönlichkeit. Sich etwas Begehrtes vorübergehend zu verwehren war ein probates Mittel der Genusssteigerung. Aber er war sich nun nach dem Gespräch mit dem Professor über dessen Stellenwert bei der Aufklärung des Falles Dr. Lawerth noch weniger im Klaren.

Es war jetzt 20 Uhr. Die Kantine war zum Bersten voll. Ein vielfältiges Stimmengewirr schlug Schibowski entgegen, ausschließlich von Patienten, die alle Tische besetzt hatten. Wer keinen Platz bekommen hatte, stand an der gläsernen Theke, einige in den längs gestreiften, hauseigenen Schlafröcken, die sie aber der noch großen Hitze wegen geöffnet hatten, andere lediglich mit einem Pyjama bekleidet. Geraucht wurde da und lauthals diskutiert. Vor der unausgesprochenen, allgegenwärtigen Bedrohung durch die Ursache des Aufenthaltes versuchte jedermann etwas von der Normalität festzuhalten. Der Zug an einer Zigarette hier oder der kühlende Schluck von einem Bier an einem der kleinen runden Tische war der sehnsuchtsvolle Wunsch nach dem vermissten Alltag – und daher doppelt genussvoll.

Schibowski gesellte sich an die Theke und bestellte sich abermals Sandwich und kalten, mit Wasser gespritzten Apfelsaft. Dazu wieder ein Bier, denn er gedachte der Worte des Oberarztes bezüglich der Flüssigkeitszufuhr bei solcher Hitze. Tatsächlich waren die Temperaturen um diese Zeit nur unwesentlich niedriger als am Nachmittag, und hätte die Kantine eine Klimaanlage besessen, so wäre ihr kühlender Strom im heißen Atem, im Dampf der diskutierenden Münder, im schwülen Dunst hitziger Köpfe wirkungslos verpufft.

Herr Schiebinger war auch anwesend. Seinen Gesten und der Art zu reden und sich seiner Zuhörer zu vergewissern war zu entnehmen, dass er eine besondere, eine »gewachsene« Beziehung zu diesem Haus hatte. Und hätte Schibowski nicht um dessen Vorleben im Krankenhaus gewusst, so hätte er es doch bemerkt an der vertraulichen Betreuung durch die Kantinenangestellten. Die Winke, die jener über den Schanktisch dorthin gab, die angedeuteten Handbewegungen beim Zuweisen, Diskutieren und vor allem seine vielsagenden Blickbewegungen ließen auf einen bevorzugten Status schließen.

Schiebinger hatte ihn noch nicht bemerkt. Er war in Diskussionen mit einem anderen Patienten verwickelt, hielt in der auf die erhöhte Schank abgestützten rechten Hand ein Glas Bier, während er mit der anderen zur Unterstützung seiner Worte gestikulierte und irgendeine Begebenheit aus seinem Stationsalltag erzählte.

Schibowski musste an das Gespräch mit ihm vor wenigen Stunden denken. Mitleid beschlich ihn, wenn er Schiebingers Umstände betrachtete. Denn dessen Lebensperspektiven waren auf den Mauerkubus des Hospitals beschränkt, auf die Quadratmeter seines Krankenzimmers. Die Hoffnungen konzentrierten sich nur noch auf wenige Dinge: das Vermögen, das Zimmer verlassen, die Fähigkeit, die Kantine aufsuchen zu können – als Endziel seiner noch vorhandenen Unternehmungslust. Mit der tagtäglich verabreichten Infusion, mit der nicht nur die Konzentration der Chemotherapeutika aufrechterhalten, sondern gleichsam der Spiegel eigener Sehnsüchte genährt wurde, bestritt er seine letzten Tage. Er lebte in dem kleinen Biotop der unmittelbaren Erreichbarkeiten: vom Gang zur Toilette, was angesichts einer möglichen Bettlägerigkeit immer noch ein erstrebenswerter Ausflug war, von den wenigen Schritten zum Fenster hin, um die Hitze über der Stadt flimmern zu sehen – was als Naherlebnis galt angesichts der Möglichkeit, vom Wetter nur erzählt zu bekommen. Musste sein kleiner Ausflug, das Stehbier an der Schank, ihm da nicht als freudiger Urlaub gelten, jeden Morgen aufs Neue erhofft und herbeigesehnt, jeden Abend dann angetreten und genossen?

Da stand er also, schmal und eckig an den Schultern, mager geworden durch seine zehrende Krankheit, mit eingefallenen Wangen ohne Farbe und über dem schlotternden Nachtgewand den allzu großen Morgenmantel.

Schibowski hörte ihn voller Emphase schwärmen. Er lobte die Ärzte im Überschwang, begeisterte sich am Tun der Schwestern und schien keinerlei Kritik an irgendetwas zu finden. So sprach jemand, der sich Mut machte und dessen eigene Hoffnung die Unfehlbarkeit der Medizin als Nährmedium benötigte. Die Kunst der Ärzte herbeizureden, um damit die wachsenden Zweifel am eigenen Gesunden zu mindern, war die letzte Strategie, um alles ertragen zu können. Schibowski bewunderte Herrn Schiebinger, der – vom baldigen Tode gezeichnet – sich krampfhaft seines Gleichmutes versicherte, indem er an der Schank einer Kantine ein kleines Bier trank. Er hatte nun Schibowski bemerkt.

»Ah, der Kommissar – oder nein, der Kriminalpsychologe, so ist ja Ihr richtiger Titel. Sie wundern sich wohl, dass ich Bier trinke, oder?«

»Aber nein, ich habe nichts gesagt – oder habe ich zu kritisch geschaut? Bier ist ja eigentlich kein alkoholisches Getränk, eher ist es ein Nahrungsmittel mit beträchtlichem Energiegehalt.«

»Genau. So sehe ich es auch. Oberarzt Hinterberger – ich glaube, Sie kennen ihn schon – meint, der Weg vom Bier zur Alkoholkrankheit wäre ein weiter. Ich muss ihm Recht geben. So viel Flüssigkeit kann ein Mensch ja gar nicht zu sich nehmen, dass er auf eine leberschädigende Alkoholmenge kommt. Meine Leber ist von ganz anderen Dingen geschädigt – von den Metastasen meines Dickdarmkarzinoms und von der Chemotherapie. Ich trinke übrigens nicht sehr viel, nur jeden Abend ein Gläschen. Sozusagen zum Entgiften, denn trinken soll ich ja, um die ganzen Metaboliten – oder wie diese Abbauprodukte der Chemotherapeutika heißen mögen – auszuschwemmen. Übrigens, was machen Ihre Recherchen für ein Verbrechen, das möglicherweise nicht stattgefunden hat? Schon irgendwelche Anhaltspunkte gefunden? Haben Sie so einigermaßen einen Eindruck sich verschaffen können von diesem Haus und seinen Bewohnern? Ja, wir sind ein Haus und eine große Familie. Ich fühle mich hier längst heimisch, anerkenne den Chef der Internen Abteilung als mein Familienoberhaupt und die vielen Schwestern als Hauspersonal. Und die Familie ist groß, bekommt immer wieder Zuwachs, leider gibt es auch einige Abgänge zu verzeichnen. Aber die Gesamtzahl ändert sich praktisch nie.«

Schibowski, der sich mit deutendem Zeigefinger noch ein kleines Bier bestellt hatte, trat näher. Er schloss sozusagen den Gesprächskreis und hatte damit das Gefühl, in diese Gemeinschaft aufgenommen zu sein. Ja, er gehörte in gewisser Weise dazu. Kaum zwölf Stunden war er in diesem Haus und doch schon teilhaftig der unsichtbaren Bande und verflochtenen Beziehungen und zugleich angenommen von vielen als vertrautes Gesicht, er war zugehörig geworden als Beichtvater und Supervisor.

Der andere Patient war weit über die sechzig, korpulent, hatte ein breites Gesicht mit roten, feinadrigen Wangen, hervorquellende Augen und atmete schwer. So, wie er die Worte hinauspresste, schien er beim Sprechen platzen zu wollen und unterbrach sich daher nach jedem Satz, um nach Luft zu japsen. Dennoch war er guter Dinge und klopfte Schibowski jovial auf die Schulter.

»Stellen Sie sich zu uns. Habe schon von Ihnen gehört. In diesem Haus, in dem sehr viele Bewohner generell unter Erlebnisarmut leiden, ist jeder, der nicht als Patient hereinkommt, eine Abwechslung. Haben Sie schon viel ergründet?«

Ergründen! Ein gutes Wort, dachte Schibowski. Es hatte etwas von Abgrund im Wortstamm, etwas von dunkler Tiefe und Bodenlosigkeit. Er kannte den Mann nicht, war ihm nicht vorgestellt worden, sah nur, dass jener ebenfalls keine gesunde Gesichtsfarbe, aber unbewusst das richtige Wort gefunden hatte. Hier konnte man frei fallen, blieb ohne Halt und Orientierung, sodass sich die eigenen Gedanken nur auf sich selbst stützen konnten.

»Mein Gott, was man eben so in kurzer Zeit übersehen kann. Ich plaudere ja nichts aus, wenn ich Ihnen sage, dass es meist Hinweise auf gewisse Wahlverwandtschaften sind. So etwas kommt schnell ans Tageslicht, ist aber der Sache nicht unbedingt dienlich. Es befriedigt vielleicht einen Voyeur, aber nicht einen Faktensammler wie mich.«

Schibowski gedachte nicht, diesem Luftbläser neben sich, einem Unbekannten zudem noch, irgendwelche Einzelheiten mitzuteilen. Herrn Schiebinger eher noch, aber jener stand nur stumm daneben, nippte an seinem Bier, um die Gesprächsentwicklung der beiden Männer mitzuverfolgen.

Die Stimmung in der Kantine schien fröhlich. Trotz schwerer Schwüle und noch beträchtlicher Hitze erfüllte sie ein vielfältiges Geplauder, ein Stimmen- und Wortgeschwirr mit Gelächter und aufbrausenden und abschwellenden Tönen. Eine gelöste Atmosphäre wie in einem Straßencafé, befreit und ungehalten, lebensbejahend, lebensklammernd.

Doch plötzlich kippte die Atmosphäre. Das bedrohliche Geräusch kam von hinten. In den vertrauten Geräuschpegel von Worten, Sätzen und Gelächter platzten andere Töne. Die eines Aufpralles, laut und dumpf, abgehackt und kurz – davor quietschende, schleifende Geräusche von abrupt zur Seite gestoßenen Stuhlbeinen und anschließend lähmende Stille. Es war der nur Sekunden währende Zeitraum einer bedrohlichen Erwartung.

Schibowski drehte sich um und sah einige Tische weiter zwei Patienten stehen, ratlos und mit entsetzten Mienen zu Boden blickend. Der Dritte aus ihrer Kartenrunde lang hingestreckt, starr und im Gesicht blau angelaufen.

»So holt schnell einen Arzt!«, rief jemand. Vom Nebentisch stürmte aber schon ein kräftiger Mann in weißem T-Shirt und weißer Spitalshose herbei. Schnell kniete er neben dem regungslos Daliegenden und legte ihm die Fingerspitzen der einen Hand an den Hals, während die der anderen den Unterarm umfassten.

Seinen seitlich gedrehten Kopf legte er dann an den halb geöffneten Mund, um den Atem zu prüfen. In der ganzen Kantine standen die Besucher starr, das Arrangement des tatenlosen Voyeurismus umschloss das Arrangement der verzweifelten Hilfeleistung als weiter Kreis.

»Hilft mir jemand?«, war die hastige Frage des Beherzten, und zugleich begann er – seinen Mund an die blutleeren Lippen des am Boden Liegenden gepresst – in diesen Luft hineinzublasen.

Schibowskis Herz schlug um das schneller, was dem Leblosen an Lebenstakt fehlte, aber er stand plötzlich neben diesem und legte seine beiden Hände über dessen Brustbein, um es wild und allzu schnell niederzudrücken.

»Fünfmal Pressen und einmal Beatmen!«, hörte er sagen, und mit bebender Hand hielt er inne, während der andere mit rot angelaufenem Schädel aus Leibeskräften in den Leichnam blies.

Leichnam? Die Bläue der Haut verblasste zart, und während Schibowski drückte und presste, entwichen dem Daliegenden seltsame Geräusche aus dem Mund. Zwischen dem blasigen Speichel kam das künstliche Gebiss des Oberkiefers zum Vorschein, das zu entfernen vergessen worden war. Es ragte schief aus dem Mund, drohte herabzufallen. Mit einer hastigen Bewegung ergriff es der Beherzte und schleuderte es zwischen die Beine der Herumstehenden, um dann wieder seine Lippen auf die des nun Zahnlosen zu pressen.

Schibowski hatte alle seine Aufgeregtheit verloren. Wie lächerlich, musste er denken, als er die abseits liegende Zahnprothese aus den Augenwinkeln sah: Zur allgemeinen Hilflosigkeit eines Sterbenden gesellt sich das Detail der Haltlosigkeit der Prothese, so, als wollte sie auf ihre weitere Nutzlosigkeit aufmerksam machen.

Er aber hatte alles Zeitmaß verloren und zugleich seine Abscheu vor körperlicher Berührung. Seine ganzen Intentionen gehörten nur mehr dem knochigen Brustbein unter sich. Er presste immer wilder, schneller, und auch das seltsame Knacken, das er dabei spürte, hielt ihn auch nicht von seinen wilden Drückbewegungen ab. Längst tropfte ihm der Schweiß von der Stirn, klebte das Hemd auf seinem Rücken, aber seine Bewegungen hatten sich verselbstständigt, liefen als unbeeinflussbare Reflexe ab. Er hörte nicht die mahnenden, belehrenden Stimmen der um ihn Stehenden, er merkte nicht die fremden Hände, die sich ihm hindernd auf die Unterarme legten, sondern er versuchte sie abzuschütteln, mit der Schulter dabei weit ausholend, um immer wieder und immer wilder auf den Körper unter sich einzupressen. Er hatte nur mehr das Ziel, diesem leblosen Torso unter sich das Leben, den Herzschlag, die Atmung zurückzugeben.

»So komm doch endlich!«, keuchte er zwischen seine pressenden Hände und er vermeinte eigene Lebenskraft über seine Muskeln und Sehnen weitergeben zu können.

Erst als ihm starke Hände unsanft unter die Achseln griffen, ihn emporhoben und wegzerrten, fand er zurück.

»So lassen Sie doch endlich ab, Sie bringen ihn ja endgültig um!«

Schibowski saß neben dem Leblosen, atmete schwer und blickte mit schweißtriefendem Gesicht auf die zwei Ärzte, die sich an diesem zu schaffen machten. Sie manipulierten mit dünnen Röhren, mit Beatmungsbeutel, Infusionen und Sauerstoff. Sie warfen sich nur kurze Sätze, leise Kommandos zu, arbeiteten aber synchron und eingespielt. In ihren Gesichtern war keine Hektik, keine sorgenvolle Beteiligung, sondern nur sachliches Gehabe ohne Emotion und Aufgeregtheit. Sie hatten eine Distanziertheit, als gelte es, eine Maschine zu instruieren, keinen Menschen dem Tode zu entreißen.

Schibowski beobachtete sie mit großen Augen. Wohl niemand schien die ungeheuerliche Situation zu bemerken: Der über unendliche Zeiträume schon gleichförmig ablaufenden Tatsache der Vorherbestimmung, dem individuell zugeschriebenen Zeitpunkt der Lebensbeendigung eines Menschenschicksals stemmten sich zwei unbedarfte Menschen entgegen. Ärzte zwar, hoch spezialisierte Wiederbelebungstechniker, setzten ihr Wissen, ihr Können einem Naturereignis mit der Gleichgültigkeit von Handwerkern entgegen. Niemand zog die Anmaßung ihrer Tätigkeit in Betracht, niemand empfand die Vermessenheit, dass da jemand ein Naturereignis zu durchkreuzen, eine Umkehrung des Jahrtausende lang gleichförmig ablaufenden Absterbmechanismus herbeizuführen im Begriff war. Leben endete eben plötzlich, unvorhersehbar. Versiegte abrupt, oft vor den Augen eines gedrängten Publikums, und die Anteilnahme in diesen Momenten war ihm dann sicher. Aber wenn es die Augen und die Sinne der Herumstehenden nicht entließen, wenn die Wünsche es noch hielten, gemeinsam und vielfach verstärkt und gerichtet, durfte es dann so schnell, so lautlos verschwinden von dieser Welt?

Einer der Ärzte hatte behutsam ein Laryngoskop in den Mund eingeführt, damit die Zunge niedergedrückt und das enge Rund der Luftröhre eingestellt, um dann behände einen Tubus einzuführen, an welchem er einen schwarzen Beatmungsbeutel befestigte. Der andere hatte einen Zugang zum Blutkreislauf gefunden und injizierte bestimmte Medikamente in kurzer Folge. Die Basis bildete eine klare Flüssigkeit als Spülinfusion.

In der Kantine war es still. Nur der Sauerstoff, der aus einem mitgebrachten kleinen Behältnis in die Lungen des Beatmeten strömte, zischte. Kräftige Arme, auch die des Operationssaaldieners, hievten schließlich den Mann auf eine Bahre und dann auf eines jener Rollwägelchen, die immer im Erdgeschoss bereitstanden. Für Eventualitäten, wie auch diese nun eine war.

Ob der Mann nun lebte oder nur künstlich am Leben gehalten wurde, konnte Schibowski nicht sehen. Auf jeden Fall hatte er eine rosigere Gesichtsfarbe und wirkte nur schlafend.

Er hatte sich langsam erhoben und wischte den Schweiß von der Stirn. Irgendjemand klopfte ihm von hinten auf die Schulter, ein anderer blickte ihn beifällig an. Er hatte das Gefühl, sich bewährt zu haben, ob er seine Sache nun richtig oder falsch gemacht hatte. Er war nicht ausgewichen, hatte seinen Ekel vor jener abweisenden Körperlichkeit überwunden, die Kranke, Leidende und Sterbende als Medium der Vergänglichkeit bedeckte. Denn Sterben war klebrig, war feucht und übel riechend.

Er lächelte vor sich hin. Wie absurd doch alles war. Vor Stunden selbst noch ein Hilfloser, als er da draußen in der Sommerhitze dahingeschmolzen war, und nun ein Helfender geworden. Eine Personalunion von betroffenem Kranken und hilfegebendem Therapeuten.

Schiebinger prostete Schibowski mit seinem Glas zu.

»Meine Hochachtung, kein professioneller Erstversorger hätte dies besser gemacht. Ich kenne diesen Herrn übrigens. Liegt auf der Internen Abteilung. Allgemeine Herzschwäche oder so etwas. Dem hat wahrscheinlich die schwüle Luft nicht gut getan. Wahrscheinlich liegt er nun auf der Intensivabteilung. Den können sie noch eine Zeit lang mit der Beatmungsmaschine am Leben erhalten, aber wahrscheinlich ist er schon längst tot.«

»Wieso tot?«, erregte sich Schibowski. »Wenn sein Herz schlägt, kann er noch nicht tot sein.«

»Ah, das ist die alte Frage. Ist der Herzschlag der Maßstab für Leben oder ist es die Gehirntätigkeit. Der war ja schon zwetschgenblau, bevor die Wiederbelebung einsetzte. Nichts gegen Ihr beherztes Engagement, aber wenn eine entscheidende Zeitspanne verstrichen ist, dann bekommt meines Wissens das Gehirn viel zu wenig Sauerstoff und stirbt ab. Und dies innerhalb weniger Minuten. Der ist also schon ein toter Mann, obwohl das Herz wieder zum Schlagen gebracht werden kann.«

Schibowski schmeckte den Schweiß an den Lippen, holte ihn mit der Zungenspitze immer wieder in den Mund, es war der Restgeschmack seiner übermäßigen Anstrengung. Eine Dusche würde er brauchen. Aber er musste noch hier stehen bleiben, um seine Erlebnisse zu verarbeiten. Er benötigte die Supervision eines Krankenhauspatienten, eines gewöhnlichen Patienten, der ihm lediglich eine persönliche Krankheitsbiografie voraus hatte, um gewisse medizinische Zusammenhänge besser beurteilen zu können.

In der Kantine war die Stimmung wie zuvor. An jedem anderen Ort wäre sie gedrückt gewesen, hätte die Kundschaft sich nach Hause verzogen, weil ihr jede Lust auf irgendetwas abhanden gekommen wäre.

Schibowski hatte sich das dritte Bier bestellt. Schiebinger war noch bleicher geworden, möglicherweise würde er als Nächster umfallen. Schibowski sollte es recht sein. Er würde sofort zur Stelle sein, nein, er war ja schon zur Stelle.

Die Müdigkeit kroch langsam von den Beinen nach oben. Das Bier lullte seinen Schädel ein, aber nicht dermaßen, dass es seine Gedanken lähmte. Er merkte, dass er vollends vom Strudel der Ereignisse mitgezogen wurde. Selbst wenn sich in diesem Hause nichts ereignet haben sollte im Sinne eines Kriminaldeliktes, so war hierin das Leben selbst ganz anders zu begreifen: Es war gehaltvoller, vielfältiger und intensiver, weil es sich selbst immer wieder in Frage stellte. Weil es vor der immer währenden Möglichkeit der Beendigung sich unerträglich verdichtete. Aber zugleich betonte es seinen Anspruch auf Exklusivität, indem es grell auf alle Vergänglichkeit hinwies. Und in der untrennbaren Beziehung zum Sterben machte es sich kostbar.

Als Schibowski gegen 21.30 Uhr die Interne Abteilung aufsuchte, an der schweißdurchtränkten Kleidung den Geruch nach Zigaretten, im Mund den bitteren Geschmack nach Bier, war es draußen bereits dämmrig.

Die Nachtschwester war jung und schon bleich am Beginn ihres Dienstes. Wahrscheinlich war es ihrer Unerfahrenheit zuzuschreiben, die sich mit Angst vor Bewährung und übermäßiger Selbstforderung paarte. Schibowski, die Wangen eingefallen und faltig geworden durch Müdigkeit, kannte die Malaise: noch kein Maß für die eigenen Befähigungen, kein Auge für die Möglichkeiten besitzend, war der Beginn jeder Berufsausübung ein reines Vabanquespiel zwischen Selbstüberforderung und schicksalsergebenem Gleichmut. Hatte er selbst damals, in den Anfangsjahren seines Berufslebens, denn das richtige Maß gefunden? Übereifer hier, Frustration dort, Selbstaufgabe anfangs, Resignation später. Zwischen den Extremen der Motivation und Demotivation war auch er gewechselt und erst allmählich hatte sich seine Berufsauffassung auf ein erträgliches Maß eingependelt. Aber dies brauchte freilich Zeit.

Ob sie es schon wüsste von ihrer Vorgängerin, die um 19 Uhr aus dem Dienst gegangen war? Er sei der Kriminalpsychologe, der hier zu übernachten die Erlaubnis habe. Im Dienstzimmer der Internen Abteilung dürfe er schlafen. Aber vorher benötige er eine Dusche, dringlich und als ultimative Therapie.

Seine scherzhaft gemeinte Bemerkung verpuffte angesichts der ernsten Miene der Schwester. Scheu und unruhig war ihr Blick, und ohne ihr Gesicht ihm zuzuwenden, reichte sie ihm einen Schlüssel, mit der Hand in Richtung Treppenhaus weisend. Handtücher seien im Bad, auch ein Bademantel hinge dort. Allerdings zum Schlafen hätten sie nur die üblichen Nachthemden.

Nachthemden? Freilich war Schibowski klar, was ein Nachthemd in einem Hospital bedeutete. Diese nach hinten offenen Leintücher, die von vorne nur übergestülpt und mit vielfachen Bindfäden am Rücken geschlossen werden mussten. Sie bedeuteten die spontane, jederzeit mögliche Verfügbarkeit des menschlichen Körpers für therapeutische Zwecke, die erleichterte Pflege, den ungestörten Zugang zu Haut und Fleisch.

»Ich werde nackt schlafen, bei dieser schwülen Hitze wahrscheinlich sowieso das Beste.«

Als er unter der Dusche stand, klarten sich mit dem fließenden Nass auch endlich seine Gedanken auf. Was konnte es in einem Hospital prinzipiell für Motive geben, jemanden zu töten? Da waren die klassisch-emotionalen wie Eifersucht, Affekt, tief greifender Hass, zermürbendes Konkurrenzdenken, der übliche Wettbewerb bei Karrierestreben. Weiters dann die pekuniär-ökonomistischen wie Geldgier, der Wunsch nach Vermehrung bestehender finanzieller Flüsse und ihrer Bewahrung und Erhaltung.

Die üblichen Konstellationen menschlicher Schwächen also, die sich nur durch die speziellen Umstände nuancierten. Freilich konnten in einem Hospital noch höchst allgemeine Motive gelten: Zum Beispiel die Aufrechterhaltung, ja Verteidigung eines Rufes, eines Nimbus, eines löchrig zu werden drohenden Prestiges, wie es Ärzte benötigten als Hauptverbündeten für jeden therapeutischen Erfolg.

Die Schwierigkeit lag aber darin, dass alles in einer generell vernebelnden Sphäre prinzipieller Menschlichkeit geschah. Denn dort, wo jede Tätigkeit, jeder Handgriff mit dem Anspruch auf Hilfestellung ablief, war der gedankliche Bogen zur dunklen Seite niedriger Motive viel weiter gespannt. Wenn er, Schibowski, dieses Spezifikum ausklammerte, was blieb dann übrig an Motiven – und vor allem: Wer blieb übrig, der sie haben könnte?

Es war 22 Uhr, als er aus dem Baderaum in den Gang hinaustrat. Das Licht dort schien genauso, wie es den ganzen Tag geschienen hatte. Wahrscheinlich wurde es niemals ausgeschaltet. Des Vormittags nicht, weil kaum Tageslicht in den Flur drang, und nicht des Nachts, weil Krankheiten im Hellen nicht ihre bedrohlichen Qualitäten entwickeln konnten. Notfälle hatten immer Saison, sie drohten hinter den fahlen Wänden in den Krankenzimmern ohne zeitlichen Ansatz zu geschehen. Das Licht belauerte gewissermaßen jedes Geschehen. Die Dunkelheit war immer bedrohlicher, in ihr weiteten sich somatische Bagatellen oft zu lebensbedrohlichen Zuständen. Die Nacht, so wusste Schibowski, steigerte gern das Schmerzempfinden, die Angst. Des Nachts verdichtete sich die Wärme zum Fieber, die Feuchte zum Schweiß. Im Schummer der Nacht gewannen die dunklen Kräfte der Krankheit die Macht, die ihnen die Helle des Tages wieder nahm.

So schätzte Schibowski an diesem Abend ebenfalls das fahle, kalte Licht aus Neonröhren, das keine Schatten warf und ihm ein bleiches Antlitz verlieh. Dennoch suchte er auf dem Weg zum Dienstzimmer den Schutz der Gangmauern, auch weil er mit dem lose umgestülpten Bademantel nur ungenügend seine Nacktheit verbergen konnte.

Im Dienstzimmer unterließ er es, den Lichtschalter zu betätigen. Er wollte im Dunkeln bleiben, denn Licht hätte nur die nüchterne Beliebigkeit von den unfreundlichen Wänden reflektiert. Es war ein Zimmer der vielfach geliehenen Wohnlichkeit. Da es sich niemand aneignen konnte, fehlte ihm jeder Liebreiz individueller Ausstattung. Ein Dienstzimmer eben, dachte Schibowski, ein Zimmer des zeitweisen, kurzen Aufenthaltes, in dem gestern Abend jemand zu Tode gekommen ist.

Gegen Westen schimmerte der Himmel noch fahl, es war hell genug, um dem spärlichen Mobiliar die Umrisse zu geben.

Er legte sich nieder. Die Matratze war hart, wie damals auch, als er an der Neurologie gelegen hatte. Wie Hospitalbetten eben waren: nicht der Bequemlichkeit des Patienten, sondern der praktischen Handhabbarkeit durch das Putzpersonal dienend. Wenn sich die Erwartungen auf das Wesentlichste konzentrierten, dann verschwanden Begriffe wie Bequemlichkeit und Luxus vollkommen.

Seine Haut klebte am Bettlaken, offenbar gab es in diesem Dienstzimmer keine Klimatisierung. Schibowski sah keine typischen Belüftungsgitter, durch welche ein Luftaustausch hätte stattfinden können. Die Abrinntropfen des Schweißes fühlten sich wie Insekten an, die von seinem Nacken nach dem Rücken strebten. Nachtaktive Spinnen vielleicht, laufende Käfer, die von der Körperwärme stimuliert nach dem Dunkel von Hautfalten und Körperöffnungen drängten, um …?

Schibowski sprang aus dem Bett und betätigte geschwind den Lichtschalter. Im verzögert aufleuchtenden Schein der Neonlampe war die Einrichtung des Zimmers farblos. Er starrte auf sein Bett und sah dort nur die Schweißspuren seines Rückens. Da krabbelte, nestelte nichts, alles war nur Einbildung gewesen. Vorgegaukelte Gespinste seines müden, überreizten Sensoriums, die Halluzinationen eines chronisch überarbeiteten Beamten der städtischen Kriminalabteilung, dessen Gehirn die vielen Eindrücke nicht mehr zu filtern imstande war.

Er ging zum Fenster und öffnete es weit, um frische Abendluft hereinzulassen. Aber der Kühlungseffekt war unbedeutend, denn die Mauern der Häuser, der Asphalt der Straßen gaben die tagsüber gespeicherte Wärme an die Nacht ab. Bis auf einen kaum spürbaren Luftzug, der offenbar von den sich bewegenden Fensterflügeln herrührte, merkte Schibowski keine Linderung. Er knipste neuerlich das Licht aus und lag wie vorhin wieder im triefenden Schweiß. An Schlaf war nicht zu denken, und obwohl er sich zu entspannen versuchte, seinen Armen, seinem Bauch und seinen Beinen Ruhe und Gelassenheit imaginierte, stellte sich keine Müdigkeit ein. Wahrscheinlich doch das Bier, dessen Alkoholmetaboliten nun eher die »nervösen« als die »beruhigenden« Neurone stimulierte. Fahrig und mit geöffneten Augen unruhig die Zimmerdecke abtastend spürte er die Anwesenheit von etwas Fremdem. Er hatte das Gefühl, nicht allein im Zimmer zu sein.

Hastig knipste er neuerlich das Licht an und erschrak.

Das Zimmer war übersät von unzähligen Punkten, die den Fußboden, den Tisch und die senkrechten Kanten der Stühle und des Schrankes besetzten. Sie bewegten sich nicht, und als er seinen Blick auf einen dieser Punkte fokussierte, stutzte er. Es waren Fliegen. Unübersehbar und unzählbar klammerten sie im Gleichmaß ihre Körper an die Einrichtungsgegenstände. Das Unheimliche war nicht die Tatsache ihrer Überzahl. Das Beklemmende war ihre Unbeweglichkeit, ihr stoisches Verharren, das bedrohlich wirkte. Sie schienen sich in eine Warteposition begeben zu haben, und Schibowski wagte es nicht, sich zu bewegen oder sie mit einer Handbewegung aufzuscheuchen. War es also doch ein so langer Tag gewesen, dass sich seine Sinne überreizt oder eingetrübt hatten? Er saß bewegungslos an der Bettkante, von oben bis unten mit Schweiß bedeckt, den Atem unterdrückend und das erschrocken klopfende Herz umso mehr spürend. Er hatte das Gefühl eines Duells, allerdings mit ungleich verteilten Waffen. Aus der Mitte des Fliegenheers erhob sich plötzlich ein Exemplar, und das Summen des Flügelschlages klang ihm gereizt. Und erst als diese eine Fliege die Höhe der Zimmerlampe erreicht hatte, erhoben sich wie auf ein geheimes Kommando die anderen. Ein lautes Summen und Schwirren hub an, und durch die träge Abendluft bewegte sich das Insektenheer, als würde es durch eine verborgene Kraft beflügelt. Ein lauter und leiser werdendes Netz tausender Leiber umgab Schibowski. Panik erfasste ihn, und trotz des Gefühls, von einigen Fliegenleibern unsanft berührt zu werden, stürzte er zum Fenster, weil er vermeinte zu ersticken. Hastig stürmte er dann aus dem Zimmer.

Nach Luft schnappend und halb nackt stand er vor der Nachtschwester. Wo seien bloß die vielen Fliegen hergekommen? Wodurch könnten die Insekten denn in dieser Menge in das Zimmer eingedrungen sein? Durch ein zwei- oder dreimaliges Fensteröffnen sei das wohl nicht möglich. Ob die Schwester vielleicht die Tür offen gelassen habe. Nein, dann hätte er die Insekten schon beim ersten Eintreten bemerkt haben müssen.

Aber nein, antwortete die Schwester. Die Fliegen seien doch schon längere Zeit präsent. Sie gehörten zum Stationsalltag als wohl oder übel gelittene Mitbewohner. Niemand rege sich mehr darüber auf. Es sei dagegen nichts zu machen, und spätestens im Herbst würden sie verschwunden und vergessen sein.

Trotzdem sei ihr Verhalten mysteriös. Als ihm am Spätnachmittag das Zimmer gezeigt worden war, sei es noch leer gewesen. Und Fliegen drängten kaum in die zweite Etage eines Hauses vor, das sei ihnen zu hoch, sie schätzten die Nähe von Baum und Strauch – und Mensch.

Schibowski entsann sich, an diesem Tag schon etwas über eine gewisse Fliegenplage gehört zu haben. Fein, diese Synthese von Aasfressern und -bewohnern und dem Anspruch auf penibelste Hygiene in diesem Haus. Ein belustigender Kontrast, wenn er nur etwas mehr Zuneigung zu diesen kleinen Biestern gehabt hätte. Unglaublich, wie sie den Luftraum beherrschten, ihn ausfüllten mit rasend schnellen Flügelschlägen, wie sie sich augenblicklich und verzögerungsfrei platzierten und ebenso geschwind und beschleunigungsfrei in den gleich schnellen Flug überwechselten. Wenn er daran dachte, dass er mit ihnen schon einige Zeit im Dunkeln verbracht hatte! Grauenvoll! Möglicherweise wären sie über ihn hergefallen, mitten in der Nacht.

Die Schwester lächelte. Nein, so etwas würden Fliegen nicht tun.

Schibowski ließ sich beruhigen und betrat wieder vorsichtig das Zimmer. Zu seinem Erstaunen war es vollkommen leer. Das Fenster stand gähnend offen, wahrscheinlich waren sie allesamt ins Freie verschwunden. Er schloss es schnell, vergewisserte sich, dass die Tür ebenfalls verschlossen war, lugte unter das Bett und hinter den Spind und legte sich dann einigermaßen beruhigt nieder. Mit der Hand griff er über sich und schaltete abermals das Licht aus. Das zu beiden Seiten weit über die Kanten herabhängende Bettlaken faltete er aber, um seinen nackten Leib zu schützen. Die Schweißbäche wollte er gerne in Kauf nehmen.

An Schlaf war erneut nicht zu denken. Schibowski beäugte ängstlich das Fenster, durch das nun das künstliche Licht der Stadtbeleuchtung fiel. Er vermeinte wieder das Summen von Insekten zu hören, aber es war – wie er erleichtert feststellte – nur das Grundrauschen eines solch großen Hauses: Das entfernte Summen irgendwelcher Ventilatoren, das niedrig frequentierte Brummen der Aufzugsmotoren, das Sirren der Stand-by-Schaltungen unzählbarer Prozessoren, ja vielleicht das Schwirren des Stromes in den wohl hunderte Kilometer langen elektrischen Leitungen, die immerzu Motoren und Lampen speisten. Er dachte daran, dass es in solchen Häusern keine absolute Stille gab, dass hierorts nie eine Nachtruhe begann, sondern das Leben ständig von einer technischen Geräuschkulisse umlauert wurde. Und punktuell schwoll der Schall an, wenn Türen schlugen, Schiebetüren pneumatisiert wurden, irgendwo der Sauerstoff zischte und tief in der Nacht vielleicht eine Kaffeemaschine brühte. Kulminierte aber in den Wehlauten von Patienten, im Wimmern der Sterbenden und im Schreien der Verwirrten und Neugeborenen, im Stöhnen, im dumpfen Bodensturz der Verwirrten, im Seufzen der Resignierenden. Das Potpourri aller möglichen Lautbildungen konnte nirgendwo vielfältiger sein als hier, dieses Haus war das Echo aller menschenmöglichen Schalläußerungen.

Schibowskis Gedanken verselbstständigten sich zu wilden, ungehemmten Schlafreisen. Ein Gemenge kurzer prägnanter Szenen spielte sich vor ihm ab:

Er befand sich neuerlich im Keller, stand an der Eingangstür der Prosektur und blickte in den Saal. Er weitete sich nach hinten in eine weite Leere, ohne Begrenzung und Ende. In geraumer Entfernung arbeitete Professor Baltrow an einem Leichnam. Er war der Pförtner, der bemaß und wog, der zuordnete und letztendlich die Erlaubnis dazu gab, ob die Seelen diese Welt verlassen durften. Baltrow war die Behörde, die offizielle Instanz, die penibel genau und fein säuberlich den Passierschein dazu ausstellte und der mit seiner letzten Unterschrift zugleich Wohlgefallen oder Tadel darüber aussprach, wie die Lebensgestaltung des Verblichenen erfolgt war. Der aber zugleich durch die Sektion darauf hindeutete, dass da noch Klarheit zu verschaffen war über eine dubiose Lebensbeendigung. Denn Seelen waren nur in die Unendlichkeit zu entlassen, wenn das letzte Protokoll keinerlei Unregelmäßigkeiten beinhaltete.

Die Miene des Professors war die eines Beamten, mit strenger Brille und dem unerbittlichen Gehabe der Unbestechlichkeit. Plötzlich sah er auf und deutete

Schibowski einzutreten. Dieser bewegte sich langsam zum Professor, der immer ungeduldiger mit seinen Händen wies. Und hinter ihm drängten die Verdächtigen, die nun alle in Reihe zu stehen hatten. Einen um den anderen musste er auf ein Alibi überprüfen.

Den Oberarzt der Chirurgie, dessen zutiefst gekränkte männliche Eitelkeit die erhaltene Ohrfeige zum Signal der Bereitschaft umkehrte, sie einlösen wollte und in der heftigen Ablehnung der Ärztin dann zur Gewalt gekommen war.

Einen fremden Besucher, einen ehemaligen Patienten, der sich eingeschlichen, verborgen gehalten hatte und im günstigen Moment endlich sein vor Jahren vermeintlich erfahrenes Unrecht mit mordender Rache sühnte.

Die vor Eifersucht geifernde Schwester, die in ihrem Verlangen, ihrer alternden Weiblichkeit noch einmal Geltung zu verschaffen, jedes Gebot vergaß.

Und schließlich den skurrilen Kellerpathologen selbst, der in seiner Weltfremdheit zur Perversion neigte, ihr ein ideologisches Hütchen aufsetzte und in einem schizophrenen Wahn durch die Tötung sich selbst erlöste.

Schibowski war wieder wach geworden und froh, einem Traume nachgehangen zu sein. Aber morgen würde er sie sich tatsächlich alle vorknöpfen, würde sie in die Enge treiben, bis zur Kapitulation. Und in seiner erbarmungslosen Jagd würde er andere verborgene Leichen aus den Seelenkellern zerren, sie bloßstellen und einer Verantwortung zuführen. Masken würde er herunterreißen, hinter deren harmlosen, einlullenden, ja freundlichen Zügen sich das ganze Repertoire menschlicher Abgründe verbarg.

Wer so oft die Facetten des Todes mitverfolgte, dessen Sinne der Empörung stumpften wohl ab. Der oft gesehene Tod verlor nicht nur seinen Schrecken, sondern die möglichen und virtuosen Maßnahmen, ihn zu verhindern, ihn hinauszuzögern und zu manipulieren bescherte vielen Ärzte das Gefühl der Kompetenz über ihn. Zugleich verminderte sich dadurch die Ehrfurcht vor dem Leben und die Pflicht, dieses zu erhalten, wenn die Resignation über vergebliches Mühen sich vermengte mit der Routine empfundener Trauer.

Irgendwann in der Nacht fuhr Schibowski plötzlich hoch. Ihm war, als hätte er ein Geräusch an der Tür gehört. Nicht schon wieder Fliegen! Das Neonlicht blendete ihn, als er es neuerlich angeknipst hatte. Aber da war nichts. Keine einzige Fliege, nicht einmal ein entferntes Summen. Er drehte das Licht wieder ab, öffnete aber dann vorsichtig die Türe, um auf den Gang hinausblicken zu können. Aber nichts als gähnende Leere, auch in den Krankenzimmern schien alles zu schlafen. Er blickte auf die Uhr. Es war zwei Uhr nachts.

Das im Dunkel des Zimmers, von der Türschwelle abgesetzt liegende Briefkuvert hatte Schibowski nicht bemerkt.

23 Uhr: **Die Reise beginnt**

In dem Maße, wie der Tag sich zu Ende neigt, sind wir Fliegen an Zahl und Präsenz gewachsen. Wir haben den Professor begleitet, nur diese kurze Wegstrecke lang und versehen mit der Symbolhaftigkeit derer, die den zerfallenden Hüllen die letzte Ehre erweisen. So, wie wir die ganze Zeit mitgeflogen sind, mit umkreisenden Bewegungen, lauernd und geduldig, mit dem Gleichmut der immer währenden Distanz und der Sorgfalt der Unaufdringlichkeit, so kommt nun unsere Stunde, da seine letzte schlägt. Denn sein Einzug in ein jenseitiges Reich ist die Sinnhaftigkeit unserer diesseitigen Mühsal.

So höre denn, endliches Menschengeschlecht: Das, was ihr Leben nennt, euer Bewusstsein davon, das freilich nichts anderem verhaftet ist als der unbedeutenden Zeitspanne von der Geburt bis zur empfundenen Angst vor dem Ende, ist beileibe nicht alles, was wir überblicken. Unser Auge reicht weiter, denn das Gefühl der Existenz ist eine Eigenheit der Menschen und trifft uns nicht. Weil wir nicht eure Begriffe haben, ist uns auch nicht der begleitende Blick hinüber verwehrt. Unsere Sinne umfassen viel mehr, weil sie nicht beengt werden von dem Schrecken, etwas zu verlieren. Die Unbedeutendheit ist zugleich unser Vorteil und unser Schutz, denn wer nichts zu verlieren hat, kennt keine Ängste und Sorgen. Denn die Angst ist eine Eigenschaft der Besitzenden, und die seid ihr alle. Wir sind gleichsam nicht stärker existent als die unwürdige Idee von uns. Daher sterben wir nie, sondern wir hören nur auf zu sein. Da uns keine Lebensspanne begrenzt, ist die Idee von uns allgegenwärtig und überall. Wir wollen daher noch kurz die Wegbegleiter des Professors sein, der seinen Menschenfreunden wohl entschwunden, uns aber noch erreichbar ist. Wundersam, weil von niemandem noch erlebt, wird der Zustand seiner körperlichen Entrücktheit sein.

Die Schwüle im Keller war unvermindert. Durch das Summen des Ventilators hörte Baltrow nicht das Summen der Fliegen. Heerscharen von ihnen hatten sich wie am Morgen auch am Abrinnblech der Kellerluken niedergelassen. Und immer mehr flogen an, richteten sich ihren Platz, drängten und füllten den spärlichen Raum mit ihren Leibern. Sie ließen sich nieder wie die Zuschauer in einer Arena: erwartungsvoll und des Kommenden harrend.

Nun am Abend traf ihn die Traurigkeit mit voller Wucht. Ein dumpfes Drücken in der Magengrube, das in einen bohrenden Schmerz überging, erinnerte ihn daran, dass er noch nichts gegessen hatte. Aber er hätte keinen Bissen hinunterwürgen mögen, und als er wieder diese Kurzatmigkeit verspürte, diesen schweren Stein auf seiner Brust, der drückte und verengte und ihm die Lungen zuschnürte, wollte er achtlos eine Nitrokapsel aus der Tasche nehmen. Aber es fiel ihm ein, dass er dazu wohl auf die Interne Abteilung hätte gehen müssen. Deswegen stöberte er stattdessen in der Schreibtischlade herum, aber bis auf Tabakreste seiner Pfeife und Unmengen von knittrigem Papier war dort nichts zu finden. So versuchte er ruhig zu bleiben, atmete tief durch, um das Ende seines Anfalles abzuwarten. Und tatsächlich füllte sich mit den langen Atemzügen und der Bewegungslosigkeit das Herz wieder mehr mit Sauerstoff und der Schmerz ebbte ab.

Er hätte sich gerne irgendwohin zurückgezogen, wohin verkrochen, um alleine zu sein. Aber um seine karge Garçonnière am anderen Stadtrand aufzusuchen, war er zu müde, außerdem hätte ihn dort die Einsamkeit wahrscheinlich erdrückt. Viel lieber war ihm da doch der Verbleib an seinem gewohnten Arbeitsplatz. Zudem wusste er den Leichnam von Sarah Lawerth hier in »seinen« Räumlichkeiten, in einem der Kühltresore ihm gegenüber, sodass er ihrer letzten Nähe gewiss war. Er schlug eines der dicken Bücher auf, eines, das die Pathologie beschrieb und das er mit seinem neuen Lehrbuch zu übertreffen gedachte, aber er las nicht darin, sondern blickte durch die Buchstaben hindurch. Die erkaltete Pfeife nahm er zwischen die Lippen, kaute an ihrem Mundstück und legte sie immer wieder zur Seite, um sie kurz darauf wieder aufzunehmen. Das andauernde Hineinstecken und Beiseitelegen der Pfeife war Zeichen tiefer Ratlosigkeit. Brünner vermisste er diesmal. Aber der war schon längst bei seiner Frau zu Hause. Nicht einmal verabschiedet hatten sie sich heute voneinander. Jener hätte die geistige Abwesenheit seines Chefs gemerkt, hätte wahrgenommen, dass er an diesem Montag den Pfad des fest gefügten Tagesablaufes verlassen hatte. So etwas hätte ihn sicherlich erschüttert. Er hätte ihn auch bedauert, Sarah Lawerth obduzieren zu müssen, denn er hatte immer ein feines Maß für Gehörigkeiten gehabt.

Was für eine Zumutung tatsächlich. Menschen zu sezieren, die man gekannt, die man geschätzt, vielleicht geliebt hat, wird keinem Pathologen zugemutet. Von solchem Auftrag ist er immer befreit, denn eine Art Befangenheit durch Gefühle ist immer jedem wissenschaftlichen Anspruch abträglich. Der Krankenhausdirektor hätte Verständnis für jede Abneigung gehabt, hätte er um die Zuneigung zu Dr. Sarah Lawerth gewusst. Aber nun war es zu spät. Das zufriedene Gefühl, sie in seiner Nähe zu wissen, wollte er freilich nicht missen.

Er saß immer noch an seinem Schreibtisch. Sein Herz hatte sich beruhigt. Der Tischventilator summte monoton und fächerte ihm die drückende Hitze gegen das Gesicht, und während er in die schwere Luft des Raumes stierte, öffnete er den zweiten Knopf seines Hemdkragens.

Die Luft des Kellers war erfüllt von Geräuschen. Von Tönen, die nicht als Schall ankamen und nicht fürs Ohr geschaffen waren. Es waren Stimmen, Einflüsterungen, die sich an seine Sinne schmiegten und nicht einer Sinnesreizung bedurften. Sie waren da, waren in ihn eingedrungen, ohne dass er sie empfangen wollte. Sie erzählten bruchstückhaft, in zusammenhanglosen Wortfetzen von Begebenheiten. Sie flüsterten und raunten. Teile von Worten, Fragmente von Sätzen lagen wie ein zarter Schleier über Boden und Seziertischen. Zugleich drangen sie mit schwerer Bedeutsamkeit in seinen Kopf, sodass er gewiss wurde: Ich bin nicht alleine.

Eigentlich hatte er sich nicht erschrocken, denn die Geräusche fügten sich in die Besonderheiten dieses Tages. Der chronische Schlafentzug, die Überarbeitung mochten Grund genug sein, dass sein Sinneskleid Knittern und Falten warf. Die Ahnung, dass die Seelen der Obduzierten sich an einen letzten Hort geflüchtet hatten, in jenen Raum, der noch halb der fassbaren Welt, halb schon den Weiten der Metaphysik oder unseren Vorstellungen von ihr gehörten, hatte er freilich immer schon gehegt. Die Seelen verweilten hier kurz als verebbende Töne, lösten sich wie ein zarter Rauch von den leblosen Körpern, um allmählich ins reine Nichts aufzuklaren.

Sarah Lawerth wusste er da vorne in einem der Kühltresore. Bedeckt mit einem weißen Laken, längst entkleidet und starr geworden. Er zögerte. Er würde sie unbekleidet sehen und sie in ihrer hilflosen, kalten Nacktheit betrachten. Es wäre ein Verrat an der nie erfüllten Zuneigung gewesen.

Sie dagegen zu obduzieren wäre nur ein Festhalten an seiner Routine. Dahinter könnte er sich dann verstecken, zwischen sich und ihr den ewig gleichen Ablauf der einzelnen Sezierschnitte. Und zugleich würde er sie zerstören, vor allem die Erinnerung an sie, und es wäre wie eine brutale Beendigung, ein endgültiger, wahrhaftiger Schnitt durch seine Verknüpfungen zu ihr. Und er hielt sich dabei am Skalpell fest, verbarg sich hinter der Gesichtsmaske und stützte sich an der Kante des Seziertisches ab.

Wie in Trance zog er diesmal seinen grünen Leinenkittel an, schlüpfte beinahe ungeschickt hinein und band mit zittrigen, ungelenken Fingern den Knoten an seinem Rücken. Den Gesichtsschutz musste er tauschen, denn er war ihm auf den nassen Boden gefallen. Die weißen Handschuhe aus Latex strich er so hastig über seine Finger, dass der rechte einriss und er ebenfalls eines neuen bedurfte.

Dann trat er langsam an das erste Kühlfach und winkelte die Klinke nach unten. Mit einem kurzen, kräftigen Zug ließ er das Metallbehältnis auf den gediegenen Schienen herausrollen. Es war ein tausendfach gehörtes, unpersönliches Geräusch sich bewegender Kugellager.

Ihr verhüllter Leichnam war leicht, und mit einer flüssigen Bewegung glitt das Liegegestell auf den Rollenwagen. Die wenigen Meter hinüber zum ersten Marmortisch schob er dagegen schwer, so, als bewegte er einen Felsbrocken. Um die Leiche auf die Liegefläche zu bekommen, bedurfte es nur einer geringen Erhöhung des einen Gestell-Endes, denn durch Loslösen der Bremsen rollte sie, von drei quer verlaufenden Metallstreben gehalten, wie von selbst auf die Obduktionsfläche. Den Wegklappmechanismus betätigte er dann genauso gekonnt wie Herr Brünner.

Er hatte eine Scheu, sie wehrlos und nackt zu sehen. So schloss er die Augen, zog das weiße Laken von ihrem Körper, warf es weit ausholend nach irgendwohin. Sodann drehte er sich um, holte aus dem Schrank neben der Glasvitrine zwei grüne Leintücher, die sich dort zuhauf stapelten. Als er der Glasvitrine ein Skalpell entnehmen wollte, zögerte er, fuhr suchend über die in Reih und Glied vor ihm sich präsentierenden Werkzeuge und ergriff schließlich das schlichte Skalpell, das er nie zuvor benützt hatte. Dann wandte er sich – die Augen wieder geschlossen – neuerlich dem Seziertisch zu, indem er sich mit kleinen tastenden Schritten annäherte, bis er ihn mit seinen Hüften berührte. Hätte ihn Brünner dermaßen unsicher und zögerlich gesehen, so wäre es befremdlich gewesen. Aber Baltrow war weiter denn je von irgendwelcher Rücksichtnahme auf Äußerlichkeiten entfernt, vielmehr bedeckte er – die Augen nach wie vor geschlossen und sich vorsichtig an ihren Konturen entlang tastend – mit dem einen Tuch ihre Scham. Mit einem kleineren Tuch verhüllte er sodann ihre Brüste, nur die Beine und das starr nach oben gewandte Haupt ließ er unbedeckt. Das Skalpell legte vor sich an die Kante des Seziertisches.

Dann öffnete er seine Augen. So, wie er sie sah, war auch seine Erinnerung.

Ihre wächsernen Beine waren schlank, die Formen waren elegant geschwungen. An ihrer Unterseite hätte er die Totenflecken sehen müssen, jene marmorierten, rötlich-lividen Verfärbungen, die vom abgesackten, aus den Adern entwichenen Blut stammten und die die sicheren Beweise der Lebensbeendigung waren. Er konnte sie aber nicht erkennen, da das Neonlicht über ihm gerade dorthin dunkle Schatten warf. Ihre Bauchdecke war nicht vorgewölbt, nicht aufgetrieben, wie es durch die Dauung der Darmbakterien hätte geschehen müssen, sondern leicht nach innen geschwungen. Sie war immer grazil gewesen, trotz der unvorteilhaften weißen Dienstmäntel hatte man dies immer sehen können. Auch der Nabel, der bei Lebenden durch seine zarte ebenmäßige Vertiefung immer die Weichheit der Bauchdecken anzeigte, war bei ihr nicht verstrichen, ja die Haut war nicht wächsern verdickt, wie es als untrügliches Zeichen des entwichenen Hautwassers galt. Sein Blick wanderte weiter, über das grüne, ihre Brüste bedeckende Linen hinauf zu ihrem Gesicht.

Seltsam, wie die Physiognomie noch erhalten war. Ihr Gesicht war nach oben zur Kellerdecke gewandt, ihren Lippen fehlte die Blässe. Und ihre Augen waren nicht geschlossen, die Lider nicht zum Spalt geweitet, wie sich in solcher Mittelstellung der erschlaffte Muskeltonus oftmals fixierte, sondern sie waren geöffnet und klar. Der trübe Film der Gebrochenheit fehlte vollkommen. Sie schien nach der Decke zu blicken oder darüber hinaus, und er gedachte ein Staunen darin zu sehen, da die Augenbrauen hochgeworfen, der Mund etwas auseinander gezogen schien. Auch im Tode hatte dieses Antlitz etwas von Wahrhaftigkeit an sich. Es hätten auch die Gesichtszüge einer Erleuchteten sein können. Als er einen Schritt zurücktrat, vermeinte er im kalten Lichte plötzlich etwas von Erwartung zu sehen: Ein Antlitz der Unausgesprochenheit, dachte Baltrow, ein Gesichtsausdruck eines fehlenden Abschlusses. So, als ob an ihren Lippen ein Wort, eine Erklärung wartet.

Die Traurigkeit schwächt meine Wahrnehmung, dachte er, die Müdigkeit gaukelt mir Unmögliches vor.

Unbemerkt hatte sich derweil eine einzige Fliege an der Kante des Seziertisches niedergelassen. Dort nahm sie eine Position ein, die ihr die fortwährende Beobachtung des Leichnams ermöglichte. Starr und ohne die geringste Änderung ihrer Haltung war sie einfach nur da und machte auch keine Anstalten, vor Baltrows nestelnden Händen wegzufliegen oder sich verscheuchen zu lassen. Ihr Gebaren war das einer gewissen Vertrautheit, und der Umstand ihrer vollkommenen Bewegungslosigkeit schien das Verhalten von höchstem Interesse zu sein. Würde Baltrow sie bemerken, so hätte ihn ihre Anwesenheit angesichts hunderter anderer vor der Kellerluke lauernder Fliegen verwundert, und er hätte sich gefragt, was die anderen angesichts des löchrigen Insektengitters abhielt, ebenfalls in den Seziersaal vorzudringen. Aber sein Blick war konzentriert, und nichts anderes interessierte ihn mehr als der Leichnam der jungen Frau vor ihm.

Er schob einen Stuhl vom nahen Schreibtisch heran und setzte sich neben sie. Sein Atem strömte heiß zwischen der Gesichtsmaske und seinen Wangen, sein Herz begann abermals zu pochen. So neben ihr sitzend betrachtete er sie.

In diesen Momenten liebte Baltrow mit einer unendlichen Intensität. In der Ausschließung ihrer realen Erfüllung lag jene letzte Steigerung, die er für das Ideal seiner Liebe noch benötigt hatte. Alles, was sich nun begab, war der Grenzenlosigkeit seiner Fantasie überlassen. Er schloss neuerlich seine Augen und es wurde ihm warm.

Dann erhob er sich ruckartig von seinem Stuhl. Es war das erste Mal, dass er sie berührte, wenngleich auch zwischen seinen warmen Fingern und ihrer bleichen Haut sich die dünne Schicht der Latexhandschuhe befand. Dennoch spürte er, dass sie kaum kalt war, als er mit Daumen und Zeigefinger seiner linken Hand die Haut ihres Bauches spannte. Er merkte, wie seine rechte Hand zitterte, als er das feine Skalpell aufnahm. Im Moment der Bewegung hielt er inne. Ein heftiger Widerstand hinderte ihn, es zu tun. Er stützte sich an der Kante des Seziertisches ab und atmete schwer. Schweißperlen schossen auf seine Stirn. Auf der Brust lag plötzlich das Gewicht der Welt und zerdrückte sein Herz, seine linke Hand krallte das Gewand darüber zusammen.

»Verletze mich bitte nicht!«

Er fuhr entsetzt zurück.

»Erschrick nicht! Ich bin noch hier, denn mich halten deine Gedanken fest. Ich bin dort, wo du deine Ahnungen hattest. Es ist das Zwischenreich.«

Sie hob ihre Hand und strich ihm zärtlich über sein schütteres Haar.

»Ich sehe dein Entsetzen. Beruhige dich. Diese Erfahrung kann nur machen, wer sich auf dem Weg befindet. Wir sprachen doch oft über den Tod, wie er erfolgte, ob plötzlich oder langsam. Du hattest Recht. Es gibt diesen Ort. Ich bin jetzt dort und bin dadurch noch bei dir. Und ich bin gerne bei dir, denn es bedarf dazu der starken Liebe zueinander.«

Sie richtete sich auf dem Tisch auf und hielt anmutig das grüne Laken über ihren Oberkörper. Sie lächelte dabei und sah ihn unentwegt an. Ihre Beine schwang sie über die Kante und saß nun vor ihm, die braunen Haare über beide Schultern wallend. Nie hatte er deren Pracht so ungezähmt gesehen.

Er wich zurück und war sprachlos. Mit zittriger Hand löste er seinen Mundschutz, mit der anderen entfernte er die Kopfbedeckung.

»Es ist nicht möglich«, stammelte er.

»Doch, ich bin hier. Fühle mich.«

Sie fasste nach seiner Hand und legte sie an ihren Hals. Er war warm, und durch die Latexhandschuhe hindurch spürte er den Puls ihres Herzens.

Ihm war heiß und er zerrte seinen Kittel nach vorne weg, sodass die Schnüre rissen, und wischte sich mit dem grünen Leinen den Schweiß von der Stirn.

»Das ist doch alles nicht wahr! Sag mir, wo bist du? In einem Zwischenreich?«

»Ja, ich will es so benennen. Es ist kein Reich im üblichen Verständnis, es hat keine Grenzen, auch keine regelnden Gesetze oder Verbindlichkeiten. Es ist vielmehr ein Gedanken- und Seelengebilde und gebiert sich immer neu aus eigenen Träumen und Sehnsüchten – und aus unvollendeten Plänen des verlorenen Lebens. Man ist dort immer alleine oder höchstens zu zweit, wie wir beide. Gib mir bitte etwas zum Anziehen, mir ist doch kalt«, lächelte sie weiter und strahlte Gewissheit aus.

Er eilte, taumelte schnell zu seinem Spind im Nebenraum, nicht ohne sich währenddessen umgedreht zu haben, um sich ihrer Anwesenheit zu versichern. Er brachte ihr seinen Trenchcoat, den er dort aufbewahrte als kaum benütztes Kleidungsstück. Sie stand immer noch neben dem Tisch, er aber umhüllte sie schnell mit seinem Mantel, während sie sich umdrehte und das grüne Linnen fallen ließ.

»Du sprachst immer von der Hinterseite des Lebens, die du als Pathologe betrachtest. Es ist eine zweidimensionale Ansicht. In diesen Augenblicken fügt sich mir noch die dritte Dimension der Überschau hinzu. Ich überblicke mein Leben und dessen Ende. Mit einem äußerst breiten, weiten Betrachtungswinkel und mit der Möglichkeit zugleich, Teile davon zu vergrößern wie mit einer Lupe. Scharf und vom Hintergrund klar herausgelöst und beliebig justierbar nach allen Richtungen, wenn du so willst, nach allen Begebenheiten meines Lebens. Und auch deines Lebens. Zumindest was deine letzten Jahre anbelangt. Der Blick noch weiter nach vorne ist allerdings auch mir verwehrt, und der einzig variable Faktor ist der der Zeit. Sekunden können hier Ewigkeiten, die Stunden nur Augenblicke sein. Die Zeit ist manipulierbar, dehnbar, und wie ihre Sequenzen abzuändern sind, so kann auch über beliebige Zeitpunkte willkürlich verfügt werden. Ihre Einheiten, die wir Augenblicke, Sekunden, Tage und Jahre nennen, sind frei austauschbar. Es ist möglich, mit ihr zu spielen wie mit einem Filmprojektor, dessen Schalter uns die Dehnung, Raffung und beliebige Wiederholung erfolgter Geschehnisse erlauben. Du kannst Momente zurückholen, Ausschnitte nebeneinander stellen, aber vor allem Geschehnisse austauschen und neu aneinander reihen. Du gestaltest somit eine neue, andere, vielleicht bessere Linie der Zeit, deren Richtung du nun neu vorgibst. Es gibt somit keine Wirklichkeit, keine einzige Wirklichkeit, sondern vielmehr viele Wirklichkeiten. Solche, die dir genehm und solche die dir verbesserungswürdig sind. Du kannst ungeschehen machen, du kannst verhindern, verzögern oder beschleunigen, und kannst du die Zeit ändern, so änderst du auch den Lauf der Geschehnisse. Du wirst ein Meister deines oder des Schicksals anderer. Allerdings nicht in der alten, sondern in einer anderen, neuen Realität.

»Wer gelangt dorthin? Wer bestimmt diese Destination?«

»Deine Subjektivität, die Intensität der Zuneigung irgendeines Menschen – und die nicht durchgeführten Vorhaben in deinem Leben. Ich bin nicht das einzige Wesen, das solches erlebt – nein, nicht erlebt, sondern erfährt. Es ist den wenigsten möglich, nur solchen, die sehr benötigt werden.«
»Wer benötigt dich?«
»Du vielleicht. Die Durchführung, Beendigung einer großen Sache vielleicht. Kleine Kinder, geliebte Menschen, alte, pflegebedürftige Menschen. Der stärkere oder schwächere Lebenssinn entscheidet dies.«
»Das verstehe ich nicht. Der Lebenssinn ist für alle Menschen der gleiche.«
»Da hast du Recht. Die Sinngebung liegt aber während der Lebenszeit im Ermessen des Einzelnen. Nur das ist entscheidend.«
»Ich ahne, was du meinst.«
»Viele treten von der Bühne ab, ohne ihren Part zu Ende gespielt zu haben. Nichts ist untröstlicher, als etwas unvollendet zu hinterlassen. Jenen, denen das Lebenswerk, eine Idee oder ein Vorhaben sehr viel bedeutet hat, wird im Zwischenreich Zeit und Raum zur Verfügung gestellt, es zu beenden. Mit ihm vor allem geistig abzuschließen. Freilich kann dort kein Haus mehr vollendet werden, kein Bild zu Ende gemalt und der wärmende Herd nicht mehr ausgeschaltet werden. Es ist vor allem der letzte Ort, um die Idee irgendeines Planes zu Ende zu denken, aber auch seine im Leben nicht mehr gewährten Aspekte auszukosten. Es ist ein Reich der versäumten Möglichkeiten, der Korrekturen und der Optionen. Ein Ort des Konjunktivs und der letztmöglichen Realisierung. Die ewige Frage ›Was wäre, wenn?‹ kann hier mit den Spielarten eigener Fantasien variabel und vielgestaltig bis zur Wunschlosigkeit durchlebt werden.«

Als sie ihn noch immer lächelnd, aber auch prüfend und fordernd ansah, umarmte er sie plötzlich und drückte sie heftig an sich, lang und innig. Der Boden unter ihm wurde leicht, und das Kellergewölbe verschwand in einem nebeligen Dunkel.
»Was sollen wir jetzt tun?«
»Wir gehen fort. Nur heute.«
»Wo sollen wir denn hingehen?«
»Nur fort. Wir haben uns immer nur in diesem Keller gesehen. Beide bei künstlichem Licht uns nacheinander gesehnt, gerne miteinander gesprochen, ich dich nicht nur bewundert.«

Er hielt sie immer noch umschlungen. Er atmete ihren Geruch nach Erde und nach Wind und strich mit seinen Händen immer wieder durch ihre Haare.
»Warum bist du die letzten Tage nicht mehr zu mir gekommen.«
»Und warum hast du mich nicht einmal angerufen?«
Er schüttelte seinen Kopf. »Es bin es nicht gewohnt, um jemanden zu werben. Außerdem bin ich doch kein Mann zum Gernhaben. In diesen Dingen habe ich so wenig Erfahrung. Ich getraute mich nicht, dir zu nahe zu treten. Ich war mit meinen Gefühlen zufrieden genug. Zumindest glaubte ich dies. Was ist nun gestern wirklich passiert?«
»Später, später werde ich dir es erzählen. Wir haben nicht viel Zeit.«

»Nicht viel Zeit? Ich bin verwirrt.«
»Ich glaube es dir. Aber ich möchte vorerst von diesem Ort weg. Noch heute Abend. Nun, wohin gehen wir?«
Er ließ sie los, hielt nur ihre linke Hand und schüttelte seinen Kopf.
»Ich habe kein attraktives Zuhause. Du weißt, wer ich bin. Ein müder Pathologe, geschätzt als wissenschaftlich arbeitender Kollege, der das ärztliche Gewissen verwaltet und den du ursprünglich auch als solchen aufsuchtest, ertragen als Bewerter aller Therapien, die in diesem Hause gemacht werden und geduldet als seltsamer Kauz, der Bonmots verstreut und listig das Treiben über ihm analysiert. Mein Zuhause ist daher nicht einladend, nicht heimelig, es hat das verwahrloste, nüchterne Ambiente einer Junggesellenbude. Gehen wir zu dir. Ich folge dir überall hin.«
»Überall hin?« Bei seinen letzten Worten sah sie ihn mit ernsten großen Augen an, lächelte aber dann sofort wieder. »Komm jetzt, es eilt!«
Die Kantine im Erdgeschoss der Klinik hatte keinen Betrieb mehr, als sie sie passierten, und die junge Besitzerin reinigte müde den Boden. Sie hatte Baltrow nicht registriert, als er mit Sarah Lawerth Hand in Hand an der weit geöffneten Glastür vorübermarschierte. Er hatte nicht die geringste Scheu empfunden, seine Zuneigung so öffentlich mit dieser innigen Geste zu demonstrieren, und niemand schien von ihnen Notiz genommen zu haben.
Auch der Pförtner schien durch sie beide hindurchzublicken, obwohl sich ihre Blicke gekreuzt hatten. Wahrscheinlich war er gedankenabwesend oder blickte in das Fernsehgerät unterhalb des Telefonpultes, denn bis jetzt hatte er immer noch ehrerbietig, oft sich beinahe verbeugend gegrüßt.
»Niemand sieht uns! Sind wir denn unsichtbar?«
»Wir sind noch da, aber nicht für jeden zu erkennen«, meinte Sarah, und ihr Lächeln war diesmal mehrdeutig.

Ihnen schlug das Abendrauschen einer Großstadt entgegen. Die Luft war sommerlau und füllte seine Lungen, verdrängte den Mief seiner Arbeitsstätte. Die Autos mit eingeschalteten Lichtern, die Straßenbahn mit dem metallenen Quietschen summierten sich zur nicht verebbenden Tonvielfalt einer hektischen Montagnacht. Die Rasenflächen vor dem Klinikeingang atmeten dennoch schon die erste Feuchtigkeit, und Baltrow genoss seit langer Zeit zum ersten Mal die anders erhellte Dunkelheit. Buntes, nicht monochromes Neonlicht tauchte die Häuserfronten in seinen Abschein.
Sie befanden sich auf einer belebten Einkaufsstraße. Er konnte sich aber nicht ihres Namens entsinnen. Wann hatte er denn schon solche Spaziergänge unternommen, wo er doch sonst nur schnell mit dem Taxi in seine Wohnung am Stadtrand zu gelangen trachtete? Er hatte seinen Arm um ihre Schulter gelegt, und sie fasste ihn um die Hüften. Sie gingen an hell erleuchteten Schaufenstern vorbei, an Cafés und Restaurants, in welchen das Leben pulsierte. Sie sahen glückliche Gesichter, besorgte und verzweifelte Mienen in einem Heer unbekannter Schick-

sale. Gelöste Hektik und rastloser Müßiggang, dachte er. Er sah andere Pärchen genauso gehen, niemals zuvor war ihm dies aufgefallen. Stundenlang schlenderten sie so durch die Stadt und immer tiefer in die Nacht hinein, allmählich vorbei an dunkleren Eingängen, durch engere Straßen, etwas bergauf und etwas bergab, durch winkelige Kurven, über kleine Plätze und Parkanlagen mit schummriger Beleuchtung, schließlich ohne irgendeine Menschenseele um sich herum.

»Wir sind hier. Bei mir. Schon ziemlich außerhalb der Stadt, da ist es ruhiger«, wandte sich Sarah ihm zu und zog sein Gesicht an das ihre.

Er stand vor einem eingeschossigen Haus, das sich in vollkommene Dunkelheit hüllte.

»Wohnt hier niemand sonst?«

»Nein, nur ich. Und du heute. Es gehörte meiner Familie.«

»Deiner Familie? Was ist mit ihr passiert?«

»Es gibt sie nicht mehr.«

Er wurde wieder an die unwirkliche Situation erinnert, in der er sich befand.

Sie standen beide nun in einem Flur, an dessen lang gestreckten Ende sich ein Bogen gegen den Abendhimmel der Stadt abgrenzte.

»Vorsicht, das Licht funktioniert nicht. Du musst wissen, dass ich mich hier nicht nur auskenne, sondern dass ich auch in der Nacht sehen kann, wie die Katzen. Halte dich an mir fest.«

»Tue ich das nicht die ganze Zeit?«, lächelte er und dachte dabei an die frühesten Pennälerstreiche, die immer heimlich, oft im Dunkeln und jeweils unter Vermeidung von irgendwelchen Geräuschbildungen stattgefunden hatten. Die Dunkelheit hatte damals stark gemacht, Schüchternheit verborgen und Peinlichkeiten ferngehalten.

Heute, an diesem Abend war er von irgendeiner Beklommenheit ferner denn je, nur gespannt war er und voller Sehnsucht und körperlichem Verlangen.

Unsicher und stolpernd gelangte er über eine schmale Treppe an eine Tür, vor sich immer noch die Hand von Sarah, die ihn mehr zog als leitete. Er hörte einen Schlüssel im Schloss, dann erfüllte sich der Raum mit Licht. Nein, es waren viele Lichter, die wie von Geisterhand sich entzündeten.

»Willkommen in meinem Weltreich!«, lachte sie und machte dabei eine ausholende, präsentierende Handbewegung.

Vor ihm breitete sich ein Biotop der Unwahrscheinlichkeiten aus. Ein Ambiente der hallenden Großzügigkeit und Fantasie. Er stand in einem Entree auf einem matt glänzenden Holzparkettboden, umrahmt von auf grünem, samtenem Brokat haftenden Landschaftsbildern, die ein schwerer Goldrahmen einnahm, beleuchtet von Spitzlichtern, die wie die Sterne des Himmels an der Decke prangten. Als er weiterging, war er aber vor allem gefangen von der Andersartigkeit der Welt, die sich vor ihm auftat. Sarah hatte eine Schiebetür aus Glasvliesen mit behänder Leichtigkeit bewegt, und gleichzeitig erstrahlten hunderte von Lichtern.

Lichter von schweren Lüstern, die mit unzähligen, funkelnden Glaskristallen behangen waren und aus dem hohen Dunkel einer Decke irgendwo an den Boden herabhingen. Lichter von Kandelabern, die auf schlanken Tischen an marmornen Wänden standen und einen hallenden Saal mit ihrem flackernden Schein bestrahlten. Schwere gediegene Möbel umsäumten einen Tisch, der lang gestreckt und gleichzeitig so breit war, dass er einer Fülle von Porzellangeschirr Platz gab. Zwischen Rosensträußen bestrahlten zwei schlanke Kerzen die gedeckte Festlichkeit mit ihrem warmen, roten Schein. Von irgendwoher drang Musik von Violine und Harfe und Spinett. Ihre Töne waren silbrig und umhüllten zart sein Gehör. Seinen Lebtag nicht hatte Baltrow sich an Musik ergötzt, dennoch vermochte er die Harmonie dieser Töne zu empfinden. Es waren Räume voller Gediegenheit. Zeitlose Einrichtungsgegenstände, die gepflegt werden wollten, und Stoffe, die der Betreuung bedurften. Und er stand am Rande dieses großen Saales auf einem schweren Teppich von roter Farbe, der einen granitenen Boden bedeckte. Es war merklich kühler geworden.

»Ist das dein Zuhause?«

Baltrow trat durch den Wohnsalon zu einem der Fenster und versuchte einen Blick durch die Seidengardinen zu tun, aber draußen war nur bläuliche Nacht. Ein Garten musste da unten irgendwo sein.

»Man sieht von der Stadt nichts, keine Häuserkonturen und nicht einmal Lichthöfe am Himmel.«

»Kannst du auch nicht. Da draußen ist nur grünes Dickicht. Morgen, zum Sonnenaufgang, zeige ich dir den Garten. Er ist verwildert. Ich sehe dich übrigens das erste Mal nicht in deiner gewohnten Umgebung.«

»Findest du mich hier anders? Ich sehe dich erstmals nicht in der weißen Spitalstracht. Nur in meinem Mantel.«

»Oh, ich vergaß. Lass ihn mich noch tragen.«

»Wie weit sind wir denn gegangen?«

»Sehr weit, wir sind aber noch nicht angekommen.«

»Ich will heute nicht mehr gehen. Ich bin müde.«

»Wir werden dennoch weitergehen, aber so, dass du deine Füße nicht mehr heben musst. Manche Wege sind mit ihnen nicht zu beschreiten.«

Baltrow konnte seine Überraschung nicht verbergen.

»Wohin hast du mich geführt?«

Er wollte sich seines Jacketts entledigen, aber Sarah legte ihre Hand auf seinen Unterarm.

»Warte noch, ich führe dich weiter.«

Sie schritten beide zum Tisch und Sarah hieß ihn, sich zu setzen.

»So wohnt doch kein Mensch heutzutage mehr!« Seine Überraschung war so ehrlich, dass er diesen Satz hinausgerufen hatte. »Zumindest nicht jemand, der einer geregelten Arbeit nachgehen muss. Du wohnst in einem Schloss und ich habe beim Eintreten von außen keines wahrgenommen. Die äußeren Umrisse passen doch gar nicht zu diesen Hallen. Wo bin ich nun wirklich? Sind das die Bauwerke des Zwischenreiches?«

»Wer baut die Mauern unserer Heime? Wer schafft uns Paläste und Schlösser? Wer schenkt uns Kathedralen und Paradiese? Armut und Reichtum sind hier nicht die Baumeister. Die Armseligkeit unserer Gedanken noch weniger. Frage mich nicht nach der Herkunft. Für heute gehört es uns beiden. Nimm Platz und genieße die Speisen.«

Er setzte sich an das eine Ende des Tisches, während Sarah aus einem angrenzenden Raum einen Servierwagen schob. Sie entfernte die schweren silbernen Abdeckungen und breitete köstliche Speisen dar, die so verlockend waren, dass der Anblick schon die Geschmäcker keimen und der erste Duft die Wässer des Mundes zusammenlaufen ließ. Baltrow hätte aber nicht konkret die Köstlichkeiten zu benennen vermocht. War es Fleisch vom Wild, zart und dunkel, garniert mit Beeren aus irgendwelchen Wäldern, oder war es Fisch, weiß und flockig mit dem Duft des Meeres noch daran? Und waren es bunte Beilagen aus grünen Gärten, oder waren es exotische Früchte aus fernen Ländern, saftig und süß, kühlend und erquickend?

Er genoss das Wohlgefühl, als er die ersten Bissen erschmeckte und eine müde Behaglichkeit ihn umfing. Aus einem schlanken Kristallglas trank er Wein von rubinroter Farbe, schwer und herb, und er spürte das Anfluten von schwebender Leichtigkeit.

»Lasse dich treiben, lasse dich gehen, bis dir irgendetwas die Bewegung nimmt«, sagte Sarah. »Wir sind an einem Ort, wo alle Uhren still stehen und jeder Takt verstummt. Nichts fließt mehr, und die Augenblicke sind Unendlichkeiten im gleichen Maß, wie die Gleichzeitigkeit in sich die Kontinuität birgt. Die Zeit hat hier kein Maß, Begriffe haben nicht ihre Bedeutung. Der Stillstand ist zugleich die Bewegung, die Dynamik erfüllt die Beharrung. So wie die Kürze mit der Länge verschmilzt, wie die Höhe sich in der Tiefe verliert, so ist auch die Weite dieses Raumes hier seine Beengung zugleich. Es ist die letzte Station unseres Weges, ein Ort ineinander verwobener Dimensionen, in welchen nur eine Konstante verblieben ist: die unseres Willens, unserer Träume und vor allem die unseres Glaubens. Das Zwischenreich verzichtet vollkommen auf Äußerlichkeiten und gestaltet sich durch die Ideen und Träume seiner zeitweiligen Bewohner. Das Alter eines Menschen ist hier unbedeutend, relevant ist die Reife der Gedanken. Die Begriffe Schönheit und Attraktivität ersetzen sich hier durch die Qualität und Kühnheit des Intellekts. Alles Materielle unterliegt der augenblicklichen Eingebung und ist daher wandelbar, austauschbar wie ein Rock oder ein Mantel. Deine augenblickliche Imaginationsfähigkeit bestimmt den Charakter deiner Umgebung, alte, tief empfundene Vorstellungen bewirken das Ambiente.«

»Wir sind in einem Schloss, warum gerade hier?«

»War es nicht immer dein Traum, die Altehrwürdigkeit zu pflegen. Mauern so dick, dass sie lange überdauern, Räume so groß, dass alles in ihnen Platz findet, und das Mobiliar so gediegen, dass keine Vergänglichkeit sich seiner bemächtigt. Die Schlösser und Burgen sind die real gewordenen Entsprechungen deiner Gedankenqualität. Fest, unerschütterlich und wie ewig. Daher bist du hier.«

»Und du? Warum bist du auch hier.«

»Weil ich es ebenso halte. Es ist unsere Verwandtschaft, die Ähnlichkeit unser beider Bestimmungen. Ich besuchte dich nicht mehr in deinen Kellerräumlichkeiten, weil ich Angst empfand. Den Schritt hinauszutun aus meiner selbstgefälligen Situation, die da hieß, sich selbst zu verwirklichen und all jene Stimmen des Herzens zum Verstummen zu bringen, die den geplanten Weg kreuzen könnten.«

»Es ist absurd, dass wir uns außerhalb der alten Wirklichkeit nun treffen müssen.«

»Es ist doch gleich, wo es passiert.«

»Mir liegen dennoch viele Fragen auf der Lippe. Weißt du, wie schwer es ist für jemanden, der das Sammeln von physikalischen, nachvollziehbaren, messbaren Fakten und deren Interpretation zur Lebensaufgabe gemacht hat, hier zu schweigen? Ich leide momentan unter der Diskrepanz zwischen wunderlichen Wahrnehmungen und dem völligen Fehlen von Erklärungen für dieses. Die Fragen, die mir auf der Zunge liegen, quälen mich, ich fühle mich aus meinem sicheren Keller entfernt und habe mich auf ein vages Terrain begeben. Die einzige Vertrautheit an diesem wunderlichen Abend bist du! Und du strahlst eine Sicherheit aus, die mich zugleich wieder beruhigt, obwohl ich nicht weiß, worauf sie sich begründet.«

»Nimm es so, wie du es empfindest. Interpretiere nicht, analysiere schon gar nicht, damit würdest du dich noch mehr quälen. Lass die Fragen einfach unbeantwortet. Es ist eines der Geheimnisse des Glücks.«

»Hat das Glück denn Geheimnisse?«

»Das muss es wohl, sonst würde es allen Menschen eigen sein. Es ist allerdings nicht zu erlangen wie irgendein Besitz, und es wird auch nie zum Eigentum, da es ja nicht käuflich ist. Es ist ein Zustand unserer Selbstsicht und Selbstverständnisses, flüchtig und kostbar durch seltene Dauerhaftigkeit.«

Baltrow hatte das Glas leer getrunken und dachte nach. Der Wein war vermutlich ein Franzose. Nur Franzosen konnten dieses Wohlempfinden vermitteln. Seine Glieder waren schwer, und er fühlte sich nicht in der Lage, das Wesen des Glücks hier an dieser Stelle zu ergründen. Aber – und dies schien ihm wunderlich – möglicherweise war dieser momentane Zustand, in welchem er sich befand, ein Teil des universellen Glücks schlechthin. Denn wenn er seine trägen Gedanken vorantrieb, so konnte er sich vorstellen, immerzu in diesem Zustand zu verweilen. Weil er momentan keinen einzigen Gedanken an irgendein Vorhaben, an irgendeinen Plan verschwendete. Ja, das könnte es sein: der Zustand der vollkommenen Selbstgenüge.

Er hatte sein Mahl mit köstlichen Früchten beendet.

»Du bist nun müde geworden«, sagte Sarah. Sie hatte ihn die ganze Zeit über unentwegt angesehen, ohne eine Speise angerührt zu haben.

»Du hast nichts gegessen?«

»Ich habe schon Nahrung zu mir genommen. Komm, wir gehen weiter.«

Sie war den langen Tisch entlang zu ihm gekommen und nahm Baltrow an der Hand. Um ihn herum war der Saal in ein diffuses Dunkel getaucht, das Beleuchtungsarrangement hatte sich geändert. Durch einen hölzernen Türbogen kamen sie in eine Bibliothek, deren Regale bis an eine getäfelte Decke reichten. Es waren keine Bücher, sondern Folianten, die da standen als Mobiliar. Eingebunden in dickes Leder, bedruckt mit Goldschrift und dem Raum einen unvergleichlichen Duft nach altem Wissen gebend. Die Regale fügten sich um einen Kamin, dessen oberes Gesimse mannshoch war und in dem ein Feuer flackerte, gespeist von großen Holzscheiten. Davor stand ein englisches Ledersofa, auf dessen Oberfläche sich die Flammen matt spiegelten. Baltrow ließ sich hineinsinken und umfasste Sarah mit seinem Arm. Sie wirkte zart, er spürte ihre warmen Schultern durch das dünne Gewebe seines Trenchcoats hindurch. Sie hatte ihn immer noch nicht ausgezogen und schien seine Gedanken augenblicklich zu erraten.

»Ich komme gleich zurück. Ich habe darunter ja nichts an. Ich muss mich noch umziehen.«

Während Sarah irgendwohin entschwunden war, betrachtete er die Bücher. In diesen Augenblicken, da sie nicht bei ihm war, quälten ihn wieder die analytischen Gedanken. Wo war er denn nun wirklich gelandet? In den trügerischen Landschaften des Alkoholrausches? In einem verlorenen Winkel seiner geheimen Sehnsüchte? In einem Tagtraum oder gar auf einer anderen, zusätzlichen Ebene seiner Persönlichkeit, die sich abgespalten hatte vom alten Baltrow? Sarah hatte von einem Zwischenreich gesprochen, aber das war nur eine müde Metapher für diesen seinen realen, äußerst vitalen Zustand einer erquickenden Befindlichkeit.

Das knisternde Feuer wurde lauter. Ein Urgeräusch war es, das seine Gedanken einstimmte, und zu seinen alten Geräuschen verbreitete es altes Licht und rötlichen Feuerschein. Gedanken von früher stiegen auf wie der Rauch der Flammen. Sarah hatte sich längst wieder neben ihn gelehnt und seine Hand mit der ihren sanft um ihre Schultern gelegt. Sie fühlte sich wärmer an, denn der Stoff, der sie nun umhüllte, war aus feiner Seide und duftete nach einem Parfum, das er von irgendwoher schon kannte.

Es war dasselbe Parfum, das seine Frau benutzt hatte, unzählige Jahre zuvor.

»Ich war schon einmal verheiratet.«

Sarah war nicht überrascht. »Ich ahnte es.«

»Du wusstest dies?«

»Ich habe es angenommen. Du weißt, meine Sensibilitäten sind intensiver. Erzähl davon!«

»Du hast mich einmal nach den Motiven meines Berufswechsels gefragt. Ich erzählte dir damals nicht alles. Ich wollte es dir nicht bewusst verschweigen, eher habe ich es verdrängt oder war mit dir noch nicht so gut bekannt. Niemand kennt dieses dunkle Kapitel aus meinem Leben. Möglicherweise war es ein Fehler, es niemals auszusprechen, denn so belastete es mich mit schlechten Träumen. Noch eine lange Zeit, nachdem es passiert war. Ja, ich war verheiratet. Meine Frau half mir während der ersten Jahre meiner landärztlichen Tätigkeit. Ich war so damit beschäftigt, dass ich nicht merkte, wie sie schmaler und blasser wurde. Aber das Klagen war nicht ihre Sache, sie wollte – wie das ja aus falscher Rücksichtnahme öfters vorkommt – mich damit nicht auch noch belasten. Kurzum, ich selbst hatte zwar bei ihr die Gewichtsabnahme auch bemerkt, führte sie aber auf eine allgemeine Erschöpfung durch zu viel Arbeit zurück. Ich bagatellisierte noch zusätzlich ihre Beschwerden wie Müdigkeit, Kraftlosigkeit und nächtliche Schweißausbrüche, was ansonsten – wäre sie ein mir unbekannter Patient gewesen – sofort meine Aufmerksamkeit geweckt hätte. Ich erinnere mich noch genau: Es war während eines Hausbesuches, als sie mich mit dünner Stimme über den Funk anrief. Ich sollte heute vielleicht doch früher kommen, es ginge ihr nicht besonders gut. Selbstverständlich wollte ich sofort nach Hause fahren, um nach ihr zu sehen. Aber als ich zum Auto eilte, kam mir die Nachbarsfrau des Hauses, in dem ich die Visite getätigt hatte, wild gestikulierend entgegen. Was für ein Segen, dass sie mich hier anträfe, ihr Mann sei eben gerade zusammengebrochen. Ich kannte ihn als wüsten Trinker, dem der hektoliterweise gesoffene Wein den Herzmuskel erweicht und die Leber gehärtet hatte. Er läge regungslos auf dem Küchenboden, sei während des Zeitungslesens zusammengebrochen. Da ich seine Vorgeschichte kannte, dachte ich an ein Kammerflimmern oder eine *vita minima*, da die Pupillen noch eng waren. Ich begann sofort mit der kardiopulmonalen Reanimation, intubierte ihn, setzte einen Venenverweilkatheter, infundierte, injizierte und beatmete ihn nach allen Regeln der Kunst, massierte sein Herz, als hätte ich hundert Hände. Über mir die hysterisch schreiende Frau, den Anruf meiner eigenen Frau hatte ich aber in diesen Minuten vollkommen vergessen. Bis zum Eintreffen der Rettung – ein Notarztsystem mit anfahrendem ausgebildeten Notarzt an Bord gab es damals noch nicht – verging mindestens eine halbe Stunde. Ich fuhr also ins nächste Krankenhaus mit, den leblosen Körper des Trinkers zumindest mechanisch am Leben erhaltend. So übergab ich ihn damals dann den Ärzten im Krankenhaus. Es war, wie ich kurz darauf dann erfuhr, aber alles vergebens gewesen.«

Baltrow unterbrach seine Erzählung und richtete sich im Lederfauteuil auf, Sarahs Hand aber immer noch in der seinen haltend. Dann fuhr er fort.

»Erst als ich dann erschöpft wieder nach Hause fuhr – es mochten so an die anderthalb Stunden vergangen sein –, fiel mir der Hilferuf meiner eigenen Frau ein. Ich raste und traf zitternd und betend zu Hause ein. Ich fand sie, schon bewusstlos im Ehebett liegend. Neben ihr braunes, kaffeesatzartiges Erbrochenes, das sich bereits in die Bettwäsche gesaugt hatte, allerdings darin dunkelrote Blutklumpen.«

Sarah unterbrach ihn.

»Ein blutendes Magengeschwür!«

»Richtig, ein vom Geschwür angedautes Gefäß war geplatzt, eine kleine Arterie, die sich nicht von alleine schloss. Wahrscheinlich hatte sie schon wochenlang dahingeblutet, innerlich, und es hätte schwarzen Stuhl ergeben müssen. Als ich sie jedenfalls antraf, lebte sie noch, sie war aber nicht mehr ansprechbar, ihr Puls war nur noch ganz schwach. Ich rief abermals die Rettung, die aber wegen eines anderwärtigen Notfalles nicht sofort kommen konnte. In meiner Hektik und wahrscheinlich, weil sie durch den Schock schon kollabiert waren, fand ich bei meiner eigenen Frau vorerst keine Venen, um ihr das lebensnotwendige Volumen zu infundieren. Es verging abermals wertvolle Zeit. Schließlich gelang es mir, sie in das Auto zu tragen und auf den Rücksitz zu betten. Niemand war zugegen, um mir zu helfen, und ich weiß noch, wie ich vor Wut und Verbitterung meine Tränen hinausbrüllte. Schließlich – für mich war eine Ewigkeit vergangen – gelangte ich ins Krankenhaus, ihre erkaltete Hand die ganze Fahrt über haltend. Aber es war zu spät, ihr Leben war erloschen.«

Baltrow schwieg und blickte auf den Boden. Er spürte die Betroffenheit in Sarahs Miene, ohne sie anzusehen.

»Ich habe von damals nur mehr vage Gefühle. Aber das, was ich erlebte, hatte zweierlei Aspekte: zum einen den ungeheuren Zynismus eines so genannten Schicksals. Den durch die Trinkerei längst schon todgeweihten Mann betreute ich nach meinem Dafürhalten erstklassig, dennoch verstarb er. Einen emotional für mich völlig belanglosen Menschen versuchte ich zu retten, anstatt ihn seinem sicheren, bestimmten Schicksal zu überlassen. Was sogar ethisch vertretbar gewesen wäre. Die eigene Frau dagegen, die ja bei rascher Hilfe auf jeden Fall zu retten gewesen wäre, überließ ich ihrem keinesfalls vorherbestimmten Schicksal. Der zweite Aspekt ist die innerhalb des ärztlichen Berufes unvollkommene Wahrnehmung unseren Nächsten, unseren Liebsten gegenüber. Wie wir durch Arbeit blind dafür werden, gedankenlos und achtlos. Immerhin hatte meine Frau vorher bereits wochenlang gewisse typische Symptome gezeigt. Zu dieser Situation kam also noch hinzu, dass ich als Arzt vorher schon versagt hatte.

Ab diesem Tag fiel es mir schwer, die Krankheiten meiner Patienten ernst zu nehmen. Zum menschlichen Verlust kam das permanente Gefühl des Versagens und die Einsamkeit. Ab diesem Tag war ich nicht mehr klinisch tätiger Arzt, sondern nur mehr Beobachter und Analytiker. Meine Berufung war zu Ende.«

»Und wurde eine andere. Darf ich das Wort Zynismus noch einmal verwenden? Dadurch, dass du wissenschaftlich arbeitetest, hast du auf andere Weise an Menschen Wohltaten verrichtet. Indirekt, aber um nichts weniger wertvoll.«

»Du brauchst mich nicht zu beruhigen. Längst bin ich über diesen Vorfall hinweg, ist es doch schon an die zwanzig Jahre her. Ich habe meinen anderen Beruf überaus zu schätzen gelernt, und er hat mir bis jetzt viel Freude bereitet. Ich möchte noch einmal wiederholen, dass die Beweggründe, die ich dir vor kurzer Zeit nannte, nach wie vor ihre Geltung haben. Das auslösende Grundmotiv hast du aber jetzt gehört.«

Baltrow entsann sich der Stunden, wo er die Betrübnis von Sarah zu mindern versucht hatte, wenn sie die Stationsarbeit belastete oder sie sich den Beschwerden der Patienten gegenüber zu hilflos fühlte. Nun fand sie tröstende Worte für ihn, und so, wie er damals Wege aufzuzeigen versuchte, Rückschläge im Beruf manchmal auch als lehrhaften Gewinn zu betrachten, so fand sie nun Erklärungen zur Gemütsaufhellung und der relativierenden Bewertung.

Das Kaminfeuer war beinahe niedergebrannt, die Glut gloste und wärmte dennoch. In der Bibliothek war es dämmrig geworden. Die Wirkung des Weines hatte nachgelassen, die Gedanken an die alten Begebenheiten hatten ernüchtert, ohne zu betrüben. Baltrow bettete sein Haupt an Sarahs Hals, grub es hinein in den warmen Schwung ihres Halses zu den Schultern. Die unendliche Wohligkeit war noch da.

Er versuchte, Titel zu entziffern, aber je höher die Borde, desto diffuser das Gold der Buchstaben. Die Fragen, die ihm von Anbeginn auf der Zunge gelegen hatten, wo er sich befände, wem dies alles gehöre, die Umstände dieser Örtlichkeit und vor allem ihr Bezug zu Sarah waren allmählich unwichtig geworden. Er spürte, dass er sich aus der Kontinuität seines bisherigen Lebens herauszulösen begann, Konturen annahm und dass die Strukturlosigkeit seiner letzten Lebensjahre ein Muster zu bekommen schien, Farbe gewann, zu schimmern begann und sich belebte mit einem eigenen Puls. Das Geheimnis seines derzeitigen Aufenthaltes würde sich von selbst lösen, dessen war er gewiss, und ebenso groß wie diese Gewissheit war die Spannung auf die zu erwartende Erklärung. Die von selbst sich einstellen würde oder die er präsentiert bekommen würde von Sarah. Und sogar wenn er die Absonderlichkeit dieses Abends nie erfahren würde, sein Ende war ihm gleichgültig. Denn nur das Erkosten aller momentanen Augenblicke, das Klammern an das Jetzt, die Ignoranz aller drohenden Winkelzüge des Schicksals und das Verblassen aller Erinnerungen hatten ihre Magie. Der Zeit billigte er als kleinste Einheit diesen einen Abend zu, und sollte ihm dieser zur ersehnten Bestimmung werden, dann sollte sie zu Ende gehen. Denn für die Klarheit seiner Gedanken war seinen Sinnen zu viel Gewalt angetan worden. Aus der fahlen Pastellheit seines Kellers war er hinaufgeschleudert worden in die Buntheiten dieser Räumlichkeiten, und die Geschmacksgenüsse, die lieblichen Töne hatten ihn eingelullt in das heftige Bestreben nach gewähren lassen und bewahren. Sein alleiniges Interesse galt diesem einen Augenblick, der unmittelbar und fortlaufend neue gebärte. Die sich verdoppelten, verdreifachten und vervielfältigten zu einem Abend aus vielen Unendlichkeiten.

Baltrow hatte sich wieder aufgerichtet und hielt ihre Hand.

»Woher kommst du? Ich erinnere mich, als ich dich das erste Mal sah, vor einigen Monaten an einem Vormittag im Winter. Du warst ziemlich unsicher, da du den ersten Dienst alleine vor dir hattest. Die Sorge und die Angst standen dir ins Gesicht geschrieben, die Angst zu versagen und die Sorge vor der Bewährung. Ich weiß, alle machen dies durch, die Verantwortung empfinden können. Bei mir war es damals auch nicht anders.«

»Ich komme aus der Hauptstadt. Meine Eltern leben nicht mehr und zugunsten eines Ausbildungsplatzes habe ich diese Stelle angenommen. Es ist ja die Klinik hier ebenfalls groß, es ist eine Lehrklinik, besetzt von guten Professoren und Lehrern.«

»Hast du Geschwister? Hast du dich gebunden hier?«

»Nein, ich habe keine Geschwister. Ich war ein so genanntes Einzelkind.«

»So genanntes?«

Sie lachte.

»Ja, ein so genanntes. Ein Kind, das man verwöhnt, wie man ein Kind nur verwöhnen kann, das man liebkost, wie man nur liebkosen kann und dem man die

Welt zu Füßen legen will. Aber das ist ja schon lange her. Und ich bin dennoch erwachsen geworden und selbstständig vor allem. Und wie steht es mit dir?«

»Ach, ich war auch alleine. Aber wir waren nicht besonders begütert. Eigentlich erzog mich meine Mutter. Lang klammerte ich mich an ihren Kittel, weil ich vor allem Angst hatte. Die Welt draußen war bedrohlich durch unsere Armut. Mein Vater brachte uns mit Gelegenheitsarbeiten durch, war viel unterwegs und litt unter seiner Erfolgslosigkeit. Besonders ab jenem Zeitpunkt, da er meine Talente erkannt hatte und Angst haben musste, sie nicht fördern zu können. Ich war sehr belesen schon in jungen Jahren und isolierte mich früh von Gleichaltrigen. Freilich hatte ich auch meine Indianerspiele, meine Abenteuer in den Wäldern rings um unser kleines Haus, aber bald schon wandte ich mich eigenbrötlerischen Betätigungen zu. Das, was meine spärlichen Freunde dann gemeinsam erlebten, die frühen herantastenden Amouren, die ersten Tändeleien, diese mit viel unterdrücktem Kichern ungeschickten Beziehungsknüpfungen wusste ich mit beißendem Spott zu kommentieren. So wurde ich bald ein Außenseiter, von Freunden gemieden und selbst das andere Geschlecht meidend wegen der vermeintlichen Peinlichkeiten in Rede und Geste. Ich lernte nie das Tanzen, und Vergnügungen wie Cafébesuche, Kirta-Ausflüge oder das samstägliche Einfinden in den damals allerorten aus dem Boden sprießenden Diskotheken blieben mir fremd. Freilich hatte ich meine Träume, aber die jemandem mitzuteilen oder die vielleicht sogar gemeinsam mit jemandem zu erleben war mir missgönnt. Die Vereinsamung aber hatte auch Vorteile: Ich vergeudete nicht meine Zeit mit unergiebigen Abschweifungen, vielmehr schärfte ich meine Gedanken mit exklusivem Lesestoff, vertiefte mich in klare Wissenschaften – mit befremdenden, nassen Träumen zwischen den Beinen. Mehr um diese Unwägbarkeiten des Unterleibes zu beenden, knüpfte ich – kaum erwachsen – eine dauerhafte Beziehung, korrekt und bedacht darauf, mir seelischen Raum zu schaffen für Beruf und Interessen. Ich heiratete also. Sie war Arbeiterin in einer Fabrik, selbst blutjung und mit dem unterbewussten Drang, sich zu verbessern durch Eheschließung mit einem angehenden Akademiker. Ihre Zuneigung will ich ihr nicht absprechen damit, nein, keinesfalls, ich bin überzeugt, dass sie mich ehrlich liebte, wie ich ihr ja auch zugetan war damals mit dem, was ich an Persönlichkeit hatte. Aber solche Verhältnisse beruhen letztendlich nicht auf gleichwertiger Hingabe, sondern eher aus bewundernder Unterwürfigkeit hier und fordernder Inanspruchnahme dort. Sie arbeitete weiter in der Fabrik, finanzierte mir gleichsam mein Medizinstudium, das ich auch in kürzester Zeit hinter mich brachte. Ja, es war nahe liegend, dass wir beide – nach Absolvierung meiner Hospitalausbildung – dann eine frei werdende Praxis hier am Stadtrand bezogen. Wie es mir dann erging, hast du schon erfahren. So, ich habe dir soeben mein Leben erzählt.«

»Nicht dein Leben, sondern das, was du davon registriert hast.«

»Das ist doch das Wesentliche.«

»Mag sein für dich. Anderen hast du gegeben, was dir möglicherweise unbedeutend erschien, für sie aber Außerordentliches darstellte. Du hast deinem wissenschaftlichen Fach Verdienste beschert und vor langen Zeiten auch Menschen direkt geholfen, als du noch tätiger Arzt warst.«

Er lehnte sich zurück und schwieg.

So verweilten beide inmitten der Nacht irgendwo am Rande der Stadt, noch atmend, noch den Puls und das Herz fühlend und noch erfüllt von neuen Gedanken. Schließlich zog sie ihn aus dem Sofa und drängte ihn sanft weiterzugehen.

Baltrow schritt in eine Badehalle mit bläulichen Marmorplatten an Boden, Decken und Wänden, deren pastellene Farbe sich diffus in dem feinen Dampf löste, der den Raum erfüllte. Wasser fiel in ein großes Becken und schimmerte türkis. Als er den Raum durchquerte, ging er an einem großen, dreigeteilten Spiegel vorbei, der die ganze Breite ausfüllte. Er war beschlagen mit feinstem Dampf, doch in der Mitte war er klar und gab sein Abbild wider. Im ersten Spiegel sah er nicht den Baltrow, der ihm vertraut war. Er blickte in ein jugendliches Gesicht ohne Falten, einen Mann, dem die Haare in die Stirne hingen, wirr und kühn zugleich und von brauner Farbe. Die Umrisse seiner Statur waren schlank und aufrecht. Baltrow begegnete seiner Jugend und es erschreckte ihn nicht. An diesem Abend, in dieser Nacht, war das Ungewöhnliche längst zum Vertrauten geworden. Im zweiten Spiegel sah er sich so, wie er sich vom letzten Anblick in Erinnerung hatte: ein Endvierziger mit schütterem Haar, mit einer viel zu weit gegen die Nasenspitze gerückten randlosen Brille und mit Ansätzen zur Rundlichkeit. Als er zum dritten Spiegelteil schritt, blieb dieser leer. Er blickte genau an jene Stelle, wo ihm sein eigenes Spiegelbild hätte erscheinen müssen, vielleicht jenes, das ihn im Alter zeigen würde. So meinte er, durch sich hindurchzublicken.

Als er sich entkleidet und das Becken bestiegen hatte, umhüllte ihn dessen warmes Wasser wie ein Ozean. Seine Beine wurden leicht, seine Gelenke locker, als er sich an der Oberfläche treiben ließ. Das Wasser schlug Wellen, sie plätscherten an seine Haut, schlugen an seine Wangen, als würde er sie wie ein Schwimmer durchpflügen. Das Wasser belebte, war erquickende Lust, die ihm das Blut zirkulieren machte, seine Muskeln spannte und ihm das Herz stärkte. Er spürte Lebenskraft anfluten und alle Zellen mit Energie geladen, wie als Heranwachsender, als er tausend Elektrizitäten zu besitzen vermeinte. Die Muskeln glänzten und waren prall gespannt, als die Nässe ablief, und im Strudel der aufschäumenden Wasser, die er teilte, füllten sich seine Lungen bis zum Bersten mit Luft. Er stieß sie hinaus mit einem Schrei, der lustvoll und freudig zugleich war.

Am Beckenrand saß Sarah. Sie hatte ein Badetuch so umschlungen, dass ihr Hals und ihre Schultern unbedeckt blieben. Ihr volles Haar fiel in krausen Wellen herab, auf Nacken und Hals, bis zum Ansatz ihrer Brüste.

Mit einem behänden Satz sprang er aus dem Becken und nahm sie an der Hand. Er zog sie ins Nebengemach, kundig, als wäre er schon immer hier zu Hause gewesen. Ein Himmelbett, eines aus seinen kindlichen Träumen, füllte ein Zimmer aus, das vollkommen von wehenden Seidenvorhängen umrahmt war. Er zog Sarah, die ihn unentwegt ansah, weiter auf das Bett hinauf, zog ihr das weiße

Badetuch langsam herab. Nackt, mit makellosem Körper, lag sie vor ihm, warm, mit sich hebender und senkender Brust wartete sie, ernst, mit großen, braunen Augen blickte sie ihn an.

Und er beugte sich über sie, berührte sie mit seinem Haupt, legte es an ihren Hals und bedeckte ihre warme Haut mit seinen noch wärmeren Muskeln. Umfing sie mit den Armen, während sie ihn aufnahm in ihrem Leib. Beide versanken und entschwebten, umfangen von Lust und getragen von Entzücken.

So erfüllte sich am Ende seiner Zeit Baltrows geheime Sehnsucht nach Weiblichkeit. Unbekannt war ihm der Ort des Geschehens und nicht gewärtig war er sich des Zeitpunktes. Noch viel weniger konnte er die Dauer seiner Reise bemessen, denn er hatte jede Orientierung verloren. Die Anhaltspunkte seines Lebens hatte er hinter sich gelassen, aber er musste feststellen, dass diese Fragen nach dem Wo und nach dem Wie keinerlei Bedeutung mehr hatten. Da der Zeitfluss nach einer Richtung hin völlig ungehemmt war, nicht mehr beschränkt und beengt wurde durch Endlichkeit und Ängste, ergab sich für ihn ein Zustand grenzenloser Freiheit.

Irgendwann in der Nacht waren sie erwacht und blickten gegen einen sternenübersäten Himmel. Sarah deutete mit den Händen in die Schwärze.

»Es ist ein großartiger Raum, tatsächlich ein unermesslicher Gedankenraum, wie es nichts Vergleichbares gibt. Als unendlicher Bogen spannt sich der Himmel über uns. So weit und so tief, dass er tagsüber mit seiner diffusen Bläue, mit seiner wolkigen Undurchdringlichkeit nicht unser Interesse hat. Nur des Nachts, wenn er klar die Sterne freigibt, wenden wir uns ihm zu und werfen manchmal den Blick auf unsere eigenen Grenzen. Noch niemand hat ihn durchmessen und niemand wird je von dessen Ende erzählen können. Denn die Grenzen sind unsere eigenen, die unseres Geistes und unserer Vorstellungskraft.

Als wir noch Kinder waren, hatte er, wie vieles Selbstverständliche, unsere ehrliche Faszination. Wir haben unter Bäumen gefaulenzt und ihn durch deren Blätter hindurch betrachtet oder haben stundenlang im Gras gelegen und unser Antlitz unentwegt der Bläue zugewandt. Und wenn ein paar Wolken langsam an ihm vorbeizogen, ihn greifbar gemacht haben, dann wollten wir mit kräftigen Flügeln zu ihm hinauf, durch ihn hindurch, bis wir uns jenseits von ihm verloren hätten. Oder manchmal träumten wir davon, keine Schwerkraft mehr zu besitzen, sodass wir in ihn fallen müssten, bis uns ein fremder Stern auffing. Vor unserer ehrfürchtigen Kleinheit befindet sich jenes weite Feld, wo es keine Grenzen mehr gibt zwischen der materiellen und der vergeistigten Welt. Auf einem unendlichen Weg geht unser aller noch erkennbare physische Wirklichkeit sichtbar und unsichtbar zugleich in die Irrealität, die Möglichkeit der Fantasie über. Auf einer Jahrmilliarden weiten Distanz löst unsere Welt sich zunehmend auf, verblasst, verschwindet, um zu Vorstellung, zu Gedanken und Ideen, zum Glauben zu werden.«

Baltrow verstand.

»Ich bin auf dem Wege dorthin. Kann man den Tod erleben? Nein, diese lebensübliche Bezeichnung ist ein Widerspruch in sich. Dort, wo das Leben endet, verstummen auch die üblichen Bezeichnungen, die nur für Lebende gelten. Der Tod kann nicht einmal mehr erfahren werden, denn auch die Erfahrung braucht noch eine kurze Distanz des Nachher. Er kann nur erlitten werden, nach diesem Wort gibt es kein anderes mehr, es ist die einzige Bezeichnung, die zu ihm passt. Und er kommt so, ohne dass ihm nachher noch eine subjektive Beurteilung gegeben werden kann. Ich bin also beneidenswert, denn es ist mir als einem der Wenigen vergönnt, den Tod dennoch zu erleben.«

Der Morgen dämmerte. Durch eine große Glastflügeltür trat Baltrow in den Garten hinaus, den er in der Dunkelheit der vergangenen Nacht nur erahnt hatte. Vor der Tür weitete sich eine Terrasse, und um diese breitete sich ein dichter Rasen, auf dem noch nicht das Laub des Herbstes lag. Noch grüne Bäume und Büsche füllten einen Park, dessen Begrenzungen kaum zu sehen waren. Die ersten Vögel erwachten, als er auf einer Holzbank Platz nahm.

Er wollte sich nicht mehr wundern über den Ort, in dem dieser Park lag, und er konnte sich längst nicht mehr vorstellen, dass irgendwo dahinter sich fremde Häuser oder gar eine Vorstadt befänden, ja er hegte Zweifel, ob überhaupt Menschen um ihn herum sein könnten. Vielmehr ahnte er, dass er endgültig aus der Zeit geschlüpft war und damit die gewohnte Topografie seines Daseins verlassen hatte wie ein Käfer den gewohnten Kokon.

Sarah war ihm nachgekommen, unter dem weißen Nachthemd konnte er ihre Konturen sehen, wie sie in der zunehmenden Helligkeit des Morgens sich unter der seidenen Umhüllung bewegten. Sie schien seine Gedanken erraten zu haben.

»Es gibt die unsichtbare Stadt. Straßen nicht begehbar, Häuser nicht greifbar, Mauern nicht zu ertasten. Nichts ist kenntlich und dennoch da. Eine nicht fassbare Urbanität in einer noch weniger fassbaren Landschaft. Sie kann nur gesehen werden mit eindringlichem Blick, nur erkannt werden mit hoher Empfindlichkeit unserer Sinne. Sie ist vorhanden und entzieht sich dennoch unserer Auffassung. Ist verborgen wie verschüttete, vergrabene Monumente irgendeiner alten Kultur, und sie ist aufgezeichnet wie mit Geheimtinte. Die wenigsten kennen den Schlüssel dazu, obwohl er nicht schwer zu finden ist und von jedem Platz dieser Welt, von jeder Perspektive aus zu erlangen ist. Es ist kein Geheimnis zu kennen, kein Zauberspruch zu sagen, will man dorthin gelangen. Die Tinte wird sichtbar ohne besonderen Chemismus, die Realität wird fassbar ohne Hammer und Meißel. Nur der scharfe Sinn der Augen und Ohren, nur die Empfindsamkeit der Haut lässt uns diese Stadt spüren. Und dann, wenn unsere Sinne sich des Körpers entledigen, sich befreien von Fleisch und Blut, dann erlangen sie meisterliche Fähigkeiten: die schärfste Sicht, das feinste Ohr.«

Es war hell geworden. Die ersten Sonnenstrahlen berührten die Wipfel der Bäume, und mit dem abwärts wandernden gelbroten Licht begann auch der Baum zu leben. In das vielstimmige Gezwitscher der Vögel mengte sich ein Knistern, als wollten sich die Äste in der aufziehenden Wärme spannen und dehnen. Die Luft begann zu schwirren, bewegte sich lau um Baltrows Gesicht, strich gegen die Blätter und machte sie sanft schwingen.

»Ich habe nicht geschlafen die Nacht, und doch war es mir, als hätte ich hunderte Träume erlebt. Ich habe mein Leben überschaut und du warst immer bei mir. So ging es mir als Pennäler, wenn mein Herz entflammt war für irgendein weibliches Wesen, dann war mir, als hätte ich sie immer schon gekannt. Nur weiß ich, dass es anderen auch so ergeht, ja es ist eine triviale Floskel geworden. Was ist nun daran? Wahrscheinlich nur der Umstand, dass wir alle darauf eingestimmt sind – ohne uns dessen bewusst zu sein –, dass solche Liebesfähigkeit brach da liegt und nur genutzt werden will. Und so ist es mit vielen Schicksalsläufen: Sie sind in ihrem inneren, zwanghaften Ablauf da, als in uns angelegte Schablone, die wir mit unseren individuellen Erlebnissen nur ausfüllen müssen. Sie erscheinen uns dann einmalig, sind aber vom Konzept her millionenfach ident.«

»Wenn du mit mir gehst, so möchte ich dich zu deiner letzten Sektion führen. Eine der anderen Art, die dir nicht den momentanen, sondern die dynamischen Zustände deines Lebensablaufes und dem anderer vorführt. Die dir den Traum des retrospektiven Erfahrens und Wissens beschert.«

Die Baumkronen des weitläufigen Parks färbten sich orange, und von dort füllte das Licht den Baum nach unten wandernd zunehmend mit Leben. Um die Stämme schmiegte sich noch der zarte Morgennebel und verhüllte die Grenzen des Gartens. Sarah hatte Baltrow an der Hand genommen und zog ihn weiter in den erwachenden Tag.

»Ich möchte dir noch etwas zeigen, bevor wir gehen.«

Mit langsamen Schritten entfernten sie sich. Das taufrische Gras verschwand, und der Boden bedeckte sich mit braunem Laub. Ihre lautlosen Tritte begannen zu knirschen, da sich zum spröden Blattwerk allerlei Gehölz und schließlich harscher Schotter fügte. Die Sonne an den Baumwipfeln war verschwunden, über ihnen wallte der Nebel dichter als zuvor, so, als schritten sie durch einen Herbsttag. Sarah führte ihn in eine andere Jahreszeit, an einen anderen Ort desgleichen. Die vielen Mirakel, die unzähligen Absonderlichkeiten, die Geheimnisse seiner Tag- und Nachtträume waren Baltrow längst zur Normalität geworden.

Wie schnell, wie unaufgeregt das Fantastische von mir akzeptiert wird, dachte er noch, als sie beide vor der grauen Pforte eines lang gestreckten, baufälliges Hauses standen. Ein gusseiserner Türklopfer war noch nicht an das morsche Holz geschlagen, als die Pforte sich wie von alleine öffnete. Durch einen dunklen Gang unsicher stolpernd gelangten sie schließlich an eine Tür mit trübem Glaseinsatz.

Sarah hielt Baltrow zurück, denn er hatte eintreten wollen.

»Es sind dir nur Blicke hinein gestattet, der Zutritt ist uns verboten.«

»Wer verbietet uns dies?«

»Die Gesetze, die Prinzipien der Irrealität. Was du hier siehst, ist nicht real, obgleich es auf dieser Welt ja millionenfach passiert. Sieh nur hinein, denn es gehört zu den dunklen Seiten des Daseins.«

Baltrow sah einen großen Saal. Einen Krankensaal, denn zu beiden Seiten standen Betten in Reihen. Er schien unendlich lang zu sein, denn die Reihen verloren sich nach hinten in diffuser Unkenntlichkeit. In graue Laken eingehüllt lagen

Kinder und Greise. Direkt vor ihm, in den ersten Betten und für Baltrow ganz deutlich zu sehen, lagen ein Mann und eine Frau mit kahl geschorenem Schädel. Die Wangen eingefallen, die Haut bedeckt mit braunen, feuchten Schwären. Durch die Türritzen drang übler, süßlicher Geruch, reizte Baltrows Lungen und verursachte ihm Übelkeit. Durch den Spalt des Türstocks drang Wimmern, vielstimmig und lang gezogen. Einige Betten weiter wand sich ein kleiner Körper, der mit Hanfseilen an das Lager gefesselt war. Durch sein ständiges Aufbäumen hatten sie sich gelockert, in dem urkräftigen Zerren drohten sie zu zerreißen, gaben aber nicht nach, sondern schürften tiefe blutige Spuren in die wasserleere Haut. Ein noch warmes Bündel Menschenfleisch lag dort, den Mund weit geöffnet, verzerrt vor Pein, die Augen schmal, zusammengepresst im Leid, die Beine strampelnd, das Haupt erhoben, flehend um Erlösung.

Baltrows Augen zitterten, sein Blick wanderte die Reihe der Kranken hinunter, weiter und weiter. Er sah zuckende Körper, eruptive Auslenkungen letzter unkoordinierter Muskelbewegungen vor dem Sterben und bereits regungslos liegende Körper, gerade und steif für alle Ewigkeit.

Baltrow atmete hastig, er spürte seinen Puls bis in seine Ohren.

»Wohin hast du mich nun geführt?«

»Neben jedem Schloss ist ein Siechenheim. Es ist der notwendige Kontrast, der als Prinzip jeder Form unserer Existenz innewohnt. Es gibt keine unendliche Freiheit ohne den engen Kerker, so, wie es keine Freude ohne die Trauer gibt. Es gibt vor allem kein Wohlergehen ohne die Entbehrung, und es gibt schon gar nicht die Gesundheit ohne die Krankheit. Und schließlich gibt es das Leben ja nur deshalb, weil es einen Tod gibt. Ich zeige dir die Bestimmungen deiner ursprünglichen Berufswahl, den Ort deiner Bewährung oder deines Versagens. Vielfältig sind die Orte der Bedürftigkeit, die nur die Bedeutung haben, Hilfe anzubieten, obwohl du sie nicht immer geben kannst. Gehe hinein und bewähre dich oder verlasse den Ort ohne schlechtes Gewissen.«

»Was soll ich tun?«

»Du musst nichts tun. Akzeptiere es als natürliches Faktum des Universums. Aber erkenne dein bisheriges Schicksal als Flucht, Ausweichen vor dieser Tatsache, die allem Leben eigen ist. Dann legst du es ab als beklemmende Frage, als bohrenden Schmerz und als nie gelöstes Thema deiner bisherigen Identität. Leid und Krankheit sind nie zu bekämpfen und daher auch nie zu besiegen. Entscheidend ist immer nur der neue Versuch, Hilfe anzubieten, in dem Wissen zugleich, dass er auch von Misserfolg gekrönt sein könnte. Ärztliches Tun bedeutet nur den Impuls zu helfen, um der Tat willen, ohne jeglichen Aspekt der Rückreflexion und mit der oftmaligen Gewissheit der Aussichtslosigkeit. Ja, die ärztliche Kunst schlechthin würde ich nicht als Fertigkeit in irgendwas erkennen, sondern in der Bewältigung dieses Widerspruchs. Die unerschütterliche Haltung dazu, das bewusste Einbekenntnis dessen. Befreie dich endlich von den Gedanken an Nutzen, Chancen, meide das Abwägen, Ausloten, gehe der Aussichtslosigkeit nie aus dem Weg, sondern stelle dich immer wieder aufs Neue der Übermacht des Destruktiven, Verderblichen, Verwesenden im Wissen der Vergeblichkeit. Tue alles um der schnöden, blanken Tat willen, die manchmal nur darin besteht, anwesend zu sein ohne vorwärtswirken zu wollen. So äußert sich die wahre Meisterschaft des ärztlichen Könnens in den letzten Tagen eines Patienten. Wir krönen unsere Kunst erst damit, dass wir sie entbehren. Dann, wenn der Betreute stirbt und wir ihn lediglich begleiten. So widersinnig dies klingen mag, so hat es dennoch seine Bewandtnis. Durch den zutiefst menschlichen Gehalt unseres Handelns, das sich freilich passiv und zurückhaltend äußern mag, gewinnen wir endgültig unserem ärztlichen Tun jenen Aspekt ab, der uns ursprünglich zur Berufswahl geführt hat: letzter Beistand, Hingabe trotz des Eingeständnisses ärztlicher Machtlosigkeit. Das macht die wahre Kunst, das edelt letztendlich.«

Baltrow war nachdenklich geworden. Er ließ sich von ihr weiterziehen, und sie gelangten an eine weite Wiese. Der Tag war voll angebrochen. Sie setzten sich in den Schatten eines Baumes.

»Wie geht es weiter?«

»Diese Nacht hatte nur den Sinn, uns zusammenzubringen, wenngleich nur ein einziges Mal. Ob wir zusammenbleiben oder uns trennen, musst du nun entscheiden. Ich kann es nicht mehr beeinflussen.«

Baltrow wusste, was sie meinte.

»Willst du mit mir gehen?«

»Kannst du daran zweifeln? Doch niemals würde ich dich dazu überreden wollen. Für mich gibt es kein Zurück, sondern nur den einen Weg. Dir stehen zwei offen.«

»Ich werde mit dir gehen. Doch möchte ich vorher noch etwas klären. Es ist mir wichtig. Die Umstände deines Weges ins Zwischenreich. Du sagtest, du würdest es mir später erzählen. Die Nacht ist vorbei und ich will es nun wissen. Was geschah am Sonntag Abend während deines Dienstes?«

Sarah zog einen Gartenstuhl heran und setzte sich ihm gegenüber. Sie fasste ihn an beiden Händen und blickte ihm in die Augen, ohne dabei ernst zu wirken.

»Nun denn, gehen wir wieder in die alte Welt zurück.«

Sie begann von sich zu erzählen, von der Mühsal der täglichen Stationsarbeit und ihrer Unsicherheit. Sie schilderte den typischen Stationsalltag, der aus Ängsten und Zweifeln bestanden hatte. Mit ihrer tiefen Stimme fesselte sie Baltrow, zog ihn hinein in die Begebenheiten, und vor seinen Augen entstand bildhaft die Geschäftigkeit und Dramatik eines Dienstes an einem Sonntag im Hochsommer. Mit der Dauer ihrer Ausführungen kam die Überraschung, mit der Emphase ihrer Worte die Bestürzung, als sie die Umstände ihres Todes erwähnte.

»Noch eine Frage: Hast du mich zu dir gerufen?«

Sarah lächelte.

»Vielleicht, denn ich forderte dich, sehnte mich nach dir. Aber all das war notwendig. Was wäre passiert, wenn ich nicht aus der Welt gegangen wäre? Wir hätten nie zueinander gefunden. Eine verpasste Möglichkeit. Es ist fantastisch, dass es passiert ist.«

»Ja, wie Recht du hast. Ich wäre gealtert im künstlichem Licht eines Kellers, abseits von Luft und Sonne. Wäre ungeduldig, missmutig und schließlich mit meinem Schicksal hadernd alt geworden. So hast du mich bewahrt vor der Traurigkeit des Alleinseins und der Betrübnis im Alter. Nichts ist schlimmer, als schwermütig den Chancen des Lebens nachzuweinen. Ich danke dir. Aber es sei mir bitte noch gestattet, einen kurzen Augenblick in die Wirklichkeit zurückzukehren. Ich bin es ihr schuldig.«

Als Baltrow Sarahs Hand fest umschlossen hatte und mit ihr den Weg weiterschritt, wurde er beschwingt und leicht. Und indem er die Berührung ihrer Hand nicht mehr spürte, war ihm auch kein Licht mehr, auch nicht Schwärze und keinerlei Begrenzung. Die Töne ebbten ab, die Bilder zerflossen und die Gedanken verflüchtigten sich.

So verlassen wir Fliegen denn auch diesen Beobachtungsort. Uns ward nie gestattet zu erkennen, weil uns die Fähigkeit zu höherwertiger Reflexion abgesprochen wurde. Der Geist sei eine Eigenschaft der Menschen, wurde uns bei der Erschaffung gesagt, und dem haben wir immer genüge getan. Und dennoch wurde nie bedacht, dass das Lernen eine Eigenschaft des Lebens schlechthin ist und dass es unabhängig vom mitgegebenen Auftrag geschehen könnte. Es wohnt der primitivsten biologischen Existierform inne und geschieht unabhängig vom Plan eines Schöpfers. Wir respektieren dessen ursprünglichen Willen zwar, können uns aber nicht der andersmächtig entstandenen Fähigkeit entziehen, durch miterlebte Begleitung den Funken des Geistes zu empfangen. Denn die über lange Zeiten erfolgte Beobachtung des wundersamen Menschengeschlechtes hat uns dessen Schwingungen der Gedanken, uns dessen nicht fassbare Konzepte des Verhaltens suggeriert, und es ist möglich, dass solches – durch unsere milliardenfache Anwesenheit verstärkt – unser eigenes einfaches Funktionieren verändert hat in komplexe Funktionskreise des Denkens und Reflektierens. Als Einzelgeschöpfe sind wir primitiv, in unzählbaren Massen aber haben wie durch aufschaukelnde Induktion einen gewissen Grad der Intelligenz erlangt. Wir behaupten also, das kritische Abbild menschlicher geistiger Befähigungen zu sein, hoffen aber, nicht auch dessen moralischer und geistiger Defizite.

So drängt es uns zu sagen:

Spät, jenseits des Endes seiner Tage, erfüllten sich die Sehnsüchte von Professor Baltrow. Das Buch des Lebens schloss sich behutsam, während die letzten Kapitel sich nicht mehr auf dieser Welt verfassten. Er musste besonders lange warten, bevor er die Liebe so erleben konnte, wie sie ihm das Leben nicht bot, und es bedurfte ebenso langer Zeiten, um seinen Gedanken den gebührenden Raum zu geben. Aber vielleicht bestand gerade darin die Gnade seines Schicksals. Die jahrelange Entbehrung wäre nur der Prolog gewesen zu einem enthusiastischen Finale in der Melodie des Lebens, einer Symphonie betörender Klänge und sanftem, weit tragendem Takt. Denn die Günstlinge des Schicksals werden lange bedauert, belächelt, bevor sie an der Spitze der Auserwählten in die Straße zur Ewigkeit einschwenken. Die Dornen, die ihnen im Leben ins Haupt stachen, werden nun zum Balsam, die Verweigerung kehrt sich zur Beschenkung, zur Fülle und zum Übermaß.

Vielleicht besteht die Gnade eines erfüllten Lebens lediglich darin, eine Spanne gewährt zu bekommen, von der in überblickender Rückschau die eigenen Taten bemessen und das eigene Wollen relativiert wird.

Wir werden ihm folgen, um mehr zu erfahren.

7 Uhr: **Von Fliegen und Skalpellen**

Als am Morgen des Dienstags der Seziersaaldiener Brünner nach schlecht zugebrachter Nacht mit einem flauen Gefühl in der Magengrube seinen Arbeitsplatz aufsuchte, blieb er wie angewurzelt stehen. Im kalten Licht des Seziersaales lehnte am ersten Marmortisch neben einem teilweise mit grünem Leinen bedeckten Leichnam sein Vorgesetzter Professor Dr. Ambrosius Baltrow. Nach näherem Hintreten und vorsichtigem Antippen, leisem Ansprechen mit »Herr Professor« und Registrierung von dessen Regungslosigkeit entsetzte er sich so, dass er hastig zum Telefon lief, um den Krankenhausdirektor Urban zu verständigen. Da dieser sich noch nicht in der Kanzlei befand, eilte er zum Tisch zurück, um sich noch einmal von der entdeckten Ungeheuerlichkeit zu überzeugen.

Kein Zweifel. Seine Kenntnisse über Leichen gebrauchte Brünner gar nicht, um zu wissen, dass Baltrow schon mehrere Stunden tot sein musste. Er war offensichtlich auf dem Stuhle gesessen und danach vornüber gefallen. An der Kante des Marmortisches lehnte er, mit seinem Kopf die Hüfte der Leiche berührend, die Brille war ihm nach der Seite gerutscht. Der eine Bügel hatte sich am rechten Ohr verheddert, sodass das Gestell schief über der Stirne hing. Der Tod musste plötzlich erfolgt sein. Baltrow war scheinbar im Begriff gewesen, die Obduktion zu beginnen, denn er trug den grünen Arbeitskittel. Der Leichnam, an dem er sich gleichsam mit dem Kopfe abstützte, war der von Frau Dr. Sarah Lawerth. Ein grünes Leinentuch bedeckte ihren Unterleib und ihre Brüste. Dem erfahrenen Beobachter Brünner fiel sofort ihr friedlicher Gesichtsausdruck auf, der ihn an ein Lächeln erinnerte. Auch die Augenlider waren einen Spalt geöffnet, was nicht so selten vorkam, aber kaum jemals hatte er diesen Gesichtsausdruck gesehen: Es war das Antlitz einer entrückten Glückseligkeit.

Da der männliche Leichnam vor ihm immerhin sein ehemaliger Vorgesetzter war, schien ihm dessen Position unwürdig, und er versuchte den schweren Korpus zurück auf den Stuhl zu hieven, dessen Sitzfläche er nur mehr teilweise mit dem Gesäß berührte. Aber die Leichenstarre war schon eingetreten, und Brünners Unterfangen bewirkte nur, dass der Stuhl vom steifen Körper noch weiter weggeschoben wurde. Dennoch war es ihm möglich, kurz auch das Antlitz von Baltrow zu sehen. Der Teil der Stirn, mit dem er an der Hüfte Dr. Lawerths gelehnt hatte, war zwar eingedellt, weiß vom weggedrückten Blute und stand im starken Kontrast zum bläulich gedunsenen Rest der Gesichtshaut. Aber dennoch sah er eindeutig zum Schmunzeln verzogene Lippen, die – wenn auch blutleer – dem eingesteiften Antlitz heitere Züge verliehen. Die Physiognomie des Gesichtes war dermaßen entspannt und friedlich, dass sie Brünner seltsam berührte. Der Gesichtsausdruck entsprach dem von Frau Lawerth, und es schien, als hätten sie gemeinsam etwas Schönes belächelt. So hatte er seinen Vorgesetzten über die vielen Jahre der Zusammenarbeit nie gesehen.

Als der schwere Körper wieder in seine ursprüngliche Position nach vorne kippte, hörte Brünner den Aufprall von etwas Metallenem. Auf dem Boden neben dem Stuhl lag ein Skalpell, das Baltrow bis gerade eben in seiner rechten Hand gehalten haben musste. Es war jenes, das lange Jahre hindurch unbenutzt und abseits der übrigen in der Glasvitrine gelegen hatte.

Hinter Brünner räusperte sich jemand. Es war Kommissar Schibowski, der der heute anberaumten Obduktion beiwohnen wollte, so, wie es noch gestern vereinbart worden war. Brünner registrierte gar nicht, dass jener ein Sakko in den Händen hielt.

»Sie kommen mir recht!«, keuchte er mit sich überschlagender Stimme. »Sehen Sie nur, er ist tot. Wahrscheinlich schon seit gestern Abend. Er wollte Frau Dr. Lawerth offensichtlich noch obduzieren, das Skalpell hat er noch in der Hand gehalten.«

Das schlaftrunkene Gesicht Schibowskis bekam angespannte Züge. Er schlug das Sakko über seinen rechten Arm und bückte sich, um das Skalpell aufzuheben. Trotz seiner Morgenmüdigkeit entging dem aufmerksamen Beobachter aber nicht die Fliege, die unweit des Skalpells lag. Sie war tot, denn sie lag auf dem Rücken und das taten tote Fliegen grundsätzlich. Der Fliege allein hätte Schibowski kaum Beachtung geschenkt, jedoch vermeinte er in dem leblosen Exemplar vor sich genau jene Fliege wiederzuerkennen, die ihn noch vergangene Nacht im Dienstzimmer oben geängstigt hatte. Er konnte zwar nicht sagen warum, konnte keine Einzelheiten wie charakteristische Augen, einen speziellen Farbschimmer oder ein defektes Flügelblatt entdecken. Es war vielmehr dieser momentane Gesamteindruck, die sich von alleine und spontan aufdrängende Erkenntnis: »Dich habe ich schon einmal gesehen!« Solche Empfindung hatte er bisher aber immer nur bei Menschen gehabt, und so schien ihm diese Situation doch einigermaßen verwunderlich, denn die Physiognomie von Fliegen war ihm noch nie erinnerlich gewesen.

Brünner stockte vor Aufregung der Atem.

»Ich habe einige Male die kaputte Klimaanlage beanstandet, niemand hat etwas unternommen. Jetzt in der Früh legt sich die Luft ja schon an die Bronchien. Es ist unmenschlich hier unten. Auch das dürfte ihm zum Verhängnis geworden sein. Wenn Sie mich fragen, wahrscheinlich ein Sekundenherztod.«

»Ich frage Sie nicht. Das ist ein ganz anderer Fall. Aber der erste Fall dürfte geklärt sein und viele andere Fälle auch. Sehen Sie!«

In seiner Hand hielt Schibowski ein gefaltetes Papier. Brünner nahm es an sich und sah das allzu bekannte Schriftbild seines verstorbenen Chefs.

»Wo haben Sie es gefunden?«

»Ich fand es heute Morgen unter meinem Türspalt durchgeschoben.«

»Von wem denn, wie denn, wenn er offenbar die Klinik, das pathologische Institut nicht verlassen hat – seit gestern Abend. Er muss ja schon viele Stunden tot sein. Sehen Sie, er ist ja schon ganz steif!«

»Trotzdem lag es heute Morgen vor meiner Tür. So lesen Sie es doch vorerst einmal.« Brünner versuchte sich zu konzentrieren und vertiefte sich in die offenbar hastig hingeschriebenen Wörter:

»Ich weiß nicht, wo ich bin, wenn Sie diese Zeilen lesen. Lesen Sie sie also so, als würden Sie mich nie mehr treffen, wenngleich auch meine Abwesenheit durchaus nur eine vorübergehende sein kann. Gehen Sie aber dennoch davon aus, dass diese Zeilen das Einzige sind, was von mir übrig bleibt. Aber nicht als Abschiedsbrief, denn eher als Vermächtnis sollten Sie sie betrachten oder auch als Erklärung zu dem Verbrechen an Frau Dr. Sarah Lawerth. Ja, Sie haben richtig gelesen. Verbrechen habe ich geschrieben, ohne dass ich einen direkten Beweis durch eine Obduktion erbringen könnte. Sie wissen ja, dass mir an eleganten, retrospektiven Schlüssen immer sehr viel gelegen hat, und solch einen will ich Ihnen nun auch liefern, allerdings nicht durch die Kraft meiner Imagination und Kombiniergabe, sondern durch die Erfahrung eines anderen Zustandes, der genauso Gewissheit gibt. Lesen Sie also bitte diese Zeilen:

Ich möchte etwas ausholen, damit Sie die Zusammenhänge besser verstehen können. Denn alles hängt irgendwie zusammen. Eines hängt am anderen, dieses stützt jenes, manches spannt sich von hier nach dahin, sodass kaum ein Einzelteil für sich allein bestehen kann, geschweige denn, dass er herauszulösen ist. So ist auch dieses Krankenhaus als Struktur aus ineinander verflochtener Bedingtheiten zu betrachten. Jedoch von Menschen unterschiedlichster Motivation, sodass kaum eine Homogenität entstehen kann. Die Folge stellt sich zwanghaft ein als Gewichtung hier, Gegensätzlichkeit dort und Inkompatibilität vielerorts. Die Dignität des Systems hängt nie ab von dessen Konstruktion, nein, das wäre eine schwache Ausrede, sondern immer von den menschlichen Proponenten, die es bedienen.

So hören Sie nun: Wenn irgendein Ökonomismus sich schleichend wichtiger Schaltzentralen bemächtigt, so hat das System schon verloren. So ist es in diesem Haus passiert. Ferwarths Spezialgebiet ist die Nephrologie. Er arbeitet seit geraumer Zeit an einem potenten Diuretikum. Einem Medikament also zur Beschleunigung der Flüssigkeitsausscheidung über die Nieren. Seine Untersuchungen werden allerdings gesponsert von einer pharmazeutischen Firma, deren Name momentan nichts zur Sache tut und der für Sie ja ohnehin nicht schwer zu eruieren ist. Zur Einführung eines neuen Medikaments bedarf es umfangreicher klinischer Studien, die aufwendig sind und sich über längere Zeiträume hinziehen. Außerdem braucht es einen Mitarbeiterstab, denn für eine Person ist solche Forschung heute nicht mehr möglich. Als Mitarbeiterin war auch Dr. Sarah Lawerth tätig, als unwissender Part bei so genannten Doppelblindstudien, als Aufzeichnerin aller möglichen wissenschaftlichen Parameter, die aus Blut- und vor allem Urinuntersuchungen, aus klinischen Beobachtungen der Patienten bestanden und so weiter.

Das Diuretikum, um das es hier geht, ist scheinbar tatsächlich hochwirksam und – was besonders wichtig ist – unmittelbar relativ gut verträglich. Allerdings entstand bei Frau Dr. Lawerth allmählich der Verdacht, dass es in therapeutisch unwesentlich höherer Dosis zu massiven Elektrolytverschiebungen führen könnte. Das wäre an und für sich kein Problem, denn Elektrolyte – in diesem Fall Kalium – kann man problemlos ersetzen. Jedoch geschieht in diesem Fall der Kaliumverlust dermaßen unvermittelt und ohne vorherige Warnzeichen, dass er bei einigen Patienten zum Sekundenherztod führt, wahrscheinlich durch Blockaden im Reizleitungssystem des Herzens. Die Nebenwirkung ist nicht vorauszusagen und dürfte individuell erfolgen, sodass man von vornherein keine Kontraindikation benennen kann. Im Laufe des gestrigen Tages fiel es mir selbst wie Schuppen von den Augen, spät allerdings und erst nach eingehender Kontrolle der Krankengeschichten. Mit tut mein Versäumnis weh, aber meine persönlichen Gefühle Frau Lawerth gegenüber haben mich wohl blockiert.

Frau Dr. Sarah Lawerth erkannte die Zusammenhänge, teilte sie Dozent Ferwarth mit.

Dieser war schockiert, wollte diese Nebenwirkung nicht wahrhaben bei einem dermaßen gut ansprechenden Medikament kurz vor der Zulassung, an das sich alle seine Hoffnungen geklammert, in das er alle seine Energien gesteckt hatte. Er zweifelte ihre Bedenken heftig an, aber Frau Dr. Lawerth bestand darauf, ihre Erkenntnisse, für die sie ja Beweise hatte, einer übergeordneten Kommission mitzuteilen.

Sie bat ihn, die klinischen Tests zu beenden. Die Dosen der neuen Substanz seien ihrer Meinung nach nicht nur viel zu hoch, auch sei die Wirksamkeit der Metaboliten völlig unkalkulierbar. Ein Medikament mit einer dermaßen geringen therapeutischen Breite sei in der Praxis nicht zu handhaben, ja durch geringste mögliche Abweichungen sogar gefährlich.

Ferwarth wollte aber ihre Bedenken nicht wahrhaben, bezichtigte sie schüttelnden, verneinenden Kopfes des Irrtums. Es habe bei so vielen Patienten gut angesprochen. Lawerth war verzweifelt, als sie das Wort Ethik hörte. Sie empfand die Situation als absurd, denn in ihren Augen war das Gesamtvorhaben ethisch bedenklich, ja fahrlässig. Und Ferwath pochte da auf die ethische Verpflichtung eines Arztes. Ihm schienen die Maßstäbe seines ärztlichen Handelns zu verschwinden, was recht und was unrecht war schien er in diesen Augenblicken nicht zu begreifen. Und er geriet in Panik, er sah seine jahrelang erworbene medizinische Reputation und auch seinen in greifbarer Nähe befindlichen Professorentitel entschwinden, von der vertanen Hoffnung auf Ehrungen, Berufungen an andere Kliniken ganz zu schweigen. Er wollte von dem Medikament nicht lassen. Er meinte seine Lebensinhalte schwinden zu sehen und wiederholte nur immer wieder, dass sie sich irren müsse, dass der Stoffwechsel bei diesen schwer kranken Patienten sowieso labil sei und mit einem plötzlichen Dahinscheiden immer gerechnet werden müsste.

Den drohenden Verlust seines Lebenswerkes vor Augen, verließen ihn Verstand und dann wohl auch Moral. Als Frau Lawerth aussteigen wollte, ging er in die Offensive.

Er machte den Vorschlag, selbst eine Zeit lang die übliche Dosis einnehmen zu wollen, also jene, die bisher den mittlerweile verstorbenen Patienten verabreicht worden waren. Die Medikamente seien ja bisher nur bei schwer kranken Patienten ausprobiert worden, niemals bei gesunden. Frau Lawerth solle ihm die Elektrolytwerte, vor allem die des Kaliums, überprüfen.

Frau Lawerth aber hatte plötzlich Mitleid mit ihm, als sie seine Lebenspläne schwinden sah. So kam ihr die Idee es umzudrehen. Sie wollte die Testperson sein. Sie hatte vor möglichen Zwischenfällen, auch dem Tode, keine Angst, ja, empfand einen gewissen Gleichmut. Wir hatten in unseren stundenlangen Gesprächen in der Prosektur auch oft über die Möglichkeit eines Zwischenreiches gesprochen, eines Ortes des vorübergehenden Aufenthaltes vor der Ewigkeit. Die Zeilen, die Sie gerade lesen, sind der Beweis seiner Existenz. Diese meine These vom Zwischenreich hatte sie zuvor immer wieder gefesselt.

Zurück zu den Versuchen: Sie konnte jetzt also einerseits Loyalität zeigen, die Harmlosigkeit oder die Gefährlichkeit des Medikamentes überprüfen, und hatte immer noch die Hintertür dieses Zwischenreiches. Sicherlich war ihre Entscheidung spontan und ein wenig irrational. Aber sollte sie verscheiden, so war sie überzeugt, mich bald zu treffen, denn sie wusste um meine kranken Herzkranzgefäße, die immer weniger Blut zum Herzen durchließen. So viel Erfahrung hatte sie nun schon in der inneren Medizin, dass ihr mein Anblick eine ziemlich gute Prognose erlaubte. Sie hatte die unerschütterliche Gewissheit, dass ich wohl niemals einer Korrektur meiner angeschlagenen Gesundheit zustimmen würde. Dazu bin ich viel zu sehr ein selbstvergessener Mensch, wohl Arzt, aber Ignorant des eigenen Zustandes. Unsere Beziehung wäre eine zwischen einer jungen Frau und einem kränkelnden, alternden Manne gewesen. Es war ein Egoismus von ihr. Sie wollte mich lieben, nicht pflegen. Denn Pflege ist nur dann gut, wenn vorher die Liebe da war. Sie wäre dann auch die Pflege einer intensiven Beziehung. Anders gesagt: Man beginnt eine Herzensbeziehung zu einem Menschen nicht mit der Pflege seines kranken Körpers. So viel also zu ihren Motiven, die Ihnen mitzuteilen ich mich auch verpflichtet fühle.

Es gelang ihr also, Ferwarth zu überzeugen, dass es besser sei, wenn sie diesen Versuch unternehmen würde. Sie sei um zehn Jahre jünger, habe nicht so eine wichtige Position im Krankenhaus und so weiter. Die allgemeine Situation dazu war günstig, denn sie hatte den mittleren Part des Nachtdienstes. Wenn etwas passieren würde, wäre er ja als erfahrener Arzt sofort zur Stelle. Ferwarth hatte die Angewohnheit, die Tabletten in einem kleinen Glasfläschchen mit Schraubverschluss mit sich herumzutragen, als intimen persönlichen Besitz gleichsam. So gab er ihr gegen 15 Uhr des Sonntags die erste Dosis oral ein, und so gegen 18 Uhr – die erste, ziemlich starke diuretische Wirkung hatte gerade eingesetzt – nahm er ihr Blut ab. Sie können noch die Einstiche an den Armvenen sehen. Die Kaliumwerte waren normal und Frau Lawerth fühlte sich nicht gerade schlecht – bis auf den Umstand, dass sie immer wieder Unmengen Flüssigkeit ausschied. Das Durstgefühl war stark, sie trank Unmengen von Stationstee und Mineralwasser. So gegen zwanzig Uhr kontrollierte Ferwarth nochmals die Kaliumwerte, auch diesmal waren sie normal. Darauf entschloss sie sich, eine zweite, gleiche Dosis von zehn Milligramm einzunehmen, denn die diuretische Wirkung musste ja permanent aufrechterhalten werden. Bei chronisch Überwässerten, bei gestockter Nierenarbeit wird ja immer ein Vielfaches der üblichen Dosen verwendet. Neuerlich setzte kurz darauf die diuretische Wirkung ein.

Aber dann passierte es. Sie fühlte sich plötzlich schwach und kraftlos, es flimmerte vor ihren Augen, sie konnte aber noch den Dozenten verständigen, der auch sofort erschien. Sie sah ihn noch in das Dienstzimmer eintreten, aber dann wurde ihr schwarz vor Augen.

Und plötzlich geschah Wundersames mit ihr. Sie sah eine Frau bäuchlings auf einem Bett liegen, die ihr Aussehen hatte, während sie selbst zugleich darüber zu schweben schien. Sie sah den Dozenten erschrocken und panisch reagieren, sah, dass er weglaufen wollte, um Geräte und Medikamente oder überhaupt Hilfe zur Reanimation zu holen, dass er es aber eben nur wollte, andeutete. Denn er lief zwar zur Tür, zögerte dann, schloss sie plötzlich und kehrte zum Bett zurück, um Frau Lawerth dann nur untätig zu betrachten.

Sie selbst entfernte sich immer mehr, verschwand von der bisherigen Welt, konnte aber immer klareren Blickes die Zusammenhänge erkennen. Sie war über den Tod in eine andere Wirklichkeit geglitten, langsam und schmerzlos und staunend über die neue Erfahrung. Zugleich begriff sie die Strategie des Dozenten. Ihm kam ihr plötzlicher Tod gelegen, er hatte beschlossen, ihn nicht verhindern oder aufhalten zu wollen. Zu viel stand für ihn auf dem Spiel. Er hatte nun zwar die fatale Wirkung des neuen Diuretikums erkannt, aber noch konnte er sich aus der Affäre ziehen. Sein Gewissen, also Frau Lawerth, würde er begraben. Die Abschirmung, Verhinderung irgendeiner Recherche begann schon damit, dass er – als Erster zur Stelle – auch gleich die Inspektion ihres Leichnams durchführen würde, dabei gewärtigend, durch seine Autorität später dabei von niemandem zur Rechenschaft gezogen zu werden. Ihre Einstiche von der Blutabnahme würden also vorerst unentdeckt bleiben.

Die Zeit, in der noch eine Erfolg versprechende Reanimation durchgeführt hätte werden können, verstrich ungenützt, und Frau Dr. Sarah Lawerth gelangte irreversibel in jenen Zustand, den wir Tod zu benennen pflegen. Sie wundern sich über meine gespreizte Definition. Aber ich drücke mich so aus, weil ich auf den Zustand hinweisen will, der mich zu diesen Zeilen befähigt, auf den mysteriösen Zeitpunkt ihrer Niederschrift und vor allem auf das Wissen der Todesumstände. Ob Sie mir nun glauben oder nicht, es gibt den Zustand, den Zwischenzustand zwischen Leben und Tod, gleichsam ein Zwischenreich des vorübergehenden Aufenthaltes. Von mir schon lange erahnt und nun bestätigt von Frau Lawerth und mir. Den Beweis halten Sie in den Händen. Es mag Sie fantastisch und unglaubwürdig anmuten, doch lesen Sie weiter, der Wahrheitsgehalt des Gesagten kann gleich danach von Ihnen überprüft werden.

Es geschah also ein Verbrechen, obwohl Ferwarth kein verbrecherischer Mensch ist. Er wurde nur geblendet von seinem wissenschaftlichen Ehrgeiz. Er war in die Idee eines potenten Diuretikums verrannt und daher blind geworden für die tödlichen Nebenwirkungen. Er war kein Arzt mehr, war vielleicht auch nie einer gewesen, sondern einer, der ärztliche Perspektiven längst gegen die Enge der wissenschaftlicher Sehweisen – und nur dieser – eingetauscht hatte. Der die üblichen moralischen Wertigkeiten zugunsten möglichen wissenschaftlichen Ruhmes aufgegeben hatte. Ohne ihn beschützen zu wollen: Er ist da hineingeschlittert auch durch die machtvollen Vereinnahmungsstrategien großer Pharmakonzerne: der Strategie des Geldes und des wissenschaftlichen Ruhmes. Zweier längst bekannter Köder, nach denen die meisten Menschen schnappen. Die Motive sind, wie ich es nun schon Jahrzehnte hindurch beobachte und daher überblicke, bei den meisten Tätern nachvollziehbar.

Allerdings ist hier die Dimension des Frevels eine andere. Wenn nämlich der Täter jemand ist, der per Eid und per Ethos dazu berufen ist, Menschen zu helfen, Leben zu verlängern und zu heilen, so wiegt die Unterlassung doppelt schwer. Und es ist zusätzlich ein Mord passiert. Denn zur Unterlassung einer Hilfeleistung gesellte sich die ermordete Berufung.«

Hier stockte Brünner und blickte Schibowski entsetzt an.

»Um Gottes willen. Das ist doch nicht möglich!«

Schibowski schien ungerührt, wie jemand, der die Ungeheuerlichkeit einer Tat schon längst als systemimmanent erkannt hat.

»So lesen Sie doch weiter.«

Brünner fuhr nun mit lauter Stimme fort.

»Ferwarth versuchte Ruhe zu bewahren. Er war darauf bedacht, Spuren so weit wie möglich zu beseitigen. Ein Corpus Delicti war die Glasphiole, in der er die diuretischen Tabletten aufbewahrte. Verstehen Sie mich richtig: Dieses Glasbehältnis allein ist noch kein Beweis für irgendetwas. Es ist mir nur wichtig, Ihnen ein Detailwissen um meiner Glaubwürdigkeit willen präsentieren zu können. Diese Glasphiole jedenfalls war ihm zu heiß. Im Dienstzimmer der Schwestern auf der Station in den Glassammelbehälter wollte er sie nicht werfen, man hätte sie dort entdecken können. Daher nahm er sie in sein Zimmer mit und bewahrte sie in der Sakkotasche auf, um sie dann spätabends auf dem Weg nach Hause zur Familie irgendwo in der Stadt in einen Müllcontainer zu werfen, wo sie dann niemand mehr finden würde. Aber so ist es anscheinend bei allen Amateuren des Tötens: Keine Intelligenz reicht aus, kein noch so kühner Plan kann bewirken, dass die Kaltblütigkeit nicht an irgendeinem Punkt ihre Kontinuität verliert. Sozusagen durch eine Rückkoppelung seines kriminellen Tuns mit seinem Gewissen, das nun seine Konzentration und seine Nervenstärke erweichte. Denn wer prüft schon routinemäßig die Dichtigkeit seiner Sakkotaschen, wer denkt schon bei aller gezielten Vorbereitung auf solch ein Detail? Das dünne und schmale Glasbehältnis fiel also durch ein kleines Loch der rechten Sakkotasche und versteckte sich irgendwo zwischen den Textilschichten wie eine störrische Katze, die nicht auf Zurufe reagiert. Verstecken schreibe ich hier, denn sie kann noch gefunden werden, wenn Sie rasch sind. Obwohl Ferwarth das Kleidungsstück verzweifelt drehte, wendete und es schüttelte, blieb die Glasphiole unauffindbar. So dachte er nun daran, das ganze Sakko verschwinden zu lassen, aber dies würde er wiederum seiner Gattin erklären müssen. Daher zögerte er damit noch, zumindest den Sonntagabend. Denn die Suche nach dem im Textil verschwundenen Behältnis könnte er ja später noch einmal wiederholen, wenn die ungelenke Nervosität aus seinen Händen verschwunden war. Und schließlich könnte das Sakko bei neuerlichem Scheitern der Suche immer noch verbrannt oder in den Stadtfluss geworfen werden. Allerdings: ein Sakko von Armani, mit Nummer darin, dessen Erstehung nachvollziehbar war, so einfach in den Fluss werfen? Da wäre verbrennen schon besser. Aber wo sollte ein angesehener, bekannter Dozent das Feuer schüren? Draußen vor der Stadt, in einer abgelegenen Gasse, wo ihn auch jemand beobachten könnte? Die fieberhaften Überlegungen machten ihn panisch und er verschob vorerst das Vorhaben. Die Kopflosigkeit ging aber indes weiter: Ferwarth hatte auf einmal Scheu, das Sakko mit der darin möglicherweise herumkullernden Glasphiole mit nach Hause zu nehmen. Er ließ es Sonntagabend in seinem Schrank im Zimmer hängen, wie ein Unding, durch dessen Berührung man sich verbrennt, und er ließ es auch den ganzen Montag dort. Wenn Sie sich beeilen, können Sie noch alles entdecken und ein bisschen der Wahrheit, ich sage absichtlich nicht der Gerechtigkeit, näher bringen.

Ich habe allerdings noch eine Bitte und hoffe, dass sie mir gewährt wird. Die Todesursache ist für mich erwiesen, vor allem, wenn das Hauptindiz gefunden wird. Ich habe längst die Totenbescheinigung ausgefüllt, fein säuberlich und mit meiner Unterschrift versehen. Ich habe ein übliches Obduktionsprotokoll angelegt, verfasst im herkömmlichen Jargon der Pathologie und versehen mit den üblichen Ausdrücken, so, als ob Frau Lawerth obduziert worden wäre. Ich bitte Sie nun, und es sei mein Vermächtnis, es so anzunehmen, zu akzeptieren, obwohl kein Millimeter Haut geritzt worden ist. Der Gedanke, ihren für mich vollkommenen Leichnam zu zerteilen, ist mir unerträglich. Wenn Sie sie nun bekleiden und in den Sarg legen, wird die nie erfolgte Sektion auch nie bemerkt. Erlauben Sie uns allen solche Ungeheuerlichkeit, es wäre mein letzter Wille.

Was meinen Leichnam anbelangt, so überantworte ich ihn dem anatomischen Institut an der Universität der Hauptstadt. Ich bitte auch, von irgendwelchen Begräbnisfeierlichkeiten Abstand zu nehmen, meine Verwandtschaft ist spärlich, Kontakte habe ich keine zu ihr unterhalten. Meine Wohnung stelle ich der Fürsorge zur Verfügung, und mein nicht unbeträchtliches Vermögen bitte ich zur Neuausstattung der hiesigen Pathologie zu verwenden. Herrn Brünner speziell bitte ich, das Skalpell – er weiß schon welches – von den anderen Instrumenten zu entfernen.

Im Totenbeschaubefund werden Sie eine exakte Diagnose finden, obwohl es mir im momentanen Stadium nicht mehr wichtig scheint. Die Kaprizierung auf Details ist eine Eigenschaft des alten Lebens. Die Wissenschaft schlechthin, die Ansammlung von Fakten und ihre Untermauerung – jener Prozess der Sammlung, Sichtung, Auswahl und Konklusionszuführung, dem ich ein Leben lang gedient habe – ist mir nun gleichgültig geworden. Ein Verlust wird überhaupt nicht gemindert durch das Wissen um sein Entstehen. Der Verlust wird höchstens abgeschwächt durch den akribischen Nachvollzug seiner Ursachen. Jede Recherche hat zwei Aspekte: erstens die daraus zu ziehenden Lehren hinsichtlich möglicher Abänderung eines Handlungsverlaufes und zweitens den der Schuldzuführung.

Die Schuldigen an Lawerths Tod will ich nicht den diesseitigen Rechtssprechern zuführen, es soll höherstellig ausgemacht werden. Die Lehren bezüglich der zukünftigen Vermeidung solch eines Vorfalles will ich selbst ziehen, denn nur mir gehört die Beziehung zu Dr. Lawerth. Es ist ein Zustand der Intimität, den ich nicht gestört wissen möchte.

Ich habe Ihnen den Hergang zwar erzählt, aber die Entscheidung zur Verfahrenseinleitung überlasse ich Ihnen. Ich habe mich für die Schuldfindung und Strafereilung für irgendwelche Täter nie interessiert. Es sind für mich Details aus einem überkommenen Gerechtigkeitskonzept. Schuld an Lawerths Tod sind doch nicht ein kleiner unbedeutender Arzt, sind doch nicht irgendwelche konkrete Personen. Anklagenswert wäre doch eher der mächtige Komplex von Interessens- und Geschäftsvereinigungen, wie es Pharmakonzerne sind. Nicht einzelne schwächliche Menschen sind doch die Sorgebereiter, eher sind es die nicht mehr personifizierbaren Auswüchse, Prinzipien der so genannten Ökonomie, Kodexe der Geldvermehrung, die Hydra des Ökonomismus, die Kraken unbedingter Geldvermehrung. Sind sie ein Segen hier, so bringen sie Elend dort. Es ist ihre Januskörpfigkeit nicht wirklich zu beurteilen, die Zuordnung ist eigentlich unmöglich, da sie von den vielfältigsten Standpunkten der Betrachtung ihre Erscheinung ändert.

So verabschiede ich mich, nicht ohne Ihnen aber die Empfehlung mitzugeben, das Sakko des Dozent Ferwarth zu sezieren. Herr Alfons Brünner wird Ihnen assistieren. Viel Erfolg und – leben Sie gut. Professor Ambrosius Baltrow.«

Brünner blickte Schibowski fragend an. Er sah jetzt erst, dass jener ein kariertes Sakko in der Hand hielt.

»Wie kann er das alles wissen? Was wird hier Unmögliches gespielt? Das ist doch nicht das Sakko, das im Brief erwähnt wird!«

»Doch, genau das ist es. Ich war heute Morgen schon im Zimmer des Dozenten. Habe mich dort umgesehen, schon mit dem inneren Auftrag, einen Mord aufzuklären und mit dem Konzept eines Durchsuchungsbefehls in der Tasche. Ich werde meinen Urlaub wohl nicht antreten. Ich habe die vielen wissenschaftlichen Tabellen, Konvolute von Untersuchungsreihen für das neue Diuretikum angeschaut und auch im Kasten nach dem Sakko gesehen. Tatsächlich hing es dort, unschuldig und schlaff. Ich habe es auch schon nach der kleinen Glaspatrone abgegriffen, aber noch nichts ertastet. Ich denke, wir sollten es tatsächlich aufschneiden – oder sezieren. Gehen wir an den Nebentisch?« Schibowski warf das karierte Textil auf den zweiten Marmortisch.

»Ich lasse Ihnen den Vortritt!«

Brünner nahm zögernd das Skalpell vom Boden auf, drehte es hin und her und trat an den Tisch. Vorerst ungelenk, dann aber mit wenigen zügigen Schnitten öffnete er die Naht zwischen äußerem Stoff und der inwendigen glatten Schicht aus glänzendem Leinen. Unter dumpfen Lauten rissen dort die Fäden, wo das Skalpell lediglich den Stoff ritzte. So verdoppelte, verdreifachte er die Fläche, denn teure Jacketts füttern sich inwendig vielagig.

Als Brünner die ganze Oberfläche des Marmortisches mit graubraunem Textil bedeckt hatte, fiel tatsächlich ein kleines Fläschchen aus einer der Textilfalten, kullerte weiter und strebte fort unter eine andere Stofflage, um der dunklen Öffnung in der Tischmitte bedrohlich nahe zu kommen.

Schibowski griff behänd unter das Stoffkonvolut und hielt plötzlich die etikettenlose und mit einem grauen Gummiverschluss versehene Phiole triumphierend in der Hand. Seine Augen glänzten.

»Herr Brünner«, sagte er dann anerkennend, »Ihr verstorbener Chef wäre stolz auf Sie. Das eben war eine meisterhafte Sektion! Und diese Stoffreste müssen Sie nicht mehr zusammenflicken.«

Wir Fliegen sind nie dazu da gewesen, zu belehren. Empfinde es daher nicht als Anmaßung, wenn wir dir – Mensch und vermeintlicher Virtuose des Skalpells – dennoch sagen:

Zwar schneidet nichts schärfer als die feine Klinge des Skalpells, und nichts trennt zusammenhängende Flächen und ebenmäßiges Gewebe exakter als blanker Stahl, aber noch schärfer trennt die begrifflichen Zusammenhänge die Gabe des Verstandes. Den Unterschied macht, dass er trennt und dennoch nicht verletzt, dass er schneidet und gleich wieder zusammenfügt. Seine Schnitte sind nicht endgültig, sondern umkehrbar. So ist denn das wahre Skalpell in euren Köpfen, das gehärtet durch Ideale, geschärft am hohen Ethos ist, das die Wahrheiten von Lügen, die Engherzigkeit von der Großmut trennt, die Beherztheit von Feigheit, das Mitleid von Hartherzigkeit. Das Gewebe, das es durchpflügt, ist geflochten aus Interessen und Vorteilnahme, aus Habgier und Profitstreben. Seine Klinge besteht nicht aus immer währendem Stahl, sondern nur aus zeitlosen Ideen und Gedanken, und sein Griff wird geführt von der Stimme des Herzens. Und die Schnittflächen sind nie eben, sondern berücksichtigen miteinander verflochtene, verquickte Bereiche eures Charakters. Dieses Skalpell werdet ihr nie in Händen halten, es gehorcht nur eurem Willen, wenn es die miteinander verhafteten Fasrigkeiten, Verfilztheiten trennt, mit welchen ihr euch Halt zu geben trachtet wie die Wurzeln der Bäume.

Er da drüben hat es kurz benutzt mit Vorsicht und Zartheit. Die Irrtümer, die er zu klären glaubte, sind nichts gegen den viel größeren Irrtum seiner Wissenschaftsgläubigkeit. Angehöriger einer verkümmernden Spezies war er, gefangen in einem Verlies und gefesselt von Lehrsätzen. Den Glücksfall seiner Befreiung wollen wir nicht beurteilen, denn wir sind angeblich Geschöpfe ausschließlich des Diesseits.

So werden wir mit ihm aus der Zeit gehen, denn was sollen wir würdelose Insekten noch hier? Wir haben ihn begleitet und sehen ihn nun verlassen hier liegen. Als männlichen Torso – und neben ihm der noch begehrenswertere Körper eines Weibes. Wir zögern ihn zu besetzen, mit unseren kleingliedrigen Beinchen auf ihm zu stehen, um dann mit unseren Beiß- und Saugwerkzeugen in ihn zu dringen. Wir scheuen uns, sich ihm zu nähern, denn wir wissen zu viel von seinem Leben. Zum ungeteilten Genuss gehört die Distanz zur Biografie des appetitlichen Happens, dessen wir uns bemächtigen wollen. Ein Gefühl verwehrt uns den Eintritt in seinen Kadaver, denn wir haben seine Gedanken und seine Werke gekannt. Wir distanzieren uns erstmals vom Triebe der Aasaufnahme, obwohl die Bestimmung für uns immer die gleiche war und es nicht erinnerlich ist, dass Fliegen Ähnliches schon einmal getan hätten. Und obwohl uns der Geifer der Gier zusammenläuft, hindert uns eine unbekannte Macht, unsere Herrschaft anzutreten. Wir akzeptieren die Außerordentlichkeit des Kadavers unter uns und sehen uns zugleich trotz unserer naturgesetzlichen Neigung nicht imstande, in diesen zu dringen. Obwohl wir nicht an höhermächtige Kräfte glauben, erscheint es uns dennoch wahrscheinlich, dass wir einem unbekannten Prinzip gegenüberstehen. Wir wollen es so akzeptieren, ohne ihm einen Namen geben oder es benennen zu können. Die Vermutungen, die wir haben, sind nicht relevant und haben niemandes Interesse.

Als Kommissar Schibowski und Herr Brünner den Raum verließen, zwar erschöpft, aber zugleich auch erleichtert, wurden sie ihrer gewahr. Unter den Fensterluken lagen tausende schwarze Leiber, regungslos und in der endgültigen Position des Todes: Umgekehrt, mit den Flügeln auf dem Boden und ihre dünnen Beinchen wegstreckend, als wollten sie sich in der Luft verankern.

Wortlos sahen sich beide kurz an. Schibowski hatte aber beschlossen, sich nicht mehr zu wundern.